O SÉTIMO FILHO

Série

AS AVENTURAS DO CAÇA-FEITIÇO

O Aprendiz 🦇 Livro 1

A Maldição 🦇 Livro 2

O Segredo 🦇 Livro 3

A Batalha 🦇 Livro 4

O Erro 🦇 Livro 5

O Sacrifício 🦇 Livro 6

O Pesadelo 🦇 Livro 7

O Destino 🦇 Livro 8

E VEM MAIS AVENTURA
POR AÍ... AGUARDE!

JOSEPH DELANEY

O SÉTIMO FILHO

Tradução
Lia Wyler

Ilustrações
David Wyatt

Copyright © 2015, Joseph Delaney
Publicado originalmente pela Random House Children's Books

Ilustrações: © David Wyatt, 2015

Imagem de capa © 2014, Legendary Pictures and Universal Studios

Título original: *Seventh Son*

O APRENDIZ
Publicado originalmente pela Random House Children's Books
Copyright © 2004, Joseph Delaney
Ilustrações: © David Wyatt, 2004

A MALDIÇÃO
Publicado originalmente pela Random House Children's Books
Copyright © 2005, Joseph Delaney
Ilustrações: © David Wyatt, 2006

Texto revisado segundo o novo Acordo Ortográfico da Língua Portuguesa

2015
Impresso no Brasil
Printed in Brazil

CIP-Brasil. Catalogação na fonte
Sindicato Nacional dos Editores de Livros, RJ.

D378s	Delaney, Joseph, 1945-
	O sétimo filho / Joseph Delaney; tradução Lia Wyler; [ilustrações David Wyatt]. – 1ª ed. – Rio de Janeiro: Bertrand Brasil, 2015.
	512p. : il. ; – (As aventuras do caça-feitiço)
	Tradução de: Seventh son
	ISBN 978-85-286-2015-3
	1. Ficção inglesa. I. Wyler, Lia. II. Título. III. Série.
	CDD – 823
15-19486	CDU – 821.111-3

Todos os direitos reservados pela:
EDITORA BERTRAND BRASIL LTDA.
Rua Argentina, 171 – 2º andar – São Cristóvão
20921-380 – Rio de Janeiro – RJ
Tel.: (0XX21) 2585-2070 – Fax.: (0XX21) 2585-2087

Não é permitida a reprodução total ou parcial desta obra, por
quaisquer meios, sem a prévia autorização por escrito da Editora.

Atendimento e venda direta ao leitor:
mdireto@record.com.br ou (0XX21) 2585-2002

O PONTO MAIS ALTO DO CONDADO
É MARCADO POR UM MISTÉRIO.
CONTAM QUE ALI MORREU UM HOMEM
DURANTE UMA GRANDE TEMPESTADE, QUANDO
DOMINAVA UM MAL QUE AMEAÇAVA O MUNDO.
DEPOIS, O GELO COBRIU A TERRA E, QUANDO
RECUOU, ATÉ AS FORMAS DOS MORROS E OS
NOMES DAS CIDADES NOS VALES TINHAM
MUDADO. AGORA, NO PONTO MAIS ALTO DAS
SERRAS, NÃO RESTA VESTÍGIO DO QUE OCORREU
NO PASSADO, MAS O NOME SOBREVIVEU.
CONTINUAM A CHAMÁ-LO DE

WARDSTONE,
A PEDRA DO GUARDIÃO

O SÉTIMO FILHO

Publicado originalmente como

JOSEPH DELANEY

Tradução
Lia Wyler

Ilustrações
David Wyatt

PARA MARIE

CAPÍTULO 1
O SÉTIMO FILHO

Quando o Caça-feitiço chegou, já ia anoitecendo. Tinha sido um dia longo e trabalhoso, e eu estava pronto para jantar.

— O senhor tem certeza de que ele é o sétimo filho? — perguntou o recém-chegado, olhando para mim e balançando a cabeça em sinal de dúvida.

Papai confirmou.

— E o senhor também foi o sétimo filho?

Papai tornou a confirmar e começou a bater os pés, impaciente, sujando meu calção com salpicos de lama e estrume. A chuva pingava da copa do seu chapéu. Tinha chovido quase o mês inteiro. Já surgiam folhas novas nas árvores, mas o clima de primavera ainda ia demorar a se firmar.

Meu pai era agricultor como seu próprio pai, e a primeira lei no campo era não dividir terras. Simplesmente não se podia dividir a propriedade entre os filhos, senão ela iria minguando de geração para geração até não restar mais nada. Por isso, o pai deixa as suas terras para o filho mais velho. E procura empregos para os outros. Se possível, tenta encontrar um ofício para cada um.

Para isso, ele precisa pedir muitos favores. O ferreiro local é uma opção, principalmente se a propriedade for grande e o sitiante tiver encomendado muitos serviços em sua oficina. Então, é provável que o ferreiro lhe ofereça uma vaga de aprendiz, mas isso resolve apenas o caso de um filho.

Eu era o sétimo, e, quando chegou a minha vez, todos os favores tinham se esgotado. Meu pai se sentia tão desesperado, que estava tentando fazer o Caça-feitiço me aceitar como aprendiz. Ou, pelo menos, foi o que pensei à época. Eu devia ter imaginado, porém, que minha mãe estava por trás dessa ideia.

Aliás, estava por trás de muita coisa. Muito antes de eu nascer, eles tinham comprado o nosso sítio com o dinheiro dela. De que outro modo um sétimo filho teria posses para tanto? E mamãe não nascera no Condado. Viera de uma terra do além-mar. A maioria das pessoas não percebia, mas, quando a gente prestava muita atenção, notava uma ligeira diferença no seu modo de pronunciar certas palavras.

Não imagine, no entanto, que estavam me vendendo como escravo nem nada parecido. O trabalho no campo me entediava, e o que chamavam de "a cidade" não passava de uma aldeia onde Judas tinha perdido as botas. Com certeza, não era o lugar onde eu queria passar o resto da vida. Portanto, a ideia de me tornar um caça-feitiço até me atraiu; era muito mais interessante do que ordenhar vacas e espalhar estrume.

Porém, isso me deixava nervoso, porque era um ofício assustador. Eu ia aprender a proteger os sítios e aldeias das coisas que assombram a noite. Enfrentar vampiros, ogros e todo tipo de criaturas perversas era parte desse trabalho. Era o que o Caça-feitiço fazia, e eu ia ser seu aprendiz.

— Que idade ele tem? — perguntou o Caça-feitiço.

— Vai fazer treze em agosto próximo.

— Meio franzino para a idade. Ele sabe ler e escrever?

— Sabe — respondeu papai. — Sabe os dois e grego também. A mãe lhe ensinou e ele aprendeu a falar grego antes mesmo de aprender a andar.

O Caça-feitiço assentiu e se virou para olhar o caminho lamacento que se estendia para além do portão em direção à sede do sítio, como se estivesse tentando ouvir alguma coisa. Depois sacudiu os ombros.

— É uma vida dura para um homem, que dirá para um garoto — disse ele. — Acha que ele vai dar conta?

— Ele é forte e será da minha altura quando tiver acabado de crescer — respondeu meu pai, aprumando bem o corpo. Ao fazer isso, sua cabeça quase emparelhou com o queixo do Caça-feitiço.

Repentinamente, o homem sorriu. Era a última coisa que esperei que fizesse. Seu rosto era grande e parecia ter sido talhado em pedra. Até aquele momento, eu achara que tinha uma aparência feroz. Sua longa capa e capuz pretos faziam-no parecer um padre, mas, quando nos encarava, sua expressão carrancuda dava-lhe a aparência de um carrasco avaliando o peso do condenado para preparar a corda.

Os cabelos que saíam pela frente do capuz eram iguais à barba, grisalhos, mas as sobrancelhas eram negras e densas. Tinha também um bocado de pelos saindo das narinas, e seus olhos eram verdes, da mesma cor que os meus.

E reparei mais uma coisa. Trazia um longo bastão. É claro que notara isso assim que ele se tornara visível ao longe, mas o que não percebera até aquele momento era que o segurava com a mão esquerda.

Será que isso queria dizer que era canhoto como eu?

Era uma característica que me causara infindáveis problemas na escola da aldeia. Chegaram a chamar o padre local para me examinar, e ele não parava de balançar a cabeça e me dizer que eu precisava combater aquela tendência antes que fosse tarde demais. Nenhum dos meus irmãos era canhoto, nem meu pai. Minha mãe, porém, era desajeitada com as mãos, mas, pelo visto, isso nunca a incomodara muito; assim, quando o professor ameaçou me endireitar à força e amarrou a caneta na minha mão direita, ela me tirou da escola, e daquele dia em diante me ensinou em casa.

— Quanto vai custar para aceitar o garoto? — perguntou meu pai, interrompendo meus pensamentos. Agora eles estavam começando a negociar.

— Dois guinéus por um mês de experiência. Se ele tiver jeito, voltarei no outono e o senhor me pagará outros dez. Caso contrário, o senhor pode ficar com ele e pagará apenas mais um guinéu pelo meu incômodo.

Meu pai tornou a concordar e fecharam o negócio. Entramos no celeiro e os guinéus foram pagos, mas os dois não se apertaram as mãos. Ninguém queria tocar em um caça-feitiço. Meu pai era um homem corajoso só por chegar a dois metros dele.

— Tenho que tratar de um assunto aqui perto — disse o Caça-feitiço —, mas voltarei para buscar o rapaz assim que amanhecer. Providencie para que ele esteja pronto. Não gosto que me façam esperar.

Quando o homem foi embora, meu pai me deu um tapinha no ombro.

— Começa uma nova vida para você, filho. Vá se limpar. Sua vida de agricultor acabou.

Quando entrei na cozinha, meu irmão Jack estava abraçando sua mulher, Ellie, que erguia para ele o rosto sorridente.

Gosto muito dela. É calorosa, amiga, e faz a pessoa se sentir querida. Mamãe diz que foi bom para Jack casar com Ellie porque ele ficou menos agitado.

Jack é o meu irmão mais velho e o maior de nós todos, e, como meu pai às vezes brinca, o mais bonito de uma família feia. De fato, ele é alto e forte, mas, apesar dos olhos azuis e do rosto saudável e rosado, suas sobrancelhas quase se tocam sobre a ponte do nariz; por isso, nunca concordei com aquela opinião. A única coisa que jamais discuti é que ele conseguiu atrair uma esposa boa e bonita. Ellie tem os cabelos da cor da melhor palha depois de três dias de colhida, e uma pele que realmente refulge à luz das velas.

— Vou embora amanhã cedo — eu disse sem rodeios. — O Caça-feitiço vem me buscar quando amanhecer.

O rosto de Ellie se iluminou.

— Quer dizer que ele concordou em aceitar você como aprendiz?

Confirmei com um aceno de cabeça.

— Ele me deu um mês de experiência.

— Muito bom, Tom. Fico realmente satisfeita por você — disse ela.

— Não acredito! — caçoou Jack. — Você, aprendiz de um caça-feitiço! Como pode fazer um trabalho desses quando ainda não consegue dormir sem uma vela acesa?

Achei graça em sua brincadeira, mas ele tinha razão. Por vezes, eu via coisas no escuro, e uma vela era a melhor maneira de afastá-las para eu poder dormir.

Jack veio ao meu encontro e, com um rugido, me prendeu com uma chave de braço e saiu me arrastando em volta da mesa da cozinha. Era isso que ele chamava de brincadeira. Resisti apenas o suficiente para deixá-lo feliz, e, alguns segundos depois, ele me largou e me deu palmadas nas costas.

— Muito bom, Tom — disse ele. — Vai ganhar uma fortuna nesse ofício. Só tem um problema...

— E qual é? — perguntei.

— Vai precisar de cada centavo que ganhar. Sabe por quê?

Encolhi os ombros.

— Porque os únicos amigos que terá serão os que puder comprar!

Tentei sorrir, mas havia muita verdade nas palavras de Jack. Um caça-feitiço trabalhava e vivia sozinho.

— Ah, Jack! Não seja cruel! — ralhou Ellie.

— Foi só uma brincadeira — respondeu meu irmão, como se não conseguisse entender por que sua mulher estava protestando.

Ellie, porém, olhou para mim, e não para Jack, e vi uma inesperada tristeza em seu rosto.

— Ah, Tom! Isso significa que você não estará aqui quando o bebê nascer...

Ela parecia realmente desapontada, e me entristeceu perceber que não estaria em casa para ver minha nova sobrinha. Mamãe tinha dito que o bebê de Ellie ia ser menina, e ela nunca se enganava.

— Voltarei para visitar vocês assim que puder — prometi.

Ellie tentou sorrir, e Jack passou o braço pelos meus ombros.

— Você sempre terá sua família. Sempre estaremos aqui se precisar de nós.

Uma hora depois me sentei para jantar, sabendo que, pela manhã, não estaria mais ali. Meu pai deu graças a Deus pela refeição, como fazia toda noite, e murmuramos "amém", exceto mamãe. Ela baixou os olhos para seu prato, como sempre fazia, esperando educadamente que terminássemos. Quando a reza findou, mamãe sorriu para mim. Foi um sorriso caloroso, especial, e acho que ninguém mais notou. Isso fez com que eu me sentisse melhor.

O fogo ainda ardia na lareira, enchendo a cozinha de calor. No centro de nossa grande mesa de madeira havia um castiçal de latão, que tinha sido polido a ponto de podermos nos mirar nele. A vela era de cera de abelha, e cara, mas mamãe não queria velas de sebo na cozinha por causa do cheiro. Meu pai tomava a maioria das decisões sobre o sítio, mas em algumas coisas minha mãe tinha a palavra final.

Enquanto devorávamos enormes pratos de cozido, ocorreu-me que meu pai parecia muito velho aquela noite — velho e cansado —, e havia uma expressão que passava de vez em quando pelo seu semblante, uma certa tristeza. Animou-se um pouco, no entanto, quando ele e Jack começaram a debater o preço da carne de porco e se já seria ou não hora de mandar buscar o carniceiro para abater os porcos.

— Melhor esperar mais ou menos um mês — disse meu pai. — Com certeza, o preço vai subir.

Jack sacudiu a cabeça e os dois começaram a discutir. Era uma discussão amigável, do tipo que ocorre com frequência em família, e eu percebia que meu pai estava gostando. Contudo, não participei. Meu pai mesmo dissera que minha vida no campo acabara.

Minha mãe e Ellie estavam rindo baixinho. Tentei ouvir o que diziam, mas agora Jack estava com a corda toda, sua voz ficando cada vez mais alta. Quando mamãe olhou para ele, entendi que estava dando um basta naquela gritaria.

Sem ligar para os olhares de mamãe e continuando a discutir em voz alta, Jack esticou a mão para o saleiro e, sem querer, derrubou-o, derramando um pouco de sal na mesa. Na mesma hora, ele apanhou uma pitada e atirou-a por cima do ombro esquerdo. Era uma velha superstição no Condado. Ao fazer isso, a pessoa afastava o azar que provocara ao derramar o sal.

— Jack, você não precisa pôr sal na comida — censurou-o minha mãe. — Estraga um bom cozido e ofende a cozinheira!

— Desculpe, mãe. A senhora tem razão. Está perfeito do jeito que está.

Ela sorriu para Jack e fez um aceno de cabeça para mim.

— Ninguém está dando atenção ao Tom. Isso não é modo de tratá-lo na última noite que passa em casa.

— Não faz mal, mamãe — respondi. — Fico feliz só de estar sentado aqui, escutando.

Minha mãe assentiu.

— Bom, tenho umas coisas para lhe dizer. Depois do jantar, fique na cozinha e conversaremos um pouco.

Então, depois que Jack, Ellie e meu pai foram se deitar, sentei-me em uma cadeira junto ao fogão e esperei pacientemente para ouvir o que mamãe tinha a dizer.

Minha mãe não era uma mulher muito expansiva; de início, ela não falou muito, exceto para explicar o que pusera em minha trouxa: uma calça extra, três camisas e dois bons pares de meia que só tinham sido cerzidos uma vez.

Fixei os olhos nas brasas, batendo os pés no lajeado, enquanto ela puxava sua cadeira de balanço e a colocava de frente para mim. Seus cabelos pretos estavam raiados com uns poucos fios grisalhos, mas, afora isso, sua aparência era quase a mesma do tempo em que eu era garotinho e mal chegava aos seus joelhos. Seus olhos continuavam brilhantes, e, exceto pela palidez de sua pele, ela parecia a imagem da saúde.

— Esta é a última vez que poderemos conversar em muito tempo — disse-me. — É um grande passo sair de casa e começar a vida sozinho. Por isso, se houver alguma coisa que você precise dizer, alguma coisa que precise perguntar, a hora é agora.

Não consegui pensar em uma única pergunta. De fato, nem conseguia pensar. Ouvi-la dizer tudo aquilo tinha feito lágrimas arderem nos meus olhos.

O silêncio se prolongou por muito tempo. Só se ouviam as batidas ritmadas dos meus pés no chão. Por fim, minha mãe deu um breve suspiro.

— Qual é o problema? — perguntou. — O gato comeu sua língua?

Sacudi os ombros.

— Pare de ficar se mexendo, Tom, e se concentre no que estou falando — ralhou ela. — Primeiro, você está ansioso para chegar amanhã e começar no novo emprego?

— Não tenho certeza, mamãe — respondi, lembrando-me da brincadeira de Jack sobre a necessidade de comprar amigos. — Ninguém gosta de chegar perto de um caça-feitiço. Não terei amigos. Ficarei sozinho o tempo todo.

— Não será tão ruim quanto pensa. Você terá o seu mestre para conversar. Ele será seu professor e, sem dúvida, se tornará seu amigo. E você estará o tempo todo ocupado. Ocupado, aprendendo novas habilidades. Não terá tempo para se sentir sozinho. Você não acha tudo isso novo e excitante?

— É excitante, mas o ofício me apavora. Quero segui-lo, mas não sei se conseguirei. Em parte, quero viajar e ver lugares novos, mas será duro não morar mais aqui. Vou sentir saudades de todos. Vou sentir saudades de casa.

— Você não pode continuar aqui — disse minha mãe.— Seu pai está ficando velho demais para trabalhar, e, no próximo inverno, ele vai passar o sítio para Jack. Ellie não vai demorar a ter o bebê, e, com certeza, será o primeiro de muitos; com o tempo, não haverá lugar para você aqui. Não, é melhor ir se acostumando antes que isso aconteça. Você não poderá voltar para casa.

Sua voz parecia fria e um pouco ríspida, e ouvi-la falar assim comigo me fez sentir uma dor tão profunda no peito e na garganta que eu mal conseguia respirar.

Meu único desejo era ir me deitar, mas ela ainda tinha muito que falar. Raramente eu a tinha visto dizer tantas palavras de uma única vez.

— Você tem uma tarefa a cumprir e vai cumpri-la — disse com severidade. — E não só cumpri-la, mas cumprir bem. Casei-me com seu pai porque ele era o sétimo filho. E lhe dei seis filhos para poder ter você. Você é sete vezes sete e recebeu o dom. O seu novo mestre ainda é forte, mas, de certo modo, já passou da sua melhor forma, e seu tempo está chegando ao fim.

"Durante quase sessenta anos, ele percorreu os confins do Condado, realizando o seu trabalho. Fazendo o que tem de ser feito. Logo chegará sua vez. E se você não quiser fazer, quem o fará? Quem irá velar pelas pessoas comuns? Quem as guardará do mal? Quem deixará os sítios, as aldeias e as cidades seguras para que as mulheres e as crianças possam caminhar pelas ruas e estradas rurais sem medo?"

Eu não soube o que responder e não pude fitá-la nos olhos. Apenas me esforcei para conter as lágrimas.

— Amo todos aqui em casa — continuou ela, abrandando a voz —, mas, no Condado inteiro, você é a única pessoa que realmente se parece comigo. Por enquanto é apenas um menino que ainda precisa crescer muito, mas você é o sétimo filho de um sétimo filho. Tem o dom e a força para fazer o que precisa ser feito. Sei que vou me orgulhar de você.

"Ora, muito bem — disse minha mãe, levantando-se. — Fico feliz por termos esclarecido esse assunto. Agora, vá se deitar. Amanhã será um grande dia e você vai querer estar em forma."

Ela me deu um abraço e um sorriso caloroso, e tentei de fato me alegrar e retribuir o sorriso, mas, uma vez no meu quarto, sentei-me na beira da cama, olhando sem ver e pensando no que mamãe dissera.

Minha mãe é muito respeitada na vizinhança. Ela conhece mais plantas e remédios que o médico local, e, quando há um problema no parto de um bebê, a parteira sempre manda buscá-la. É uma especialista no que ela chama de nascimentos de nádegas. Às vezes, um bebê tenta sair com os pés primeiro, mas minha mãe sabe virá-los ainda no ventre. Dezenas de mulheres no Condado lhe devem a vida.

Enfim, isso era o que meu pai sempre contava, mas mamãe era modesta e nunca mencionava nada. Continuava simplesmente a fazer o que precisava ser feito, e sei que era isso que esperava de mim. E eu queria que se orgulhasse de mim.

Será, porém, que estava falando sério, que só se casara com meu pai e tivera meus seis irmãos para poder dar a luz a mim? Não me parecia possível.

Depois de refletir, fui até a janela e me sentei na velha cadeira de vime por uns minutos, espiando pela janela que abria para o norte.

A lua saíra e banhava tudo com sua luz prateada. Eu via as terras do nosso sítio para além dos dois campos de feno e a pastagem do norte até a divisa que ficava a meio caminho do morro do Carrasco. Gostava da vista. Gostava do morro do Carrasco a distância. Gostava que fosse a última coisa que eu conseguia avistar ao longe.

Durante anos, essa tinha sido a minha rotina antes de me deitar à noite. Eu costumava contemplar aquele morro e imaginar o que haveria do outro lado. Sabia que eram apenas mais campos e, uns três quilômetros adiante, o que chamávamos de aldeia local — uma dezena de casas, uma pequena igreja e uma escola ainda menor —, mas a minha imaginação evocava outras paisagens. Por vezes, eu imaginava altos penhascos e um oceano além, ou talvez uma floresta ou uma grande cidade com altas torres e luzes cintilantes.

No momento, porém, ao contemplar o morro, lembrei-me também do meu medo. Sim, vê-lo de longe não era problema, mas não era lugar de que eu jamais quisesse me aproximar. O morro do Carrasco, como talvez já tenham desconfiado, não recebera esse nome à toa.

Três gerações antes, toda a terra fora assolada por uma guerra em que tinham tomado parte os homens do Condado. Foi a pior das guerras, uma guerra civil encarniçada, em que as famílias se dividiram e em que, por vezes, irmão combatera irmão.

No último inverno da guerra tinha havido uma importante batalha a menos de dois quilômetros ao norte, na periferia da aldeia. Quando, finalmente, terminou, o exército vencedor levou os prisioneiros para o morro e enforcou-os nas árvores da encosta norte. Enforcaram também alguns dos próprios soldados também, por terem se acovardado diante do inimigo, mas havia outra versão. Diziam que os homens tinham se recusado a lutar contra pessoas que consideravam seus vizinhos.

Nem Jack gostava de trabalhar perto da cerca dessa divisa, e os cães só entravam até uma pequena distância na mata. Quanto a mim, porque pressinto coisas que outros não pressentem, não conseguia nem trabalhar na pastagem norte. Sabe, dali eu ouvia tudo. Ouvia as cordas rangendo e os galhos gemendo sob seu peso. Ouvia os soldados sufocando ao serem enforcados do outro lado do morro.

Minha mãe tinha dito que éramos iguais. Bem, com certeza em uma coisa era igual a mim: eu sabia que ela também via coisas que os outros não viam. Certo inverno, quando eu era muito pequeno e todos os meus irmãos moravam em casa, a zoada que vinha do morro à noite era tão forte que eu podia ouvi-los até no meu quarto. Meus irmãos não ouviam nada, só eu, e por isso não conseguia dormir. Minha mãe foi ao meu quarto todas as vezes que a chamei, embora precisasse levantar quando o dia raiasse para cuidar de suas tarefas.

Por fim, ela disse que ia tirar aquilo a limpo, e uma noite subiu sozinha o morro do Carrasco e se embrenhou pelas árvores. Quando voltou, tudo silenciara, e continuou assim durante os meses seguintes.

Havia, entretanto, uma coisa em que não éramos iguais.

Minha mãe era muito mais corajosa do que eu.

CAPÍTULO 2
A CAMINHO

Levantei-me uma hora antes do amanhecer, mas mamãe já estava na cozinha preparando o café da manhã que mais gosto, ovos com bacon.

Meu pai desceu quando eu estava limpando o prato com a minha última fatia de pão. Quando nos despedimos, ele tirou uma coisa do bolso e a colocou em minhas mãos. Era um estojinho para fazer fogo, que tinha pertencido ao seu pai e, antes disso, ao seu avô. Um dos seus objetos favoritos.

— Quero que fique com isto, filho — disse ele. — Pode vir a ser útil em seu novo emprego. E volte logo para nos ver. Só porque saiu de casa não significa que não possa nos visitar.

— É hora de partir, filho — disse mamãe, aproximando-se e me dando um último abraço. — Ele está no portão. Não o faça esperar.

Éramos uma família que não gostava de muito alvoroço, e, como já tínhamos nos despedido, saí para o terreiro sozinho.

O Caça-feitiço estava do outro lado do portão, uma silhueta escura recortada contra a claridade cinzenta da manhã. O capuz na cabeça, muito ereto e alto, e o bastão na mão esquerda. Fui ao seu encontro, levando uma trouxinha com os meus pertences e me sentindo muito nervoso. Para minha surpresa, o Caça-feitiço abriu o portão e entrou no terreiro.

— Muito bem, rapaz, venha comigo! É melhor tomarmos o caminho que pretendemos seguir.

Em vez de pegar a estrada, ele rumou para o norte em direção ao morro do Carrasco, e, pouco tempo depois de estarmos atravessando a pastagem norte, meu coração começou a bater com força. Quando chegamos à cerca divisória, o Caça-feitiço a galgou sem esforço, como se tivesse a metade de sua idade, mas eu congelei. Ao apoiar as mãos no alto da cerca, já podia ouvir o ruído das árvores rangendo, seus galhos se dobrando sob o peso dos enforcados.

— Que foi, rapaz? — perguntou o Caça-feitiço, virando-se para me olhar. — Se tem medo do que está na soleira de sua porta, de pouco me servirá.

Inspirei profundamente e passei por cima da cerca. Fomos subindo; a manhã escurecia à medida que penetrávamos a sombra das árvores. Quanto mais subíamos, mais frio eu sentia, e não demorou muito comecei a tremer. Era o tipo de frio que provocava arrepios e deixava os pelinhos da nuca eriçados. Era um aviso de que havia algo errado. Eu já sentira isso antes, quando uma coisa que não era deste mundo se aproximava de mim.

Ao chegarmos ao cume do morro, avistei-os embaixo. Devia haver, no mínimo, uns cem, por vezes dois ou três pendurados na mesma árvore, usando uniformes do exército com cinturões de couro e coturnos. Tinham as mãos amarradas às costas e atitudes diversas. Alguns se debatiam desesperadamente, fazendo o galho do qual pendiam sacudir e retorcer, enquanto outros giravam lentamente na ponta das cordas para um lado e para o outro.

Observando-os, senti repentinamente um vento forte em meu rosto, um vento tão frio e violento que não poderia ser natural. As árvores se curvaram até embaixo e as folhas murcharam e começaram a cair. Em poucos instantes, todos os galhos se desfolharam. Quando o vento serenou, o Caça-feitiço pôs a mão no meu ombro e me empurrou para perto dos enforcados. Paramos a uns poucos passos do mais próximo.

— Olhe para ele — disse o Caça-feitiço. — Que está vendo?

— Um soldado morto — respondi, minha voz falhando.

— Que idade parece ter?

— No máximo, dezessete anos.

— Ótimo. Muito bem, rapaz. Agora me diga, ainda está com medo?

— Um pouquinho. Não gosto de chegar tão perto.

— Por quê? Não há o que temer. Nada disso pode lhe fazer mal. Imagine como ele deve ter se sentido. Concentre-se nele, e não em você. Em que estava pensando? Que teria achado pior?

Tentei me colocar no lugar do soldado e imaginar como devia ter sido morrer daquele jeito. A dor e o esforço para respirar deviam ter sido penosos. Poderia, no entanto, ter ocorrido algo muito pior...

— Ele poderia ter consciência de que estava morrendo e que nunca mais voltaria para casa. Que nunca mais reveria a família — disse ao Caça-feitiço.

Ao dizer isso, uma onda de pesar me envolveu. E, ao mesmo tempo, os enforcados foram gradualmente desaparecendo até ficarmos sozinhos na encosta e as árvores voltarem a se cobrir de folhas.

— Como se sente agora? Ainda está com medo?

Balancei a cabeça.

— Não. Só sinto tristeza.

— Muito bem, rapaz. Você está aprendendo. Somos os sétimos filhos de sétimos filhos, e temos o dom de ver coisas que os outros não podem ver. Mas esse dom, de vez em quando, pode se tornar uma maldição. Se tivermos medo, às vezes poderão aparecer coisas que se alimentam desse medo. O medo piora tudo para nós. O truque é nos concentrarmos no que vemos e pararmos de pensar em nós mesmos. Sempre resolve.

"Foi uma cena horrível, rapaz, mas eles são apenas sombras — continuou o Caça-feitiço. — Não podemos fazer muita coisa por eles, e, com o tempo, desaparecerão sozinhos. Dentro de uns cem anos não restará mais nada."

Senti vontade de lhe contar que minha mãe tinha dado um jeito neles uma vez, mas me calei. Contradizê-lo seria um mau começo.

— Agora, se eles fossem fantasmas, seria outra história. Podemos falar com fantasmas e dizer a eles umas verdades. Fazê-los entender que estão mortos já é uma grande bondade e um passo importante para que continuem sua jornada. Normalmente, um fantasma é um espírito confuso que está preso na Terra, sem saber o que lhe aconteceu. E, por vezes, sofre muito. Mas há outros que estão aqui com uma finalidade específica e podem ter algo a nos comunicar. Uma sombra, no entanto, é apenas um fragmento de uma alma que se foi para melhor. É o que esses são, rapaz. Apenas sombras. Você reparou na mudança que ocorreu com as árvores?

— As folhas caíram e fez muito frio, como no inverno.

— As folhas agora reapareceram. Então, você esteve vendo apenas um momento do passado. Apenas uma lembrança das maldades que ocorrem na Terra. Em geral, se você é corajoso, as sombras não podem vê-lo e não sentem nada. Uma sombra é como um reflexo em um lago, que perdura depois que seu dono já se foi. Você está entendendo?

Concordei com a cabeça.

— Certo, então esse problema está esclarecido. De vez em quando, lidaremos com os mortos, por isso é melhor você ir se acostumando. Enfim, vamos andando. Temos um longo caminho a percorrer. Tome, de agora em diante você a carregará.

O Caça-feitiço me entregou sua grande bolsa de couro e, sem sequer olhar para trás, recomeçou a subir a encosta. Acompanhei-o, escalamos o cume e descemos em meio às árvores do outro lado, em direção à estrada, que era uma escarpa distante e cinzenta serpeando para o sul no meio do quadriculado verde e castanho dos campos.

— Já fez muitas viagens, rapaz? — perguntou o Caça-feitiço por cima do ombro. — Conhece muitos lugares do Condado?

Respondi-lhe que nunca me afastara mais de dez quilômetros do sítio do meu pai. Ir ao mercado local tinha sido a minha grande viagem.

O Caça-feitiço murmurou alguma coisa, baixinho, e sacudiu a cabeça; percebi que não tinha ficado muito satisfeito com a minha resposta.

— Muito bem, suas viagens começam hoje. Estamos indo para o sul, até uma aldeia chamada Horshaw. Fica a apenas vinte e quatro quilômetros em linha reta, e precisamos alcançá-la antes de anoitecer.

Já tinha ouvido falar de Horshaw. Era uma aldeia mineira com as maiores carvoarias do Condado, uma vez que estocava a produção de dezenas de minas ao redor. Nunca imaginei conhecê-la e fiquei pensando qual poderia ser o interesse do Caça-feitiço em um lugar daqueles.

Ele andava em marcha acelerada, dando grandes passadas sem esforço. Em pouco tempo, eu estava me desdobrando para acompanhá-lo; além de carregar minha trouxinha de roupas e pertences, havia ainda a bolsa dele, que parecia pesar mais a cada minuto. Então, só para piorar, começou a chover.

Mais ou menos uma hora antes do meio-dia, o Caça-feitiço fez uma inesperada parada. Virou-se e me encarou com severidade. Naquela altura, eu o seguia a uns dez passos. Meus pés doíam e eu já começara a mancar um pouco. A estrada não era muito mais do que uma trilha que rapidamente se transformava em um lamaçal. Quando o alcancei, bati com a ponta do pé em alguma coisa, escorreguei e quase perdi o equilíbrio.

Ele fez um muxoxo e perguntou:

— Sentindo tonteiras, rapaz?

Neguei, sacudindo a cabeça. Queria dar um descanso ao meu braço, mas não me pareceu certo descarregar a bolsa do mestre na lama.

— Ótimo — aprovou o Caça-feitiço com um ar de riso; a chuva pingava das bordas de seu capuz e penetrava a sua barba. — Jamais confie em um homem tonto. Vale a pena se lembrar sempre disso.

— Não estou tonto — protestei.

— Não? — disse o Caça-feitiço, erguendo as grossas sobrancelhas.— Então devem ser as suas botas. Não vão lhe servir neste ofício.

Minhas botas eram iguais às do meu pai e do Jack, bastante resistentes e próprias para a lama e a sujeira do campo, mas exigiam tempo para a gente se acostumar. Um par novo custava umas quinze bolhas até os pés pegarem o jeito.

Olhei para as botas do Caça-feitiço. Eram de couro de boa qualidade e tinham solas muito grossas. Deviam ter custado uma fortuna, mas suponho que, para alguém que andava muito, valiam cada centavo que ele pagara. As botas pareciam flexíveis quando ele andava, e eu apostava que tinham sido confortáveis desde que as calçara pela primeira vez.

— Boas botas são importantes neste ofício — disse o Caça-feitiço. — Não dependemos de homem nem de animal para nos levar aonde precisamos ir. Se confiarmos nas pernas que temos, elas não nos deixarão na mão. Portanto, se eu finalmente resolver aceitá-lo, vou lhe comprar botas iguais às minhas. Até lá, você terá de se arranjar o melhor que puder.

Ao meio-dia, paramos para um breve descanso e nos abrigamos da chuva em um estábulo abandonado. O Caça-feitiço tirou um pano do bolso e abriu-o, revelando um bom naco de queijo amarelo.

Partiu uma pontinha e me deu. Eu já vira pior e estava com fome, por isso devorei-o. Ele próprio comeu apenas um pedacinho, antes de tornar a embrulhar o restante e guardá-lo no bolso.

Uma vez fora da chuva, ele baixou o capuz, dando-me a oportunidade de observá-lo direito pela primeira vez. À exceção da barba peluda e dos olhos de carrasco, seu traço mais marcante era o nariz, severo e afilado, com uma curvatura que sugeria um bico de pássaro. A boca, quando fechada, ficava quase oculta pelo bigode e a barba. Esta, à primeira vista, me parecera grisalha, mas, quando reparei melhor, procurando agir com a maior naturalidade possível para ele não perceber, vi que a maioria das cores do arco-íris parecia estar nascendo ali. Havia matizes de vermelho, preto, castanho e, obviamente, muito cinza, mas, como vim a perceber mais tarde, tudo dependia da luz.

"Queixo curto, caráter fraco", meu pai sempre dizia, e, de fato, ele acreditava que havia homens que usavam barba só para esconder o queixo. Olhando bem para o Caça-feitiço, porém, via-se que, apesar da barba, seu queixo era comprido, e, quando ele abria a boca, revelava dentes amarelos muito pontiagudos, mais próprios para mastigar carne sangrenta do que mordiscar queijo.

Com um arrepio, percebi subitamente que ele me lembrava um lobo. E não era apenas por sua aparência. Ele era uma espécie de predador porque caçava as trevas; sobreviver apenas com pedacinhos de queijo o deixaria sempre faminto e mesquinho. Se eu concluísse o meu aprendizado, acabaria igualzinho a ele.

— Você ainda tem fome, rapaz? — perguntou-me, seus olhos verdes penetrando os meus até eu começar a me sentir ligeiramente tonto.

Eu estava encharcado até os ossos e meus pés doíam, mas, acima de tudo, eu tinha fome. Então, confirmei, pensando que ele talvez me oferecesse mais alguma coisa, mas ele apenas balançou a cabeça e resmungou, tornando a me encarar com severidade.

— A fome é uma coisa com que terá de se acostumar. Não comemos muito quando estamos trabalhando, e, se a tarefa é muito difícil, não comemos nada até concluí-la. O jejum é a prática mais segura porque nos torna menos vulneráveis às trevas. Nos fortalece. Então é melhor que comece a treinar desde já, porque, quando chegarmos a Horshaw, vou submeter você a um pequeno teste. Vai passar a noite em uma casa mal-assombrada. E sozinho. Isso me mostrará que tipo de pessoa você é!

CAPÍTULO 3
RUA ALACADA N? 13

Chegamos a Horshaw quando o sino da igreja começava a tocar ao longe. Eram sete horas e o dia ia morrendo. Uma garoa pesada fustigava nosso rosto, mas ainda havia luz suficiente para eu concluir que jamais gostaria de morar naquele lugar e que seria melhor evitar até mesmo uma breve visita.

Horshaw era uma mancha negra no verdor dos campos, um lugarzinho sombrio e feio, com duas dezenas de fileiras de casas miseráveis encostadas fundo com fundo e, em sua maioria, agrupadas na vertente sul de um morro úmido e desolado. A área inteira era crivada de minas e tinha Horshaw ao centro. Muito acima da aldeia, havia uma grande pilha de escória que marcava a entrada de uma mina. Atrás da pilha se encontravam as carvoarias, que estocavam carvão suficiente para aquecer as maiores cidades do Condado, mesmo nos invernos mais longos.

Não demorou muito e estávamos caminhando por suas ruas tortuosas calçadas de pedras, colados às paredes negras de fuligem, para deixar o caminho livre às carroças atulhadas de pedaços de carvão que a chuva molhava e fazia brilhar. Os cavalos enormes e fortes que as puxavam se retesavam para deslocar tanta carga, e seus cascos resvalavam no calçamento úmido.

Havia pouca gente na rua, mas as cortinas rendadas se agitavam quando passávamos, e encontramos um grupo de mineiros de rostos duros que subiam penosamente o morro para começar o turno da noite. Falavam alto, mas se calaram de repente e fizeram fila indiana para passar por nós, conservando-se do lado oposto da rua. Um deles chegou a fazer o sinal da cruz.

— Vá se acostumando, rapaz — rosnou o Caça-feitiço. — Somos necessários, mas raramente bem-vindos, e em alguns lugares é pior do que em outros.

Por fim, viramos na menor e mais pobre rua de todas. Ninguém morava ali — percebia-se imediatamente. Primeiro, porque havia algumas janelas quebradas e outras pregadas com tábuas, e, embora fosse quase noite, não se viam luzes. A uma extremidade da rua havia um armazém de grãos abandonado, dois portões de madeira abertos e pendurados nas dobradiças enferrujadas.

O Caça-feitiço parou à porta da última casa. Ficava no canto mais próximo ao armazém, o único prédio da rua que tinha número. Um número de metal cravado na porta. Era *treze*, o pior e o mais azarado dos números, e imediatamente acima, na parede, havia uma placa de rua, presa por um único cravo enferrujado, que apontava quase verticalmente para as pedras do calçamento. Dizia RUA ALAGADA.

A casa tinha vidraças, mas as cortinas de renda estavam amareladas e cobertas de teias de aranha. Devia ser a tal casa mal-assombrada de que o meu mestre me avisara.

O Caça-feitiço tirou uma chave do bolso, destrancou a porta e entrou à frente na escuridão reinante. A princípio, me alegrei de ter saído da chuva, mas, quando ele acendeu uma vela e colocou-a no chão, quase no centro da pequena sala, vi que eu estaria mais confortável em um estábulo abandonado. Não havia um único móvel à vista, apenas um piso lajeado e nu e um monte de palha suja sob a janela. E a saleta era úmida, o ar, pegajoso e frio, e, à luz vacilante da vela, pude notar que saía vapor de minha boca.

O que eu via era bem ruim, mas ele tinha dito que era ainda pior.

— Muito bem, rapaz, tenho negócios a tratar; portanto, vou andando, mas voltarei mais tarde. Sabe o que tem de fazer?

— Não, senhor — respondi, vigiando a vela bruxuleante, preocupado que pudesse apagar a qualquer momento.

— O que já lhe disse. Você não prestou atenção? Precisa ficar acordado em vez de sonhar. Enfim, não é nada muito difícil — explicou-me, coçando a barba como se houvesse um inseto andando nela. — Precisa apenas passar a noite aqui sozinho. Trago todos os meus novos aprendizes a esta casa velha na primeira noite, para saber de que são feitos. Ah, tem uma coisa que não lhe disse. À meia-noite, quero que desça ao porão e enfrente o que estiver escondido lá. Enfrente e estará no caminho certo para ser efetivado como meu aprendiz. Alguma pergunta?

Com certeza, eu tinha muitas perguntas, mas estava apavorado demais para ouvir as respostas. Por isso, apenas assenti e tentei evitar que o meu lábio superior tremesse.

— Como você vai saber quando for meia-noite? — perguntou-me.

Encolhi os ombros. Sabia muito bem calcular o tempo pela posição do sol e das estrelas, e, se alguma vez acordava à noite, quase sempre sabia a hora exata, mas ali eu não tinha muita certeza. Em alguns lugares, o tempo parece passar mais lentamente, e eu tinha a sensação de que nesta casa velha seria assim.

De repente, lembrei-me do relógio da igreja.

— Acabou de bater sete horas — disse eu. — Vou prestar atenção para ouvir as doze badaladas.

— Muito bem, pelo menos agora você está acordado — comentou o Caça-feitiço, com um ar de riso. — Quando o relógio der meia-noite, pegue o toco de vela e use-o para enxergar o caminho para o porão. Até lá, durma, se conseguir. Agora, escute bem, precisa se lembrar de três coisas importantes. Não abra a porta da rua para ninguém, por mais forte que batam, e não se atrase para descer ao porão.

Ele deu um passo em direção à porta.

— E qual é a terceira? — perguntei, no último instante.

— A vela, rapaz. Faça o que quiser, mas não a deixe apagar...

Então, ele foi embora, fechando a porta ao passar, e fiquei sozinho. Com muito cuidado, apanhei a vela, fui até a porta da cozinha e espreitei. Não havia móveis, exceto uma pia de pedra. A porta dos fundos estava fechada, mas o vento entrava, gemendo por baixo. Havia outras duas portas à direita. Uma estava aberta, e pude ver os degraus de madeira sem passadeira que levavam aos quartos no primeiro andar. A outra, mais próxima de mim, estava fechada.

Alguma coisa naquela porta fechada me deixou inquieto, e resolvi dar uma espiada. Nervoso, agarrei a maçaneta e puxei-a. Estava difícil de abrir, e, por um momento, tive a assustadora sensação de que alguém a prendia pelo lado de dentro. Quando a puxei com mais força, ela se abriu com um tranco e me fez perder o equilíbrio. Cambaleei alguns passos para trás e quase deixei a vela cair.

Havia uma escada de pedra que desaparecia na escuridão; estava enegrecida com pó de carvão. Dobrava para a esquerda, o que me impedia de ver até embaixo, mas subia do porão uma friagem que fazia a chama da vela dançar e ameaçar se extinguir. Fechei a porta depressa e voltei à sala da frente, batendo a porta da cozinha também.

Coloquei a vela, cautelosamente, no canto oposto à porta e à janela. Uma vez seguro de que não tombaria, procurei um lugar no chão onde pudesse dormir. Não havia muita escolha. Com certeza, eu não ia dormir em cima da palha úmida, por isso me acomodei no centro da sala.

As lajes eram duras e frias, mas fechei os olhos. Uma vez adormecido, estaria longe daquela sinistra casa velha, e me senti muito confiante de que acordaria pouco antes da meia-noite.

Em geral, adormeço com facilidade, mas desta vez foi diferente. Eu não parava de tiritar de frio, e o vento começava a sacudir as vidraças. Havia também murmúrios e batidinhas que vinham das paredes. São apenas camundongos, eu não parava de repetir para mim mesmo. Estávamos acostumados com eles no sítio do meu pai. Então, de repente, ouvi um som perturbador que vinha das profundezas do porão escuro.

A princípio fraco, o que me obrigou a apurar os ouvidos, mas, aos poucos, foi crescendo até não deixar dúvida do que eu estava ouvindo. Lá embaixo, no porão, acontecia alguma coisa que não devia estar acontecendo. Alguém estava cavando ritmadamente, revolvendo a terra pesada com uma afiada pá de metal. Primeiro, ouvia-se a borda metálica da pá raspando a superfície da pedra, seguia-se um som abafado de sucção quando a pá penetrava o barro pesado e o arrancava da terra.

Isso continuou por vários minutos, até que o ruído cessou tão repentinamente quanto começara. Tudo silenciou. Até os camundongos pararam de andar. Era como se a casa, e tudo que nela havia, tivesse prendido a respiração. Pelo menos, eu tinha.

O silêncio foi quebrado por uma vibrante passada. Depois, uma sequência de passos decididamente ritmados. Eles foram ficando mais altos. E mais altos. E mais próximos...

Alguém vinha subindo as escadas do porão.

Agarrei a vela e me encolhi no canto mais afastado da sala. Tum, tum; sempre mais próximas, vinham as pisadas das botas. Quem poderia estar cavando lá embaixo, no escuro? Quem poderia estar subindo a escada agora?

Mas, talvez a questão não fosse *quem* estava subindo a escada. A questão talvez fosse *o quê*...

Ouvi a porta do porão se abrir e o som das botas na cozinha. Encolhi-me de novo no canto, tentando ficar o menor possível, esperando a porta da cozinha se escancarar.

E ela se abriu, muito lentamente, com um forte rangido. Alguma coisa entrou na sala. Senti uma friagem. Uma friagem de verdade. O tipo de friagem que me informava que ali havia alguma coisa que não pertencia a esta Terra. Era como a friagem no morro do Carrasco, só que muito, muitíssimo pior.

Ergui a vela; sua chama produziu sombras lúgubres que dançaram pelas paredes e pelo teto.

— Quem está aí? — perguntei, minha voz ainda mais trêmula do que a mão que segurava a vela.

Não recebi resposta. Até o vento lá fora emudecera.

— Quem está aí?

Novamente, não recebi resposta, mas as botas invisíveis arranharam as lajes, aproximando-se de mim. Cada vez mais perto, e, agora, eu ouvia alguém respirando. Alguma coisa grande resfolegava. Lembrou-me um enorme cavalo que tivesse acabado de puxar uma carga pesada até o topo de um morro íngreme.

No último instante, os passos se desviaram de mim e pararam junto à janela. Prendi a respiração, mas a coisa à janela parecia estar respirando por nós dois, inalando grandes haustos de ar, como se nunca fossem suficientes.

Quando eu já não podia suportar, a coisa soltou um enorme suspiro que me pareceu, ao mesmo tempo, cansado e triste, e as botas invisíveis arranharam mais uma vez o lajeado, os pesados passos se afastaram da janela e saíram em direção à porta. Quando começaram a retumbar, descendo a escada do porão, pude finalmente voltar a respirar.

Meu coração começou a desacelerar, minhas mãos pararam de tremer e, gradualmente, me acalmei. Precisava me acalmar. Ficara apavorado, mas, se aquilo era o pior que ia me acontecer aquela noite, eu aguentara bem, passara no meu primeiro teste. Ia ser aprendiz do Caça-feitiço; então, tinha que me acostumar com lugares como essa casa mal-assombrada. Fazia parte do ofício.

Passados uns cinco minutos, comecei a me sentir melhor. Cheguei mesmo a pensar em fazer uma nova tentativa de adormecer, mas, como costumava dizer meu pai, "A maldade não descansa." Não sei qual foi o meu erro, mas, repentinamente, ouvi um novo ruído que me perturbou.

A princípio, era fraco e distante — alguém batendo em uma porta. Ouvi uma pausa e novas batidas. Três batidas distintas, mas, desta vez, mais próximas. Outra pausa e mais três batidas.

Não demorei muito a entender. Alguém estava batendo com força em cada porta da rua e se aproximava aos poucos do número treze. Quando, finalmente, chegou à casa mal-assombrada, as três batidas na porta da rua foram altas o suficiente para acordar os mortos. Será que a coisa no porão subiria para atender àquele chamado? Senti-me entre a cruz e a caldeirinha: alguém do lado de fora queria entrar; alguém lá embaixo queria sair.

Então, de repente, tudo se acertou. Uma voz me chamou à porta de entrada, uma voz que reconheci.

— Tom! Tom! Abra a porta! Me deixe entrar.

Era minha mãe. Fiquei tão feliz em ouvi-la, que corri para a porta sem pensar. Chovia lá fora, e ela devia estar se molhando.

— Depressa, Tom, depressa! — mamãe chamou. — Não me deixe esperando.

Eu ia erguendo o trinco, quando me lembrei do aviso do Caça-feitiço: *"Não abra a porta da rua para ninguém, por mais forte que batam..."*

Mas, como poderia deixar minha mãe lá fora no escuro?

— Anda, Tom! Me deixe entrar! — a voz tornou a pedir.

Lembrando-me do Caça-feitiço, inspirei profundamente e tentei raciocinar. O bom-senso me dizia que não podia ser minha mãe. Por que teria me seguido tão longe? Como poderia saber aonde vínhamos? Ela não viajaria sozinha. Meu pai ou Jack a teriam acompanhado.

Não, era outra coisa esperando ali fora. Outra coisa sem mãos, que ainda conseguia bater na porta. Outra coisa sem pés, que ainda conseguia ficar em pé na rua.

As batidas recomeçaram mais fortes.

— Por favor, me deixe entrar, Tom — suplicou a voz. — Como pode ser tão insensível e cruel? Estou com frio, molhada e cansada.

Por fim, a coisa começou a chorar, e, então, tive certeza de que não poderia ser minha mãe. Mamãe era forte, nunca chorava, por pior que fosse a situação.

Passado algum tempo, os ruídos foram morrendo e cessaram de vez. Fiquei deitado no chão e tentei, mais uma vez, adormecer. Não parava de me virar; primeiro, para um lado, e depois, para o outro, mas, por mais que tentasse, não conseguia dormir. O vento recomeçou a sacudir as vidraças com mais violência e, a cada meia hora e hora cheia, o relógio da igreja marcava as horas, me avizinhando da meia-noite.

Quanto mais próxima a hora em que teria de descer ao porão, mais nervoso eu ficava. Queria passar no teste do Caça-feitiço, mas, ah, como desejava estar de volta em casa, na minha cama quente, gostosa e segura.

Então, assim que o relógio deu uma única badalada — onze e meia —, a escavação recomeçou...

Mais uma vez, ouvi o tum-tum das botas subindo a escada do porão; mais uma vez, a porta se abriu e as botas invisíveis entraram na sala. A essa altura, o único pedacinho de mim que se mexia era o coração, e socava com tanta força o meu peito que parecia prestes a me partir as costelas. Desta vez, porém, as botas não se desviaram para a janela. Continuaram a avançar. Tum! Tum! Tum! Direto para mim.

Senti que me erguiam com brutalidade pelos cabelos e pela pele da nuca, como uma gata carrega seus filhotes. Então, um braço invisível envolveu o meu corpo e prendeu os meus braços dos lados. Tentei respirar, mas foi impossível. Meu peito estava sendo esmagado.

Fui levado em direção à porta do porão. Não via quem estava me levando, mas ouvia sua respiração áspera e me debati em pânico, porque, de algum modo, eu sabia exatamente o que ia acontecer. De algum modo, eu sabia, porque ouvira o ruído de alguém cavando lá embaixo. Ia ser carregado para o porão escuro, e eu sabia que havia uma cova esperando por mim. Ia ser enterrado vivo.

Aterrorizado, tentei gritar, mas era pior do que me deixar apenas ser esmagado por aquele abraço. Eu estava paralisado e não conseguia mover um único músculo.

De repente, senti que estava caindo...

E vi-me de quatro, olhando para a porta aberta do porão, a centímetros do primeiro degrau. Em pânico, o coração tão acelerado que nem dava para contar as batidas, levantei-me de um salto e bati a porta do porão. Ainda tremendo, voltei à sala e descobri que uma das três regras do Caça-feitiço tinha sido quebrada.

A vela se apagara...

Quando me dirigi à janela, um relâmpago iluminou a sala, seguido de um estrondo do trovão quase em cima da casa. A tempestade fustigou as paredes, sacudiu as janelas e fez a porta da rua ranger e gemer, como se alguma coisa estivesse tentando entrar.

Durante uns minutos, fiquei olhando, arrasado, os relâmpagos lá fora. Era uma noite horrível, e, embora eu tivesse medo de relâmpagos, teria dado qualquer coisa para estar andando na rua qualquer coisa que me impedisse de descer ao porão.

Ao longe, o relógio da igreja começou a marcar as horas. Contei as badaladas, e foram exatamente doze. Agora, precisava encarar o que havia no porão.

Então, quando mais um relâmpago iluminou a sala, notei grandes pegadas no chão. A princípio, pensei serem do Caça-feitiço, mas eram escuras como se tivessem sido deixadas por botas sujas de pó de carvão. Vinham diretamente da porta da cozinha, iam quase até a janela, davam meia-volta e refaziam o caminho pelo qual tinham vindo. Do porão. Da escuridão aonde eu tinha que ir!

Obrigando-me a reagir, tateei pelo chão à procura do toco de vela. Depois, tentei encontrar a minha trouxinha de roupas. Embrulhada nela havia o estojinho que meu pai me dera.

Às apalpadelas, esvaziei as lascas de madeira no chão e usei a pedra e o metal para produzir faísca. Insisti até o montículo de madeira queimar por tempo suficiente para eu acender a vela. Meu pai nem imaginava que tão cedo seu presente pudesse ser tão útil.

Quando abri a porta do porão, houve mais um relâmpago, seguido de um repentino estrondo que sacudiu a casa inteira e ecoou pela escada à minha frente. Desci ao porão, a mão tremendo e o toco de vela dançando, fazendo estranhas sombras bruxulearem pela parede.

Eu não queria descer, mas, se não passasse no teste do Caça-feitiço, provavelmente estaria retomando o caminho de casa assim que clareasse o dia. Imaginei a vergonha de precisar contar a minha mãe o que acontecera.

Oito degraus, e eu já estava fazendo a curva de onde avistei o porão. Não era espaçoso, mas tinha sombras escuras nos cantos, onde a luz da vela não alcançava, e teias de aranha que pendiam do teto, formando frágeis cortinas de sujeira. Havia pedacinhos de carvão, grandes caixotes de madeira espalhados pelo chão de terra batida e uma velha mesa de madeira ao lado de um barril de cerveja. Contornei o barril e reparei que havia uma coisa no canto mais distante. Uma coisa por trás de uns caixotes, que me deixou apavorado e quase me fez largar a vela.

Era um vulto escuro, quase uma trouxa de trapos, e emitia um ruído. Um ruído fraco e ritmado, como se respirasse.

Dei um passo em direção aos trapos; depois outro, usando toda a minha força de vontade para obrigar minhas pernas a andarem. Então, quando cheguei tão perto que poderia tocá-la, a coisa repentinamente cresceu. A sombra amontoada no chão se empinou e se avultou à minha frente até ficar três ou quatro vezes maior.

Quase corri. Era alta, escura e medonha, com cintilantes olhos verdes.

Só então, notei o bastão que a coisa segurava na mão esquerda.

— Por que demorou? — quis saber o Caça-feitiço. — Está quase cinco minutos atrasado!

CAPÍTULO 4
A CARTA

— Morei nesta casa quando era criança — disse o Caça-feitiço — e vi coisas que fariam você encolher até os dedões dos pés, mas eu era o único que via, e meu pai costumava me bater por mentir. Tinha uma coisa que subia do porão. Aconteceu o mesmo com você. Acertei?

Concordei com a cabeça.

— Não precisa se preocupar, rapaz. É apenas mais uma sombra, o fragmento de uma alma atormentada que prosseguiu sua jornada. Se não deixasse a parte ruim para trás, ficaria presa aqui para sempre.

— Que foi que ela fez? — perguntei, minha voz produzindo um eco débil no teto.

O Caça-feitiço sacudiu a cabeça com ar de tristeza.

— Era um mineiro com os pulmões tão doentes que não pôde mais trabalhar. Passava os dias e as noites tossindo e tentando respirar, e sua pobre mulher sustentava os dois. Ela trabalhava em uma padaria e, infelizmente para ambos, era muito bonita. Não há muitas mulheres em quem se possa realmente confiar, e as bonitas são as piores.

"E, para agravar a situação, o marido era ciumento e a doença o deixava amargurado. Uma noite, ela voltou do trabalho muito tarde, e ele, que não tinha parado de ir à janela e andar para lá e para cá cada vez mais enraivecido, achou que a mulher estava com outro homem.

"Quando, finalmente, a mulher chegou, sua fúria era tanta que ele abriu a cabeça dela com um pedaço de carvão. Depois, deixou-a moribunda, estendida no lajeado, e foi para o porão cavar uma sepultura. A mulher ainda estava viva quando ele voltou, mas não conseguia se mexer nem pedir socorro. Esse é o terror que nos invade, porque foi o que ela sentiu quando o marido a ergueu nos braços e a levou para o porão escuro. A mulher tinha ouvido o marido cavando. Sabia o que ele ia fazer.

"Mais tarde, naquela noite, ele se suicidou. É uma história triste, e embora os dois já estejam em paz, a sombra dele continua aqui com as últimas lembranças da mulher, suficientemente fortes para atormentar gente como nós. Vemos coisas que outros não veem, o que é, ao mesmo tempo, uma bênção e uma maldição. Mas muito útil em nosso ofício."

Estremeci. Senti pena da pobre mulher que fora morta e do mineiro que a matara. Senti pena até do Caça-feitiço. Imagine ter que passar a infância em uma casa assim.

Olhei para a vela que eu colocara no centro da mesa. Estava quase queimada, e a chama iniciava uma última dança bruxuleante, mas o Caça-feitiço não deu sinal algum de querer subir. As sombras em seu rosto não estavam me agradando. Pareciam mudar gradualmente, como se estivessem formando um focinho ou outra coisa qualquer.

— Sabe como venci o medo? — perguntou-me.
— Não, senhor.
— Uma noite fiquei tão aterrorizado que berrei antes que pudesse me controlar. Acordei todo mundo, e meu pai, enfurecido, me agarrou pela nuca e me trouxe para este porão. Apanhou, então, um martelo e pregou a porta.

"Eu não era muito grande. Não devia ter mais de sete anos. Subi as escadas e, quase estourando de berrar, esmurrei a porta. Meu pai, porém, era um homem duro e me deixou aqui sozinho no escuro durante horas, até muito depois do amanhecer. Passado um tempo, me acalmei, e sabe o que fiz?"

Sacudi a cabeça negativamente, tentando não olhar para o seu rosto. Seus olhos brilhavam com intensidade e, mais que nunca, ele parecia um lobo.

— Desci as escadas e me sentei aqui no escuro. Depois, inspirei três vezes profundamente e enfrentei meu medo. Enfrentei a própria escuridão, que é o mais apavorante, principalmente para gente como nós, porque as coisas vêm a nós no escuro. Elas nos procuram aos sussurros e assumem formas que somente nossos olhos conseguem perceber. Mas foi o que fiz, e quando deixei o porão, o pior tinha passado.

Naquele momento, a vela se apagou de vez e nos mergulhou em absoluta escuridão.

— É isso aí, rapaz — disse o Caça-feitiço. — Somos apenas você, eu e a escuridão. Acha que é capaz de aguentar? Tem coragem para ser meu aprendiz?

Sua voz pareceu diferente, mais grave e estranha. Imaginei-o de quatro, pelos lupinos cobrindo seu rosto, os dentes se alongando. Eu tremia, e não consegui falar até inspirar profundamente pela terceira vez. Só então lhe dei a minha resposta.

Eram palavras que meu pai sempre repetia quando precisava fazer alguma coisa desagradável ou difícil:

— Alguém tem que fazer o serviço. Então, é melhor que seja eu.

O Caça-feitiço deve ter achado graça, porque sua risada encheu o porão e ecoou escada acima ao encontro do novo trovão que vinha descendo.

— Há quase treze anos — continuou o Caça-feitiço — me enviaram uma carta lacrada. Era breve e objetiva, e estava escrita em grego. Foi sua mãe quem a mandou. Você sabe o que continha?

— Não — respondi baixinho, imaginando o que ouviria a seguir.

— "Acabei de dar à luz um menino", ela escreveu, "e ele é o sétimo filho de um sétimo filho. Seu nome é Thomas J. Ward e ele é o meu presente a este Condado. Mandarei notícias quando ele tiver idade suficiente. Treine-o bem. Ele será o melhor aprendiz que você já teve e será também o último."

"Não usamos magia, rapaz — disse o Caça-feitiço, sua voz pouco mais que um sussurro na escuridão. — As principais ferramentas do nosso ofício são o bom-senso, a coragem e a manutenção de registros precisos para podermos aprender com o passado. E, acima de tudo, não acreditamos em profecias. Não acreditamos que o futuro seja imutável. Portanto, se o que sua mãe escreveu vier a se realizar, é porque *nós* fizemos com que se realizasse. Está entendido?"

Havia uma ponta de raiva em sua voz, mas eu sabia que não era dirigida a mim, por isso concordei com a cabeça, apesar do escuro.

— Quanto a você ser o presente de sua mãe ao Condado, todos os meus aprendizes, sem exceção, eram o sétimo filho de um sétimo filho. Portanto, não comece a pensar que você é especial. Tem muito que estudar e muito trabalho pesado pela frente.

"A família pode ser uma amolação — continuou o Caça-feitiço depois de fazer uma pausa, sua voz mais branda, sem vestígio de raiva. — Só me restam dois irmãos. Um é serralheiro, e nos damos bem, mas o outro não fala comigo faz uns quarenta anos, embora viva aqui em Horshaw."

Quando, finalmente, deixamos a casa, a tempestade cessara e a lua estava visível. Na hora em que o Caça-feitiço trancou a porta da casa, reparei pela primeira vez em um entalhe que havia na madeira.

Gregory

O Caça-feitiço indicou-o com a cabeça.

— Eu costumava usar sinais como esse para alertar os que ainda soubessem ler grego ou, às vezes, para exercitar minha memória. Você reconhecerá a letra gama. É o sinal para um fantasma ou uma sombra. A cruz embaixo, à direita, é o número dez em algarismos romanos, que é a menor grandeza. Qualquer coisa acima de seis é apenas uma sombra. Não há nada nessa casa que possa lhe fazer mal, não se você for corajoso. Lembre-se, a treva se alimenta do medo. Seja corajoso, e uma sombra pouco poderá fazer.

Se, ao menos, eu tivesse sabido disso desde o começo.

— Anime-se, rapaz — disse o Caça-feitiço. — Sua cara está tão comprida que vai bater nas suas botas! Quem sabe isto o alegre. — Ele tirou o pedaço de queijo amarelo do bolso, partiu um pedacinho e me deu. — Mastigue um pouco, mas não engula tudo de uma vez.

Eu o acompanhei pela rua de pedras. O ar estava úmido, mas, pelo menos, não chovia, e, para o oeste, as nuvens que lembravam carneirinhos no céu começavam a se romper e dispersar em farrapos.

Deixamos a aldeia e continuamos a viagem rumo ao sul. Quase chegando ao ponto onde a rua calçada virava uma trilha lamacenta, havia uma pequena igreja. Parecia abandonada — faltavam telhas no telhado e a tinta da porta principal estava descascando. Não tínhamos visto ninguém desde que saíramos da casa, mas havia um velho em pé à porta da igreja. Seus cabelos eram brancos, muito lisos, sujos e malcuidados.

Suas roupas escuras informavam que se tratava de um padre, mas, quando nos aproximamos, foi a expressão do seu rosto que realmente chamou minha atenção. Lançou-nos um olhar carrancudo, o rosto todo contraído. E, então, teatralmente, fez um largo sinal da cruz, chegando a ficar na ponta dos pés para iniciá-lo, esticando o indicador da mão direita para o céu o mais alto que pôde. Eu já vira padres fazerem o sinal da cruz antes, mas nunca com tanto exagero, com tanta raiva que parecia ser dirigida a nós.

Supus que tivesse algum ressentimento do Caça-feitiço ou talvez do trabalho que ele fazia. Eu sabia que seu ofício deixava nervosa a maioria das pessoas, mas nunca vira uma reação igual.

— Qual é o problema dele? — perguntei, depois que o passamos e já não dava para nos ouvir.

— Padres! — exclamou o Caça-feitiço com rispidez, uma raiva cortante em sua voz. — Sabem tudo, mas não veem nada! E aquele ali é o pior. É meu irmão.

Gostaria de saber mais, mas tive o juízo de não lhe fazer outras perguntas. Aparentemente havia muito que aprender a respeito do Caça-feitiço e seu passado, mas tive a impressão de que eram coisas que ele só me contaria quando bem entendesse.

Então, simplesmente acompanhei-o para o sul, carregando sua pesada bolsa e pensando no que minha mãe escrevera na carta. Ela nunca fora de contar vantagem nem de fazer afirmações descabidas. Minha mãe só dizia o que precisava ser dito; portanto, tencionara dizer cada palavra que escrevera. Normalmente, ela se ocupava de suas tarefas e fazia o que era necessário. O Caça-feitiço me havia dito que não tinha muito o que pudesse ser feito pelas sombras, mas, uma vez, minha mãe as silenciara no morro do Carrasco.

Sendo o sétimo filho de um sétimo filho, eu não era nada especial neste ofício — essa era a primeira condição para alguém ser aceito como aprendiz do Caça-feitiço. Contudo, eu sabia que havia uma coisa que me fazia diferente.

Eu também era filho da minha mãe.

CAPÍTULO 5
OGROS E FEITICEIRAS

Estávamos viajando para o lugar que o Caça-feitiço chamava sua "Casa de Inverno".

Enquanto caminhávamos, a última nuvem da manhã se dissipou e, de repente, percebi que havia uma coisa diferente no sol. Mesmo no Condado, por vezes, o sol brilha no inverno, o que é bom porque, pelo menos, sinaliza que não está chovendo, mas todo ano há um momento em que, de repente, percebemos, pela primeira vez, o calor do sol. É como o regresso de um velho amigo.

O Caça-feitiço devia estar pensando quase exatamente o mesmo que eu, porque inesperadamente parou, me olhou de esguelha e me deu um dos seus raros sorrisos.

— É o primeiro dia de primavera, rapaz — disse ele —, iremos, então, para Chipenden.

Pareceu-me uma frase estranha. Será que ele sempre ia para Chipenden no primeiro dia de primavera? E, se assim fosse, por que o fazia? Perguntei-lhe, então.

— Residência de verão. Passamos o inverno nos confins da charneca de Anglezarke e o verão em Chipenden.

— Nunca ouvi falar em Anglezarke. Onde fica? — indaguei.

— No extremo sul do Condado, rapaz. É o lugar onde nasci. Moramos lá até meu pai se mudar para Horshaw.

Bom, pelo menos eu ouvira falar em Chipenden e me senti melhor. Ocorreu-me que, como aprendiz do Caça-feitiço, teria de viajar muito e precisaria aprender a me localizar.

Sem mais demora, mudamos o rumo da nossa viagem para nordeste, em direção às serras distantes. Não fiz mais perguntas, mas, naquela noite, quando tornamos a nos abrigar em um estábulo frio e a ceia foram mais uns pedacinhos de queijo amarelo, meu estômago começou a achar que tinham cortado a minha garganta. Nunca passara tanta fome.

Comecei a imaginar onde nos hospedaríamos em Chipenden e se lá teríamos alguma coisa decente para comer. Não conhecia ninguém que tivesse estado lá, mas supunha que fosse um lugar remoto e pouco hospitaleiro, perdido nas serras — aquelas silhuetas distantes, cinzentas e arroxeadas, que mal se avistavam do sítio do meu pai. Elas sempre me pareceram enormes feras adormecidas, mas isso, provavelmente, era culpa de um dos meus tios, que costumava me contar histórias fantásticas. À noite, dizia ele, as serras começavam a se mover, e, quando amanhecia, aldeias inteiras tinham se transformado em pó sob o seu peso.

Na manhã seguinte, escuras nuvens cinzentas cobriram mais uma vez o sol, e me pareceu que teríamos de esperar algum tempo para ver o segundo dia de primavera. O vento recomeçara a soprar, fustigando nossas roupas durante a lenta subida e arremessando os pássaros pelo céu, e as nuvens corriam para leste, como se apostassem qual chegaria primeiro para esconder os cumes das serras.

Caminhávamos devagar, e eu me sentia grato porque grandes bolhas tinham brotado nos meus calcanhares. Já era tarde quando nos aproximamos de Chipenden, e a claridade começava a sumir.

Àquela altura, embora ainda ventasse muito, o céu limpara e as serras arroxeadas se destacavam nítidas no horizonte. O Caça-feitiço não falara muito durante a viagem, mas agora parecia quase agitado, gritando os nomes dos morros um por um. Eram nomes como pico do Parlick, o mais próximo de Chipenden; os demais — uns visíveis, outros ocultos e distantes — eram conhecidos como colina do Mellor, serra da Sela e serra do Lobo.

Quando perguntei ao meu mestre se havia lobos na serra do Lobo, ele sorriu sinistramente.

— As coisas aqui mudam com rapidez, rapaz, e precisamos estar sempre alertas.

Assim que avistamos os primeiros telhados de casas, o Caça-feitiço apontou para um caminho estreito que saía da estrada e subia serpeando pela margem de um riacho borbulhante.

— Minha casa é aqui perto — disse ele. — É um caminho um pouco mais longo, mas nos permite evitar a aldeia. Gosto de manter certa distância das pessoas que vivem aqui. Elas também preferem assim.

Lembrei-me do que Jack dissera do Caça-feitiço e senti desânimo. Ele tinha razão. Era uma vida solitária. Acabava-se trabalhando sozinho.

Havia nas margens do riacho algumas árvores mirradas, que se agarravam à encosta para contrariar a força do vento, mas, inesperadamente, vi mais adiante uma mata de sicômoros e freixos; quando penetramos nela, o vento foi diminuindo até se tornar um murmúrio distante. Era apenas um grande arvoredo, talvez algumas centenas de árvores que ofereciam abrigo das rajadas do vento, mas fui percebendo que era mais do que isso.

No passado, eu já notara que algumas árvores são barulhentas, seus galhos sempre rangem ou suas folhas farfalham, enquanto outras quase não produzem ruído algum. Lá no alto, eu ouvia o murmúrio distante do vento, mas, na mata, os únicos sons audíveis eram os das nossas botas. Tudo estava muito quieto; uma mata inteira, repleta de árvores tão silenciosas, fez um arrepio subir e descer pela minha espinha. E quase me fez pensar que elas estivessem nos escutando.

Desembocamos, então, em uma clareira; defronte havia uma casa. Era cercada por uma alta sebe de pilriteiros que deixava apenas o primeiro andar e o telhado visíveis. Da chaminé saía um fio de fumaça branca. Subia reto no ar, imperturbável, até que, ao nível do topo das árvores, o vento o soprava para leste.

Reparei que a casa e o jardim estavam situados num côncavo na encosta do morro. Era como se um gigante prestativo tivesse aparecido e escavado a terra com a mão.

Acompanhei o Caça-feitiço ao longo da sebe até um portão de metal. Era baixo, não ultrapassava minha cintura e fora pintado de verde vivo, um serviço concluído havia tão pouco tempo, que me perguntei se a tinta teria secado completamente ou se iria sair na mão que o Caça-feitiço já estendia para o trinco.

De repente, aconteceu uma coisa que me fez perder o fôlego. Antes que o Caça-feitiço tocasse no trinco, a lingueta subiu sozinha e o portão se abriu lentamente, como se fosse movido por uma mão invisível.

— Obrigado — ouvi o Caça-feitiço dizer.

A porta da casa, porém, não se abriu sozinha; precisou ser destrancada com uma grande chave que o Caça-feitiço tirou do bolso. Era semelhante à que ele usara para destrancar a porta da casa na rua Alagada.

— Essa é a mesma chave que o senhor usou em Horshaw? — perguntei.

— É, rapaz — respondeu ele, lançando-me um olhar de esguelha enquanto abria a porta. — Ganhei do meu irmão serralheiro. Abre a maioria das fechaduras, desde que não sejam complicadas. É muito útil no nosso ofício.

A porta cedeu com um forte rangido e um longo gemido, e entrei atrás do Caça-feitiço em um pequeno saguão escuro. Para a direita havia uma escada íngreme, e, para a esquerda, um estreito corredor lajeado.

— Deixe tudo ao pé da escada — disse-me o Caça-feitiço. — Ande logo, rapaz. Não demore. Não temos tempo a perder. Gosto da minha comida bem quente!

Então, deixei a bolsa dele e a minha trouxa onde ele indicara e o segui pelo corredor até a cozinha, de onde vinha o aroma apetitoso de comida quente.

Quando entramos lá, não me decepcionei. Lembrei-me da cozinha da minha mãe. Havia ervas plantadas em grandes vasos no largo peitoril da janela, e o sol poente enfeitava o aposento com sombras de folhas. No canto oposto, ardia uma enorme lareira, enchendo a cozinha de calor, e, bem ao centro do piso lajeado, havia uma grande mesa de carvalho. Sobre a mesa, dois enormes pratos vazios e, no meio, cinco travessas com pirâmides de comida ao lado de uma jarra cheia até a borda de molho escaldante.

— Sente-se e coma, rapaz — convidou o Caça-feitiço, e não precisei que ele repetisse o convite.

Servi-me de dois grandes pedaços de frango e de carne, mal deixando espaço suficiente no prato para a montanha de batatas e legumes assados que acrescentei. Por fim, cobri tudo com um molho tão gostoso, que só minha mãe poderia ter feito melhor.

Fiquei imaginando onde estaria a cozinheira e como ela teria sabido a hora exata em que chegaríamos para servir a comida quente na mesa. Eu estava cheio de dúvidas, mas também cansado; por isso, poupei as energias para me alimentar. Quando engoli o último bocado, o Caça-feitiço já tinha limpado o próprio prato.

— Gostou? — perguntou-me.

Confirmei com a cabeça, quase empanturrado demais para falar. Sentia muito sono.

— Depois de uma dieta de queijo, é sempre bom voltar para casa e fazer uma refeição quente — comentou ele. — Comemos bem aqui. Para compensar o tempo que passamos trabalhando.

Tornei a concordar com a cabeça e comecei a bocejar.

— Temos muito que fazer amanhã; portanto, vá se deitar. O seu quarto é o da porta verde no alto do primeiro lance da escada — informou-me o Caça-feitiço. — Durma bem, mas fique em seu quarto e não saia por aí durante a noite. Você ouvirá uma sineta tocar quando o café da manhã estiver pronto.

Desça assim que ouvir o toque, pois uma pessoa que prepara uma boa refeição pode se aborrecer se a deixamos esfriar. Mas também não desça cedo demais, porque isso poderia ser igualmente ruim.

Assenti, agradeci-lhe pela refeição e saí pelo corredor em direção à entrada da casa. A bolsa do Caça-feitiço e a minha trouxa tinham desaparecido. Imaginando quem poderia tê-las levado, subi a escada e fui me deitar.

O quarto era bem maior do que o meu em casa, o qual, no passado, eu tivera que dividir com mais dois irmãos. O novo quarto tinha espaço para uma cama, uma mesinha com uma vela, uma cadeira e uma cômoda, mas ainda sobrava muito espaço para andar. E ali, em cima da cômoda, me esperava a trouxa com os meus pertences.

Do lado oposto à porta havia uma grande janela de guilhotina, dividida em oito caixilhos tão grossos e irregulares que eu não conseguia enxergar muita coisa lá fora, exceto espirais e círculos de cor. A janela parecia que havia anos não era aberta. A cama estava encostada na parede embaixo dela, por isso descalcei as botas, me ajoelhei na colcha e tentei abrir a janela. Apesar de emperrada, foi mais fácil do que tinha parecido. Dei uma série de puxões no cabo da roldana para levantá-la um pouco, o suficiente para enfiar minha cabeça e poder ver melhor.

Vi um amplo gramado dividido em duas partes por um caminho de seixos brancos que desaparecia sob as árvores. Por cima do arvoredo, à direita, avistei as serras, a mais próxima tão perto que me pareceu que era quase possível tocá-la se esticasse o braço. Inspirei profundamente o ar fresco e senti o cheiro de relva antes de puxar a cabeça para dentro e desatar a pequena trouxa com os meus pertences. Eles couberam perfeitamente na primeira gaveta da cômoda. Ao fechá-la, reparei, de repente, que alguém escrevera na parede oposta, nas sombras à altura dos pés da cama.

Estava coberta de nomes rabiscados com tinta preta no reboco nu. Alguns nomes eram maiores que outros, como se o autor se achasse mais importante. Muitos tinham desbotado com o tempo, e me perguntei se seriam os dos outros aprendizes que haviam dormido naquele quarto. Deveria acrescentar o meu nome ou esperar terminar o primeiro mês, quando eu fosse aceito em termos permanentes? Não tinha caneta nem tinta; portanto, pensaria nisto mais tarde, mas examinei atentamente a parede, tentando descobrir qual era o nome mais recente.

Concluí que era BILLY BRADLEY — parecia o mais nítido e fora espremido em um espacinho na parede toda escrita. Por alguns instantes, fiquei imaginando o que Billy estaria fazendo agora, mas me senti cansado e pronto para dormir.

Os lençóis estavam limpos, e a cama, convidativa; então, sem perder mais tempo, me despi e, assim que encostei a cabeça no travesseiro, adormeci.

Quando tornei a abrir os olhos, o sol estava entrando pela janela. Eu estivera sonhando e fui acordado por um barulho repentino. Achei que provavelmente era o sino para o café.

Fiquei preocupado. Teria sido, de fato, o sino me chamando para o café da manhã ou um sino no meu sonho? Como poderia ter certeza? Que deveria fazer? Achei que desagradaria a cozinheira se descesse cedo demais ou tarde demais. Portanto, concluindo que provavelmente ouvira o sino, me vesti e desci imediatamente.

Na descida, ouvi panelas batendo na cozinha, mas, no momento em que entreabri a porta, fez-se um silêncio mortal.

Enganara-me, então. Devia ter voltado para cima no mesmo embalo, porque era óbvio que o café não estava pronto. Os pratos da ceia da noite anterior tinham sido retirados, mas a mesa continuava vazia, e a lareira, cheia de cinzas frias. Na realidade, a cozinha estava fria e, pior ainda, parecia mais fria a cada segundo.

Meu erro foi dar um passo em direção à mesa. Ao fazer isso, ouvi um ruído rente às minhas costas. Era um ruído de raiva. Não havia a menor dúvida. Era decididamente um silvo de raiva e muito próximo do meu ouvido esquerdo. Tão próximo, que senti o seu hálito.

O Caça-feitiço tinha me alertado para não descer cedo, e, de repente, senti que estava correndo um perigo real. Assim que este pensamento me ocorreu, alguma coisa me bateu com força na parte de trás da cabeça; cambaleei em direção à porta, quase perdi o equilíbrio e me estatelei no chão.

Não precisei de um segundo aviso. Saí correndo da cozinha e subi as escadas. No meio do caminho, congelei. Havia alguém parado no alto. Um vulto grande e ameaçador, recortado contra a luz que vinha do meu quarto.

Parei, inseguro quanto à direção a tomar, até que uma voz conhecida me tranquilizou. Era o Caça-feitiço.

Foi a primeira vez que o vi sem a longa capa preta. Vestia uma túnica preta e calção cinza, e dava para ver que, embora fosse um homem alto, de ombros largos, o restante do seu corpo era magro, provavelmente porque havia dias em que o seu único alimento era um pedacinho de queijo. Lembrava os bons trabalhadores do campo quando envelheciam. Alguns, é claro, apenas engordam, mas a maioria — como os que meu pai contrata para a colheita, agora que meus irmãos já saíram de casa — é magra e tem corpos rijos e musculosos. "Mais magro, mais disposto." era o que meu pai sempre dizia e, agora, olhando para o Caça-feitiço, entendo por que era capaz de andar em passo tão acelerado e por tanto tempo sem descansar.

— Eu o alertei para não descer cedo — disse ele baixinho.
— Por isso levou um tapa. Que lhe sirva de lição, rapaz. Da próxima vez, poderá ser bem pior.

— Achei que tinha ouvido o sino — expliquei. — Mas deve ter sido em sonho.

O Caça-feitiço riu com brandura.

— É uma das primeiras lições e a mais importante que um aprendiz precisa gravar: a diferença entre estar acordado e estar dormindo. Alguns nunca aprendem.

Ele balançou a cabeça, desceu em minha direção e me deu um tapinha no ombro.

— Venha, vou lhe mostrar o jardim. Temos que começar por algum lugar, e assim passaremos o tempo até o café ficar pronto.

Quando o Caça-feitiço me levou para fora, usando a porta dos fundos, constatei que o jardim era muito grande, muito maior do que me parecera quando o vira do lado de fora da sebe.

Caminhamos para leste, semicerrando os olhos contra a luz do sol nascente, até chegarmos a um amplo gramado. Na noite anterior, eu tinha achado que a sebe contornava todo o jardim, mas agora constatava que me enganara. Havia aberturas na cerca, e logo à frente ficava a mata. O caminho de seixos brancos dividia o gramado e desaparecia entre as árvores.

— Na realidade, há mais de um jardim — disse o Caça-feitiço. — São três, e chega-se a cada um deles por um caminho igual a este. Iremos ver o do leste primeiro. É bastante seguro depois do sol nascer, mas nunca ande nele depois que anoitecer. Isto é, não ande se não tiver uma forte razão, e, certamente, não faça isso sozinho.

Acompanhei, nervoso, o Caça-feitiço em direção às árvores. A relva era mais longa na orla do jardim e estava pontilhada de campainhas azuis. Gosto dessa flor porque ela nasce na primavera e sempre me lembra que os dias quentes e compridos de verão não vão demorar, mas, naquele momento, nem lhes dei atenção. As árvores esconderam o sol, e o ar repentinamente esfriou. Lembrou-me a visita à cozinha. Havia alguma coisa estranha e perigosa nesta parte da mata e eu sentia esfriar gradualmente à medida que avançávamos.

Havia ninhos de gralhas no alto das árvores, e os gritos estridentes e raivosos das aves produziam mais arrepios em mim do que o frio. Elas possuíam quase o mesmo talento musical do meu pai, que costumava cantar quando terminávamos a ordenha. Se o leite talhava, mamãe punha a culpa na sua cantoria.

O Caça-feitiço parou e apontou para o chão uns cinco passos à frente.

— Que é aquilo? — perguntou, sua voz pouco mais do que um sussurro.

A relva fora removida e, no centro de uma área de terra nua, havia uma lápide. Era vertical, mas levemente inclinada para a esquerda. À frente dela viam-se uns dois metros de terra cercada de pedras menores, o que era incomum. Havia ainda outra coisa mais estranha: na parte superior desse espaço, treze grossas barras de ferro estavam presas às pedras da cercadura por chavetas. Contei-as duas vezes para me certificar.

— Então, vamos, rapaz, fiz-lhe uma pergunta. Que é aquilo?

Minha boca estava tão seca que eu mal conseguia falar, mas gaguejei três palavras:

— É uma sepultura...

— Muito bem, rapaz. Acertou de primeira. Notou alguma coisa diferente?

Não consegui responder. Apenas confirmei com um aceno de cabeça.

Ele sorriu e me deu uma palmadinha no ombro.

— Não há o que temer. É apenas uma feiticeira morta, e das bem fracotas. Enterraram-na em solo profano, fora do adro da igreja, a alguns quilômetros daqui. Ela não parava de escavar para voltar à superfície. Tivemos uma conversa séria, mas ela não quis me escutar; então, trouxe-a para cá. As pessoas se sentem melhor assim. Podem continuar a viver em paz. Não querem pensar nessas coisas. Esse é o nosso ofício.

Tornei a concordar silenciosamente e, de repente, percebi que tinha parado de respirar e inspirei profundamente. Meu coração batia forte, ameaçando explodir no peito a cada minuto, e eu tremia da cabeça aos pés.

— Não, ela já não incomoda muito — continuou o Caça-feitiço. — Às vezes, na lua cheia, podemos ouvi-la se remexendo, mas ela não tem força para chegar à superfície; de qualquer modo, as barras de ferro a impediriam. Há, no entanto, coisas piores mais para dentro da mata — disse ele, indicando com o dedo ossudo o lado leste. — Mais uns vinte passos e chegaríamos lá.

Pior? Que poderá ser pior?, perguntei-me, mas sabia que ele iria me dizer.

— Há outras duas feiticeiras. Uma está morta, e a outra, viva. A morta está enterrada em pé, de cabeça para baixo, e ainda assim, uma ou duas vezes por ano, temos de endireitar as barras por cima de sua sepultura. Fique bem longe daqui depois do anoitecer.

— Por que a enterrou de cabeça para baixo? — perguntei.

— É uma boa pergunta, rapaz. Veja, o espírito de uma feiticeira morta, em geral, é o que chamamos "ligado aos ossos".

Elas ficam presas aos ossos, e algumas nem sabem que estão mortas. Experimentamos, primeiro, enterrá-las de cabeça para cima, e, em geral, é o bastante para a maioria. As feiticeiras são diferentes entre si, mas algumas se mostram muito obstinadas. Ainda ligada aos ossos, uma feiticeira dessas tenta, com todas as suas forças, voltar ao mundo. É como se quisesse renascer então, temos que dificultar suas tentativas e enterrá-la de cabeça para baixo. Sair com os pés à frente não é tarefa fácil. Os bebês, às vezes, têm o mesmo problema. Mas ela continua sendo perigosa; portanto, mantenha uma boa distância.

"Cuide de ficar longe também da feiticeira viva. Ela seria mais perigosa morta do que viva, porque uma criatura tão poderosa não teria problemas para retornar ao mundo. É por isso que a prendemos na cova. Seu nome é Mãe Malkin, e ela fala sozinha. Na realidade, sussurra. E é extremamente diabólica, embora esteja na cova há muito tempo e a maior parte de sua força já tenha sangrado para dentro da terra. Ela adoraria pôr as mãos em um rapaz como você. Portanto, fique bem longe daqui. Prometa-me agora que não vai se aproximar. Quero ouvir você dizer..."

— Prometo que não vou me aproximar — murmurei, sentindo-me inquieto com aquilo tudo. Parecia-me uma crueldade terrível manter uma criatura viva enterrada, mesmo sendo uma feiticeira, e eu não conseguia imaginar minha mãe aprovando essa idéia.

— Muito bem. Não queremos que aconteça mais nenhum acidente como o desta manhã. Existem coisas piores do que levar tapas. Muito piores.

Acreditei, mas não quis saber. Contudo, o Caça-feitiço tinha outras coisas para me mostrar, o que me salvou de continuar a ouvir suas palavras assustadoras. Levou-me, então, para fora da mata e entrou em outro jardim.

— Este é o jardim sul — disse-me. — Não venha aqui, tampouco, depois que escurecer.

O sol desapareceu rapidamente por trás das copas densas e o ar foi esfriando sem parar, por isso percebi que nos aproximávamos de alguma coisa ruim. O Caça-feitiço parou a uns dez passos de uma grande pedra assentada no chão, próxima às raízes de um carvalho. Cobria uma área maior do que uma sepultura, e, a julgar pela parte à superfície, era muito grossa também.

— Que acha que está enterrado aí? — perguntou o Caça-feitiço.

Tentei aparentar segurança.

— Outra feiticeira?

— Não. Não se precisa de uma laje dessas para uma feiticeira. O ferro, em geral, é suficiente. Já a coisa aí embaixo poderia escorregar pelas barras de ferro num piscar de olhos. Observe atentamente a pedra. Vê o que está gravado?

Concordei com a cabeça. Reconheci a letra, mas não sabia o que significava.

— É a letra grega beta — disse o Caça-feitiço. — É o sinal usado para um ogro. A linha diagonal significa que ele foi amarrado artificialmente sob a pedra e o nome nos informa quem fez isso. No canto inferior direito tem o número um em algarismo romano. Significa que se trata de um ogro de primeira grandeza e muito perigoso. Anteriormente já mencionei que usamos graus de um a dez. Lembre-se disso... um dia poderá lhe salvar a vida. Um ogro de décima grandeza é tão fraco, que a maioria das pessoas nem percebe que ele está presente. O de primeira grandeza pode matá-lo instantaneamente. Custou-me uma fortuna mandar trazer esta pedra, mas valeu cada centavo. Agora ele é um ogro subjugado. Está artificialmente amarrado e aí permanecerá até o anjo Gabriel tocar a trombeta, anunciando o Juízo Final.

"Há muita coisa que você precisa aprender sobre os ogros, rapaz, e vou começar o seu treinamento logo depois do café da manhã, mas existe uma grande diferença entre os que estão presos e os que estão soltos. Um ogro em liberdade pode se deslocar quilômetros e mais quilômetros de sua casa e, se tiver vontade, praticar inúmeras maldades. Se ele for particularmente rebelde e não quiser ouvir a voz da razão, então nossa tarefa será subjugá-lo. Faça isso bem-feito e o terá amarrado artificialmente. Ele não poderá se mexer. É claro que é muito mais fácil falar do que fazer."

O Caça-feitiço, de repente, franziu a testa como se tivesse se lembrado de alguma coisa desagradável.

— Um dos meus aprendizes se meteu em sérios apuros, tentando dominar um ogro — disse ele, balançando a cabeça com ar tristonho —, mas hoje é o seu primeiro dia e falaremos disso em outra ocasião.

Naquele momento, ouvimos o som distante de um sino para os lados da casa. O Caça-feitiço sorriu.

— Estamos acordados ou estamos sonhando? — perguntou-me.

— Acordados.

— Tem certeza?

Confirmei com a cabeça.

— Nesse caso, vamos comer — disse ele. — Mostrarei o outro jardim quando estivermos de barriga cheia.

CAPÍTULO 6
A GAROTA DOS SAPATOS DE BICO FINO

A cozinha estava mudada desde a minha última visita. Havia um fogo baixo na lareira e dois pratos de ovos com bacon sobre a mesa. Havia, ainda, um pão de forma fresco e uma generosa porção de manteiga.

— Coma, rapaz, antes que esfrie — convidou o Caça-feitiço.

Comecei imediatamente, e não demorou muito limpamos os pratos cheios e acabamos com metade do pão. O Caça-feitiço recostou-se, então, em sua cadeira, cofiou a barba e me fez uma importante pergunta.

— Você não acha — disse ele, cravando os olhos nos meus — que este foi o melhor prato de ovos com bacon que já provou?

Não concordei. O café da manhã tinha sido bem preparado. Fora bom, sem dúvida, melhor do que o queijo, mas eu já provara melhores. Tinha provado melhores todas as manhãs enquanto morei em casa. Minha mãe era uma cozinheira muito superior, mas me pareceu que não era a resposta que o Caça-feitiço queria ouvir. Respondi-lhe, então, com uma mentirinha inofensiva que deixa as pessoas mais felizes quando a ouvem.

— Acho, foi o melhor café da manhã que já provei. E me arrependo de ter descido cedo demais e prometo que não vai acontecer de novo.

Ao ouvir isso, o Caça-feitiço abriu um sorriso tão grande que pensei que seu rosto fosse rachar ao meio; depois, deu-me um tapinha nas costas e me levou para o jardim.

Somente quando chegamos lá fora é que o sorriso finalmente desapareceu.

— Muito bem, rapaz — disse-me. — Há duas coisas que reagem bem aos elogios. A primeira é uma mulher e a segunda é um ogro. Sempre ficam contentes.

Bom, eu não tinha visto sinal de mulher na cozinha, o que confirmava minha suspeita — um ogro era quem cozinhava nossas refeições. O que era, no mínimo, uma surpresa. Todos achavam que um Caça-feitiço era um matador de ogros ou que os amarrava para impedir que fizessem maldades. Quem diria que tinha um ogro para fazer sua comida e a limpeza da casa.

— Este é o jardim oeste — informou-me o Caça-feitiço, quando tomamos o terceiro caminho, fazendo ranger os seixos brancos sob nossos pés. — É um lugar seguro para virmos tanto de dia quanto de noite. Eu próprio venho aqui com frequência quando preciso refletir sobre algum problema.

Passamos por outra abertura na cerca viva e logo estávamos entrando no arvoredo. Senti imediatamente a diferença. Os pássaros cantavam e as árvores balançavam suavemente à brisa matinal. Era um lugar mais feliz.

Fomos andando até emergir da sombra das árvores em uma encosta com vista para as serras à direita. O céu estava tão límpido que dava para ver as muretas de pedra que dividiam o sopé do morro em campos e delimitavam as terras de cada sitiante. De fato, a vista se abria para a direita até os picos da serra mais próxima.

O Caça-feitiço indicou com um gesto um banco de madeira à esquerda.

— Acomode-se, rapaz — convidou ele.

Obedeci e me sentei. Por alguns momentos, o Caça-feitiço ficou me olhando do alto, seus olhos verdes cravados nos meus. Começou, então, a andar para um lado e para outro diante do banco sem falar. Já não me olhava, fixava o espaço com uma expressão distante nos olhos. Depois jogou a capa para trás, enfiou as mãos nos bolsos da calça e, repentinamente, sentou-se ao meu lado e me interrogou.

— Quantos tipos de ogro você acha que existem?

Eu não fazia a menor ideia.

— Já conheço dois tipos — disse eu —, o *preso* e o *livre*, mas não seria capaz de pensar em outros.

— Você acertou duplamente, rapaz. Lembrou-se do que lhe ensinei e mostrou que não é uma pessoa que arrisca respostas sem saber. Há tantos tipos de ogros quanto há tipos de pessoas, e cada qual tem uma personalidade própria. Entendido isso, há alguns que podem ser reconhecidos e nomeados. Por vezes, em função da forma que assumem, e outras, em função do seu comportamento e dos problemas que criam.

Ele meteu a mão no bolso direito e tirou um caderno com capa de couro preto. Entregou-o a mim.

— Tome, agora é seu. Cuide dele e, haja o que houver, não o perca.

O cheiro do couro era muito forte, e o caderno parecia novo em folha. Fiquei um pouco desapontado quando o abri e descobri que todas as páginas estavam em branco. Suponho que eu esperasse vê-lo repleto de segredos do ofício de caça-feitiço — mas não, aparentemente eu é que deveria escrevê-los, e, para confirmar isso, em seguida o Caça-feitiço tirou do bolso uma caneta e um pequeno tinteiro.

— Prepare-se para anotar — disse ele, erguendo-se e recomeçando a andar de um lado para outro diante do banco. — E tenha cuidado para não derramar tinta, rapaz. Ela não sai do ubre da vaca.

Consegui destampar o tinteiro com muito cuidado, molhei nele a ponta da pena e abri o caderno na primeira página.

O Caça-feitiço já tinha começado a aula e falava muito depressa.

— Primeiro há os ogros peludos que tomam a forma de animais. A maioria são cães, mas há um número quase igual de gatos e uns poucos bodes. Não se esqueça de incluir os cavalos, eles podem ser bem trabalhosos. E seja qual for sua forma, os ogros peludos podem ser divididos em hostis, amigos ou ficar entre os dois extremos.

"Depois há os bate-portas, que podem se transformar em taca-pedras e ficar furiosos quando provocados. Um dos tipos mais nocivos é o estripa-reses, porque também gosta de sangue humano. Mas não se precipite em concluir que nós, os caça-feitiços, só lidamos com ogros porque os mortos atormentados nunca estão muito longe. E, para piorar, as feiticeiras são um grande problema no Condado. No momento, não temos nenhuma feiticeira local que nos preocupe, mas, para o leste, perto da serra de Pendle, elas são uma ameaça real. E, lembre-se, nem todas as feiticeiras são iguais. Pertencem a quatro categorias básicas — as malevolentes, as benevolentes, as falsamente acusadas e as inconscientes."

A essa altura, talvez você tenha percebido, eu estava realmente enrolado. Para começar, o Caça-feitiço estava falando tão rápido que eu não conseguira anotar nem uma palavra. Em segundo lugar, eu nem conhecia todas as palavras difíceis que ele estava usando. Nesse momento, porém, ele fez uma pausa. Acho que deve ter notado a expressão atordoada no meu rosto.

— Qual é o problema, rapaz? — perguntou-me. — Ande, desembuche. Não tenha medo de fazer perguntas.

— Não entendi nada do que o senhor disse sobre as feiticeiras. Não sei o que significa malevolente. Nem benevolente.

— Malevolente significa má — explicou ele. — Benevolente significa boa. E uma feiticeira inconsciente significa que ela não sabe que é feiticeira, e por isso causa o dobro dos problemas. Nunca confie em uma mulher — disse o Caça-feitiço.

— Minha mãe é mulher — deixei escapar um pouco aborrecido —, e confio nela.

— As mães, em geral, são mulheres — respondeu o Caça-feitiço. — E, em geral, são muito confiáveis, quando se é filho delas. Do contrário, cuidado! Eu tive mãe e confiava nela, por isso me lembro muito bem do que sentia. Você gosta de garotas? — perguntou-me inesperadamente.

— Não conheço nenhuma garota — admiti. — Não tenho irmãs.

— Então, nesse caso, poderia facilmente cair vítima dos truques que usam. Portanto, cuidado com as garotas da aldeia. Especialmente as que usam sapatos de bico fino. Anote isso. É um bom começo.

Perguntei-me o que haveria de tão terrível em usar sapatos de bico fino. Eu sabia que minha mãe não ficaria nada satisfeita com o que o Caça-feitiço acabava de me dizer. Ela achava que devíamos aceitar as pessoas como são, sem depender da opinião dos outros. Contudo, não havia opção. E, no alto da primeiríssima página, anotei: *"Garotas da aldeia com sapatos de bicos finos."*

Ele me observou escrever e, em seguida, me pediu o caderno e a caneta.

— Escute — disse-me —, você vai precisar anotar mais rápido. Há muito que aprender e daqui a pouco terá enchido uma dúzia de cadernos, mas por ora três ou quatro títulos serão suficientes para começar.

Então, ele escreveu *Ogros peludos*, no alto da segunda página. Depois, *Bate-portas*, no alto da terceira; e, por fim, *Feiticeiras*, no alto da quarta página.

— Pronto — disse ele. — Já é um começo. Escreva sob esses títulos apenas o que aprendeu hoje. Mas, antes, precisamos de algo mais urgente. Precisamos de mantimentos. Portanto, vá à aldeia, ou amanhã não teremos o que comer. Nem o melhor cozinheiro é capaz de cozinhar sem mantimentos. Lembre-se de que tudo deve ser posto na minha saca. Deixei-a com o açougueiro; por isso, vá lá primeiro. Pergunte pela encomenda do sr. Gregory.

O Caça-feitiço me deu uma pequena moeda de prata, recomendando que não perdesse o troco, e me mandou descer o morro e tomar o caminho mais curto para a aldeia.

Logo eu estava atravessando mais uma vez a mata, e cheguei finalmente aos degraus na cerca em frente a uma alameda íngreme e estreita. Mais ou menos uns cem passos adiante, dobrei uma esquina e avistei os telhados cinzentos de Chipenden.

A aldeia era maior do que eu esperava. Havia, pelo menos, cem casas, um bar, uma escola e uma grande igreja com torre e sino. Não vi sinal da praça da feira, mas a rua principal, que era calçada de pedras e descia abruptamente, estava apinhada de mulheres que entravam e saíam das lojas com cestos cheios. Cavalos e carroças aguardavam de ambos os lados da rua; portanto, era evidente que as mulheres dos sitiantes locais vinham fazer compras ali e, sem dúvida, os moradores das povoações próximas também.

Encontrei o açougue sem muita dificuldade e entrei em uma fila de mulheres barulhentas, que falavam ao mesmo tempo com o açougueiro, um homem corpulento, alegre, corado, de barba muito ruiva. Ele parecia conhecer cada uma pelo nome, e elas não paravam de rir das piadas que ele contava em rápida sucessão. Não entendi a maioria, mas as mulheres com certeza entenderam e pareciam estar gostando.

Ninguém prestou muita atenção em mim, e, finalmente, cheguei ao balcão e foi a minha vez de ser atendido.

— Vim buscar a encomenda do sr. Gregory — anunciei ao açougueiro.

Assim que falei, a loja ficou silenciosa e as risadas cessaram. O açougueiro virou-se para trás e apanhou uma grande saca. Ouvi as pessoas cochichando às minhas costas, mas, mesmo apurando os ouvidos, não consegui entender o que diziam. Quando me virei, elas estavam olhando para todos os lados, menos para mim. Algumas até encaravam o chão.

Entreguei ao açougueiro a moeda de prata, contei o troco com atenção, agradeci e saí da loja com a saca. Ao chegar à rua, atirei-a sobre um ombro. A visita ao verdureiro foi rápida. As provisões estavam embrulhadas e só precisei guardá-las na saca que agora começava a ficar pesada.

Até ali tudo tinha corrido bem, mas, quando me encaminhei para a padaria, vi a turma de garotos.

Havia uns sete ou oito sentados em uma mureta de jardim. Não achei nada estranho, exceto que eles não estavam conversando — olhavam-me fixamente com rostos famintos como uma matilha de lobos, acompanhando cada passo que eu dava em direção à padaria.

Quando saí, eles continuavam ali, e, quando comecei a subir o morro, eles me seguiram. Ainda que fosse excessiva coincidência pensar que tivessem decidido justamente naquele momento subir o mesmo morro, não me preocupei. Seis irmãos tinham me dado um bom treinamento em brigas.

Ouvi o ruído de suas botas cada vez mais próximo. Estavam me alcançando rapidamente, mas talvez porque eu estivesse andando cada vez mais devagar. Entenda, eu não queria que pensassem que eu estava com medo; além disso, a saca estava pesada e a subida do morro era muito abrupta.

Eles me alcançaram uns doze passos antes dos degraus da cerca, exatamente no ponto em que a alameda dividia a mata e as árvores se aglomeravam dos lados, ocultando o sol da manhã.

— Abra a saca e vamos ver o que leva aí dentro — disse uma voz às minhas costas.

Era uma voz alta e grave, acostumada a dar ordens às pessoas. Tinha uma rispidez perigosa que me dizia que seu dono gostava de causar dor e estava sempre procurando a próxima vítima.

Virei-me para enfrentá-lo e apertei a saca com mais força, equilibrando-a com firmeza no ombro. O garoto que falara era o líder do bando. Não havia dúvida. Os outros tinham rostos magros e sofridos, como se precisassem de uma boa refeição, mas ele parecia andar se alimentando por todos. Era, pelo menos, uma cabeça mais alto que eu, tinha ombros largos e o pescoço de um touro. Seu rosto era grande, as bochechas, coradas, mas os olhos eram mínimos e pareciam jamais piscar.

Suponho que, se ele não estivesse ali e não tentasse me intimidar, eu poderia ter me compadecido. Afinal, alguns dos garotos pareciam mortos de fome, e havia muitas maçãs e bolos na saca. Por outro lado, as provisões não me pertenciam e eu não podia distribuí-las.

— A saca não é minha — respondi. — Pertence ao sr. Gregory.

— O aprendiz anterior não se incomodava com isso — respondeu o líder, aproximando sua cara enorme de mim. — Costumava abrir a saca para nós. Se você não quiser atender por bem, atenderá por mal. Mas não vai gostar muito e, no fim, o resultado será o mesmo.

O bando começou a me cercar e senti que alguém atrás de mim puxava a saca. Ainda assim, não a larguei e encarei os olhinhos de porco do líder, me esforçando para não piscar.

Naquele momento, aconteceu uma coisa que nos surpreendeu. Ouvimos um movimento entre as árvores à direita, e todos nos viramos.

Havia um vulto escuro nas sombras e, quando meus olhos se ajustaram à escuridão, percebi que era uma garota. Vinha andando lentamente em nossa direção, mas de modo tão silencioso que se poderia ouvir um alfinete cair e tão suavemente que parecia estar flutuando em vez de andar. Ela parou exatamente onde terminavam as sombras das árvores, como se não quisesse se expor ao sol.

— Por que não o deixam em paz? — exigiu saber. Parecia uma pergunta, mas o tom de sua voz me dizia que era uma ordem.

— É da sua conta? — perguntou o líder do bando, esticando o queixo para a frente e fechando os punhos.

— Não é comigo que vocês têm de se preocupar — respondeu ela, das sombras. — Lizzie voltou, e se não fizerem o que estou dizendo, será com ela que terão de prestar contas.

— Lizzie? — indagou o rapaz, recuando um passo.

— Lizzie Ossuda. Minha tia. Não me diga que nunca ouviu falar dela...

Você já sentiu o tempo esticar tanto que parece parar? Já ouviu um relógio, quando o próximo tique parece levar uma eternidade para marcar o último taque? Foi exatamente assim, até que, inesperadamente, a garota sibilou com força entre os dentes cerrados. Depois falou.

— Andem! Deem o fora! Sumam depressa ou caiam mortos!

O efeito foi imediato. Vi, de relance, as expressões de alguns rostos, e não revelavam apenas medo. Revelavam um terror beirando o pânico. O líder deu meia-volta e fugiu correndo morro abaixo com os companheiros em seus calcanhares.

Eu não sabia por que estavam tão apavorados, mas tive vontade de correr também. A garota me encarava de olhos arregalados e me senti incapaz de controlar direito as minhas pernas. Senti-me um camundongo paralisado pelo olhar de um predador prestes a avançar a qualquer momento.

Forcei o meu pé esquerdo a se mexer e lentamente virei o corpo para o arvoredo, tencionando seguir na direção em que o meu nariz apontava, mas continuei a segurar a saca do Caça-feitiço. Fosse quem fosse a garota, eu não ia soltá-la.

— Não vai sair correndo também? — perguntou-me ela.

Balancei negativamente a cabeça, mas minha boca estava muito seca e não confiei que fosse capaz de falar. Sabia que as palavras iam sair truncadas.

A garota provavelmente tinha a minha idade — talvez fosse um pouco mais nova. Seu rosto era bem bonito, seus olhos eram grandes e castanhos, as maçãs do rosto, altas, os cabelos, longos e negros. Usava um vestido preto ajustado na cintura por um cordão branco. Enquanto registrava tudo isso, notei uma coisa que me preocupou.

A garota usava sapatos de bico fino e imediatamente me lembrei do aviso do Caça-feitiço. Aguentei firme, porém, decidido a não sair correndo como os outros.

— Não vai me agradecer? — perguntou-me. — Seria bom receber um obrigado.

— Obrigado — agradeci sem muita convicção, mal conseguindo falar direito na primeira tentativa.

— Ora, já é um começo. Mas, para me agradecer como deve, você precisa me dar alguma coisa, não acha? Por ora, basta um bolo ou uma maçã. Não é pedir muito. Tem muito aí na saca e o Velho Gregory não vai notar, e, se notar, não vai dizer nada.

Fiquei chocado de ouvi-la chamar o Caça-feitiço de Velho Gregory. Sabia que ele não gostaria de ser chamado assim e isso me deu a entender duas coisas. Primeiro que a garota não o respeitava muito, e segundo que não o temia. No lugar de onde eu vinha, a maioria das pessoas tinha arrepios só de pensar que o Caça-feitiço poderia andar pela vizinhança.

— Me desculpe — respondi —, mas não posso fazer o que me pede. Não posso dar porque não são meus.

Ela me encarou com dureza e ficou em silêncio por algum tempo. Num dado momento, pensei que ia sibilar entre os dentes para mim. Retribuí com firmeza o seu olhar, tentando não piscar, até que por fim um leve sorriso iluminou seu rosto e ela tornou a falar.

— Então terei de aceitar uma promessa.

— Uma promessa? — perguntei, imaginando o que ela pretendia.

— Uma promessa de me ajudar como o ajudei. Não preciso de nada agora, mas quem sabe um dia.

— Está bem. Se, no futuro, você precisar de alguma ajuda me peça.

— Como é o seu nome? — perguntou ela, abrindo um largo sorriso.

— Tom Ward.

— O meu é Alice e moro lá adiante — disse ela, apontando para o meio das árvores. — Sou a sobrinha favorita de Lizzie Ossuda.

Lizzie Ossuda era um nome estranho, mas teria sido falta de educação comentar. Fosse quem fosse, o nome tinha sido suficiente para amedrontar os garotos da aldeia.

Assim, terminou a nossa conversa. Demos as costas para seguir cada um o seu caminho, mas, ao nos afastarmos, Alice falou por cima do ombro:

— Agora cuide-se. Você não vai querer acabar como o aprendiz anterior do Velho Gregory.

— Que houve com ele? — indaguei.

— É melhor perguntar ao Velho Gregory! — gritou ela desaparecendo entre as árvores.

Quando cheguei a casa, o Caça-feitiço verificou cuidadosamente o conteúdo da saca, riscando cada item de uma lista.

— Teve algum problema na aldeia? — perguntou-me ao terminar.

— Alguns garotos me seguiram na subida do morro e me mandaram abrir a saca, mas eu me recusei.

— Você foi muito corajoso. Da próxima vez não fará mal se lhes der uns bolos e maçãs. A vida já é bem difícil e alguns vêm de famílias muito pobres. Sempre encomendo mais do que o necessário para a eventualidade de pedirem.

Fiquei aborrecido. Por que não me dissera antes?

— Não quis dar sem lhe perguntar primeiro — respondi.

O Caça-feitiço ergueu as sobrancelhas.

— Você teve vontade de dar a eles alguns bolos e maçãs?

— Não gosto de ser intimidado, mas alguns pareciam realmente famintos.

— Então, da próxima vez confie em seus instintos e use sua iniciativa. Confie em sua voz interior. Ela raramente se engana. Um caça-feitiço depende muito de seus instintos, porque às vezes eles significam a diferença entre a vida e a morte. É mais uma coisa que precisamos descobrir a seu respeito. Se você pode ou não confiar nos seus instintos.

Ele parou de falar e me olhou com atenção, seus olhos verdes estudando o meu rosto.

— Algum problema com garotas? — perguntou inesperadamente.

Eu continuava aborrecido, por isso não dei uma resposta direta à sua pergunta.

— Nenhum.

Não era uma mentira porque Alice me ajudara, o que era o contrário de um problema. Contudo, eu sabia que sua pergunta era realmente se eu encontrara alguma garota e sabia também que deveria ter mencionado Alice. Principalmente porque ela usava sapatos de bico fino.

Errei muitas vezes como aprendiz, e esse foi o meu segundo erro grave — não contar toda a verdade ao Caça-feitiço.

O primeiro, ainda mais grave, foi fazer uma promessa a Alice.

CAPÍTULO 7
Alguém tem que fazer

Depois disso, minha vida entrou em uma rotina movimentada. O Caça-feitiço me ensinava com rapidez e me fazia escrever até o meu pulso doer e os olhos arderem.

Certa tarde, ele me levou para o lado mais distante da aldeia, além da última casa de pedra até um pequeno círculo de salgueiros, que, no Condado, chamamos de vimeiros. Era um lugar sombrio no qual havia uma corda pendurada em um galho. Ergui os olhos e vi um grande sino de latão.

— Quando alguém precisa de ajuda — disse o Caça-feitiço —, não vai à minha casa. Ninguém vai lá a não ser que seja convidado. Sou rigoroso nisso. A pessoa vem aqui e toca o sino. Então, vamos ao seu encontro.

O problema foi que as semanas se passaram e ninguém tocou o sino, e só fui além do jardim oeste quando chegou o dia de buscar na aldeia os mantimentos da semana. Sentia-me solitário, com saudades da família; então, foi bom que o Caça-feitiço me mantivesse ocupado — o que significava que não me sobrava tempo para pensar nos meus sentimentos. Eu sempre ia me deitar cansado e adormecia assim que minha cabeça tocava o travesseiro.

As aulas eram a parte mais interessante do dia, mas não aprendi muita coisa sobre sombras, fantasmas e feiticeiras. O Caça-feitiço me informara que o principal tópico no primeiro ano de um aprendiz eram os ogros e matérias como a botânica, o que implicava aprender tudo sobre as plantas, algumas realmente úteis como remédio ou como alimento, se não houvesse outra opção melhor. As minhas aulas, porém, não eram apenas escritas. Uma parte do aprendizado era pesada e exigia esforço físico como qualquer outro trabalho que eu tivesse feito em nosso sítio.

E começou em uma manhã morna e ensolarada, em que o Caça-feitiço me mandou guardar o caderno e me levou para o jardim sul. Deu-me duas coisas para carregar: uma pá e uma longa vara de medir.

— Os ogros em liberdade viajam ao longo de *leys* — explicou ele. — Mas, às vezes, alguma coisa desanda, em decorrência de uma tempestade ou até de um terremoto. No Condado, não há ninguém vivo que se lembre de tremores de terra, mas isso não faz diferença porque os *leys* são interligados, e o que acontece com um, mesmo que esteja a milhares de quilômetros de distância, pode afetar os demais. Então, os ogros ficam empacados em um lugar durante anos, e nós os consideramos "naturalmente amarrados". Muitas vezes eles não conseguem se deslocar mais do que uma dezena de passos para cada lado e não causam grandes problemas. A não ser que alguém se aproxime muito. Outras vezes, porém, podem ficar amarrados em lugares inconvenientes, próximos a casas ou mesmo dentro delas. Então, talvez seja preciso remover o ogro dali e amarrá-lo artificialmente em outro lugar.

— Que é um *ley*? — indaguei.

— Nem todos têm a mesma opinião, rapaz. Alguns acham que são apenas caminhos antigos que cruzam a terra em várias direções, caminhos que nossos antepassados usaram na antiguidade, quando os homens eram homens de verdade e as trevas conheciam o seu lugar. A saúde era melhor, as vidas, mais longas, e todos viviam felizes e satisfeitos.

— E que aconteceu?

— O gelo desceu do norte e a terra esfriou durante milhares de anos — explicou o Caça-feitiço. — A sobrevivência se tornou tão difícil que os homens esqueceram tudo que haviam aprendido. O conhecimento antigo perdeu sua importância. Importava apenas se manter alimentado e aquecido. Quando o gelo finalmente recuou, os sobreviventes eram caçadores que vestiam peles de animais. Tinham esquecido como plantar e criar animais. As trevas eram todo-poderosas.

"Bom, agora melhorou, apesar de ainda termos muito que avançar. Daqueles velhos tempos sobraram apenas os *leys*, mas a verdade é que eles não são simples caminhos. São realmente linhas de força nas profundezas da Terra. Caminhos secretos e invisíveis que os ogros livres podem usar para viajar a grande velocidade. São eles que causam a maior parte dos problemas. Quando se fixam em um novo lugar, na maioria das vezes não são bem-vindos. E isso os enfurece. Eles pregam peças — por vezes perigosas —, o que significa trabalho para nós. Precisam, então, ser amarrados artificialmente em uma cova. Exatamente como a que você vai cavar agora...

"Aqui é um bom lugar — disse ele, apontando para o chão junto a um enorme carvalho centenário. — Acho que aí, entre as raízes, deve haver espaço suficiente."

O Caça-feitiço me entregou uma vara de medir para eu poder fazer uma cova que tivesse exatamente um metro e oitenta centímetros de comprimento, outro tanto igual de profundidade e um metro de largura. Mesmo à sombra estava quente demais para cavar, e levei horas para acertar, porque o Caça-feitiço era perfeccionista.

Depois de abrir a cova, tive que preparar uma mistura malcheirosa de sal, limalha de ferro e uma cola especial feita com ossos.

— O sal pode queimar um ogro — disse o Caça-feitiço. — O ferro, por sua vez, aterra as coisas: do mesmo modo que o raio é atraído pela terra e perde sua energia, o ferro pode, às vezes, drenar a força e a substância das coisas que assombram a escuridão. Pode pôr fim nas maldades dos ogros problemáticos. Usados juntos, o sal e o ferro formam uma barreira que os ogros não conseguem vencer. Na verdade, o sal e o ferro podem ser úteis em muitas situações.

Depois de mexer a mistura em um grande balde de metal, usei uma broxa para aplicá-la nas paredes da cova. Era como pintar, só que mais trabalhoso, e a demão de tinta tinha que ficar uniforme para impedir até o ogro mais esperto de escapar.

— Faça um serviço bem-feito, rapaz — disse-me o Caça-feitiço. — Um ogro é capaz de fugir por um furinho do tamanho de uma cabeça de alfinete.

É claro que, assim que terminei a cova como queria o Caça-feitiço, precisei tornar a enchê-la e recomeçar. Ele me fez cavar duas covas por semana para praticar, o que era um serviço pesado que me fazia transpirar e ocupava uma boa parte do meu tempo. Era também um pouco assustador, porque eu trabalhava ao lado de covas que realmente continham ogros, e, mesmo à luz do dia, o lugar era sinistro. Reparei, no entanto, que o meu mestre jamais se distanciava muito e sempre parecia me vigiar com atenção, comentando que nunca se devia correr riscos com ogros, mesmo quando estavam amarrados.

O Caça-feitiço também me disse que eu precisaria conhecer cada centímetro do Condado — todas as cidades e aldeias e o caminho mais curto entre dois pontos. O problema era que, embora ele dissesse que guardava muitos mapas na biblioteca, no primeiro andar da casa, dava sempre a impressão de querer que eu fizesse as coisas do modo mais penoso; por isso, começou por me mandar desenhar o meu próprio mapa.

No centro ficavam a casa dele e os jardins, e o mapa deveria incluir a aldeia e a serra mais próxima. A ideia era ampliá-lo gradualmente para incluir áreas cada vez maiores dos campos vizinhos. O desenho, porém, não era o meu forte e, como já mencionei, o Caça-feitiço era perfeccionista; por isso, o mapa custou muito a crescer. Somente então, ele começou a me mostrar os seus próprios mapas, mas me fez gastar mais tempo dobrando-os cuidadosamente quando terminava do que, de fato, estudando-os.

Comecei também a escrever um diário. O Caça-feitiço me deu outro caderno e me recomendou, pela milésima, vez que eu precisava registrar o passado para poder aprender as lições que ele encerrava. Contudo, eu não fazia isso todo dia; algumas vezes, ficava cansado demais, e outras, meu pulso doía demais de tanto escrever com rapidez no outro caderno, tentando acompanhar o ditado do meu mestre.

Então, certa manhã ao café, quando eu já estava a serviço do Caça-feitiço havia um mês, ele me perguntou:

— Até agora, que está achando, rapaz?

Fiquei em dúvida se ele estaria se referindo ao café da manhã. Talvez fosse servir outro prato para compensar o bacon, que estava meio queimado naquela manhã. Então, encolhi os ombros. Não queria ofender o ogro que, provavelmente, estava escutando.

— Bom, é um ofício pesado e eu não o culparia se resolvesse desistir agora — disse ele. — Depois do primeiro mês, sempre dou a cada aprendiz a chance de voltar em casa e refletir se quer ou não continuar. Gostaria de fazer o mesmo?

Fiz um grande esforço para não parecer ansioso demais, mas não pude deixar de sorrir. O problema foi que quanto mais eu sorria, mais infeliz o Caça-feitiço parecia ficar. Tive a sensação de que ele não queria que eu viajasse, mas fiquei ansioso para partir. A ideia de rever minha família e provar a comida de minha mãe me pareceu um sonho.

Uma hora depois viajei para casa.

— Você é um rapaz corajoso e tem uma inteligência aguçada — disse-me ele ao portão. — Foi aprovado no seu mês de experiência; portanto, pode dizer ao seu pai que, se você quiser continuar, irei visitá-lo no outono para receber os meus dez guinéus. Você possui as qualidades de um bom aprendiz, mas é você quem decide, rapaz. Se não voltar, então saberei que foi a sua decisão. Caso contrário, espero que retorne em uma semana. Darei, então, a você os cinco anos de treinamento que o deixarão quase tão bom quanto eu neste ofício.

Parti para casa de coração leve. Veja bem, eu não queria dizer ao Caça-feitiço, mas no momento em que me deu a chance de ir em casa e talvez não voltar, eu já me decidira a fazer exatamente isso. Era um ofício terrível. Pelo que o Caça-feitiço me dissera, além de solitário, era perigoso e assustador. Ninguém realmente se importava se a gente vivia ou morria. Queriam apenas se livrar daquilo que os incomodava, mas não pensavam um segundo sequer no que poderia nos custar.

O Caça-feitiço descrevera que, certa vez, um ogro o deixara semimorto. Ele se transformara, em um piscar de olhos, de um bate-portas em um taca-pedras, e quase rebentara seus miolos com uma pedra do tamanho de um punho de ferreiro. Contara ainda que nem fora pago e que estava esperando receber o que lhe deviam na próxima primavera. Ora, a próxima primavera ainda estava longe; então, de que adiantava? Quando parti para casa, pareceu-me que eu estaria melhor trabalhando em nosso sítio.

O problema era que a viagem levava quase dois dias, e a caminhada me deu muito tempo para pensar. Lembrei-me do tédio que, por vezes, sentia no sítio. Será que eu realmente aguentaria trabalhar lá o resto da vida?

Depois comecei a pensar no que mamãe diria. Tinha parecido realmente decidida que eu me tornasse aprendiz do Caça-feitiço, e se eu desistisse, com certeza a desapontaria. Portanto, a parte mais difícil seria lhe dar a notícia e observar sua reação.

Ao anoitecer do primeiro dia, eu tinha terminado todo o queijo que o Caça-feitiço me dera para a viagem inteira. Assim sendo, no dia seguinte eu só parei uma vez para banhar os pés em um riacho, e cheguei em casa antes da ordenha da noite.

Quando abri o portão para o terreiro, meu pai ia andando em direção ao curral. Quando me viu, seu rosto se iluminou com um largo sorriso. Ofereci-me para ajudá-lo na ordenha a fim de podermos conversar, mas ele me disse que entrasse imediatamente para falar com minha mãe.

— Ela sentiu sua falta, rapaz. Você será uma alegria para os olhos dela.

E dando-me palmadinhas nas costas, foi fazer a ordenha, mas, antes que eu desse dez passos, Jack saiu do celeiro e veio direto para mim.

— Que o faz voltar tão cedo? — perguntou. Ele me pareceu um pouco indiferente. Bem, para ser sincero, mais frio do que indiferente. Seu rosto estava meio repuxado para cima, como se estivesse, ao mesmo tempo, tentando fazer uma cara de contrariedade e sorrir.

— O Caça-feitiço me mandou passar uns dias em casa. Tenho que decidir se vou ou não continuar.

— E o que vai fazer?

— Vou conversar com mamãe.

— Com certeza, você vai acabar fazendo o que quer, como sempre — disse Jack.

A essa altura, ele estava decididamente aborrecido, o que me fez sentir que alguma coisa tinha ocorrido enquanto eu estivera fora. Por que outra razão estaria tão antipático de repente? Será que não queria que eu voltasse para casa?

— E não acredito que tenha levado o estojinho do papai — continuou.

— Ele me deu o estojinho. Quis que fosse meu.

— Ele ofereceu, mas isso não quer dizer que você precisava aceitar. O seu problema é que você só pensa em si mesmo. Pense no coitado do papai. Ele adorava aquele estojinho.

Não respondi porque não queria começar uma discussão. Sabia que ele estava enganado. Meu pai queria que eu aceitasse o estojinho, eu tinha absoluta certeza.

— Enquanto estiver aqui, poderei ajudar você — disse eu, tentando mudar de assunto.

— Se quer realmente ganhar o seu sustento, então vá alimentar os porcos! — gritou ele, virando-se para ir embora. Era um trabalho que nenhum de nós gostava. Os animais eram pesados, peludos, cheiravam mal e estavam sempre tão famintos que não era seguro virar as costas para eles.

Apesar do que Jack dissera, eu continuava contente de ter vindo. Enquanto atravessava o terreiro, olhei para a casa. As rosas trepadeiras de mamãe cobriam quase toda a parede dos fundos e sempre tinham sido viçosas, apesar de plantadas do lado norte. No momento, estavam rebrotando, mas no verão estariam cobertas de rosas vermelhas.

A porta dos fundos sempre emperrava porque, no passado, a casa fora atingida por um raio. A porta pegou fogo e foi substituída, mas o portal continuava ligeiramente empenado; por isso, precisei empurrá-la com força para entrar. Valeu a pena, porque a primeira coisa que vi foi o rosto sorridente de minha mãe.

Ela estava sentada em sua velha cadeira de balanço no canto mais distante da cozinha, um lugar a que o sol poente não chegava. A claridade excessiva incomodava seus olhos. Ela preferia o inverno ao verão e a noite ao dia.

Mamãe ficou bem contente de me ver, e a princípio tentei retardar a hora de lhe dizer que voltara para casa de vez. Fiz uma cara corajosa e fingi que estava feliz, mas ela percebeu imediatamente. Eu jamais conseguia lhe esconder coisa alguma.

— Que aconteceu? — perguntou-me.

Encolhi os ombros e tentei sorrir, provavelmente disfarçando os meus sentimentos ainda mais ineptamente do que o meu irmão.

— Desembuche — disse ela. — Não adianta esconder o que sente.

Permaneci calado durante um longo momento, procurando encontrar uma maneira de expressar com palavras o que estava sentindo. O ritmo da cadeira de balanço de mamãe foi diminuindo aos poucos até cessar totalmente. Aquilo era um mau sinal.

— Terminei o mês de experiência, e o sr. Gregory diz que cabe a mim decidir se quero ou não continuar. Mas estou solitário, mamãe — confessei, por fim. — Não tenho ninguém da minha idade para conversar. Me sinto muito sozinho, gostaria de voltar para trabalhar aqui.

Eu poderia ter dito mais e contado como antigamente me sentia feliz em casa quando todos os meus irmãos moravam conosco. Não fiz isso — sabia que ela também sentia falta deles. Pensei que isso lhe permitiria compreender, mas me enganei.

Antes de falar, minha mãe fez uma longa pausa, na qual ouvi Ellie varrendo o aposento ao lado, cantarolando baixinho enquanto trabalhava.

— Sozinho? — mamãe gritou, sua voz cheia de raiva em vez de compreensão. — Como pode estar sozinho? Você tem a si mesmo, não tem? Se algum dia se perder, então estará realmente sozinho. Enquanto isso, pare de se queixar. Você agora é quase homem, e um homem tem que trabalhar. Desde que o mundo é mundo, os homens têm trabalhado no que não gostam. Por que seria diferente com você? Você é o sétimo filho de um sétimo filho, e esse é o trabalho que você nasceu para fazer.

— Mas o sr. Gregory treinou outros aprendizes — disse-lhe impulsivamente. — Um deles poderia voltar e cuidar do Condado. Por que tem que ser eu?

— Ele treinou muitos, mas pouquíssimos terminaram o aprendizado, e os que terminaram não se igualam a ele. São medíocres ou fracos ou covardes. Tomaram um caminho equivocado, recebem dinheiro pelo pouco que fazem. Portanto, agora só resta você, filho. Você é a última chance. A última esperança. Alguém tem que fazer esse trabalho. Alguém tem que enfrentar as trevas. E você é o único que pode.

A cadeira de balanço recomeçou a balançar, acelerando gradualmente o seu ritmo.

— Bom, fico satisfeita que tenhamos decidido. Você quer esperar pela hora da ceia ou quer que eu lhe sirva assim que ficar pronta? — perguntou mamãe.

— Não comi nada o dia inteiro. Nem mesmo o café da manhã.

— Bem, temos guisado de coelho. Isso deve alegrá-lo um pouco.

Sentei-me à mesa da cozinha, sentindo-me mais deprimido e triste do que me lembrava jamais ter sentido, enquanto mamãe se ocupava no fogão. O guisado de coelho desprendia um cheiro delicioso, e minha boca começou a aguar. Ninguém era melhor cozinheira do que minha mãe, e valia a pena voltar para casa, ainda que fosse para uma única refeição.

Sorridente, ela trouxe um prato bem cheio de guisado e colocou-o à minha frente.

— Vou preparar o seu quarto — disse-me. — Já que está aqui é melhor que se demore uns dias.

Murmurei um agradecimento e não perdi tempo para começar a comer. Assim que minha mãe subiu, Ellie entrou na cozinha.

— Que bom ver você de volta, Tom — disse-me com um sorriso. Depois, olhou para o meu generoso prato de comida.
— Quer um pouco de pão para acompanhar?
— Quero, obrigado — respondi, e Ellie passou manteiga em três fatias grossas antes de se sentar à mesa diante de mim. Comi tudo sem parar para tomar fôlego e, por fim, limpei o prato com a última grande fatia do pão fresco.
— Sente-se melhor agora?
Confirmei com a cabeça e tentei sorrir, mas senti que não fora muito convincente, porque Ellie, de repente, pareceu preocupada.
— Não pude deixar de ouvir o que você disse a sua mãe. Tenho certeza de que não é tão ruim assim. É só porque o trabalho é completamente novo e estranho. Logo você se acostumará. Enfim, você não precisa voltar logo. Depois de passar uns dias em casa se sentirá melhor. E sempre será bem-vindo aqui, mesmo quando a propriedade pertencer ao Jack.
— Acho que o Jack não ficou muito satisfeito de me ver.
— Por quê? Por que diz isso?
— Ele simplesmente não me pareceu nada simpático. Acho que não me quer aqui.
— Não se preocupe com o seu irmão mais velho. Posso facilmente dar um jeito nele.
Sorri com gosto porque era verdade. Certa vez, minha mãe tinha dito que Ellie conseguia que Jack fizesse tudo que ela queria.
— A principal preocupação dele está aqui — disse ela, alisando a barriga. — A irmã de minha mãe morreu de parto, e até hoje nossa família fala nisso. E Jack ficou nervoso, mas não estou nem um pouco preocupada porque não poderia estar em

lugar melhor: tenho sua mãe para cuidar de mim. — Ela fez uma pausa. — Mas tem mais uma coisa. O seu novo trabalho o deixa apreensivo.

— Ele pareceu bem contente antes da minha partida — comentei.

— Fez isso por ser seu irmão e por gostar de você. Mas o ofício de caça-feitiço assusta as pessoas. Deixa-as inquietas. Suponho que, se você tivesse ido na mesma hora, provavelmente tudo estaria bem. Mas Jack falou que, no dia em que vocês partiram, foram direto para o topo do morro e entraram na mata, e que, desde então, os cachorros têm estado inquietos. Agora não querem mais entrar na pastagem norte.

"Jack imagina que vocês mexeram com alguma coisa. Acho que é nisso que ele pensa. — Ellie continuou, acariciando suavemente a barriga. — Ele está apenas nos protegendo. Está pensando na família dele. Mas não se preocupe. Com o tempo tudo se resolverá."

Afinal, fiquei três dias, tentando manter um ar corajoso, mas acabei sentindo que estava na hora de partir. Minha mãe foi a última pessoa que vi antes de ir. Ficamos a sós na cozinha e ela me deu um aperto no braço e disse que sentia orgulho de mim.

— Você é mais do que sete vezes sete — disse-me, sorrindo carinhosamente. — Você é meu filho também e tem a força necessária para fazer o que precisa ser feito.

Concordei com a cabeça para deixá-la feliz, mas o sorriso desapareceu do meu rosto assim que saí do terreno.

Voltei para a casa do Caça-feitiço com os passos pesados e o coração nas botas, sentindo mágoa e desapontamento porque minha mãe não quis que eu voltasse para casa.

Choveu durante todo o caminho para Chipenden, e quando cheguei lá me sentia frio, molhado e infeliz. Ao parar no portão, para minha surpresa, a lingueta do trinco subiu sozinha e a porta se abriu sem que eu a tocasse. Era uma espécie de boas-vindas, um incentivo para eu entrar, coisa que pensei que fosse reservada apenas ao Caça-feitiço. Suponho que devia me sentir satisfeito com isso, mas não. Senti apenas medo.

Bati na porta três vezes antes de notar, finalmente, que a chave estava na fechadura. Como as minhas batidas não receberam resposta, girei a chave e empurrei a porta devagar. Verifiquei todos os aposentos no térreo, exceto um. Depois gritei para o primeiro andar. Ninguém me respondeu, por isso me arrisquei a entrar na cozinha.

Havia um fogo ardendo na lareira e a mesa estava posta para uma pessoa. Ao centro havia uma enorme travessa de cozido fumegante. Eu estava com tanta fome, que me servi, e já quase devorara tudo, quando vi o bilhete sob o saleiro.

Fui a Pendle. Problema com feiticeira, vou demorar alguns dias. Fique à vontade, mas não se esqueça de apanhar as provisões da semana. Como sempre, minha saca está no açougue, por isso vá lá primeiro.

Pendle era um morro alto, quase uma montanha, bem para leste do Condado. O distrito todo vivia infestado de feiticeiras e era arriscado ir lá, principalmente sozinho. Isto me lembrou mais uma vez como o ofício de caça-feitiço podia ser perigoso.

Ao mesmo tempo, não pude deixar de me sentir aborrecido. Passara tanto tempo aguardando alguma coisa acontecer, e, no momento em que me ausentara, o Caça-feitiço partira sem me levar!

Dormi bem àquela noite, mas não tão profundamente que não ouvisse o sino me chamar para o café da manhã.

Desci na mesma hora e fui recompensado com o melhor prato de ovos com bacon que já provara na casa do Caça-feitiço. Fiquei tão satisfeito que, pouco antes de me levantar da mesa, repeti em voz alta as palavras que meu pai dizia todo domingo ao almoço:

— Estava realmente gostoso. Meus cumprimentos ao cozinheiro.

Mal acabei de falar, as chamas se avivaram na lareira e um gato começou a ronronar. Não vi o gato, mas o ruído que fazia era tão alto que juro que as vidraças começaram a vibrar. Era óbvio que eu tinha dito a coisa certa.

Então, sentindo-me satisfeito comigo mesmo, fui à aldeia apanhar os mantimentos. O sol brilhava no céu azul e desanuviado, os pássaros cantavam e, depois da chuva do dia anterior, o mundo todo parecia claro, radioso e renovado.

Comecei pelo açougue, apanhei a saca do Caça-feitiço e terminei na padaria. Alguns garotos da aldeia estavam encostados na parede ali perto. Não havia tantos quanto da última vez, e o líder, o rapaz forte de pescoço taurino, não estava presente.

Lembrando-me do que dissera o Caça-feitiço, dirigi-me a eles.

— Desculpem-me a última vez, mas sou novo e não entendi bem as regras. O sr. Gregory me informou que posso dar um bolo e uma maçã a cada um. — E assim dizendo, abri a saca e entreguei aos garotos o que prometera. Seus olhos se arregalaram tanto que quase saltaram das órbitas, e eles murmuraram agradecimentos.

No alto do caminho, alguém me esperava. Era a moça chamada Alice, e, mais uma vez, encontrei-a parada à sombra das árvores, como se não gostasse da claridade do sol.

— Posso lhe dar uma maçã e um bolo — disse-lhe.

Para minha surpresa, ela abanou a cabeça.

— Não estou com fome no momento — respondeu-me.

— Mas tem uma coisa que quero. Preciso que cumpra a sua promessa. Preciso de ajuda.

Sacudi os ombros. Uma promessa era uma promessa, e eu me lembrava de tê-la feito. Portanto, o que mais poderia fazer, exceto cumprir a minha palavra?

— Me diga o que quer e farei o que puder — respondi.

Mais uma vez, seu rosto se iluminou com um enorme sorriso. Ela estava usando um vestido preto e sapatos de bico fino, mas aquele sorriso me fez esquecer tudo. O que ela disse a seguir, porém, me deixou preocupado e estragou o resto do meu dia.

— Não vou lhe dizer agora. Direi à noite, é o que farei, assim que o sol se puser. Venha me procurar quando ouvir o sino do Velho Gregory.

Ouvi o sino pouco antes do pôr do sol, e, com o coração pesado, desci o morro em direção ao círculo de vimeiros onde os caminhos se cruzavam. Não me pareceu direito que ela tocasse o sino daquele jeito. A não ser que tivesse um trabalho para o Caça-feitiço, mas, por alguma razão, duvidei que fosse isso.

Lá no alto, os últimos raios de sol banhavam os picos das serras com um pálido fulgor laranja, mas embaixo entre os vimeiros estava cinzento e sombrio.

Arrepiei-me quando vi a moça, porque, embora puxasse a corda apenas com uma das mãos, fazia os badalos do enorme sino dançarem loucamente. Apesar dos braços magros e da cintura fina, ela precisava ser muito forte.

Ela parou de tocar assim que apareci e pôs as mãos nos quadris enquanto os ramos seguiam dançando e se agitando no alto. Ficamos nos fitando durante um bom tempo até meus olhos serem atraídos para uma cesta aos seus pés. Havia alguma coisa dentro, coberta por um pano preto.

Ela ergueu a cesta e estendeu-a para mim.

— Que é isso? — perguntei.

— É para você, para que possa cumprir sua promessa.

Aceitei-a, mas não me senti muito feliz. Curioso, enfiei a mão no cesto para levantar o pano preto.

— Não mexa — disse Alice depressa, com certa aspereza na voz. — Não deixe entrar ar ou eles estragarão.

— Que são eles? — perguntei. Estava escurecendo a cada minuto e comecei a ficar nervoso.

— Apenas bolos.

— Muito obrigado.

— Não são para você — respondeu ela com um sorriso brincando nos cantos dos lábios. — Os bolos são para a Velha Mãe Malkin.

Minha boca secou e um arrepio percorreu minha espinha. Mãe Malkin, a feiticeira viva que o Caça-feitiço mantinha presa em uma cova do seu jardim.

— Acho que o sr. Gregory não iria gostar — disse eu. — Ele me avisou para ficar longe dela.

— Ele é um homem muito cruel, o Velho Gregory — disse Alice. — Já faz quase treze anos que a pobre Mãe Malkin está naquele buraco escuro no chão. Está certo tratar uma velha tão mal?

Sacudi os ombros. Eu próprio não ficara muito feliz com aquilo. Era difícil defender o que o Caça-feitiço fizera, mas ele me havia dito que tinha uma boa razão.

— Olhe — tornou ela —, você não vai se encrencar, porque o Velho Gregory não precisa saber. É só um agrado que você está levando para ela. Seus bolos favoritos preparados pela família. Não há nenhum mal nisso. Só uma coisinha para lhe dar forças para enfrentar o frio. Ele penetra diretamente os ossos, verdade.

Mais uma vez sacudi os ombros. Ela parecia ter os melhores argumentos.

— Então, só precisa dar um bolo por noite. Três bolos durante três noites; melhor fazer isso à meia-noite porque é a hora em que ela fica mais irritada. Dê o primeiro hoje à noite.

Alice virou-se de costas para ir embora, mas parou e tornou a se virar para sorrir para mim.

— Podíamos nos tornar bons amigos, você e eu — disse-me com uma risada.

E desapareceu nas sombras que se aprofundavam.

CAPÍTULO 8
A VELHA MÃE MALKIN

De volta à casa do Caça-feitiço, comecei a me preocupar, mas quanto mais pensava no assunto, mais minha cabeça ficava confusa. Eu sabia o que ele diria. Jogaria fora os bolos e me faria uma longa preleção sobre feiticeiras e problemas com moças que usam sapatos de bico fino.

O Caça-feitiço não estava ali; portanto, isso não entrava em questão. Havia duas coisas que me fariam andar na escuridão do jardim leste, onde ele mantinha as feiticeiras. A primeira era a minha promessa a Alice.

"Nunca faça uma promessa que não esteja disposto a cumprir", meu pai sempre me dizia. Portanto, eu não tinha muita escolha. Ele me ensinara a distinguir o bem do mal, e só porque eu era aprendiz do Caça-feitiço não significava que teria de mudar minha maneira de ser.

A segunda, eu não concordava em manter uma velha enterrada em um buraco no chão. Fazer isso com uma feiticeira morta me parecia razoável, mas não com uma viva. Lembro-me de ter me perguntado que crime terrível ela teria cometido para merecer aquilo.

Que mal poderia haver em lhe dar três bolos? Um pequeno agrado enviado pela família para combater o frio e a umidade, só isso. O Caça-feitiço me dissera para confiar nos meus instintos, e depois de pesar os prós e os contras, senti que estava agindo corretamente.

O único problema era que eu tinha de levar pessoalmente os bolos à meia-noite. A essa hora é muito escuro, principalmente se a lua não estiver visível.

Aproximei-me do jardim leste levando a cesta. Estava escuro, mas não tão escuro quanto eu tinha esperado. Por um lado, porque a minha visão sempre fora muito aguçada à noite. Minha mãe sempre enxergou bem no escuro e acho que puxei isso da família dela. Por outro lado, era uma noite sem nuvens e a lua me ajudou a encontrar o caminho.

Quando entrei na mata, senti um frio súbito e estremeci. Até chegar ao primeiro túmulo, o tal com o contorno de pedra e as treze barras, senti ainda mais frio. Era onde a primeira feiticeira estava enterrada. Ela era ineficaz, tinha pouca força, assim me dissera o Caça-feitiço. Não precisava me preocupar, disse a mim mesmo, querendo muito acreditar nisso.

Resolver dar à Mãe Malkin os bolos à luz do dia era uma coisa; agora, ali no jardim, perto da meia-noite, eu já não estava tão seguro. O Caça-feitiço tinha me dito para ficar bem longe dali depois do anoitecer. Alertara-me mais de uma vez; portanto, era uma regra importante e eu estava desobedecendo a ela.

Ouvia-se uma variedade de sons indistintos. Os sussurros e tremores provavelmente não eram nada, apenas animaizinhos que eu perturbara e que fugiam do meu caminho, mas me lembravam que eu não tinha o direito de estar ali.

O meu mestre me havia dito que as outras duas feiticeiras se encontravam uns vinte passos mais à frente, por isso contei os meus passos com atenção. Isso me levou ao segundo túmulo, que era igual ao primeiro. Aproximei-me só para me certificar. Lá estavam as barras por cima do solo, uma terra dura sem uma sombra de capim. A feiticeira estava morta, mas continuava perigosa. Era a que tinha sido enterrada de cabeça para baixo. O que significava que as solas dos seus pés se encontravam em algum ponto logo abaixo da superfície.

Enquanto olhava fixamente para o túmulo, pensei ter visto alguma coisa se mexer. Era uma espécie de tremor; provavelmente apenas fruto da minha imaginação, ou talvez fosse algum bicho pequeno — um rato ou um musaranho ou qualquer outro. Avancei rápido. E se tivesse sido um dedo de pé?

Mais três passos e cheguei ao lugar que procurava — não havia dúvida. Como antes, tinha uma borda de pedra com treze barras. Havia, porém, três diferenças. Primeiro, a área sob as barras era quadrada em vez de retangular. Segundo, era maior, provavelmente umas quatro passadas por duas. Terceiro, a terra não estava compactada sob as barras; havia apenas um buraco muito negro no chão.

Parei de estalo e apurei os ouvidos. Até ali eu não tinha ouvido muita coisa, apenas leves rumores de criaturas noturnas e uma brisa suave. Uma brisa tão suave que eu mal notara. Notei-a, mesmo, quando parou de soprar. De repente, tudo ficou muito quieto e a mata se tornou estranhamente silenciosa.

Eu tinha estado à escuta, procurando ouvir a feiticeira, e agora sentia que ela estava me escutando.

O silêncio parecia não ter fim, até que, de repente, percebi alguém respirando no fundo da cova. Aquele som possibilitou que eu me mexesse, avancei mais alguns passos e parei bem junto à borda, com a ponta da bota encostando nas pedras que cercavam o buraco.

Naquele momento, lembrei-me de algo que o Caça-feitiço me dissera a respeito de Mãe Malkin...

"A maior parte de sua força já sangrou para dentro da terra, mas ela adoraria pôr as mãos em um rapaz como você."

Recuei um passo — não fui longe, mas aquelas palavras me deixaram pensativo. E se saísse uma mão da cova e agarrasse meu tornozelo?

Querendo terminar logo com aquilo, chamei baixinho para a escuridão.

— Mãe Malkin, eu lhe trouxe uma coisinha. É um presente de sua família. A senhora está aí? Está me ouvindo?

Não houve resposta, mas o ritmo da respiração na cova pareceu acelerar. Então, sem maior perda de tempo e desesperado para voltar ao aconchego da casa do Caça-feitiço, meti a mão na cesta e apalpei por baixo do pano. Meus dedos agarraram um dos bolos. Pareceu-me meio mole, fofo e pegajoso. Puxei-o para fora e segurei-o por cima das barras.

— É apenas um bolo — disse eu de mansinho. — Espero que faça a senhora se sentir melhor. Trarei outro amanhã à noite.

Com essas palavras, abri a mão deixando o bolo cair na escuridão.

Eu devia ter voltado imediatamente para casa, mas demorei mais uns segundos, atento. Não sei o que esperava ouvir, mas foi o meu erro.

Fez-se um movimento no fundo da cova, como se alguma coisa estivesse se arrastando pelo chão. E, então, ouvi a feiticeira começar a comer o bolo.

Eu achava que alguns dos meus irmãos faziam ruídos grosseiros à mesa, mas o que ouvi foi muito pior. Pareceu-me ainda mais nojento do que os nossos enormes porcos peludos com os focinhos enfiados no balde de lavagem, um barulho que misturava mastigação, fungadas e bufos com uma respiração ofegante. Não era possível saber se ela estava ou não gostando do bolo, mas, sem dúvida, fazia um bocado de barulho para comê-lo.

Naquela noite, tive muita dificuldade para adormecer. Não parava de pensar na cova escura e de me preocupar com a obrigação de repetir a visita na noite seguinte.

Por pouco, não perdi a hora de descer para o café, o bacon estava queimado, e o pão, meio dormido. Não consegui entender por quê — comprara pão fresco na padaria ainda na véspera. E não era tudo, o leite estava talhado. O ogro estaria aborrecido comigo? Sabia o que eu andara fazendo? Estragara o café da manhã como uma espécie de aviso?

Trabalhar em uma fazenda é pesado, mas eu estava habituado. O Caça-feitiço não me deixara tarefa alguma, por isso não tinha como ocupar o meu dia. Fui até a biblioteca, achando que ele provavelmente não se importaria se eu procurasse alguma coisa útil para ler, mas, para meu desapontamento, a porta estava trancada.

Então, que mais poderia fazer, senão sair para dar um passeio? Resolvi explorar as serras, e escalei primeiro o pico do Parlick; no alto, sentei-me em um marco de pedras e contemplei a vista.

Fazia um dia claro e ensolarado, e dali eu podia descortinar o Condado espraiando-se lá embaixo, bem como o mar distante, um azul cintilante e convidativo, para noroeste. As serras pareciam não ter fim, grandes morros com nomes como serra do Calder e serra da Casa da Estaca — tão numerosos que minha impressão é que precisaria de uma vida inteira para explorá-los.

Mais próxima ficava a serra do Lobo, o que me fez pensar se realmente haveria lobos na área. Podiam ser perigosos, e diziam que, quando o inverno era muito rigoroso, eles às vezes caçavam em alcateias. Bem, agora era primavera e eu certamente não tinha avistado sinal deles, mas isso não queria dizer que não andassem por ali. O que me levou a compreender que estar nos morros ao anoitecer podia ser bem assustador.

Não tão assustador, concluí, quanto ter que levar outros dois bolos para Mãe Malkin comer. E, cedo demais, o sol começou a se pôr para oeste e fui obrigado a descer em direção a Chipenden.

Mais uma vez me vi carregando a cesta pela escuridão do jardim. Dessa vez, resolvi terminar rápido. Sem perda de tempo, deixei cair entre as barras da cova escura o segundo bolo pegajoso.

Foi somente quando era tarde demais, no segundo em que o bolo se soltou dos meus dedos, que reparei em uma coisa que fez o meu coração enregelar.

As barras por cima da cova tinham sido forçadas. Na noite anterior, eram treze barras de ferro paralelas e perfeitamente retas. Agora as do centro estavam separadas quase o suficiente para permitir a passagem de uma cabeça.

Podiam ter sido forçadas por alguém do lado de fora, na superfície, mas eu duvidava. O Caça-feitiço me dissera que os jardins e a casa eram guardados, e que ninguém podia entrar. Não me dissera como os guardava, mas eu imaginava que fosse uma espécie de ogro. Talvez o mesmo que preparava as refeições.

Então, tinha que ser a feiticeira. De alguma maneira, ela devia ter subido pelo lado da cova e começado a forçar as barras. De repente, percebi a verdade do que estava ocorrendo.

Que burro eu tinha sido! Os bolos estavam tornando a feiticeira mais forte.

Ouvi-a, na escuridão da cova, começar a comer o segundo bolo, fazendo os mesmos ruídos pavorosos de mastigação, fungadas e bufos. Abandonei a mata depressa e voltei para casa. Pelo que percebia, ela talvez nem precisasse do terceiro bolo.

Depois de mais uma noite maldormida, tomei uma decisão. Iria procurar Alice, devolver-lhe o bolo e explicar por que não podia cumprir minha promessa.

Primeiro, precisava encontrá-la. Logo depois do café, desci até o ponto da mata em que tínhamos nos encontrado na primeira vez e continuei caminhando até a orla mais distante. Alice tinha dito que morava lá adiante, mas não havia sinal de construção, apenas colinas e vales e arvoredos distantes.

Pensando que talvez fosse mais fácil pedir orientação, desci à aldeia. Para minha surpresa, havia pouca gente na rua, mas, conforme imaginara, havia alguns garotos parados perto da padaria. Aparentemente era o seu ponto favorito. Talvez gostassem do cheiro. Eu gostava. Pão fresco tem um dos melhores cheiros do mundo.

Eles não foram muito simpáticos, considerando que, na última vez que tínhamos nos encontrado, eu dera um bolo e uma maçã a cada um. Talvez fosse porque, desta vez, o rapaz fortão, com olhinhos de porco, estava junto. Ainda assim, eles escutaram o que eu tinha a dizer. Não entrei em detalhes — disse-lhes apenas que precisava encontrar a moça que tínhamos visto na borda da floresta.

— Sei onde poderia estar — disse o rapagão, com uma expressão feroz no rosto —, mas você seria burro se fosse lá.

— Por quê?

— Você não ouviu o que ela disse? — indagou o rapaz, erguendo as sobrancelhas. — Disse que era sobrinha da Lizzie Ossuda.

— Quem é Lizzie Ossuda?

Eles se entreolharam e balançaram a cabeça como se eu fosse louco. Por que todo mundo parecia ter ouvido falar na mulher, exceto eu?

— Lizzie e a avó passaram um inverno inteiro aqui, antes de Gregory dar um jeito nelas. Meu pai está sempre relembrando isso. Eram as feiticeiras mais apavorantes que já tinham aparecido por esses lados. Moravam em companhia de outra criatura igualmente apavorante. Parecia um homem, mas era realmente enorme, com tantos dentes que não cabiam na boca. Foi o que meu pai me contou. Ele disse que, naquela época, durante o longo inverno, as pessoas nunca saíam depois de escurecer. Que caça-feitiço você vai ser, se nunca ouviu falar na Lizzie Ossuda?

Não gostei dessa última parte. Percebi que fora realmente burro. Se, ao menos, eu tivesse contado ao meu mestre a conversa com Alice, ele teria sabido que Lizzie voltara e teria tomado alguma providência.

Pelo que dizia o pai do garoto maior, Lizzie Ossuda vivera em uma propriedade, uns cinco quilômetros a sudeste da casa do Caça-feitiço. Estava abandonada havia anos e ninguém jamais ia lá. Portanto, aquele seria o lugar mais provável de sua moradia atual. Isso me pareceu fazer sentido porque Alice apontara naquela direção.

Naquele momento, um grupo de pessoas carrancudas saiu da igreja. Elas dobraram a esquina em uma fila desencontrada e rumaram para a ladeira em direção às serras, lideradas pelo padre da aldeia. Vestiam roupas quentes, e muitas empunhavam bengalas.

— Que está acontecendo? — perguntei.

— Uma criança desapareceu na noite passada — respondeu um dos garotos, cuspindo nas pedras do calçamento. — De três anos. Acham que ela subiu o morro e se perdeu. E olha que não é a primeira. Há dois dias deram por falta de um bebê em uma propriedade de Long Ridge. Era pequeno demais para andar; portanto, deve ter sido roubado. Acham que talvez tenham sido os lobos. Foi um inverno rigoroso, e isso, às vezes, faz com que desçam das montanhas.

Afinal, a orientação que me deram foi muito exata. Mesmo descontando o tempo para ir buscar a cesta de Alice, gastei menos de uma hora para avistar a casa de Lizzie.

Naquela altura, à forte claridade do sol, ergui o pano e examinei o último dos três bolos. Cheirava mal e tinha uma aparência ainda pior. Parecia ter sido preparado com carne e pão picados e outras coisas que não conseguia identificar. Era úmido e muito pegajoso e quase preto. Os ingredientes não tinham sido cozidos, mas amassados juntos. Reparei, então, em outra coisa ainda mais horrível. Havia umas coisinhas brancas andando pelo bolo que lembravam larvas de mosca-varejeira.

Estremeci, tornei a cobri-lo com o pano e desci o morro em direção à fazenda abandonada. As cercas estavam quebradas, o celeiro perdera metade do telhado, e não havia sinal de animais.

Uma coisa, no entanto, realmente me inquietou. Saía fumaça da chaminé da casa. Isso significava que havia alguém ali, e comecei a me preocupar com a coisa que tinha tantos dentes que não cabiam na boca.

Afinal, o que eu achava que podia esperar? Não ia ser fácil. Como ia conseguir falar com Alice, sem ser visto pelos outros membros da família?

Quando parei na encosta, tentando raciocinar o que faria em seguida, o meu problema se resolveu sozinho. Uma figura esguia e escura saiu pela porta dos fundos da casa e começou a subir o morro em minha direção. Era Alice — mas como teria sabido que eu estava ali? Havia árvores entre a casa e eu, e as janelas abriam para o lado oposto.

Contudo, ela não estava subindo o morro por acaso. Subiu direto para onde eu estava e parou a uns cinco passos de distância.

— Que é que você quer? — sibilou. — Que burrice vir aqui! Tem sorte que os outros em casa estejam dormindo.

— Não posso fazer o que me pediu — disse eu, estendendo-lhe a cesta.

Ela cruzou os braços e amarrou a cara.

— Por que não? — exigiu saber. — Você prometeu, não foi?

—Você não me contou o que iria acontecer. Ela comeu dois bolos e está ficando mais forte. Já forçou as barras da cova. Mais um bolo e ficará livre, e acho que você sabia disso. Não foi a sua intenção desde o início? — acusei-a, começando a me zangar. — Você me enganou; portanto, a promessa não vale mais.

Ela se aproximou mais um passo de mim, mas agora sua própria raiva fora substituída por outro sentimento. Pareceu, de repente, amedrontada.

— A ideia não foi minha. Eles me obrigaram — disse ela, apontando para a casa. — Se você não fizer o que prometeu, vai trazer problemas para nós dois. Vamos, dê a ela o terceiro bolo. Que mal pode fazer? Mãe Malkin já pagou o que devia. Está na hora de soltá-la. Vamos, dê o bolo, e ela irá embora hoje à noite e nunca mais incomodará vocês.

— Acho que o sr. Gregory deve ter tido uma ótima razão para prender Mãe Malkin naquela cova — disse eu lentamente. — Sou apenas o novo aprendiz, como posso saber o que é melhor? Quando ele voltar, terei de lhe contar o que aconteceu.

Alice deu um sorrisinho — o tipo de sorriso que alguém dá quando sabe alguma coisa que o outro ignora.

— Ele não vai voltar — disse ela. — Lizzie pensou em tudo. A Lizzie tem bons amigos perto de Pendle. Fariam qualquer coisa por ela, fariam mesmo. Enganaram o Velho Gregory. Quando ele estiver a caminho, vai receber o que merece. Neste momento, provavelmente já está morto e a sete palmos embaixo da terra. Espere para ver se não tenho razão. Logo você não estará seguro nem na casa dele. Uma noite dessas, eles irão pegar você. A não ser, é claro, que me ajude agora. Nesse caso, talvez o deixem em paz.

Assim que ela disse aquilo, dei-lhe as costas e tornei a subir o morro, deixando-a ali parada. Acho que me chamou várias vezes, mas não lhe dei ouvidos. O que me dissera a respeito do Caça-feitiço ficou martelando o meu cérebro.

Somente depois percebi que ainda carregava a cesta e atirei-a com o último dos bolos no rio; de volta à casa do Caça-feitiço, não levei muito tempo para entender o acontecido e resolver o que fazer. A coisa toda fora planejada desde o início. Eles atraíram o meu mestre para longe, sabendo que, como aprendiz novato, eu ainda andava de fraldas e seria fácil me enganar.

Eu não acreditava que seria tão simples matar o Caça-feitiço, ou ele não teria sobrevivido tantos anos, mas não podia confiar que regressasse a tempo de me socorrer. De algum modo, eu tinha de impedir que Mãe Malkin saísse da cova.

Precisava urgentemente de ajuda e pensei em descer à aldeia, mas sabia que havia uma espécie de ajuda especial mais próxima. Entrei na cozinha e me sentei à mesa.

Esperava levar a qualquer momento um tapa; por isso, falei depressa. Expliquei tudo que acontecera sem omitir detalhe algum. Depois disse que era minha culpa e que pedia, por favor, que me ajudasse.

Não sei o que esperava obter. Não me senti tolo falando para o ar porque eu estava muito aflito e assustado, mas como o silêncio se prolongou, aos poucos fui percebendo que tinha perdido o meu tempo. Por que um ogro me ajudaria? Pelo que eu sabia, ele era um prisioneiro confinado à casa e ao jardim pelo Caça-feitiço. Talvez fosse um escravo desesperado para se libertar; talvez até estivesse feliz de me ver encrencado.

Quando eu já ia desistir e sair da cozinha, lembrei-me do que meu pai sempre dizia quando ia à feira local. "Todo mundo tem seu preço. É só uma questão de fazer uma oferta que agrade o outro, mas que não te prejudique demais."

Então, fiz uma oferta ao ogro...

— Se você me ajudar agora, não esquecerei. Quando eu for o próximo Caça-feitiço, lhe darei folga todo domingo. Nesse dia, prepararei minha comida para deixar você descansar e fazer o que quiser.

Subitamente senti uma coisa roçar minhas pernas embaixo da mesa. Ouvi um ruído também, um ronronar suave, e surgiu à minha frente um enorme gato ruivo que se encaminhou lentamente para a porta.

Ele devia ter estado embaixo da mesa todo o tempo — era o que o bom senso me dizia. Contudo, era melhor concordar; por isso, acompanhei o gato pelo corredor e subi as escadas; no primeiro andar, ele parou à porta da biblioteca trancada. Esfregou nela as costas, do jeito que os gatos fazem nas pernas das mesas. A porta se abriu devagarinho, revelando uma quantidade maior de livros do que seria possível alguém ler em uma vida inteira, enfileirados ordenadamente em estantes paralelas. Entrei, indeciso por onde deveria começar. E, quando tornei a me virar, o gatão ruivo tinha desaparecido.

Cada livro tinha o título bem visível na capa. Muitos estavam escritos em latim, e outros tantos em grego. Não havia poeira nem teias de aranha. A biblioteca era tão limpa e bem cuidada quanto a cozinha.

Andei ao longo da primeira fileira, até que meu olhar foi atraído por uma coisa. Perto da janela havia três compridas prateleiras cheias de cadernos de capa de couro, iguais aos que o Caça-feitiço me dera, mas a prateleira superior continha outros maiores com datas nas capas. Cada volume parecia registrar um período de cinco anos; por isso apanhei, o da extremidade da prateleira e abri-o cuidadosamente.

Reconheci a caligrafia do Caça-feitiço. Folheando as páginas, percebi que era uma espécie de diário. Registrava cada trabalho que realizara, o tempo gasto em viagem e o dinheiro que recebera. E, o mais importante, explicava de que maneira lidara com cada ogro, fantasma e feiticeira.

Repus o caderno na prateleira e dei uma olhada nas outras lombadas. Os diários cobriam praticamente até a época atual e remontavam a centenas de anos. Ou o Caça-feitiço era bem mais velho do que parecia ou os livros mais antigos tinham sido escritos por outros caça-feitiços que viveram nos séculos anteriores. De repente me ocorreu perguntar se, mesmo que Alice estivesse certa e o meu mestre não voltasse, haveria uma possibilidade de aprender tudo que eu precisava saber apenas estudando aqueles diários. E, melhor ainda, se em algum ponto daqueles milhares de páginas haveria a informação que me ajudaria a resolver o problema do momento.

Como poderia encontrá-la? Talvez levasse algum tempo, mas a feiticeira estava na cova havia quase treze anos. Tinha de estar registrado o modo com que o Caça-feitiço a prendera ali. Então, subitamente, em uma prateleira inferior, vi algo ainda melhor.

Eram livros maiores, cada um abordando um determinado tópico. Um tinha o título *Dragões e vermes*. Uma vez que os tópicos eram apresentados em ordem alfabética, não demorei muito a encontrar o que estava procurando.

Feiticeiras.

Abri-o com as mãos trêmulas e descobri que estava dividido em quatro seções previsíveis...

A malevolente, *A benevolente*, *A falsamente acusada* e *A Inconsciente*.

Folheei ligeiro o livro, procurando a primeira seção. Estava escrito na caligrafia caprichada do Caça-feitiço e, mais uma vez, cuidadosamente organizado em ordem alfabética. Em segundos encontrei a página intitulada: *Mãe Malkin*.

Foi pior do que eu tinha esperado. Mãe Malkin era mais diabólica do que se poderia imaginar. Tinha morado em vários lugares, e, em cada um em que estivera, acontecera algum fato horrível, o pior deles em um brejo no oeste do Condado.

Ali, a feiticeira morara em uma fazendinha e oferecia hospedagem a moças que estavam esperando bebês, mas que não tinham maridos para sustentá-las. Foi quando lhe deram o nome de "Mãe". Fizera isso durante anos, porém algumas das moças nunca mais tinham sido vistas.

A própria Malkin tinha um filho morando em casa, um rapaz de incrível força física, chamado Tusk. Possuía dentes enormes e assustava tanto as pessoas que ninguém nunca se aproximava do lugar. Por fim, os habitantes locais se revoltaram, e Mãe Malkin foi obrigada a fugir para Pendle. Depois que partiu, encontraram a primeira das sepulturas. Havia um campo inteiro de ossos e carne em decomposição, principalmente restos das crianças que ela matara para satisfazer sua necessidade de sangue. Alguns dos corpos eram de mulheres; em cada caso, o corpo fora esmagado, e as costelas, partidas ou rachadas.

Os garotos da aldeia tinham falado de uma criatura com dentes grandes demais para caberem na boca. Seria Tusk, o filho da Mãe Malkin? Um filho que provavelmente matara aquelas mulheres, espremendo a vida do corpo delas?

Isso fez as minhas mãos tremerem tanto que eu mal conseguia manter o livro parado para lê-lo. Aparentemente, algumas feiticeiras usavam a "magia dos ossos". Eram necromantes que adquiriam seu poder, invocando os mortos. Mãe Malkin, porém, era pior. Usava a "magia do sangue". Adquiria seu poder, usando sangue humano, e gostava especialmente do sangue de crianças.

Pensei nos bolos pretos e pegajosos, e estremeci. Uma criança desaparecera em Long Ridge. Uma criança pequena demais para andar. Teria sido sequestrada por Lizzie Ossuda? Seu sangue teria sido usado para preparar aqueles bolos? E a segunda criança, a que os aldeões estavam procurando? E se Lizzie Ossuda tivesse sequestrado aquela também, para Mãe Malkin poder usar o sangue e realizar sua magia quando fugisse da cova? A criança poderia estar na casa de Lizzie naquele momento!

Forcei-me a continuar a leitura.

Treze anos antes, no início do inverno, Mãe Malkin viera morar em Chipenden, trazendo com ela a neta, Lizzie Ossuda. Quando o Caça-feitiço voltou de sua casa de inverno em Anglezarke, não perdeu tempo para agir. Depois de expulsar Lizzie Ossuda, amarrou Mãe Malkin com uma corrente de prata e levou-a para a cova em seu jardim.

No registro, ele parecia discutir consigo mesmo. Era evidente que não lhe agradava enterrar a mulher viva, mas argumentava por que era necessário. Explicava que era perigoso demais matá-la: uma vez morta, a feiticeira tinha o poder de retornar e seria mais forte e mais perigosa do que antes.

A questão era se ainda poderia fugir. Com um bolo ela fora capaz de forçar as barras. Embora não fosse receber o terceiro, dois poderiam ser suficientes. À meia noite, talvez ela conseguisse sair da cova. Que poderia eu fazer?

Se era possível dominar uma feiticeira com uma corrente de prata, então talvez valesse a pena tentar atravessar uma sobre as barras tortas para impedi-la de sair da cova. O problema era que a corrente de prata do Caça-feitiço estava na bolsa que ele sempre levava em viagem.

Ao deixar a biblioteca, vi outra coisa. Estava ao lado da porta; por isso, eu não reparara ao entrar. Era uma longa lista de nomes em papel amarelo, exatamente trinta, escritos na caligrafia do Caça-feitiço. Meu nome, *Thomas J. Ward*, era o último, e, logo acima, havia o nome de *William Bradley*, que fora excluído com um risco horizontal; ao lado havia as letras *RIP*.

Senti um frio em todo o corpo porque sabia que aquilo significava *Requiescat in pace*, descanse em paz em latim, e que Billy Bradley morrera. Mais de dois terços dos nomes na folha amarela tinham sido riscados; desses, outros nove estavam mortos.

Supus que muitos tinham sido riscados simplesmente porque não foram aprovados como aprendizes, talvez nem mesmo concluído o primeiro mês. Os que haviam morrido me preocupavam mais. Fiquei imaginando o que teria acontecido com Billy Bradley e lembrei-me do que Alice tinha dito: *"Você não vai querer acabar como o anterior aprendiz do Velho Gregory."*

Como Alice sabia o que acontecera com Billy? Talvez fosse apenas porque todos na localidade sabiam, enquanto eu era um forasteiro. Ou será que a família dela tinha alguma ligação com aquela morte? Desejei que não, mas era mais uma preocupação.

Sem perder tempo, desci à aldeia. O açougueiro parecia manter contato com o Caça-feitiço. De que outra maneira poderia ter a saca para trazer a carne? Decidi, então, lhe contar minhas suspeitas e tentar convencê-lo a procurar a criança desaparecida na casa de Lizzie Ossuda.

A tarde ia morrendo quando cheguei ao açougue e encontrei-o fechado. Bati à porta de cinco casas até alguém atender. As pessoas confirmaram o que eu suspeitava: o açougueiro saíra com os outros homens para vasculhar as serras. Não voltariam até o meio-dia seguinte. Pelo que diziam, depois de revistarem as serras locais, iriam atravessar o vale até a aldeia no sopé de Long Ridge, onde desaparecera a primeira criança. Ali realizariam uma busca mais extensa e passariam a noite.

Eu tinha que enfrentar o problema. Estava sozinho.

Ao mesmo tempo triste e amedrontado, não tardei a pegar a estrada para voltar à casa do Caça-feitiço. Sabia que, se Mãe Malkin saísse da sepultura, a criança estaria morta antes do amanhecer.

Sabia também que eu era a única pessoa que poderia tentar fazer alguma coisa para evitar isso.

CAPÍTULO 9
No barranco do rio

Novamente em casa, fui ao quarto onde o Caça-feitiço guardava as roupas de viagem. Escolhi um de seus casacos velhos. Era grande demais, naturalmente, a barra chegava quase aos meus tornozelos e o capuz não parava de cobrir os meus olhos. Ainda assim me protegeria dos rigores do frio. Peguei emprestado também um dos seus bastões, o de maior utilidade para mim como bengala: era mais curto do que os outros e ligeiramente mais grosso em uma das pontas.

Quando, finalmente, saí de casa, aproximava-se a meia-noite. O céu estava claro e uma lua cheia nascia no alto das árvores, mas senti cheiro de chuva, e o vento que soprava do oeste estava esfriando.

Entrei no jardim e rumei diretamente para a cova de Mãe Malkin. Senti medo, mas alguém tinha que fazer aquilo, e quem mais havia além de mim? Afinal, a culpa era minha. Se ao menos eu tivesse contado ao Caça-feitiço o encontro com Alice e o que ela dissera aos garotos a respeito da volta de Lizzie! Ele poderia ter resolvido o problema, então. E não teria sido atraído a Pendle.

Quanto mais eu pensava nisso, pior eu me sentia. A criança em Long Ridge talvez não tivesse morrido. Senti remorso, muito remorso; não conseguia suportar a ideia de que mais uma criança poderia morrer e que a culpa seria minha também.

Passei pelo segundo túmulo onde a feiticeira morta estava enterrada de cabeça para baixo e avancei muito lentamente nas pontas dos pés até encontrar a cova de Mãe Malkin.

O luar filtrava-se pelas árvores iluminando-a; por isso, não tive dúvidas sobre o acontecido. Eu chegara tarde demais.

As barras tinham sido bem afastadas e formavam quase um círculo. Até mesmo o açougueiro poderia ter passado seus ombros maciços por aquela abertura.

Espiei para dentro da cova escura, mas não vi nada. Suponho que tivesse o desejo inútil de que a feiticeira pudesse ter exaurido suas forças empurrando as barras e agora estivesse cansada demais para sair.

Nada disso. Naquele momento, uma nuvem encobriu a lua, tornando tudo mais escuro, mas pude ver o mato pisado. Pude ver a direção que ela tomara. Havia claridade suficiente para seguir seu rastro.

Seguia-a, então, pela noite afora. Não andei muito depressa e fui avançando com bastante cautela. E se ela estivesse me tocaiando mais adiante? Eu também sabia que Mãe Malkin provavelmente não teria ido muito longe. Primeiro porque não haviam transcorrido mais de cinco minutos desde a meia-noite. Quaisquer que fossem os ingredientes dos bolos que ela comera, eu sabia que, em parte, a magia negra teria contribuído para que recuperasse suas forças. Era uma magia que se supunha mais poderosa na escuridão — particularmente à meia-noite. Ela comera apenas dois bolos, e não três; portanto, isso era um ponto a meu favor, mas lembrei-me da força estupenda que era necessária para empurrar as barras.

Depois que saí da sombra das árvores, achei fácil seguir suas pegadas no capim. Ela estava descendo o morro, mas em uma direção que a afastava da casa de Lizzie. A princípio, isso me intrigou, até me lembrar do rio que havia na ravina mais abaixo. Uma feiticeira malevolente não poderia atravessar água corrente — o Caça-feitiço me ensinara —; portanto, ela teria de caminhar ao longo do barranco até o rio fazer a curva de retorno, deixando o caminho livre.

Quando avistei o rio, parei na encosta e procurei enxergar o terreno embaixo. A lua saiu de trás das nuvens, mas, mesmo com o seu auxílio, a princípio não vi muita coisa nas margens porque dos dois lados havia árvores que projetavam sombras escuras.

Então, de repente, notei uma coisa muito estranha. Havia uma trilha prateada no barranco mais próximo. Só era visível quando a lua o iluminava, e lembrava a trilha reluzente deixada por uma lesma. Alguns segundos depois, vi um vulto escuro, curvado, se arrastando muito junto ao barranco.

Desci o morro o mais depressa que pude. Minha intenção era interceptá-la antes que ela alcançasse a curva do rio e pudesse rumar direto para a propriedade de Lizzie Ossuda. Consegui fazer isso e fiquei parado, com o rio à minha direita, de frente para a correnteza que descia o rio. Em seguida, viria a parte difícil. Eu teria que enfrentar a feiticeira.

Tremendo por estar inseguro, e tão ofegante que alguém poderia pensar que eu tinha passado uma hora ou mais subindo e descendo as serras, eu era uma mistura de medo e nervosismo, e tinha a sensação de que os meus joelhos iriam dobrar a qualquer instante. Precisei me apoiar no bastão do Caça-feitiço para conseguir me manter em pé.

Em termos de rios, esse não era largo, mas era fundo, seu caudal aumentado pelas chuvas da primavera que quase haviam desbarrancado as margens. As águas desciam velozes, afastando-se de mim em direção à escuridão sob as árvores por onde caminhava a feiticeira. Procurei-a muito atentamente, e, ainda assim, levei algum tempo para localizá-la.

Mãe Malkin estava vindo em minha direção. Era um pouco mais escura do que as sombras das árvores, uma escuridão na qual a pessoa podia cair e ser engolida para sempre. Ouvi-a, então, apesar do ronco da correnteza veloz do rio. Não era apenas o som dos seus pés descalços que produziam uma espécie de farfalhar ao se aproximarem de mim pelo capim alto da beira do rio. Não — havia outros ruídos que ela fazia com a boca e talvez com o nariz. O mesmo tipo de ruídos de quando eu lhe dera os bolos. Eram fungadas e bufos que mais uma vez me trouxeram à lembrança os nossos porcos peludos comendo no balde de lavagem. Em seguida, um som diferente uma chupada.

Quando ela saiu do arvoredo para céu aberto, o luar a iluminou e vi-a realmente pela primeira vez. Tinha a cabeça muito curvada, o rosto ocultado por uma cascata de cabelos desgrenhados brancos e grisalhos, dando a impressão de que estava olhando para os pés apenas visíveis sob a veste escura que lhe chegava aos tornozelos. Usava também uma capa preta que parecia ou muito comprida ou ela encolhera durante os anos que passara na terra úmida Caía até o chão às suas costas e, aparentemente, era isso que, ao arrastar pelo capim, produzia a trilha prateada.

Sua veste estava manchada e rota, o que não surpreendia, mas algumas manchas eram recentes — escuras e molhadas. Um líquido escorria pelo lado do seu corpo no capim e saía de uma coisa que ela apertava com força na mão esquerda.

Era um rato. Ela estava comendo um rato. Comendo-o cru.

Não dava mostras de ter me visto. Estava muito próxima agora e, se nada acontecesse, colidiria comigo. Tossi de repente. Não foi para avisá-la. Foi uma tosse nervosa e involuntária.

Ela olhou para mim, então, erguendo ao luar um rosto que parecia saído de um pesadelo, um rosto que não pertencia a uma pessoa viva. Ah, sem dúvida, ela estava bem viva. Era evidente pelos ruídos que fazia ao comer o rato.

Havia ainda outra coisa nela que me aterrorizou a tal ponto, que quase desmaiei ali mesmo. Os seus olhos. Eram como duas brasas vivas ardendo nas órbitas, dois pontos vermelhos de fogo.

Então, ela falou comigo, uma voz entre um sussurro e um crocito. Lembrou-me as folhas secas de inverno se agitando ao vento de fim do outono.

— É um rapaz! — exclamou. — Gosto de rapazes. Venha aqui, rapaz.

É claro que não me mexi. Fiquei parado, pregado no chão. Eu estava tonto e prestes a desmaiar.

Ela continuava a avançar na minha direção, e seus olhos pareciam crescer. Não apenas os olhos, mas todo o seu corpo estava inchando. Parecia se expandir em uma vasta nuvem negra que, dentro de momentos, escureceria minha visão para sempre.

Sem pensar, ergui o bastão do Caça-feitiço. Minhas mãos e braços fizeram isso por mim.

— Que é isso, rapaz? Uma vara de condão? — crocitou a feiticeira. Ela deu uma gargalhada abafada e largou o rato, erguendo os dois braços para mim. Era a mim que ela queria. Queria o meu sangue. Absolutamente aterrorizado, meu corpo começou a balançar de um lado para o outro. Era como uma mudinha de árvore agitada por um vento nascente, o primeiro vento tempestuoso de um inverno escuro que nunca teria fim.

Eu poderia ter morrido ali no barranco do rio. Não havia ninguém para me socorrer e me senti impotente para me defender.

Mas, de repente, aconteceu...

O bastão do Caça-feitiço não era uma varinha de condão, mas também existe mais de um tipo de magia. Meus braços conjuraram algo especial, moveram-se mais rápido do que eu jamais poderia pensar em fazer.

Ergueram o bastão com um ímpeto e vibraram, lançando um golpe terrível na cabeça da feiticeira.

Ela soltou uma espécie de gemido e caiu de lado no rio. A força da queda levantou muita água e ela afundou, mas tornou a vir à tona bem junto ao barranco, a uns cinco ou seis passos abaixo. A princípio, pensei que era o seu fim, mas, para meu horror, seu braço esquerdo saiu da água e agarrou um feixe de capim. Depois estendeu o outro braço para o barranco e começou a se içar para fora d'água.

Eu sabia que precisava fazer alguma coisa antes que fosse tarde demais. Então, usando toda a minha força de vontade, obriguei-me a dar um passo em sua direção, enquanto ela erguia mais uma parte do corpo sobre o barranco.

Quando cheguei bem perto, fiz uma coisa de que ainda me lembro vividamente. Isso também ainda me provoca pesadelos. Mas, que escolha havia? Era ela ou eu. Somente um de nós iria sobreviver.

Empurrei a feiticeira com a ponta do bastão. Empurrei-a com força e continuei empurrando até ela finalmente soltar o barranco e ser levada pela escuridão.

Contudo, não era o fim. E se ela conseguisse sair do rio mais abaixo? Ainda poderia ir para a casa de Lizzie Ossuda. Eu tinha de garantir que isso não ocorresse. Eu sabia que seria um erro matar Mãe Malkin e que um dia ela provavelmente voltaria mais forte que nunca, mas eu não tinha uma corrente de prata; portanto, não poderia prendê-la. Era o agora que me importava, e não o futuro. Por mais penoso que fosse, eu tinha de seguir o rio que penetrava a mata.

Muito lentamente, comecei a andar pelo barranco, parando a cada cinco ou seis passos para escutar. Ouvia apenas o vento suspirando baixinho entre os ramos das árvores no alto. Estava muito escuro, apenas um raio de luar ocasional conseguia penetrar a densa abóbada de folhas, cada qual uma longa lança prateada que se cravava no solo.

Na terceira vez que parei, aconteceu o que eu esperava. Não houve aviso. Não ouvi nada. Simplesmente senti. Uma mão deslizou por cima da minha bota e, antes que eu pudesse me afastar, agarrou com força meu tornozelo esquerdo.

Senti a tenacidade daquele aperto. Era como se o meu tornozelo estivesse sendo esmagado. Quando olhei para baixo, só vi um par de olhos vermelhos encarando-me na escuridão. Apavorado, golpeei às cegas em direção à mão invisível que agarrava meu tornozelo.

Tarde demais. Senti um puxão violento no tornozelo e caí no chão, esvaziando com o impacto todo o ar do meu corpo. E o que foi pior, o bastão voou de minha mão, deixando-me indefeso.

Fiquei caído por um momento, tentando recuperar o fôlego, até sentir que estava sendo arrastado para o barranco do rio. Quando ouvi a água esparramar, entendi o que estava acontecendo. Mãe Malkin estava me usando para sair do rio. As pernas da feiticeira se agitavam na água e percebi que das duas uma: ou ela conseguiria sair ou eu acabaria dentro do rio.

Desesperado para me desvencilhar, rolei para a esquerda, torcendo o meu tornozelo para livrá-lo. Ela não me largou; então, tornei a rolar e parei com o rosto contra a terra úmida. Nesse instante, vi o bastão, sua extremidade mais grossa iluminada por um raio de luar. Estava fora do meu alcance, a uns três ou quatro passos de distância. Rolei em sua direção. Tornei a rolar repetidamente, enterrando os dedos na terra macia, torcendo o corpo como um saca-rolha. Mãe Malkin segurava com firmeza o meu tornozelo, mas era só o que tinha conseguido. A parte inferior do seu corpo continuava dentro da água; portanto, apesar de sua grande força, ela não conseguia me impedir de rolar e virá-la dentro da água acompanhando os meus movimentos.

Por fim, alcancei o bastão e brandi-o com toda a força contra a feiticeira. Mas a outra mão dela tornou-se visível ao luar e agarrou a outra extremidade.

Pensei que tudo estivesse acabado. Pensei que fosse o meu fim, mas, para minha surpresa, Mãe Malkin inesperadamente soltou um grande berro. Todo o seu corpo se enrijeceu e seus olhos reviraram. Depois, ela soltou um longo e profundo suspiro e parou completamente de se mexer.

Ficamos os dois ali caídos no barranco por um tempo que me pareceu uma eternidade. Somente o meu peito subia e descia, acompanhando a minha respiração. Mãe Malkin não fazia o menor movimento. Quando, por fim, se mexeu, não foi para respirar. Muito lentamente, uma de suas mãos soltou o meu tornozelo, e a outra, o bastão, e ela escorregou do barranco para o rio, submergindo sem sequer espalhar água. Eu não sabia o que acontecera, mas ela estava morta — disso eu tinha certeza.

Observei a correnteza arrastar seu corpo para longe do barranco e fazê-lo rodopiar no meio do rio. Ainda iluminada pelo luar, sua cabeça afundou. Ela desapareceu. Estava morta e acabada.

CAPÍTULO 10
POBRE BILLY

Depois me senti tão fraco que caí de joelhos, e, em poucos instantes, estava ficando enjoado — mais do que jamais enjoara na vida. Não parava de sentir ânsias de vômito mesmo quando já não havia nada, exceto bile saindo de minha boca, e continuei assim até achar que as minhas entranhas tinham se rompido e revirado.

Por fim, as ânsias pararam e consegui me levantar. Ainda assim, levei um bom tempo para acalmar a minha respiração e o meu corpo parar de tremer. Queria apenas voltar para a casa do Caça-feitiço. Fizera o bastante por uma noite, não?

Não pude, porém — a criança estava na casa da Lizzie. Era o que o meu instinto dizia. A criança estava em poder de uma feiticeira capaz de matar. Portanto, eu não tinha escolha. Não havia mais ninguém além de mim, e, se eu não ajudasse, quem o faria? Precisava seguir para a casa de Lizzie Ossuda.

Uma tempestade se avolumava a oeste, uma linha de nuvens recortadas e escuras estava engolindo as estrelas. Logo iria começar a chover, mas, quando iniciei a descida em direção à casa de Lizzie, a lua ainda estava visível — uma lua cheia, a maior que me lembrava de ter visto.

À medida que eu caminhava, a lua projetava minha sombra à frente. Observei-a alongar-se, e, quanto mais me aproximava da casa, maior ela parecia ficar. Eu cobrira a cabeça com o capuz e levava o bastão do Caça-feitiço na mão esquerda, fazendo a sombra parecer que já não me pertencia. Ela foi avançando até incidir sobre a casa de Lizzie Ossuda.

Olhei para trás, esperando ver o Caça-feitiço parado às minhas costas. Ele não estava ali. Era apenas uma ilusão de ótica. Continuei, então, até atravessar o portão aberto e entrar no terreno.

Parei diante da porta para pensar. E se fosse tarde demais e a criança já estivesse morta? Ou se o seu desaparecimento não fosse obra de Lizzie e eu estivesse simplesmente me arriscando à toa? Meu cérebro continuou a trabalhar, mas, tal como acontecera no barranco do rio, meu corpo soube o que fazer. Antes que eu pudesse impedir, minha mão esquerda bateu com o bastão três vezes na madeira.

Por instantes, houve apenas silêncio, depois o som de passos e uma repentina réstia de luz por baixo da porta.

Quando a porta se abriu lentamente, recuei um passo. Para meu alívio, era Alice. Segurava uma lanterna à altura da cabeça, o que fazia com que metade do seu rosto estivesse iluminado e a outra na sombra.

— Que quer? — perguntou, com raiva na voz.

— Você sabe o que eu quero — respondi. — Vim buscar a criança. A criança que vocês roubaram.

— Não seja idiota — sibilou ela. — Vá embora antes que seja tarde demais. Eles foram encontrar Mãe Malkin. Podem voltar a qualquer momento.

De repente, uma criança começou a chorar, um vagido fraco que vinha do interior da casa. Empurrei Alice e entrei.

Havia apenas uma vela acesa no estreito corredor, mas os quartos estavam escuros. A vela era incomum. Eu nunca vira uma vela de cera preta, mas agarrei-a assim mesmo e me deixei guiar pelos meus ouvidos ao aposento certo.

Abri a porta devagarinho. O quarto não tinha mobília, e a criança estava deitada no chão em um monte de palha e trapos.

— Qual é o seu nome? — perguntei, tentando sorrir. Encostei o meu bastão na parede e me aproximei.

A criança parou de chorar e se pôs de pé hesitante, seus olhos muito arregalados.

— Não se preocupe. Não precisa ter medo — disse eu, procurando dar à minha voz o tom mais calmo possível. — Vou levá-la para a casa de sua mãe.

Pousei a vela no chão e segurei a criança. Ela cheirava tão mal quanto o resto do quarto, e estava fria e molhada. Aninhei-a no meu braço direito e cobri-a o melhor que pude com a capa.

Subitamente, a criança começou a falar:

— Sou Tommy. Sou Tommy.

— Muito bem, Tommy, temos o mesmo nome. O meu nome também é Tommy. Você está seguro agora. Vai voltar para casa.

Dizendo isso, apanhei o meu bastão, saí pelo corredor e cruzei a porta da frente. Alice estava parada no terreiro perto do portão. A lanterna se apagara, mas a lua continuava clareando o lugar, e, quando me encaminhei para ela, projetei minha sombra na parede do celeiro, uma sombra gigantesca, dez vezes maior do que eu.

Tentei passar, mas ela se colocou diretamente no meu caminho para me obrigar a parar.

— Não se meta! — avisou-me, sua voz quase um rosnado, seus dentes brancos e afiados brilhando intensamente ao luar.

— Isso não é da sua conta.

Eu não estava disposto a perder tempo discutindo, e, quando avancei, Alice não tentou me deter. Saiu do caminho e gritou depois que passei:

— Você é um tolo. Devolva a criança antes que seja tarde demais. Eles vão segui-lo. Você nunca escapará.

Não me dei o trabalho de responder. Nem sequer olhei para trás. Passei pelo portão e comecei a me distanciar da casa.

A chuva desabou, então, uma chuva pesada e intensa, fustigando meu rosto. Era o tipo de chuva que meu pai costumava chamar de "chuva molhada". Toda chuva é molhada, claro, mas há umas que são mais rápidas e eficientes que outras para encharcar a gente. Esta era molhadíssima, e rumei para a casa do Caça-feitiço o mais depressa que pude.

Não tinha muita certeza se estaria seguro lá. E se o meu mestre estivesse realmente morto? O ogro continuaria a guardar a casa e o jardim?

Não demorou muito tive preocupações mais imediatas. Comecei a sentir que estava sendo seguido. Da primeira vez, parei para escutar, mas não ouvi nada, exceto os uivos do vento e a chuva açoitando as árvores e batendo no chão. Não via muita coisa tampouco porque agora estava muito escuro.

Continuei, então, a andar, dando passadas maiores na esperança de que ainda estivesse avançando na direção certa. Uma vez topei com uma sebe de pilriteiros alta e densa e precisei fazer um longo contorno para encontrar um portão, sentindo todo o tempo que o perigo que me acossava estava cada vez mais próximo. Somente depois de atravessar um pequeno arvoredo tive certeza de que havia realmente alguém. Subindo o morro, parei para recuperar o fôlego próximo ao topo. A chuva diminuíra por um momento e contemplei a escuridão abaixo em direção às árvores. Ouvi gravetos estalando e se quebrando. Alguém vinha andando muito rápido pela mata, sem se importar onde pisava.

No alto do morro, tornei a olhar para trás. Um relâmpago iluminou o céu e o terreno embaixo, e vi dois vultos saírem do meio das árvores e começarem a subir a encosta. Um deles era uma mulher; o outro tinha os contornos de um homem grande e maciço.

Quando sobreveio mais um trovão, Tommy começou a chorar.

— Não gosto de trovão! — choramingou. — Não gosto de trovão!

— Tempestades não podem lhe fazer mal, Tommy — consolei o menino, sabendo que não era verdade. Elas me apavoravam também. Um dos meus tios fora atingido por um raio quando saía para tentar recolher algumas reses. Morrera depois. Não era seguro sair a céu aberto com um tempo daqueles. Contudo, embora me aterrorizassem, os relâmpagos tinham sua utilidade: mostravam-me o caminho. Cada lampejo faiscante iluminava o caminho de volta à casa do Caça-feitiço.

Dali a pouco, o ar que entrava pela minha garganta em arquejos mesclava medo e exaustão, enquanto eu me esforçava para apressar o passo na esperança de que estaríamos a salvo assim que entrássemos no jardim do Caça-feitiço. Ninguém tinha permissão para andar na propriedade dele, a não ser que fosse convidado — eu não cansava de repetir isso para mim mesmo, porque era a nossa única chance. Se ao menos pudéssemos chegar lá antes, o ogro nos protegeria.

Eu já avistava as árvores, o banco embaixo delas; além, estava o jardim à minha espera. Escorreguei no capim molhado. A queda não foi dura, mas Tommy começou a chorar mais alto. Quando consegui erguê-lo, ouvi alguém correndo atrás de mim, pés batendo com força na terra.

Virei-me para olhar, tentando respirar melhor. Foi um erro. O meu perseguidor estava a uns cinco ou seis passos à frente de Lizzie e encurtava a distância entre nós. Um relâmpago tornou a clarear o céu e vi a parte de baixo do seu rosto. Ele parecia ter chifres saindo dos cantos da boca e, enquanto corria, girava a cabeça de um lado para o outro. Lembrei-me do que lera na biblioteca do Caça-feitiço sobre as mulheres mortas que foram encontradas com as costelas esmagadas. Se Tusk me alcançasse, ele faria o mesmo comigo.

Por instantes, fiquei pregado no chão, mas ele começou a bramir como um touro, e isso me fez recomeçar a andar em passo acelerado. Estava quase correndo agora. Teria disparado se pudesse, mas estava carregando Tommy e sentia muito cansaço, as pernas pesadas e lerdas, a respiração arranhando minha garganta. A qualquer momento eu esperava ser agarrado por trás, mas passei pelo banco onde o Caça-feitiço muitas vezes me dava aulas e, por fim, cheguei embaixo das primeiras árvores do jardim.

Mas estaria a salvo? Se não estivesse, tudo terminaria para nós dois, porque não havia como vencer Tusk em uma corrida até a casa. Parei de correr e só fui capaz de dar mais alguns passos antes de me imobilizar totalmente para tentar respirar.

Foi nesse momento que alguma coisa passou roçando pelas minhas pernas. Olhei para baixo, mas estava escuro demais para enxergar qualquer coisa. Primeiro senti a pressão, depois ouvi a coisa ronronar, um som profundo e vibrante que fez o chão sob os meus pés estremecer. Senti a coisa prosseguir em direção à orla do arvoredo e tomar posição entre nós e os nossos perseguidores. Não ouvia ninguém correndo agora, mas ouvi outro barulho.

Imagine o uivo raivoso de um gato multiplicado por cem. Era uma mistura de rosnado entrecortado e grito que encheu o ar com um desafio, um som que poderia ser ouvido a quilômetros de distância. Foi o som mais aterrorizante e ameaçador que eu já ouvira, e entendi, então, por que os aldeões jamais se aproximavam da casa do Caça-feitiço. Aquele uivo era a morte.

Cruze esta divisa, dizia, *e arrancarei seu coração. Cruze esta divisa, e transformarei seus ossos em polpa e sangue. Cruze esta divisa, e desejará não ter nascido.*

Por ora, estávamos em segurança. E Lizzie Ossuda e Tusk, correndo morro abaixo. Ninguém seria bastante tolo de se meter com o ogro do Caça-feitiço. Não admira que precisassem de mim para dar os bolos de sangue a Mãe Malkin.

Havia sopa quente na cozinha e um fogo alto na lareira à nossa espera. Embrulhei o pequeno Tommy em um cobertor grosso e dei-lhe um pouco de sopa. Mais tarde, trouxe umas almofadas e improvisei uma cama para ele junto à lareira. O menino dormiu como uma pedra enquanto eu permanecia acordado e atento ao vento que uivava lá fora e à chuva que batucava nas janelas.

Foi uma longa noite, mas eu estava aquecido e confortável, e me senti em paz na casa do Caça-feitiço, que era um dos lugares mais seguros do mundo. Eu sabia agora que nada indesejável jamais poderia entrar no jardim e menos ainda cruzar o batente da porta. Era mais seguro do que um castelo com altas muralhas e um largo fosso. Comecei a pensar no ogro como meu amigo e, por sinal, um amigo muito poderoso.

Pouco antes do meio-dia, levei Tommy para a aldeia. Os homens já tinham regressado de Long Ridge, e, quando cheguei à casa do açougueiro e ele viu a criança, seu ar de preocupação se transformou em um largo sorriso. Expliquei-lhe brevemente o que acontecera, abordando apenas os detalhes necessários.

Quando terminei, ele tornou a contrair o rosto.

— É preciso dar um jeito neles de uma vez para sempre — falou.

Não me demorei. Depois de entregar Tommy à mãe e ela ter me agradecido pela décima quinta vez, tornou-se óbvio o que ia acontecer. Já então, uns trinta e poucos aldeões tinham se reunido. Alguns deles traziam porretes e paus grossos, e falavam enraivecidos em apedrejar e queimar.

Eu sabia que alguma coisa tinha que ser feita, mas não queria participar. Apesar de tudo que acontecera, não conseguia suportar a ideia de ver Alice machucada; por isso, saí para caminhar por mais ou menos uma hora pelas serras e espairecer, antes de voltar lentamente à casa do meu mestre. Tinha decidido me sentar um tempo no banco para apreciar o pôr do sol, mas já havia alguém lá.

Era o Caça-feitiço. Afinal, estava são e salvo! Até aquele momento, eu evitara pensar no que iria fazer em seguida. Quero dizer, quanto tempo iria me demorar naquela casa antes de concluir que ele não voltaria? Agora o problema estava resolvido porque ali se encontrava ele, olhando fixamente para um ponto entre as árvores, de onde subia uma espiral de fumaça marrom. Estavam queimando a casa de Lizzie Ossuda.

Quando me aproximei do banco, notei uma grande mancha roxa em seu olho esquerdo. Ele percebeu que eu estava olhando e me deu um sorriso cansado.

— Fazemos uma penca de inimigos neste serviço — comentou ele —, e, às vezes, é preciso ter olhos na nuca. Mas o resultado não foi tão ruim assim, porque agora temos um inimigo a menos com que nos preocupar na área de Pendle. Acomode-se — disse ele, batendo no espaço a seu lado no banco. — Que andou fazendo? Conte-me o que aconteceu aqui. Comece pelo começo e termine pelo fim, sem omitir nada.

Fiz o que me pedia. Contei-lhe tudo. Quando concluí, ele se levantou e olhou do alto para mim, seus olhos verdes fixando intensamente os meus.

— Gostaria de ter sabido que Lizzie Ossuda tinha voltado. Quando pus Mãe Malkin na cova, Lizzie partiu apressadamente e achei que jamais teria coragem de reaparecer. Você devia ter me contado o seu encontro com a moça. Teria poupado a todos muito aborrecimento.

Baixei os olhos, incapaz de fitar os dele.

— Qual foi a pior coisa que lhe aconteceu? — perguntou-me.

A cena me voltou intensa e nítida à lembrança, a velha feiticeira agarrando minha bota e tentando se guindar para fora do rio. Lembrei-me do seu berro ao agarrar a ponta do bastão do Caça-feitiço.

Quando terminei, ele suspirou longa e profundamente.

—Você tem certeza de que ela morreu?

Encolhi os ombros.

— Ela não estava respirando. O corpo foi carregado para o meio do rio e desapareceu.

— Sem dúvida, foi um choque e ficará em sua lembrança para o resto da vida, mas você terá de conviver com isso. Teve muita sorte em levar o menor dos meus bastões. No fim, foi o que o salvou. É de sorveira-brava, a madeira mais eficaz que há para lidar com feiticeiras. Normalmente, não teria afetado uma feiticeira tão velha e forte, mas ela estava em água corrente. Foi a sua sorte, mas você agiu bem para um aprendiz novato. Mostrou coragem, coragem genuína, e salvou a vida de uma criança. Cometeu, porém, dois erros muito graves.

Baixei a cabeça. Achei provável que tivesse cometido mais de dois, mas não ia discutir.

— O erro mais grave foi ter matado a feiticeira — disse o Caça-feitiço. — Você devia tê-la trazido de volta para cá. Mãe Malkin é tão forte que seria capaz de se soltar dos próprios ossos. É muito raro, mas pode acontecer. Seu espírito poderia renascer neste mundo com todas as suas lembranças. Ela viria, então, procurá-lo, rapaz, e iria se vingar.

— Mas isso levaria anos, não? — perguntei. — Um bebê recém-nascido não pode fazer muita coisa. Teria de crescer primeiro.

— Essa é a parte pior — explicou o Caça-feitiço. — Poderia acontecer mais cedo do que você pensa. O espírito dela poderia se apossar do corpo de alguém e passar a usá-lo. Chamamos isso de "possessão", e é muito ruim para todos os envolvidos. Se isso acontecer, você jamais saberá quando e de que direção virá o perigo

"Ela poderá possuir o corpo de uma jovem, uma moça com um sorriso fascinante, que conquistará o seu coração antes de tirar sua vida. Ou poderá usar a beleza para submeter um homem poderoso à sua vontade, um cavalheiro ou um juiz, que mandará atirar você a uma masmorra, onde ficará à mercê dela. E mais uma vez o tempo estará a favor dela. Poderá atacar quando eu não estiver aqui para ajudar — talvez daqui a muitos anos, quando você tiver perdido o seu vigor, quando sua visão estiver enfraquecendo e suas juntas começarem a estalar.

"Mas há outro tipo de possessão — a que seria mais provável neste caso. Muito mais provável. Entenda, rapaz, há um problema em se manter uma feiticeira viva em uma cova. Especialmente uma tão poderosa, que passou sua longa vida praticando a magia do sangue. Ela terá se alimentado de vermes e outros invertebrados rastejantes, com a umidade impregnando continuamente sua carne. Então, da mesma maneira que uma árvore pode, aos poucos, endurecer e virar pedra, o corpo dela sofrerá lentamente uma mutação. Agarrar o bastão de sorveira-brava teria feito o seu coração parar, empurrando-a para a morte, mas ser carregada pelo rio pode ter acelerado o processo.

"Neste caso, ela terá continuado presa aos ossos, como a maioria das outras feiticeiras malevolentes, e, graças à sua grande força, será capaz de deslocar o próprio cadáver. Entenda, rapaz, ela será aquilo que chamamos 'infesta'. É uma palavra antiga no Condado que você certamente já ouviu. Do mesmo modo que os cabelos de alguém podem ficar infestos com piolhos, seu cadáver agora está infesto com o seu espírito perverso. Estará pululante como uma tigela de vermes, e irá rastejar, deslizar ou se arrastar até a vítima escolhida. E, em vez de duro como uma árvore petrificada, seu cadáver será macio e maleável, capaz de se introduzir no menor espaço que houver. Capaz de se infiltrar no nariz, nos ouvidos de alguém e possuir seu corpo.

"Há somente dois modos de garantir que uma feiticeira poderosa como Mãe Malkin não possa retornar. O primeiro é queimá-la. Mas ninguém deveria ter que sofrer tanta dor. O outro é horrível demais até de se pensar. É um método de que poucos já ouviram falar porque foi praticado antigamente além-mar, em uma terra muito distante. Contam os livros antigos que, quando se come o coração de uma feiticeira, ela jamais irá retornar. E é preciso comê-lo cru.

"Se aplicarmos qualquer desses métodos, não seremos melhores do que a feiticeira que matamos — disse o Caça-feitiço. — São bárbaros. A única alternativa que nos resta é a cova. É igualmente cruel, mas nós a usamos para proteger os inocentes, suas futuras vítimas. Muito bem, rapaz, de um modo ou de outro, agora ela está livre. Com certeza, teremos problemas no futuro, mas pouco poderemos fazer no momento. Vamos precisar apenas nos manter vigilantes."

— Tudo bem — respondi. — Darei um jeito.

— Então é melhor começar a aprender como lidar com ogros — disse o Caça-feitiço, sacudindo a cabeça tristemente.

— Esse foi o seu segundo erro grave. Um domingo inteiro de folga toda semana? Foi generoso demais! Enfim, o que faremos? — perguntou ele, apontando para o penacho de fumaça que continuava visível a sudeste.

Sacudi os ombros.

— Suponho que a essa altura já tenham terminado — disse eu. — Havia um bando de aldeões furiosos e estavam falando em apedrejá-la.

— Terminado? Não acredite nisso, rapaz. Uma feiticeira como Lizzie tem um faro mais apurado do que um cão de caça. É capaz de farejar as coisas antes que aconteçam e de desaparecer muito antes de alguém se aproximar. Não, ela terá fugido para Pendle, onde mora a maioria da sua linhagem. Deveríamos segui-la agora, mas passei dias na estrada, estou cansado e doído demais, e preciso recuperar as minhas forças. Mas não vamos poder deixar Lizzie solta por muito tempo ou ela recomeçará a fazer suas maldades. Terei de ir atrás dela antes do fim da semana e você irá comigo. Não vai ser fácil, mas é preferível ir se acostumando com a ideia. Mas primeiro as coisas mais importantes, venha...

Enquanto eu seguia o Caça-feitiço, reparei que mancava ligeiramente e andava um pouco mais devagar do que de costume. O que quer que tivesse acontecido em Pendle deixara marcas. Ele me conduziu até a casa, ao primeiro andar e à biblioteca, parando ao lado das estantes mais afastadas, aquelas próximas à janela.

— Gosto de guardar os meus livros na biblioteca — disse ele — e gosto que a minha biblioteca aumente em vez de diminuir. Mas, em vista do que aconteceu, vou abrir uma exceção.

Ele esticou a mão e tirou um livro da prateleira mais alta, entregando-o a mim.

— Você precisa disso mais do que eu. Bem mais.

Em termos de livros, até que não era muito grande. Era menor que o meu caderno. E, como a maioria dos livros do Caça-feitiço, estava encadernado em couro e tinha o título impresso na capa e na lombada. Lia-se: *Possessão: Os malditos, os tontos e os desesperados*.

— Que significa esse título? — perguntei.

— O que diz. Exatamente o que diz. Leia o livro e saberá.

Quando abri o livro, fiquei desapontado. Dentro, todas as palavras, em todas as páginas, estavam em latim, um idioma que eu desconhecia.

— Estude-o bem e carregue-o sempre com você. É a obra definitiva.

Ele deve ter visto que franzi a testa porque sorriu e tocou no livro com um dedo.

— Definitiva significa que até hoje foi a melhor obra que já se escreveu sobre possessão, mas é um tema bem difícil e foi escrito por um rapaz que ainda tinha muito que aprender. Portanto, não é a última palavra sobre o assunto e há muito mais a aprender. Abra o livro no fim.

Fiz o que me mandava e vi que as últimas dez páginas estavam em branco.

— Se você descobrir alguma coisa nova, anote-a aí. Cada pequeno detalhe ajuda. E não se preocupe com o fato de estar escrito em latim. Vou começar suas aulas assim que acabarmos de comer.

Fomos em busca da nossa refeição da tarde preparada quase à perfeição. Quando acabei de engolir a última garfada, alguma coisa começou a roçar nas minhas pernas. E, de repente, ouvimos um ronronar. Ele foi aumentando gradualmente até todos os pratos e travessas no aparador começarem a trepidar.

— Não admira que ele esteja feliz — comentou o Caça-feitiço, balançando a cabeça. — Um dia de folga por ano já teria sido muito bom! Contudo, não se preocupe, tudo voltou ao normal e a vida continua. Traga o seu caderno, rapaz, temos muito que fazer hoje.

Acompanhei, então, o Caça-feitiço pela trilha até o banco, abri o tinteiro, molhei a pena e me preparei para tomar notas.

— Normalmente, depois que os meus aprendizes passam no teste em Horshaw — disse o Caça-feitiço, começando a mancar para um lado e para outro diante do banco —, vou lhes ensinando o ofício o mais suavemente possível. No entanto, agora que você enfrentou uma feiticeira cara a cara, já aprendeu como o trabalho pode ser difícil e perigoso, e acho que está preparado para saber o que aconteceu com o meu último aprendiz. Tem relação com os ogros, o tópico que estivemos estudando; portanto, será bom que lhe sirva de lição. Abra uma página em branco e anote o seguinte título...

Fiz o que ele me mandou. E escrevi "*Como amarrar um ogro*". E, à medida que o Caça-feitiço foi me contando a história, anotei-a, me esforçando, como sempre, para acompanhá-lo.

Confirmando o que eu já sabia, amarrar um ogro exigia muito trabalho que o Caça-feitiço chamava "preparação". Primeiro era preciso cavar uma cova o mais perto possível das raízes de uma grande árvore adulta. Depois de toda a escavação que o Caça-feitiço me mandara fazer, foi uma surpresa saber que ele quase nunca preparava a cova pessoalmente. Isso era uma coisa que só fazia na mais absoluta emergência. Um montador de cargas e seu ajudante normalmente se encarregavam disso.

Em seguida, era preciso contratar um pedreiro para cortar uma grossa laje de pedra para cobrir a cova como uma lápide. Era muito importante que a pedra fosse cortada do tamanho exato para vedar hermeticamente a abertura. Depois de rebocar a parte inferior da laje e o interior da cova com a mistura de ferro, sal e cola forte, era hora de colocar o ogro dentro.

Isso não era muito difícil. Sangue, leite ou uma mistura dos dois funcionava sempre. A parte realmente difícil era baixar a laje na posição enquanto ele comia. O sucesso dependia da qualidade dos ajudantes que se contratava.

Era melhor ter um pedreiro de prontidão e uns dois montadores para controlar as correntes de cima de uma armação de madeira colocada sobre a cova, para se poder baixar a laje com rapidez e segurança.

Foi esse o erro que Billy Bradley cometeu. Era um fim de inverno, o tempo estava péssimo e ele tinha pressa de voltar para sua cama quente. Resolveu, então, ganhar tempo.

Usou trabalhadores locais que nunca tinham feito aquele tipo de serviço antes. O pedreiro saiu para jantar, prometendo voltar dentro de uma hora, mas Billy se impacientou e não quis aguardar. Conseguiu atrair o ogro à cova sem muita dificuldade, mas teve problemas com a laje. Era uma noite chuvosa, e a peça escorregou, prendendo sua mão esquerda por baixo.

A corrente emperrou e não conseguiram reerguer a laje, e, enquanto os trabalhadores tentavam e um deles corria em busca do pedreiro, o ogro, furioso de se ver preso sob a laje, começou a atacar os dedos de Billy. Entenda, era um ogro dos mais perigosos. Nós o chamamos de estripa-reses porque habitualmente se alimenta de gado, mas esse tinha tomado gosto por sangue humano.

Quando, finalmente, a laje foi reerguida, já passara quase meia hora, e era tarde demais. O ogro arrancara os dedos de Billy até as falanges e se ocupara em chupar todo o sangue do seu corpo. Seus gritos de dor foram se transformando em choro, e, quando soltaram sua mão, restara apenas o polegar. Pouco depois ele morreu do choque e da perda de sangue.

— Foi um caso triste — comentou o Caça-feitiço — e agora ele está enterrado sob a sebe, à saída do cemitério de Layton: os ossos dos que seguem o nosso ofício não descansam em campo santo. Isso aconteceu há pouco mais de um ano, e, se Billy estivesse vivo, eu não estaria conversando com você porque ele ainda seria meu aprendiz. Pobre Billy, era um bom rapaz e não merecia o que lhe aconteceu, mas o nosso ofício é perigoso, e quando não o praticamos corretamente...

O Caça-feitiço olhou-me com tristeza e encolheu os ombros.

—Aprenda a lição, rapaz. Precisamos de coragem e paciência, mas, acima de tudo, não podemos nunca nos apressar. Usamos o cérebro, refletimos com cuidado, então fazemos o que precisa ser feito. Normalmente, jamais mando um aprendiz sair sozinho até ele concluir o primeiro ano de treinamento. A não ser, é claro — acrescentou com um leve sorriso —, que ele resolva agir por conta própria. Ainda assim, preciso ter certeza de que está preparado para isso. Enfim, primeiro as coisas mais importantes. Agora está na hora da sua primeira aula de latim...

CAPÍTULO 11
A COVA

Aconteceu três dias depois...

O Caça-feitiço me mandara à aldeia apanhar as compras da semana. A tarde já ia avançada e, quando saí de casa levando a saca vazia, as sombras principiavam a se alongar.

Quando me aproximei da passagem na cerca, vi alguém parado na orla do arvoredo próxima à ladeira estreita. Quando reconheci Alice, meu coração acelerou. Que estaria fazendo ali? Por que não fora para Pendle? E, se continuava aqui, onde estaria Lizzie?

Retardei meus passos, mas teria de passar por ela para chegar à aldeia. Poderia ter dado meia-volta e pegado um caminho mais longo, mas não queria lhe dar a satisfação de pensar que estava com medo dela. Ainda assim, depois de passar por cima da cerca, tomei o lado esquerdo da ladeira e me mantive na borda da vala funda ao longo da alta sebe de pilriteiros.

Alice estava parada na sombra das árvores, apenas os bicos finos dos seus sapatos espreitavam o sol. Fez sinal para eu me aproximar, mas guardei uns bons três passos de distância. Depois de tudo que acontecera, não confiava minimamente nela, mas me alegrava que não tivesse sido queimada nem apedrejada.

— Vim me despedir — disse-me — e alertar você para jamais passar perto de Pendle. É para onde vamos. Lizzie tem família morando lá.

— Que bom que você escapou — disse eu, parando e me virando para olhá-la de frente. — Vi a fumaça quando queimaram sua casa.

— Lizzie soube que eles estavam chegando, então tivemos tempo de sobra para fugir. Ela não farejou sua presença, não foi? Sabe o que você fez com Mãe Malkin, mas só descobriu depois. Não pressentiu sua presença e isso a preocupa. Ela disse que sua sombra tinha um cheiro engraçado.

Dei uma gargalhada ao ouvir isso. Quero dizer, aquilo era uma loucura. Como uma sombra poderia ter cheiro?

— Não é engraçado — protestou Alice. — Não tem do que rir. Lizzie só sentiu o cheiro de sua sombra quando ela incidiu sobre o celeiro. Eu vi a sombra e descobri que eu estava completamente errada. A lua revelou a verdade sobre você.

De repente, ela avançou dois passos para a claridade, inclinou-se um pouco para a frente e me cheirou.

— Você tem um cheiro engraçado — disse, franzindo o nariz. Recuou depressa e inesperadamente demonstrou medo.

Sorri e fiz uma voz amigável.

— Escute. Não vá para Pendle. Estará melhor longe deles. São más companhias.

— As más companhias não me incomodam. Não vão mudar quem eu sou, não é? Já sou má. Má por dentro. Você não acreditaria se eu contasse quem fui e o que já fiz. Lamento. Fui má outra vez. Não tenho força suficiente para dizer não...

De repente, foi tarde demais, compreendi a verdadeira razão para o medo no rosto de Alice. Não era de mim que demonstrava medo. Era do que estava atrás de mim.

Eu não vira nem ouvira nada. Quando finalmente ouvi, era tarde demais. Sem aviso, a saca vazia foi arrancada da minha mão e enfiada na minha cabeça e nos meus ombros, e tudo escureceu. Mãos fortes me agarraram, imobilizando os meus braços dos lados do corpo. Lutei por alguns momentos, mas foi inútil. Levantaram-me e me carregaram com a mesma facilidade com que um peão carrega um saco de batatas. Enquanto era levado, ouvi vozes — a voz de Alice e, em seguida, a de uma mulher: supus que fosse Lizzie Ossuda. A pessoa que me carregava apenas grunhiu, por isso devia ser Tusk.

Alice me atraíra a uma armadilha. Tudo fora cuidadosamente planejado. Eles deviam estar escondidos na vala quando desci o morro vindo de casa.

Senti-me apavorado, mais do que já me sentira antes na vida. Quero dizer, eu matara Mãe Malkin e ela era a avó de Lizzie. Portanto, que iam fazer comigo agora?

Decorrida mais ou menos uma hora, fui largado no chão com tanta força que expeli todo o ar dos pulmões.

Assim que recomecei a respirar, fiz força para me desvencilhar da saca, mas alguém me chutou as costas duas vezes — chutou-me com tanta força que parei de resistir. Teria feito qualquer coisa para evitar que me batessem novamente daquele jeito, por isso fiquei deitado sem me mexer, mal me atrevendo a respirar enquanto a dor foi lentamente amortecendo até cessar.

Usaram uma corda para me amarrar, passando-a por cima da saca em torno dos meus braços e da cabeça, e dando um nó apertado. Então, Lizzie disse uma coisa que me enregelou até os ossos.

— Pronto, já o temos bem seguro. Agora pode começar a cavar.

Ela chegou o rosto tão perto do meu que pude sentir seu hálito fétido através do pano da saca. Lembrava o bafo de um cachorro ou de um gato.

— Muito bem, garoto — disse ela. — Que tal sentir que nunca mais vai tornar a ver a luz do dia?

Quando ouvi o som distante de escavação, comecei a tremer de medo. Lembrei-me da história contada pelo Caça-feitiço sobre a mulher do mineiro, principalmente a pior parte, quando ela estava caída e paralisada, incapaz de pedir socorro, enquanto o marido cavava sua sepultura. Agora o mesmo ia acontecer comigo. Eu ia ser enterrado vivo e teria dado qualquer coisa só para rever a luz do dia, por um momento que fosse.

Primeiro, quando cortaram as cordas e arrancaram a saca, senti alívio. A essa altura, o sol já se pusera, mas olhei para o alto e vi as estrelas e a lua minguante por cima das árvores. Senti o vento no rosto e jamais isso me deu tanto prazer. Minha sensação de alívio, porém, não durou mais do que instantes, porque comecei a imaginar exatamente o que pretendiam fazer comigo. Não consegui pensar em nada pior do que ser enterrado vivo, mas Lizzie Ossuda, com certeza, conseguiria.

Para ser sincero, quando vi Tusk de perto pela primeira vez, não o achei tão feio quanto esperava. De certo modo, tinha me parecido pior na noite em que me perseguira. Não era tão velho quanto o Caça-feitiço, mas tinha o rosto vincado e curtido, e uma juba grisalha cobria-lhe a cabeça. Seus dentes eram grandes demais para caber na boca, o que significava que ele jamais conseguia fechá-la, e dois deles se curvavam para o alto como duas presas amarelas de elefante sobre as asas do seu nariz. Ele era também muito grande e muito peludo, com braços fortes e musculosos. Eu tinha sentido o seu aperto e achado bem desconfortável, mas sabia que naqueles ombros havia força suficiente para me esmagar tão completamente que esvaziaria o ar dos meus pulmões e quebraria minhas costelas.

Tusk trazia um facão curvo no cinto, cuja lâmina parecia muito afiada. Mas o pior nele eram os olhos. Eram totalmente baços. Como se não houvesse nada vivo em sua cabeça; era apenas uma criatura que obedecia a Lizzie Ossuda sem pensar. Eu sabia que ele faria qualquer coisa que a mãe mandasse sem questionar, por mais terrível que fosse.

Quanto à Lizzie Ossuda, ela não era nada magra, e eu sabia, pela leitura que fizera na biblioteca do Caça-feitiço, que provavelmente a chamavam de ossuda porque usava a magia dos ossos. Eu já sentira o seu hálito, mas à primeira vista ninguém pensaria que fosse uma feiticeira. Não era como Mãe Malkin, toda enrugada de velhice, parecendo uma defunta. Não, Lizzie Ossuda era apenas uma versão mais velha de Alice. Provavelmente não teria mais de trinta e cinco anos, belos olhos castanhos e cabelos negros como os da sobrinha. Usava um xale verde e um vestido preto preso à cintura fina por um cinto estreito de couro. Havia, sem dúvida, uma semelhança de família — exceto pela boca. Não era o formato, era o modo com que a mexia; o modo como a retorcia e desdenhava quando falava. Outra coisa que reparei é que jamais me encarava.

Alice não era assim. Tinha uma boca bonita, ainda feita para sorrir, mas me dei conta de que, com o tempo, ficaria igualzinha a Lizzie Ossuda.

Alice me enganara. Ela era a razão de eu estar ali em vez de estar jantando são e salvo na casa do Caça-feitiço.

A um aceno de cabeça de Lizzie Ossuda, Tusk me agarrou e amarrou minhas mãos às costas. Arrastou-me, então, pela mata. Primeiro avistei o monte de terra escura, depois a cova funda ao lado e senti o fedor úmido de terra preta recém-revolvida. Era um cheiro ao mesmo tempo de vida e morte, coisas trazidas à superfície que, na realidade, pertenciam ao subsolo.

A cova, provavelmente, tinha mais de dois metros de profundidade, mas, ao contrário daquela em que Mãe Malkin estivera presa, tinha forma irregular, um simples buracão com os lados chanfrados. Lembro-me de pensar que, com toda a prática que eu tinha adquirido, poderia ter cavado uma cova muito melhor.

Naquele momento, a lua me revelou mais uma coisa — uma que eu preferia não ter visto. A uns três passos de distância, à esquerda da cova, havia um retângulo de solo recém-revolvido. Parecia uma sepultura recente.

Sem tempo sequer para começar a me preocupar com isso, fui arrastado para a beira da cova, e Tusk puxou minha cabeça para trás. Vi, de relance, o rosto de Lizzie Ossuda junto ao meu, ela enfiou um objeto duro na minha boca e despejou um líquido frio e amargo. Tinha um gosto pavoroso e encheu minha garganta e a boca até transbordar e sair pelo nariz, me fazendo engasgar, arquejante, lutando para respirar. Tentei cuspir o líquido fora, mas Lizzie Ossuda apertou minhas narinas com força com o polegar e o indicador, de modo que, para respirar, eu precisaria primeiro engolir.

Feito isso, Tusk soltou minha cabeça e transferiu o seu aperto para o meu braço esquerdo. Vi, então, o que tinha sido despejado na minha boca — Lizzie Ossuda ergueu-o para eu ver. Era um frasquinho de vidro escuro. Um frasco com o gargalo longo e fino. Ela virou-o, fazendo o gargalo apontar para o chão e pingar algumas gotas na terra. O resto já estava no meu estômago.

Que teria bebido? A feiticeira teria me envenenado?

— Isto manterá os seus olhos bem abertos, garoto — disse ela, caçoando. — Não iríamos querer que cochilasse, não é? Não iríamos querer que perdesse nada.

Sem aviso, Tusk me virou com violência para a cova e senti meu estômago despencar enquanto voava pelo espaço. Bati com força no fundo, mas ali a terra estava macia e, embora a queda me deixasse sem ar, não me machuquei. Virei-me, então, para olhar as estrelas, pensando que, afinal, eu seria enterrado vivo. Mas, em vez de caírem muitas pás de terra sobre mim, vi recortado contra o fundo estrelado o contorno da cabeça e dos ombros de Lizzie Ossuda, que espiava para dentro. Ela começou a murmurar ritmadamente um estranho canto gutural, embora eu não conseguisse distinguir suas palavras.

Em seguida, estendeu os braços sobre a cova e pude ver que estava segurando uma coisa em cada mão. Emitindo um estranho grito, abriu as mãos e duas coisas brancas caíram na terra ao lado dos meus joelhos.

Ao luar vi claramente o que eram. Davam a impressão de refulgir. A feiticeira deixara cair dois ossos na cova. Eram ossos de polegares — vi as juntas.

— Aproveite sua última noite na terra, garoto — gritou para mim. — Mas não se preocupe, não vai se sentir sozinho porque o deixarei em boa companhia. O falecido Billy vai aparecer para reclamar os ossos dele. Na cova vizinha, é onde está;

portanto, não vai precisar ir muito longe. Estará com você daqui a pouco, e os dois vão ver que têm muito em comum. Ele foi o último aprendiz do Velho Gregory e não vai gostar muito de ter sido substituído por você. Pouco antes de amanhecer, voltaremos para lhe fazer a última visita. Viremos buscar seus ossos. São especiais, ah, isso são, melhores que os do Billy, e recolhidos frescos serão os mais úteis que já tive em muito tempo.

Seu rosto recuou e ouvi seus passos se distanciarem.

Então, era isso que ia me acontecer. Se Lizzie queria os meus ossos, significava que ia me matar. Lembrei-me do facão curvo que Tusk usava no cinto e comecei a tremer.

Antes, porém, eu teria que enfrentar o falecido Billy. Quando ela dissera "na cova vizinha", devia estar se referindo àquela recente ao lado da minha. Mas o Caça-feitiço me havia dito que Billy Bradley estava enterrado ao lado do cemitério da igreja, em Layton. Lizzie devia ter desenterrado o corpo, decepado seus polegares e tornado a enterrá-lo na mata. Agora, ele viria buscar seus polegares.

Será que Billy Bradley ia querer me fazer mal? Eu nunca lhe fizera nada, mas provavelmente ele teria gostado de ser aprendiz do Caça-feitiço. Talvez tivesse a expectativa de concluir o aprendizado e se tornar um caça-feitiço. Agora eu me apossava do que antes tinha sido seu. E não era só isso — o que diria do feitiço de Lizzie Ossuda? Poderia pensar que eu é que tinha cortado seus polegares e lançado na cova...

Consegui me ajoelhar e gastei os minutos seguintes tentando desesperadamente desamarrar minhas mãos. Foi inútil. A minha tentativa parecia apertar ainda mais as cordas.

E estava me sentindo esquisito também: como se fosse desmaiar, a boca seca. Quando voltei os olhos para as estrelas, elas pareceram muito brilhantes, e cada uma tinha um duplo. Apurando mais a vista, consegui fazer as estrelas duplas se unirem, mas, assim que me desconcentrei, elas se separaram. Minha garganta ardia e meu coração batia três ou quatro vezes mais depressa do que o normal.

Pensei continuamente no que Lizzie Ossuda dissera. O falecido Billy viria procurar seus ossos. Ossos que estavam caídos na terra a menos de dois passos do lugar em que eu me ajoelhara. Se as minhas mãos estivessem livres, eu os teria atirado fora da cova.

De repente, percebi um ligeiro movimento à minha esquerda. Se eu estivesse em pé, o movimento teria sido na altura da minha cabeça. Olhei para cima e vi uma cabeça de verme, longa, gorda e branca, emergir da parede da cova. Era muito maior do que qualquer verme que eu já tivesse visto. A cabeça inchada e sem olhos girou lentamente enquanto desvencilhava o resto do corpo. Seria venenoso? Morderia?

Então, eu o reconheci. Era um verme de caixão! Devia ter saído do caixão de Billy, onde engordara e se tornara luzidio. Uma coisa branca que jamais vira a luz do dia.

Estremeci quando o verme emergiu totalmente da terra e caiu aos meus pés. Em seguida, perdi-o de vista porque ele tornou a se enfiar rapidamente na terra.

Por ser tão grande, o verme branco tinha deslocado uma boa quantidade de terra da parede da cova, deixando um buraco com a aparência de um estreito túnel. Examinei-o ao mesmo tempo horrorizado e fascinado. Porque havia ali mais uma coisa se mexendo. Uma coisa que estava empurrando a terra pelo buraco e fazendo-a cair em cascata e formar um montículo crescente no chão.

Ignorar o que era piorava tudo. Eu precisava ver o que havia ali dentro; então, fiz força para ficar em pé. Cambaleei, sentindo novamente que ia desmaiar; as estrelas recomeçaram a girar. Quase caí, mas consegui dar um passo, atirando-me para a frente para poder chegar junto ao túnel, agora mais ou menos ao nível da minha cabeça.

Quando olhei para dentro, desejei que não o tivesse feito.

Vi ossos. Ossos humanos. Ossos que se juntaram. Ossos que se mexiam. Duas mãos sem polegares. Uma delas sem dedos. Ossos que faziam um ruído de passos na lama, arrastando-se em minha direção pela terra solta. Uma caveira rindo com os dentes à mostra.

Era o falecido Billy, mas, no lugar de olhos, suas órbitas escuras me encaravam cavernosas e vazias. Quando uma mão branca e descarnada apareceu ao luar e avançou subitamente para o meu rosto, dei um passo atrás e quase caí, soluçando de medo.

Naquele momento, quando pensei que ia enlouquecer de terror, o ar esfriou de repente e percebi algo à minha direita. Mais alguém viera se juntar a mim na cova. Alguém que estava em pé onde seria impossível ficar em pé. Metade do seu corpo estava visível; o restante continuava embutido na parede de terra.

Era um rapaz pouco mais velho do que eu. Eu só podia ver o seu lado esquerdo porque o restante ficara para trás, ainda no solo. Com a mesma facilidade com que alguém passa por uma porta, ele girou o ombro direito para mim e todo ele entrou na minha cova. Ele sorriu para mim. Um sorriso caloroso e simpático.

— A diferença entre a vigília e o sono — disse ele. — É uma das lições mais difíceis de aprender. Aprenda-a agora, Tom. Aprenda antes que seja tarde demais...

Pela primeira vez, notei suas botas. Pareciam muito caras, feitas de couro da melhor qualidade. Eram iguais às do Caça-feitiço.

Ele ergueu as mãos, uma de cada lado da cabeça, com as palmas para fora. Faltavam os polegares das duas. Faltavam também os dedos da mão esquerda.

Era o fantasma de Billy Bradley.

Ele cruzou as mãos sobre o peito e sorriu mais uma vez. Enquanto sumia, ele me pareceu feliz e em paz.

Compreendi exatamente o que me dissera. Não, eu não estava dormindo, mas de certo modo estivera sonhando. Sonhando o conteúdo negro que saíra do frasco despejado à força por Lizzie em minha boca.

Quando me virei para olhar o buraco, ele desaparecera de vez. Jamais tinha visto um esqueleto rastejando em minha direção. Nem tampouco um verme de caixão.

A poção devia ser uma espécie de veneno: algo que dificultava saber a diferença entre a vigília e o sono. Era o que Lizzie tinha me obrigado a engolir. Uma poção que fizera o meu coração bater mais rápido e que me impedira de adormecer. Além de manter meus olhos muito abertos, fizera-me ver coisas que, na realidade, não existiam.

Pouco depois as estrelas desapareceram e desabou uma chuva pesada. Foi uma noite longa, desconfortável e fria, e não parei de pensar no que iria acontecer comigo antes do alvorecer. Quanto mais próximo desse momento, pior eu me sentia.

Uma hora antes de nascer o dia, a chuva diminuiu para um chuvisco e, por fim, cessou inteiramente. Pude ver mais uma vez as estrelas e agora já não pareciam duplas. Eu ficara encharcado e frio, mas minha garganta parara de arder.

Quando surgiu um rosto no alto, espiando para dentro da cova, meu coração acelerou, e achei que fosse Lizzie que vinha recolher os meus ossos. Para meu alívio, porém, era Alice.

— Lizzie me mandou ver como você está indo — disse ela baixinho. — Billy já esteve aqui?

— Já veio e já foi — respondi-lhe enraivecido.

— Nunca quis que isso acontecesse, Tom. Se ao menos você não tivesse se metido, tudo teria dado certo.

— Dado certo? — perguntei indignado. — A essa altura mais uma criança estaria morta e o Caça-feitiço também, se as coisas tivessem saído como vocês queriam. Aqueles bolos tinham sangue do bebê neles. Você chama isso de dar certo? Você vem de uma família de assassinos e é assassina também!

— Não é verdade. Não é verdade! — protestou Alice. — Não tinha bebê nenhum. A única coisa que fiz foi lhe dar os bolos.

— Mesmo que não esteja mentindo — insisti —, você sabia o que eles iam fazer depois. E teria deixado que fizessem.

— Não tenho tanta força assim, Tom. Como poderia impedir? Como poderia impedir Lizzie?

— Eu já escolhi o que quero fazer. Mas, você, o que vai escolher? Magia dos ossos ou magia do sangue? Qual? Qual vai ser?

— Nenhuma das duas. Não quero ser como eles. Vou fugir. Assim que tiver oportunidade, vou-me embora.

— Se você está sendo sincera, então me ajude agora. Me ajude a sair da cova. Poderíamos fugir juntos.

— Agora é perigoso demais. Fugirei outro dia. Talvez daqui a umas semanas, quando eles não estiverem prestando atenção.

— Você quer dizer depois que eu morrer. Quando você tiver mais sangue em suas mãos...

Alice não respondeu. Ouvi-a começar a chorar baixinho, mas, quando pensei que estava a ponto de mudar de ideia e me ajudar, ela se afastou.

Fiquei sentado na cova, temendo o que ia me acontecer, me lembrando dos enforcados, e agora sabia exatamente o que tinham sentido antes de morrer. Eu sabia que jamais voltaria para casa. Jamais reveria minha família. Tinha praticamente perdido a esperança, quando ouvi passos se avizinhando da cova. Levantei-me, aterrorizado, mas era Alice.

— Ah, Tom, sinto muito. Eles estão afiando os facões...

O pior momento vinha a caminho e eu sabia que só tinha uma chance. Minha única esperança era Alice.

— Se você realmente sente muito, então me ajude — disse baixinho.

— Não tem nada que eu possa fazer! — exclamou ela. — Lizzie se viraria contra mim. Ela não confia em mim. Acha que tenho o coração mole.

— Vá buscar o sr. Gregory. Traga-o aqui — pedi.

— É tarde demais para isso — soluçou Alice, balançando a cabeça. — Ossos retirados à luz do dia não têm utilidade para Lizzie. Nenhuma. A melhor hora para recolher ossos é antes do amanhecer. Por isso, dentro de minutos ela virá buscar você. É só o tempo que temos.

— Então me arranje uma faca — pedi.

— Não adianta. Eles são fortes demais. Não posso enfrentá-los, você pode?

— Não — respondi. — Quero cortar a corda. Vou tentar fugir.

De repente, Alice desapareceu. Teria ido buscar a faca ou teria medo demais de Lizzie? Esperei alguns momentos, mas, ao ver que não voltava, me desesperei. Debati-me, tentando afastar meus pulsos, tentando romper a corda, mas foi inútil.

Quando apareceu um rosto me espiando, meu coração teve um sobressalto de medo, mas era Alice estendendo alguma coisa para a cova. Deixou-a cair e, ao cair, o metal faiscou ao luar.

Alice não me abandonara. Era uma faca. Se ao menos eu pudesse cortar a corda, estaria livre...

A princípio, mesmo com as mãos amarradas às costas, não tive a menor dúvida de que conseguiria. O único perigo talvez fosse o de me cortar um pouco, mas isso não importava diante do que eles me fariam antes de o sol nascer. Não demorei muito para agarrar a faca. Colocá-la em posição contra a corda foi mais difícil, e mais ainda movimentá-la. Quando a deixei cair pela segunda vez, comecei a entrar em pânico. Não devia restar muito mais que um minuto para que viessem me buscar.

— Você terá de cortá-la para mim — gritei para Alice. — Vem, pula para dentro da cova.

Não pensei que ela realmente fosse fazer isso, mas, para minha surpresa, fez. Não pulou, foi baixando o corpo, primeiro os pés, com o rosto virado para a parede da cova, depois pendurou-se pelos braços na borda. Quando se esticou completamente, soltou as mãos antes dos últimos sessenta centímetros.

Não demorou a cortar as cordas. Minhas mãos ficaram livres e agora só precisávamos sair da cova.

— Me deixe subir nos seus ombros — disse eu. — Depois vou puxá-la para cima.

Alice não discutiu e, na segunda tentativa, consegui me equilibrar sobre seus ombros e me arrastar para o capim molhado. Então, veio a parte mais espinhosa — tirar Alice da cova. Estiquei a mão esquerda. Ela agarrou-a firmemente com a sua mão esquerda e pôs a direita no meu pulso para se apoiar melhor. Então, tentei guindá-la.

Meu primeiro problema foi o capim molhado e escorregadio, e achei difícil não ser arrastado pela borda abaixo. Então, percebi que não tinha forças para puxá-la. Cometera um enorme engano. Só porque ela era menina não significava que fosse necessariamente mais leve do que eu. Tarde demais me lembrei do jeito com que puxara a corda para fazer o sino do Caça-feitiço badalar. Fizera aquilo quase sem esforço. Eu devia ter deixado que ela subisse nos meus ombros. Devia ter deixado que saísse da cova primeiro. Alice teria me puxado para fora sem problema.

Foi então que ouvi o som de vozes. Lizzie Ossuda e Tusk vinham atravessando a mata em nossa direção.

Embaixo, vi os pés de Alice escorregarem contra a parede da cova, tentando encontrar um apoio. O desespero me deu novas forças. Dei-lhe um puxão e ela passou por cima da borda, desmontando ao meu lado.

Fugimos bem a tempo, correndo desabalados ao som de outros pés que corriam em nosso encalço. A princípio estavam bem distantes, mas gradualmente começaram a se aproximar.

Não sei por quanto tempo fugimos. Pareceu uma vida inteira. Corri até sentir as pernas pesarem como chumbo e o ar queimar na minha garganta. Estávamos voltando para Chipenden — eu sabia pelas serras que vislumbrava ocasionalmente entre as árvores. Corríamos em direção ao nascente. O céu estava acinzentando agora e clareava mais a cada minuto. Então, quando senti que não poderia dar mais um passo, vi os picos das serras refletirem uma luz alaranjada. Era o sol nascendo, e lembro-me de ter pensado que, mesmo se fôssemos apanhados, já era dia e os meus ossos não serviriam para Lizzie.

Quando saímos do arvoredo para a encosta relvada e começamos a subi-la ainda correndo, minhas pernas finalmente fraquejaram. Estavam moles como geleia, e Alice foi se distanciando de mim. Ela se virou para me olhar, seu rosto aterrorizado. Eu continuava a ouvir nossos perseguidores se embarafustando pelas árvores às nossas costas.

Parei, repentina e totalmente. Parei porque quis parar. Parei porque não havia mais necessidade de fugir.

Imóvel lá no alto da encosta à frente, vislumbrei um vulto alto, vestido de preto, segurando um longo bastão. Sem dúvida, era o Caça-feitiço, mas, por alguma razão, ele parecia diferente. Seu capuz estava baixado, e seus cabelos, iluminados pelos raios do sol nascente, pareciam escorrer para trás como línguas alaranjadas de fogo.

Tusk soltou uma espécie de rugido e subiu correndo o morro em sua direção, brandindo o facão, com Lizzie Ossuda em seus calcanhares. Por ora, não estavam se incomodando conosco. Sabiam quem era o seu inimigo principal. Poderiam cuidar de nós mais tarde.

A essa altura, Alice também tinha parado; por isso, dei alguns passos hesitantes para me emparelhar com ela. Juntos observamos Tusk fazer sua arrancada final, erguer o facão curvo e berrar enraivecido enquanto corria.

O Caça-feitiço, até então, estivera imóvel como uma estátua, mas, em resposta, deu duas grandes passadas, descendo ao encontro dele com o bastão no alto. Empunhando-o como uma lança, brandiu-o com força contra a cabeça de Tusk. Pouco antes de atingir a testa do rapaz, o bastão produziu um estalo e acendeu uma chama vermelha em sua ponta. Ouviu-se uma pancada surda quando alcançou o alvo. O facão curvo voou no ar e o corpo de Tusk desabou como um saco de batatas. Eu sabia que ele estava morto, mesmo antes de se estatelar no chão.

O Caça-feitiço atirou, então, o bastão para um lado e meteu a mão na capa. Quando a mão reapareceu, ela segurava uma coisa que ele estalou no ar como um chicote. O objeto refletiu o sol e percebi que era uma corrente de prata.

Lizzie Ossuda deu meia-volta e tentou correr, mas não houve tempo: da segunda vez que ele fez a corrente estalar, ouviu-se quase imediatamente um tinido metálico e agudo. A corrente começou a pender e tomar a forma de uma espiral de fogo que envolveu Lizzie Ossuda em seu aperto. A feiticeira soltou um guincho aflito e tombou no chão.

Subi com Alice ao topo do morro. Ali vimos que a corrente de prata amarrava com firmeza a feiticeira da cabeça aos pés. Apertava até mesmo sua boca aberta, empurrando seus dentes para dentro. Seus olhos reviravam e todo o seu corpo se contorcia resistindo, mas ela não conseguia gritar.

Virei-me para Tusk. Jazia de costas com os olhos arregalados. Estava bem morto e apresentava um ferimento redondo no meio da testa. Olhei para o bastão, perguntando-me o que seria a chama que tinha visto em sua ponta.

Meu mestre parecia macilento, fatigado e subitamente muito velho. Não parava de balançar a cabeça, como se estivesse cansado da própria vida. À sombra do morro, seus cabelos tinham retomado o grisalho habitual, e entendi por que me pareceram escorrer para trás: estavam cobertos de suor; por isso, ele os alisara com a mão, fazendo com que ficassem em pé e para fora de suas orelhas. Repetiu o gesto enquanto eu o observava. Gotas de suor pingavam de sua testa e ele respirava ofegante. Percebi que estivera correndo.

— Como nos encontrou? — perguntei.

Passou-se algum tempo até me dar uma resposta, mas por fim sua respiração começou a normalizar e ele pôde falar.

— Há sinais, rapaz. Rastros que podem ser seguidos, se a pessoa sabe como fazê-lo. Isso é uma coisa que terá de aprender.

Ele se virou e encarou Alice.

— Cuidamos dos dois, mas o que vamos fazer com você? — perguntou ele, fixando-a com severidade.

— Ela me ajudou a fugir — expliquei.

— Foi? — perguntou o Caça-feitiço. — E que mais fez?

Ele me encarou inflexível e tentei sustentar seu olhar. Quando baixei os olhos para as minhas botas, ele estalou a língua. Não pude mentir e sabia que o Caça-feitiço tinha intuído que ela contribuíra de alguma forma para o acontecido.

Ele tornou a encarar Alice.

— Abra a boca, garota — disse com rispidez, a voz encolerizada. — Quero ver os seus dentes.

Alice obedeceu, e o Caça-feitiço, de repente, esticou o braço e segurou-a pelo queixo. Aproximou seu rosto da boca aberta da garota e cheirou-a ruidosamente.

Quando tornou a se dirigir a mim, sua raiva parecia ter abrandado, pois soltou um profundo suspiro.

— O hálito dela cheira bem — disse ele. — Você sentiu o bafo dos outros? — perguntou-me, soltando o queixo de Alice e apontando para Lizzie Ossuda.

Confirmei com a cabeça.

— É causado pela alimentação — explicou-me. — Denuncia imediatamente o que andaram fazendo. Os que praticam a magia dos ossos ou do sangue tomam gosto por sangue e carne crua. Mas a garota parece normal.

Ele tornou a aproximar seu rosto do de Alice.

— Olhe nos meus olhos, garota — disse. — Sustente o meu olhar o máximo que puder.

Alice obedeceu, mas não aguentou olhar muito tempo, embora sua boca tremesse com o esforço. Então, ela baixou os olhos e começou a choramingar.

O Caça-feitiço olhou para os seus sapatos de bico fino e balançou a cabeça tristemente.

— Não sei, não — disse, voltando-se para mim. — Não sei o que é melhor fazer. Não é por ela. Temos que pensar nos outros. Os inocentes que, no futuro, viriam a sofrer. Ela viu demais e sabe demais para o seu próprio bem. Pode seguir um ou outro caminho, e não sei se é seguro deixá-la partir. Se for para leste se reunir aos de sua linhagem em Pendle, estará perdida para sempre e será mais uma adepta das trevas.

— Você não tem nenhum outro lugar para ir? — perguntei a Alice gentilmente. — Nenhum outro parente?

— Tem uma aldeia perto da costa. Staumin. Tenho outra tia que mora lá. Talvez ela queira me receber...

— Ela é como as outras? — perguntou o Caça-feitiço, fixando novamente o olhar em Alice.

— Não que eu tenha reparado. Ainda assim é bastante longe e nunca estive lá. Poderia levar três dias ou mais de viagem.

— Posso mandar o rapaz com você — disse o Caça-feitiço, sua voz assumindo inesperadamente um tom mais bondoso. — Calculo que ele seja capaz de encontrar o caminho, se der uma boa olhada em seus mapas. Quando voltar, garoto, irá aprender como dobrar direito os mapas. Então, está decidido. Vou lhe dar uma oportunidade, menina. Só depende de você aproveitá-la. Caso contrário, um dia tornaremos a nos encontrar e então não terá tanta sorte.

Em seguida, o Caça-feitiço tirou do bolso o pano preto de sempre. Dentro havia um pedaço de queijo para a viagem.

— Para vocês não passarem fome — disse —, mas não comam tudo de uma vez.

Tive esperança de encontrar coisa melhor para comer no caminho; apesar disso, murmurei um agradecimento.

— Não vá direto para Staumin — disse o Caça-feitiço me olhando sem piscar. — Quero que passe em sua casa primeiro. Leve a garota com você e deixe sua mãe conversar com ela. Tenho a impressão de que talvez possa ajudá-la. Espero você de volta daqui a duas semanas.

Isso me fez sorrir. Depois de tudo que acontecera, uma chance de passar uns dias em casa era um sonho que se concretizava. Contudo, uma coisa me intrigou porque me lembrava da carta que minha mãe tinha enviado ao Caça-feitiço. Ele não parecera nada feliz com certas coisas que ela escrevera. Então, por que achava que minha mãe pudesse ajudar Alice? Não falei nada para não correr o risco de fazer o Caça-feitiço mudar de idéia. Estava feliz só por poder me afastar.

Antes de irmos, contei-lhe a respeito de Billy. Ele assentiu tristemente, mas disse que não me preocupasse, faria o que fosse preciso.

Quando partimos, olhei para trás e vi o Caça-feitiço carregando Lizzie Ossuda sobre o ombro esquerdo em direção a Chipenden. De costas, podia-se pensar que tivesse trinta anos menos.

CAPÍTULO 12
OS TONTOS E OS DESESPERADOS

Quando descemos o morro em direção ao sítio do meu pai, um chuvisco morno molhou nossos rostos. Ao longe um cão latiu duas vezes, mas abaixo de nós tudo estava quieto e silencioso.

A tarde chegava ao fim, e eu sabia que meu pai e Jack estariam no campo, o que me daria oportunidade de conversar a sós com mamãe. Era fácil para o Caça-feitiço mandar eu levar Alice para minha casa, mas a viagem me dera tempo para refletir e eu não sabia como mamãe iria reagir. Achava que não ficaria contente de receber alguém como Alice em casa, principalmente depois que eu lhe contasse o que a garota fizera comigo. E quanto a Jack, eu tinha uma boa ideia de qual seria sua atitude. Pelo que Ellie me contara de sua opinião sobre o meu novo emprego, na última visita, hospedar a sobrinha de uma feiticeira em casa era a última coisa que ele iria querer.

Quando atravessamos o terreiro, apontei para o celeiro.

— É melhor você se abrigar ali — disse eu. — Vou entrar e explicar.

Mal acabara de falar, ouvimos, vindo da casa, o choro alto de um bebê com fome. Os olhos de Alice encontraram os meus brevemente, ela olhou para baixo e eu me lembrei da última vez que tínhamos estado juntos e uma criança chorara.

Em silêncio, ela se virou e saiu em direção ao celeiro; seu silêncio, nada mais do que eu teria esperado. Era de se pensar que, depois de tudo que ocorrera, conversaríamos muito durante a viagem, mas quase não nos falamos. Acho que ela se aborreceu com o modo com que o Caça-feitiço segurou seu queixo e cheirou seu hálito. Talvez isso a levasse a refletir sobre tudo que andara fazendo no passado. Seja como for, Alice tinha me parecido profundamente pensativa e muito triste durante a maior parte da viagem.

Suponho que eu pudesse ter me esforçado mais, porém, estava cansado e muito apreensivo, e, por isso, tínhamos caminhado em silêncio e assim nos habituamos. Foi um erro: eu devia ter me empenhado para conhecer Alice melhor — isso teria me poupado muita amolação futura.

Quando empurrei a porta dos fundos, o choro parou e ouvi outro som: os estalidos reconfortantes da cadeira de balanço de minha mãe.

A cadeira estava junto à janela, mas as cortinas não tinham sido totalmente corridas e pude ver pelo seu rosto que estivera espiando pela fresta delas. Tinha observado a nossa entrada no terreiro e, quando entrei na sala, começou a se balançar cada vez mais rápido, fitando-me o tempo todo sem piscar, metade do seu rosto na sombra, a outra, iluminada pela grande vela que bruxuleava no maciço castiçal no centro da mesa.

— Quando se traz uma convidada, manda a cortesia que a convidemos a entrar em casa — disse-me, sua voz mesclando aborrecimento e surpresa. — Pensei que tivesse educado você melhor.

— O sr. Gregory me disse para trazê-la. O nome dela é Alice, mas tem andado em más companhias. Ele quer que a senhora converse com ela; por isso, achei que era melhor lhe contar primeiro o que aconteceu, e, então, talvez não queira convidá-la a entrar.

Puxei uma cadeira para perto de minha mãe e relatei exatamente o que acontecera. Quando terminei, ela deixou escapar um longo suspiro, e um leve sorriso abrandou seu rosto.

— Você fez bem, filho. Você é jovem e novo no ofício; por isso, podemos perdoar seus erros. Vá buscar a pobre garota, depois nos deixe a sós para conversar. Talvez você queira subir para falar com sua nova sobrinha. Ellie vai adorar rever você.

Fui, então, buscar Alice, deixei-a com minha mãe e subi.

Ellie estava no quarto de dormir maior. Era o dos meus pais, mas eles o tinham cedido ao novo casal porque havia espaço para mais duas camas e um berço, o que seria oportuno à medida que a família crescesse.

Bati de leve na porta entreaberta, mas só olhei para dentro do quarto quando Ellie me mandou entrar. Ela estava sentada na beira da grande cama de casal amamentando o bebê cuja cabeça estava meio encoberta por um xale rosa. Assim que me viu, sua boca se abriu num sorriso que me fez sentir bem-vindo, mas Ellie me pareceu cansada, com seus cabelos escorridos e oleosos. Embora eu tivesse desviado rapidamente o olhar, ela era perspicaz e vi que notou o meu olhar e leu a expressão nos meus olhos, porque imediatamente alisou os cabelos para afastá-los do rosto.

— Ah, desculpe, Tom — disse-me. — Devo estar com uma aparência horrível. Não dormi a noite toda. Acabei de tirar um um cochilo. Tenho que aproveitar quando posso com uma criancinha faminta como esta. Ela chora muito, principalmente à noite.

— Com que idade ela está? — perguntei.

— Vai fazer seis dias hoje à noite. Nasceu pouco depois da meia-noite, no último sábado.

Aquela tinha sido a noite em que eu matara Mãe Malkin. Por um instante, a lembrança do ocorrido invadiu minha mente e um calafrio percorreu minha espinha.

— Pronto, ela terminou de mamar agora — disse Ellie com um sorriso. — Quer segurá-la?

Era a última coisa que eu queria fazer. O bebê era tão pequeno e frágil, que tive medo de apertá-lo com muita força ou deixá-lo cair, e não gostava do jeito com que sua cabeça pendia. Era, no entanto, difícil recusar, pois Ellie teria ficado ofendida. No fim, não precisei segurar o bebê muito tempo porque, no instante em que o aninhei nos braços, seu rostinho ficou vermelho e ele começou a chorar.

— Acho que o bebê não gosta de mim — comentei.

— O bebê é uma *menina* — ralhou Ellie, fazendo uma cara séria de indignação. — Não se preocupe, não é por sua causa, Tom. — E sua boca se suavizou em um sorriso. — Acho que ainda está com fome, só isso.

A menininha parou de chorar assim que Ellie a segurou, e não me demorei muito mais. Quando desci a escada, ouvi um som inesperado na cozinha.

Eram risadas, altas, gostosas, de duas pessoas que estavam se entendendo muito bem. No instante em que abri a porta e entrei, o rosto de Alice ficou sério, mas minha mãe continuou a rir alto por mais alguns momentos e, mesmo quando parou, um largo sorriso continuou a iluminar seu rosto. Tinham contado alguma piada, uma piada muito engraçada, mas eu não quis perguntar qual e nem elas me disseram. A expressão nos olhos das duas me fez sentir que era algo particular.

Meu pai, certa vez, havia me dito que as mulheres sabem coisas que os homens ignoram. Por vezes têm certa expressão no olhar, mas, quando a notamos, jamais devemos perguntar o que estão realmente pensando. Se perguntarmos, elas podem responder o que não queremos ouvir. Seja qual for o motivo das risadas, isso certamente aproximara as duas; daquele momento em diante parecia que se conheciam havia anos. O Caça-feitiço tinha razão. Se alguém podia entender Alice, esse alguém era mamãe.

Reparei, no entanto, uma coisa. Minha mãe deu a Alice o quarto defronte ao dela e de papai. Eram os dois quartos no alto do primeiro lance de escadas. Mamãe tinha ouvidos muito sensíveis, o que significava que, se Alice sequer se virasse dormindo, ela ouviria.

Assim, apesar de todas as risadas, mamãe continuava a observar Alice.

Quando voltou do campo, Jack realmente amarrou a cara para mim e ficou resmungando. Parecia zangado com alguma coisa. Papai, porém, se mostrou contente de me ver e, para minha surpresa, apertou minha mão. Ele sempre cumprimentava com um aperto de mãos os meus irmãos que tinham saído de casa, mas era a primeira vez que fazia isso comigo. Senti-me, ao mesmo tempo, triste e orgulhoso. Estava me tratando como se eu fosse um homem abrindo meu próprio caminho no mundo.

Não fazia nem cinco minutos que Jack tinha chegado em casa quando veio me procurar.

— Lá fora — disse ele, mantendo a voz baixa para ninguém mais ouvi-lo. — Quero falar com você.

Saímos para o terreiro e ele me levou para o outro lado do celeiro, perto dos chiqueiros, de onde não poderíamos ser vistos da casa.

— Quem é a garota que você trouxe?

— O nome dela é Alice. É uma pessoa que precisa de ajuda. O Caça-feitiço me mandou trazê-la para mamãe poder conversar com ela.

— Que significa precisa de ajuda?

— Ela tem andado em más companhias, só isso.

— Que tipo de más companhias?

Eu sabia que ele não iria gostar de saber, mas não tive escolha. Precisava responder. Do contrário, ele perguntaria à mamãe.

— A tia dela é feiticeira, mas não se preocupe, o Caça-Feitiço já deu um jeito nisso e só ficaremos aqui uns dias.

Jack explodiu. Nunca o vira tão enraivecido.

— Você perdeu o juízo com que nasceu? — gritou. — Não parou para pensar? Não pensou no bebê? Tem uma criança inocente morando nesta casa e você traz aqui alguém que pertence a uma família dessas! É inacreditável!

Ele ergueu o punho e pensei que fosse me bater. Em vez disso, deu um soco com o lado da mão na parede do celeiro, deixando os porcos frenéticos com a pancada repentina.

— Mamãe acha que não fiz mal — protestei.

— É bem da mamãe mesmo — respondeu Jack, a voz subitamente baixando, mas ainda ríspida de raiva. — Como poderia recusar alguma coisa ao filho favorito? E ela é boa demais, você sabe disso; por isso, não devia se aproveitar. Olhe aqui, é a mim que você prestará contas se alguma coisa acontecer. Não gosto do jeito dessa garota. Parece sonsa. Vou ficar de olho nela, e, se der um passo em falso, os dois estarão na estrada num abrir e fechar de olhos. E vão ganhar o seu sustento enquanto estiverem aqui. Ela pode ajudar em casa para facilitar a vida da mamãe e você vai pegar pesado no campo.

Jack me deu as costas e foi se afastando, mas ainda não acabara de dizer tudo que queria.

— Por estar tão ocupado com coisas mais importantes — acrescentou sarcasticamente —, talvez você não tenha reparado na aparência cansada de papai. A cada dia ele sente maior dificuldade para trabalhar.

— Naturalmente que vou ajudar — disse, enquanto ele se afastava —, e Alice também.

Ao jantar, à exceção de mamãe, todos estavam realmente quietos. Suponho que era por termos uma estranha sentada à mesa. Embora a educação de Jack o impedisse de reclamar abertamente, ele amarrou a cara para Alice quase tanto quanto para mim. Foi bom que mamãe estivesse alegre e animada o suficiente para iluminar a mesa.

Ellie precisou abandonar duas vezes o jantar para atender à filhinha, que parecia querer pôr o telhado abaixo de tanto chorar. Da segunda vez, trouxe-a para baixo.

— Nunca vi um bebê chorar tanto — comentou mamãe, sorrindo. — Pelo menos tem pulmões fortes e saudáveis.

Seu rostinho estava vermelho e amassado outra vez. Eu nunca teria dito isso a Ellie, mas a menininha não era muito bonita. Seu rosto me lembrava o de uma mulherzinha enfezada. Um instante estava chorando como se fosse arrebentar, no outro ficava repentinamente quieta e calada. Seus olhos estavam muito abertos e fixavam o centro da mesa onde Alice se sentara próxima ao grande castiçal de latão. A princípio, não liguei. Achei que a menina estava apenas fascinada pela chama da vela. Mais tarde, porém, Alice ajudou mamãe a tirar a mesa, e, cada vez que ela passava, a menininha a seguia com seus olhos azuis. De repente, eu me arrepiei, embora a cozinha estivesse aquecida.

Mais tarde, subi ao meu antigo quarto e, quando me sentei na cadeira de vime ao lado da janela e contemplei a paisagem, foi como se nunca tivesse saído de casa.

Quando olhei para o norte, em direção ao morro do Carrasco, pensei na intensidade com que a menininha se interessara por Alice. E, lembrando o que Ellie me dissera mais cedo, tornei a me arrepiar. A criança nascera depois da meia-noite em uma noite de lua cheia. Era próximo demais para ser coincidência. Mãe Malkin teria sido levada pela correnteza do rio mais ou menos na mesma hora em que a menina de Ellie nascera. O Caça-feitiço me alertara que a feiticeira voltaria. E se tivesse reaparecido mais cedo do que ele previra? Sua expectativa é que viesse *infesta*. Mas, e se estivesse enganado? E se a feiticeira tivesse se libertado dos ossos, e seu espírito, possuído a menina de Ellie no instante em que nascera?

Não preguei olho àquela noite. Havia apenas uma pessoa a quem poderia contar os meus temores: minha mãe. A dificuldade era encontrá-la sozinha sem chamar atenção para o fato de que estava querendo exatamente isso.

Minha mãe cozinhava e fazia outras tarefas que a mantinham ocupada a maior parte do dia, e, em geral, não haveria problema em conversarmos na cozinha porque eu estava trabalhando ali perto. Jack me dera a tarefa de consertar a fachada do celeiro, e devo ter martelado centenas de pregos novos e reluzentes antes de o sol se pôr.

A dificuldade era Alice: mamãe a conservara em sua companhia o dia todo, fazendo-a trabalhar pesado. Podia se ver o suor e as rugas de concentração que vincavam sua testa, embora Alice não se tenha queixado uma única vez. Foi somente depois do jantar, quando cessou o estrépito de louça sendo lavada e secada, que tive a minha oportunidade. Naquela manhã, papai viajara para a grande feira de primavera em Topley. Além de fazer negócios, a feira lhe dava a rara oportunidade de encontrar velhos amigos; por isso, ele passaria dois ou três dias fora. Jack tinha razão. Ele parecia cansado e assim tiraria umas férias do trabalho no sítio.

Mamãe mandara Alice se deitar para descansar, Jack estava de pés para cima na sala, e Ellie, no primeiro andar, tentava dormir meia hora antes que o bebê tornasse a acordar para mamar. Então, sem perder tempo, comecei a contar a mamãe o meu temor. Ela estava se balançando na cadeira, mas nem cheguei a terminar a primeira frase e a cadeira parou. Mamãe escutou atentamente minhas preocupações e razões para suspeitar do bebê. Seu rosto, no entanto, permaneceu tão imóvel e calmo que não pude fazer ideia do que estava pensando. Assim que saiu a última palavra da minha boca, ela se levantou.

— Espere aqui. Precisamos tirar isso a limpo de uma vez por todas.

Ela saiu da cozinha. Quando voltou, trazia o bebê nos braços, embrulhado no xale de Ellie.

— Apanhe a vela — disse, encaminhando-se para a porta.

Saímos para o terreiro, mamãe andando depressa como se soubesse exatamente aonde ia e o que ia fazer. Acabamos do outro lado da estrumeira e paramos na lama ao redor do poço, que era suficientemente fundo e largo para fornecer água às nossas reses, mesmo no mês mais seco do verão.

— Segure a vela no alto para podermos observar tudo — disse-me. — Não quero que fique nenhuma dúvida.

Então, para meu horror, ela estendeu os braços e segurou a criança sobre a água parada e escura.

— Se ela boiar, a bruxa está dentro dela. Se afundar, é inocente. Então, vamos ver...

— Não! — gritei, minha boca se abrindo sozinha e as palavras saindo mais depressa do que eu conseguia pensá-las. — Não faça isso, por favor. É a filhinha de Ellie.

Por um momento, pensei que ela fosse deixar o bebê cair, mas ela sorriu, tornou a aconchegá-lo ao peito e beijou-o na testa gentilmente.

— Claro que é a filhinha de Ellie, filho. Você não percebe só de olhar para ela? De qualquer modo, o teste da "flutuação" é aplicado pelos tolos e não prova nada. Em geral, amarram as mãos da pobre mulher aos pés e a atiram em água funda e escura. Se ela afunda ou flutua, depende da sorte e do tipo de corpo que possui. Não tem qualquer relação com a feitiçaria.

— E quanto ao jeito com que o bebê ficou olhando para Alice?

Minha mãe sorriu e balançou a cabeça.

— Os olhos de um recém-nascido não conseguem focalizar direito — explicou-me. — Provavelmente foi apenas a luz da vela que chamou sua atenção. Lembre-se: Alice estava sentada perto da vela. Mais tarde, cada vez que ela passava, o olhar da neném era atraído pela alteração na claridade. Não foi nada. Nada com que se preocupar.

— Mas, e se, assim mesmo, a neném de Ellie estiver possuída? — perguntei. — Se houver alguma coisa dentro dela que não podemos ver?

— Escute, filho, como parteira, trouxe o bem e o mal para este mundo, e reconheço o mal só de olhar. Esta criança é boa e não há nada nela com que se preocupar. Nadinha.

— Mas não é estranho que tenha nascido na mesma hora em que Mãe Malkin morreu?

— Na verdade, não. É a vida. Às vezes, quando uma coisa má deixa o mundo, chega uma boa para substituí-la. Já vi isso acontecer antes.

Naturalmente, percebi, naquele momento, que mamãe jamais pensara em deixar a neném cair e só estava tentando me dar um susto para me chamar à razão, mas, na volta, quando atravessamos o terreiro, meus joelhos ainda tremiam só de pensar. Foi então que, ao chegar à porta da cozinha, me lembrei de uma coisa.

— O sr. Gregory me deu um livrinho sobre possessão. Ele me disse para ler com atenção, mas o problema é que está escrito em latim e até agora só tive três aulas desse idioma.

— Não é o meu idioma favorito — disse mamãe, parando à porta. — Verei o que posso fazer, mas terá de aguardar até eu voltar: estou esperando um chamado hoje à noite. Nesse ínterim, por que não pede a Alice? Talvez ela possa ajudar.

Minha mãe não se enganara ao dizer que esperava um chamado. Pouco depois da meia-noite, uma carroça veio buscá-la, os cavalos cobertos de suor. Aparentemente a mulher de um agricultor em trabalho de parto estava passando muito mal havia mais de um dia e uma noite. E morava longe, quase trinta quilômetros ao sul. Isso significava que mamãe ficaria fora uns dois dias ou mais.

Na verdade, eu não queria pedir a Alice para me ajudar com o latim. Sabia que o Caça-feitiço teria desaprovado. Afinal, era um livro de sua biblioteca, e a ideia de Alice sequer tocá-lo não o teria agradado. Ainda assim, que opção eu tinha? Desde que chegara em casa, andava pensando cada vez mais em Mãe Malkin, e simplesmente não conseguia tirá-la da cabeça. Era um instinto, uma impressão, mas sentia que ela estava lá fora no escuro e mais próxima a cada noite.

Então, na noite seguinte, depois que Jack e Ellie foram se deitar, bati de mansinho na porta do quarto de Alice. Não era uma coisa que eu pudesse lhe pedir durante o dia porque ela estava sempre ocupada, e, se Ellie ou Jack ouvissem, eles não iriam gostar. Principalmente com a aversão que Jack sentia pelo ofício de caça-feitiço.

Precisei bater duas vezes para Alice abrir a porta. Eu tinha receio de que já estivesse dormindo, mas ela ainda não havia se despido e não pude deixar de olhar para os seus sapatos de bico fino. Em cima da cômoda havia uma vela junto ao espelho. Acabara de ser apagada — e ainda fumegava.

— Posso entrar? — perguntei, erguendo a minha vela alto para iluminar seu rosto. — Quero lhe pedir um favor.

Alice consentiu que eu entrasse e fechou a porta.

— Tenho um livro que preciso ler, mas está escrito em latim. Mamãe disse que você talvez pudesse me ajudar.

— Cadê?

— No meu bolso. É só um livrinho. Para quem sabe latim não deve levar muito tempo para ler.

Alice soltou um suspiro cansado e profundo.

— Já tenho muito que fazer no momento — queixou-se. — Sobre o que é?

— Possessão. O sr. Gregory acha que Mãe Malkin poderá voltar para se vingar e usará a possessão.

— Me deixe ver — respondeu ela, estendendo a mão. Coloquei minha vela ao lado da dela, meti a mão no bolso da calça e tirei o livrinho. Ela o folheou calada.

—Você saberia ler? — perguntei.

— Não vejo por que não. Lizzie me ensinou, e ela sabe latim até de trás para a frente.

— Então vai me ajudar?

Alice não respondeu. Em lugar disso, ergueu o livro muito perto do rosto e cheirou-o com exagero.

— Você tem certeza de que isto presta para alguma coisa? — perguntou-me. — Escrito por um padre; normalmente, eles não sabem nada.

— O sr. Gregory disse que era a "obra definitiva", o que significa que é o melhor livro que já escreveram sobre o assunto.

Ela ergueu a cabeça e, para minha surpresa, seus olhos expressavam raiva.

— Eu sei o que quer dizer definitivo. Acha que sou ignorante, ou o quê? Estudei anos, estudei, e você mal começou. Lizzie tinha muitos livros, agora viraram cinzas. Tudo queimado.

Murmurei que lamentava e ela sorriu para mim.

— O problema é que — e sua voz, de repente, se suavizou — ler isso vai me tomar tempo e estou muito cansada para começar agora. Amanhã sua mãe ainda não terá voltado e estarei mais ocupada que nunca. Aquela sua cunhada prometeu me ajudar, mas vai estar cuidando do bebê, e a cozinha e a limpeza tomarão a maior parte do meu dia. Mas se você me ajudar...

Eu não soube o que responder. Estaria ajudando Jack e não teria muito tempo livre. O problema era que homens jamais cozinhavam nem limpavam a casa, e não era assim só no nosso sítio. Era assim em todo o Condado. Os homens trabalhavam no campo ao ar livre com qualquer tempo, e, quando entravam em casa, as mulheres os esperavam com uma refeição quente à mesa. O único dia em que ajudávamos na cozinha era o Natal, quando lavávamos a louça como um presente especial para mamãe.

Era como se Alice pudesse ler os meus pensamentos, porque seu sorriso se alargou.

— Não vai ser tão pesado, vai? As mulheres dão comida às galinhas e ajudam na colheita; então, por que os homens não podem ajudar na cozinha? Me ajude a lavar a louça, só isso. E algumas panelas precisam ser areadas antes de eu começar a cozinhar.

Então concordei com o que estava me pedindo. Que opção me restava? Só esperava que Jack não me pilhasse fazendo aquele serviço. Ele jamais compreenderia.

Levantei-me ainda mais cedo do que de costume e consegui arear as panelas antes de Jack descer. Demorei-me a tomar o café da manhã, comendo muito devagarinho, o que não era o meu normal, e isso bastou para atrair, no mínimo, um olhar desconfiado de Jack. Depois que ele saiu para o campo, lavei as panelas o mais depressa que pude e comecei a secá-las. Eu devia ter imaginado o que aconteceria, porque Jack jamais fora paciente.

Ele veio do terreiro, xingando e praguejando, e me viu pela janela, seu rosto contraído de incredulidade. Então, cuspiu no chão, deu a volta e escancarou a porta da cozinha.

— Quando você tiver acabado — disse sarcástico —, tem trabalho de homem para você fazer. E pode começar verificando e consertando os chiqueiros. Snout vem amanhã. Temos cinco porcos para serem abatidos e não queremos gastar o nosso tempo caçando os fujões.

Snout era o apelido que demos ao carniceiro, e Jack tinha razão. Por vezes, os porcos entravam em pânico quando Snout começava a trabalhar, e, se houvesse alguma brecha no cercado, com certeza, eles a encontrariam.

Jack se virou para ir embora, pisando forte, então; de repente, xingou em voz alta. Fui até a porta para ver o que acontecera. Sem querer, ele pisara em um enorme sapo, esmagando-o. Diziam que dava azar matar rãs ou sapos, e Jack tornou a xingar, contraindo de tal forma o rosto que suas sobrancelhas espessas se juntaram sobre a ponte do nariz. Ele chutou o sapo morto para baixo do ralo de escoamento e foi embora, balançando a cabeça. Não consegui entender o que tinha acontecido com ele. Meu irmão não costumava ser tão mal-humorado.

Fiquei em casa e enxuguei até a última panela — já que ele me pegara em flagrante, então era melhor terminar o serviço. Além disso, os porcos fediam e eu não estava tão ansioso para começar a tarefa que Jack me dera.

— Não se esqueça do livro — lembrei a Alice ao abrir a porta para sair, mas ela me deu um sorriso estranho.

Não voltei a falar com Alice a sós até tarde da noite. Depois que Jack e Ellie foram dormir, pensei em visitar novamente o seu quarto, mas ela desceu à cozinha, trazendo o livro, e se sentou na cadeira de balanço de mamãe, perto das brasas da lareira.

— Você areou bem as panelas, areou mesmo. Deve estar doido para descobrir o que tem aqui — disse Alice, batendo na lombada do livro.

— Se ela voltar, eu quero estar preparado. Preciso saber o que posso fazer. O Caça-feitiço me disse que provavelmente virá *infesta*. Você sabe o que é?

Os olhos de Alice se arregalaram e ela fez que sim com a cabeça.

— Por isso, tenho que me preparar. Se tiver alguma coisa nesse livro que possa me ajudar, preciso saber.

— Este padre não é como os outros — respondeu Alice estendendo-me o livro. — Conhece bem o assunto; ah, isso conhece. Lizzie gostaria mais dele do que dos bolos à meia-noite.

Guardei o livro no bolso da calça e puxei um banquinho para perto da lareira, de frente para o que restara do fogo. Comecei, então, a fazer minhas perguntas. No início foi, realmente, difícil. Ela não adiantava muita informação, e a pouca que eu conseguia extrair só fazia com que eu me sentisse pior.

Comecei pelo estranho título do livro: *Os malditos, os tontos e os desesperados*. Que significava? Por que dar um título desse a um livro?

— A primeira palavra é coisa de padre — respondeu Alice, virando os cantos da boca para baixo em uma expressão de desdém. — Usam essa palavra para se referir às pessoas que agem de maneira diferente. Pessoas como sua mãe, que não vai à igreja nem faz as orações certas. Pessoas que não são iguais aos padres. Pessoas que são canhotas — disse ela me dando um sorriso de quem sabe das coisas.

"A segunda palavra é mais útil — continuou. — Um corpo recém-possuído fica desequilibrado. Cai a toda hora. Leva tempo, sabe, para o possuidor se acomodar confortavelmente no novo corpo. É como tentar usar sapatos novos. E deixa o possuído mal-humorado também. Alguém calmo e plácido pode explodir sem aviso. Então, essa é outra maneira de saber.

"A terceira palavra é a mais fácil. Uma feiticeira, que no passado teve um corpo humano saudável, fica desesperada para obter outro. Uma vez que consegue, fica desesperada para não perdê-lo. Não vai desistir dele sem luta. Fará qualquer coisa. Qualquer coisa no mundo. É por isso que os possuídos são tão perigosos."

— Se ela viesse aqui, quem seria? — perguntei. — Se estivesse infesta, quem tentaria possuir? A mim? Tentaria se vingar dessa forma?

—Tentaria, se adiantasse. Mas não é fácil, sendo você o que é. Gostaria de me usar também, mas não lhe darei oportunidade. Não, ela escolheria o mais fraco. O mais acessível.

— O bebê de Elllie?

— Não, não serviria. Teria de esperar o bebê crescer. Mãe Malkin nunca foi muito paciente e, depois de ter ficado presa naquela cova na casa do Velho Gregory, deve ter piorado. Se viesse fazer mal a você, primeiro arranjaria um corpo forte e saudável.

— Ellie, então? Escolheria Ellie!

— Não tem nada que você saiba? — perguntou Alice, balançando a cabeça incrédula. — Ellie é forte. Resistiria. Não, os homens são muito mais fáceis. Principalmente um homem que tem a cabeça governada pelo coração. Alguém capaz de ter acessos de raiva sem parar para pensar.

— Jack?

— Será Jack, com certeza. Pense o que seria ter um Jack alto e forte caçando você. Mas o livro está certo sobre uma coisa. Um corpo recém-possuído é mais fácil de enfrentar. Está desesperado, mas tonto também.

Tirei a minha caderneta do bolso e comecei a anotar tudo que me pareceu importante. Alice não falava tão rápido quanto o Caça-feitiço, mas, passado algum tempo, ela disparou e não demorou muito o meu pulso começar a doer. Quando chegou à parte das coisas realmente importantes — como lidar com os possuídos —, havia vários lembretes de que a alma original continuava presa àqueles corpos. Portanto, se feríssemos o corpo, poderíamos ferir a alma inocente também. Assim, matar o corpo para livrá-lo do possessor era tão grave quanto praticar um homicídio.

Na verdade, aquela seção do livro me desapontou: parecia não haver muito que se pudesse fazer. Por ser padre, o autor achava que um exorcismo usando velas e água-benta era o melhor modo de expulsar o possessor e libertar a vítima, mas ele admitia que nem todos os padres podiam fazer isso, e pouquíssimos podiam fazê-lo corretamente. Fiquei com a impressão de que, provavelmente, os padres que podiam eram sétimos filhos de sétimos filhos, e era isso o que importava.

Ao chegar a esse ponto, Alice alegou que estava cansada e foi se deitar. Eu também estava sentindo bastante sono. Já esquecera como o trabalho do campo podia ser pesado e sentia dores da cabeça aos pés. Uma vez no meu quarto, afundei agradecido na cama, ansioso para adormecer. Os cães, porém, começaram a latir no terreiro.

Achando que alguma coisa os assustara, abri a janela e olhei na direção do morro do Carrasco, respirando profundamente o ar noturno para despertar e clarear minha cabeça. Aos poucos, os cães foram sossegando e, por fim, pararam de latir.

Quando eu ia fechando a janela, a lua saiu de trás de uma nuvem. A claridade do luar podia revelar a verdade das coisas — me dissera Alice, uma vez — da mesma forma que a minha sombra comprida revelara a Lizzie que havia algo diferente em mim. Não era lua cheia, apenas um quarto minguante reduzido a uma pestana, mas me mostrou algo novo, algo que eu não poderia ter visto sem a lua. À sua luz, pude ver uma leve trilha prateada serpeando pelo morro do Carrasco abaixo. Passava sob a cerca e atravessava a pastagem norte, depois cruzava o campo de feno a leste e desaparecia em algum ponto atrás do celeiro. Pensei, então, em Mãe Malkin. Eu tinha visto aquela trilha prateada quando a empurrara para o rio. Agora havia ali outra que tinha a mesma aparência e vinha ao meu encontro.

Com o coração batendo forte no peito, desci as escadas nas pontas dos pés e saí pela porta dos fundos, fechando-a cuidadosamente ao passar. A lua se escondera atrás de uma nuvem e, quando contornei os fundos do celeiro, a trilha prateada tinha sumido, mas ainda havia um claro vestígio de que alguma coisa descera o morro em direção aos prédios do nosso sítio. O capim estava achatado como se uma lesma gigantesca tivesse rastejado por ali.

Aguardei a lua reaparecer para poder examinar o lajeado atrás do celeiro. Instantes depois, a nuvem se dissipou, e o que realmente vi me apavorou. A trilha prateada brilhou ao luar, e a direção que tinha tomado era inconfundível. Passara ao largo do chiqueiro e descrevera um amplo arco ao redor do celeiro para alcançar o lado mais distante do terreiro. Dali continuara em direção à casa, parando diretamente sob a janela de Alice, onde um velho alçapão de madeira cobria a escada de acesso ao porão.

Há gerações passadas, o agricultor que morava ali produzia cerveja e a fornecia aos sítios vizinhos e até a algumas estalagens. Por isso, os habitantes locais chamavam a nossa propriedade de Sítio do Cervejeiro, embora nós a chamássemos apenas de "nosso lar". A escada permitia carregar e descarregar os barris sem precisar passar por dentro de casa.

O alçapão continuava no mesmo lugar, cobrindo a escada, um forte cadeado enferrujado juntava suas metades, mas havia uma fresta estreita entre elas, onde as bordas da madeira não se encaixavam perfeitamente. A fresta não era mais larga do que o meu polegar, mas a trilha prateada terminava exatamente ali, e eu sabia que a coisa que rastejara até aquele ponto dera um jeito de passar por aquela frestinha. Mãe Malkin tinha voltado e estava *infesta*, seu corpo bastante macio e flexível para penetrar a fenda mais ínfima que houvesse.

E já estava no porão.

Nunca usávamos o porão, mas lembrava-me bem daquele aposento. O chão era de terra batida e estava quase todo ocupado por barris velhos. As paredes da casa eram espessas e ocas, o que significava que logo ela poderia chegar a qualquer ponto das paredes, a qualquer ponto da casa.

Ergui os olhos e vi o brilho de uma vela na janela do quarto de Alice. Ela ainda não se deitara. Entrei em casa e, momentos depois, estava parado à porta do seu quarto. O truque era bater de leve apenas o suficiente para avisar que eu estava ali sem acordar mais ninguém. No momento em que aproximei a mão da porta, pronto para bater, ouvi sons no interior do quarto.

Ouvi a voz de Alice. Ela parecia estar falando com alguém.

Não gostei do que estava ouvindo, mas bati assim mesmo. Esperei um momento, mas como Alice não veio atender, encostei o ouvido à porta. Com quem poderia estar falando no quarto? Eu sabia que Ellie e Jack tinham ido deitar, e, de qualquer modo, só estava ouvindo uma voz, a de Alice. Pareceu-me diferente, porém. Lembrou-me outra que eu já ouvira. Quando subitamente identifiquei a quem pertencia, desencostei o ouvido, como se a madeira me queimasse, e dei um grande passo para longe da porta.

A voz afinava e engrossava como a de Lizzie Ossuda quando estivera parada à beira da cova segurando em cada mão um ossinho branco de polegar.

Quase antes de perceber o que estava fazendo, agarrei a maçaneta, girei-a e escancarei a porta.

Alice, abrindo e fechando a boca, cantava para o espelho. Estava sentada na ponta de uma cadeira de espaldar reto, fitando o espelho da cômoda por cima da chama da vela. Respirei fundo e me aproximei para ver melhor.

Era primavera no Condado e, depois que anoitecia, o quarto esfriava; apesar disso, havia grandes gotas de suor na testa de Alice. Enquanto eu a observava, duas gotas se juntaram e escorreram para o seu olho esquerdo, vazando para a face como se fosse uma lágrima. A garota fixava o espelho de olhos arregalados, mas, quando chamei seu nome, ela sequer piscou.

Coloquei-me às costas da cadeira e vi o reflexo do castiçal de latão no espelho, mas, para meu horror, o rosto no espelho acima da chama não pertencia a Alice.

Era um rosto velho, cansado, gasto e enrugado, os grossos cabelos grisalhos e brancos caindo como cortinas dos lados das bochechas magras e pálidas. Era o rosto de quem passara um bom tempo na terra fria.

Seus olhos se moveram, esvoaçando para a esquerda ao encontro do meu olhar. Eram pontinhos vermelhos de fogo. Embora o rosto se abrisse em um sorriso, os olhos ardiam de raiva e ódio.

Não havia dúvida. Era o rosto de Mãe Malkin.

Que estava acontecendo? Alice já estaria possuída? Ou estaria usando o espelho para falar com Mãe Malkin?

Sem pensar, agarrei o castiçal e brandi sua base pesada contra o espelho, que explodiu com um forte estrépito ao qual se seguiu uma chuva de vidro que brilhava e retinia. Alice soltou um grito alto e agudo.

Foi o pior guincho que se pode imaginar. Estava carregado de angústia e me lembrou o grito que o porco às vezes dá ao ser abatido. Contudo, não senti pena de Alice, embora ela estivesse chorando e puxando os cabelos, seus olhos alucinados e cheios de terror.

Percebi que a casa se encheu rapidamente de outros sons. O primeiro foi o grito da filhinha de Ellie; o segundo foi a voz grave de um homem xingando e praguejando; o terceiro foram botas pesadas, descendo a escada.

Jack irrompeu furiosamente no quarto. Deu uma rápida olhada no espelho partido, depois avançou para mim e ergueu o punho. Suponho que tenha pensado que tudo era minha culpa, porque Alice continuava a berrar, eu estava segurando o castiçal e havia pequenos cortes nos nós dos meus dedos causados pelos cacos do vidro.

Nessa hora, Ellie entrou no quarto. No braço direito, trazia aninhado o bebê que ainda rebentava de chorar, mas, com a mão livre, ela segurou Jack e puxou-o até ele abrir o punho e baixar o braço.

— Não, Jack — pediu. — De que adiantará?

— Não posso acreditar que você tenha feito isso — disse ele me encarando com ferocidade. — Sabe que idade tinha esse espelho? Que acha que papai vai dizer? Como é que ele vai se sentir quando vir?

Não admira que Jack estivesse zangado. Já tinha sido bastante ruim acordar todo mundo, mas aquela cômoda pertencera a nossa avó paterna. Agora que papai tinha me dado o estojinho para fazer fogo, aquele passava a ser o último objeto de família que ele possuía.

Jack deu dois passos em minha direção. A vela não se extinguira quando quebrei o espelho e recomeçou a piscar aos seus gritos.

— Por que fez isso? Que diabo deu em você? — berrou.

O que eu poderia responder? Apenas encolhi os ombros e fiquei olhando para minhas próprias botas.

— Afinal, que está fazendo neste quarto? — insistiu ele.

Não respondi. Qualquer coisa que dissesse só iria piorar as coisas.

— De agora em diante, fique no seu quarto — gritou Jack. — Tenho vontade de botar os dois para correr agora mesmo.

Olhei para Alice, que continuava sentada na cadeira, com a cabeça entre as mãos. Tinha parado de chorar, mas seu corpo ainda se sacudia.

Quando tornei a me virar, a raiva de Jack cedera lugar ao susto. Olhava para Ellie, que, repentinamente, pareceu cambalear. Antes que Jack pudesse dar um passo, ela perdeu o equilíbrio e caiu contra a parede. Jack esqueceu o espelho por um instante para acudir sua mulher.

— Não sei o que deu em mim — disse ela nervosa. — De repente, senti que ia desmaiar. Ah! Jack! Jack! Quase deixei nossa filha cair!

— Não deixou e ela está bem. Não se preocupe. Deixe que eu a seguro...

Com o bebê nos braços, Jack se acalmou.

— Por ora, tire esses cacos daqui — disse ele. — Conversaremos sobre isso amanhã.

Ellie aproximou-se da cama e pôs a mão no ombro de Alice.

— Alice, vamos para baixo enquanto Tom limpa o quarto. Vou preparar uma bebida para nós.

Momentos depois, todos tinham descido à cozinha e me deixado sozinho para recolher os cacos. Passados uns dez minutos, desci para apanhar uma escova e uma pá. Encontrei os três sentados ao redor da mesa da cozinha e bebendo chá de ervas; o bebê continuava adormecido nos braços de Ellie. Estavam em silêncio e ninguém me ofereceu nada para beber. Ninguém sequer olhou na minha direção.

Tornei a subir e limpei tudo o melhor que pude, depois fui para o meu próprio quarto. Sentei-me na cama e fiquei olhando pela janela, me sentindo aterrorizado e solitário. Alice já estaria possuída? Afinal, tinha sido o rosto de Mãe Malkin que eu vira refletido no espelho. Se fosse, então o bebê e todos em casa estavam correndo um perigo real.

Alice não tentara fazer nada naquela hora, mas ela era relativamente pequena comparada a Jack; por isso, Mãe Malkin precisaria ser astuta. Esperaria que todos fossem dormir. Eu seria o alvo principal. Ou talvez o bebê. O sangue de uma criança a fortaleceria.

Ou eu teria partido o espelho bem na hora? Teria quebrado o feitiço no momento exato em que Mãe Malkin ia possuir Alice? Outra possibilidade é que Alice apenas estivesse conversando com a feiticeira, usando o espelho. Ainda assim, era bastante ruim. Significava que eu tinha dois inimigos com que me preocupar.

Era preciso fazer alguma coisa. Mas, o quê? Sentado ali, com a cabeça dando voltas, tentando encontrar uma explicação, ouvi uma leve batida na porta do quarto. Pensei que fosse Alice e não fui abrir. Então, uma voz chamou o meu nome baixinho. Era Ellie; por isso, abri a porta.

— Podemos conversar aí dentro? — perguntou-me. — Não quero correr o risco de acordar minha filhinha. Acabei de fazê-la dormir outra vez.

Concordei com um aceno de cabeça, e Ellie entrou e fechou cuidadosamente a porta ao passar.

— Você está bem? — perguntou-me com um ar apreensivo.

Confirmei silenciosamente, mas não consegui encarar seus olhos.

— Você gostaria de me contar o que houve? — perguntou-me. — Você é um rapaz sensato, Tom, e deve ter tido uma razão muito boa para o que fez. Conversar comigo pode fazer você se sentir melhor.

Como poderia lhe contar a verdade? Quero dizer, Ellie tinha um bebê para cuidar, como poderia lhe contar que havia uma feiticeira que gostava de sangue de criança solta em casa? Então, compreendi que, pelo bem do bebê, eu teria de lhe dizer alguma coisa. Ela precisava conhecer a gravidade da situação. Precisava ir embora.

— Tem uma coisa, Ellie. Mas não sei por onde começar.

Ellie sorriu.

— Que tal pelo começo...?

— Alguma coisa me seguiu até aqui — disse, olhando-a nos olhos. — Uma coisa maligna que quer me fazer mal. Foi por isso que quebrei o espelho. Alice estava falando com ela e..

Os olhos de Ellie inesperadamente faiscaram de raiva.

— Conte isso ao Jack e certamente você vai *sentir* o peso do punho dele! Você quer dizer que trouxe uma coisa para cá, sabendo que eu tenho um bebê para criar? Como pôde? Como pôde fazer isso?

— Eu não sabia que isso ia acontecer — protestei. — Só descobri hoje à noite. Por isso, estou lhe dizendo agora. Você tem que ir embora daqui e levar o bebê para um lugar seguro. Vá logo, antes que seja tarde demais.

— Quê? Neste instante? No meio da noite?

Confirmei.

Ellie sacudiu a cabeça com firmeza.

— Jack se recusaria. Não iria ser expulso da própria casa no meio da noite. Por nada neste mundo. Não, esperarei. Vou ficar aqui e fazer minhas orações. Minha mãe me ensinou. Dizia que, se realmente rezamos com fervor, nada das trevas pode nos fazer mal. E acredito piamente nisso. E você poderia estar enganado, Tom — acrescentou. — Você é jovem e está só começando a aprender o ofício, de maneira que a situação pode não ser tão ruim quanto imagina. E sua mãe deve estar voltando a qualquer momento. Se não for esta noite, certamente amanhã à noite. Ela saberá o que fazer. Nesse meio-tempo, fique longe do quarto dessa garota. Tem alguma coisa errada com ela.

Quando abri a boca para falar, querendo fazer mais uma tentativa de convencê-la a ir embora, uma expressão de susto espalhou-se pelo rosto de Ellie, ela cambaleou e se apoiou na parede com a mão para não cair.

— Olhe o que você fez agora. Fico tonta só de pensar no que está acontecendo aqui.

Ela se sentou na minha cama e apoiou a cabeça entre as mãos por um momento, enquanto eu a observava infeliz, sem saber o que fazer ou dizer.

Passados uns momentos, Ellie tornou a se levantar.

— Precisamos falar com sua mãe assim que ela chegar, mas até lá lembre-se de ficar longe da Alice. Promete?

Prometi e, com um sorriso triste, ela voltou para o seu quarto.

Somente quando se foi é que me ocorreu...

Ellie tinha tonteado uma segunda vez e dito que sentia que ia desmaiar. Uma tonteira poderia ser apenas um acaso. Apenas cansaço. Mas duas! Estava tonta. Ellie estava tonta e esse era o primeiro sinal da possessão!

Comecei a andar de um lado para o outro. Sem dúvida, eu estava enganado. Não Ellie! Não poderia ser Ellie. Talvez fosse apenas cansaço. Afinal, o bebê não a deixava dormir muito. Mas ela era forte e saudável. Fora criada em um sítio e não era pessoa de se deixar abater por nada. E toda aquela conversa de rezas. Talvez fosse para eu não desconfiar dela.

Alice não me havia dito que Ellie seria difícil de possuir? Disse também que provavelmente seria o Jack, mas ele não tinha manifestado nenhum sinal de tonteira. Não havia, porém, como negar que a cada dia estava se tornando mais mal-humorado e agressivo! Se Ellie não o tivesse impedido, teria arrancado minha cabeça dos ombros a socos.

Por outro lado, se Alice fosse cúmplice de Mãe Malkin, tudo que ela dissesse visaria a me despistar. Eu não podia sequer confiar em sua versão do livro do Caça-feitiço! Talvez estivesse mentindo para mim o tempo todo! Eu não sabia latim; por isso, não tinha como verificar o que dizia.

Compreendi que poderia ser qualquer um. Poderia haver um ataque a qualquer momento e eu não tinha como saber de quem viria!

Com alguma sorte, minha mãe voltaria antes do amanhecer. Ela saberia o que fazer. O dia, no entanto, ainda ia demorar e eu não podia dormir. Teria que vigiar a noite inteira. Se Jack ou Ellie estivessem possuídos, não havia nada que eu pudesse fazer. Não podia entrar no quarto deles; portanto, só me restava vigiar Alice.

Saí para o corredor e me sentei na escada entre a porta para o quarto de Ellie e Jack e o meu. Dali podia ver a porta de Alice no andar de baixo. Se ela deixasse o quarto, pelo menos eu poderia dar o alarme.

Decidi que, se minha mãe não voltasse, eu partiria ao amanhecer; além dela, só havia mais uma possibilidade de ajuda...

Foi uma longa noite e, a princípio, eu me assustei com os menores ruídos — um rangido na escada ou um leve movimento nas tábuas do soalho de um dos quartos. Gradualmente, porém, fui me acalmando. Era uma casa velha e eu estava acostumado com seus barulhos — eram normais quando a casa se acomodava e esfriava ao longo da noite. Quando o dia começou a raiar, porém, recomecei a me inquietar.

Ouvi leves arranhões dentro das paredes. Pareciam unhas raspando pedra, e não era sempre no mesmo lugar. Por vezes, era um pouco acima da escada à esquerda; outras, abaixo, perto do quarto de Alice. Eram tão leves que ficava difícil saber se eu estava ou não imaginando. Comecei, no entanto a sentir frio, muito frio, e isso me dizia que o perigo rondava por perto.

Em seguida, os cães começaram a latir e, em poucos minutos, os outros animais enlouqueceram também; os porcos peludos guinchavam tão alto que poderia se pensar que o carniceiro já chegara. Como se isso não bastasse, a barulheira fez o bebê começar a chorar.

Eu estava com tanto frio agora que sentia arrepios e tremores por todo o corpo. Era preciso fazer alguma coisa.

No barranco do rio, enfrentando a feiticeira, as minhas mãos tinham sabido o que fazer. Desta vez, foram as minhas pernas que agiram mais rápido do que a minha cabeça. Levantei-me e corri. Aterrorizado, com o coração batendo violentamente, desci a escada aos saltos, aumentando o tumulto. Eu só precisava sair e me afastar da feiticeira. Nada mais importava Toda a minha coragem desaparecera.

CAPÍTULO 13
PORCOS PELUDOS

Saí correndo de casa para o norte, rumo ao morro do Carrasco, ainda em pânico, só reduzindo a velocidade quando cheguei à pastagem norte. Precisava de ajuda e depressa. Ia voltar a Chipenden. Agora, somente o Caça-feitiço poderia me ajudar.

Quando cheguei à cerca divisória, os animais repentinamente silenciaram e me virei para olhar em direção à fazenda. Consegui ver apenas a estrada de terra ziguezagueando ao longe como uma mancha escura na colcha de retalhos dos campos cinzentos.

Foi então que vi uma luz na estrada. Uma carroça seguia em direção ao nosso sítio. Seria minha mãe? Por alguns minutos, minhas esperanças aumentaram. À medida que a carroça se aproximava do portão, ouvi uma tosse comprida, o ruído de catarro subindo à garganta e sendo cuspido. Era Snout, o carniceiro dos porcos. Ia abater cinco dos nossos maiores porcos peludos; uma vez morto, cada porco precisa ser bem raspado; por isso ele estava chegando cedo.

Snout nunca me fizera mal algum, mas eu sempre me alegrava quando terminava o abate e ele ia embora. Minha mãe jamais gostara dele tampouco. Detestava o jeito com que ele ficava puxando catarro e cuspindo no terreiro. Era um homem grande, mais alto que Jack, e musculoso. Precisava de músculos em seu trabalho. Alguns porcos pesavam mais do que um homem e lutavam como loucos para fugir do facão. Havia, no entanto, uma parte em Snout que ele desleixara. Suas camisas estavam sempre curtas, os dois botões inferiores abertos e as banhas da barriga branca caindo por cima do avental de couro marrom que ele usava para impedir que as calças se encharcassem de sangue. Ele não devia ter mais de trinta anos, mas seus cabelos eram ralos e escorridos.

Desapontado que não fosse minha mãe, observei-o tirar a lanterna do gancho da carroça e começar a descarregar seus instrumentos.

Instalou-se para trabalhar na frente do celeiro, bem perto do chiqueiro.

Eu já perdera bastante tempo e comecei a subir a cerca para entrar na mata, quando, pelo canto do olho, percebi um movimento ao pé do morro. Um vulto vinha em minha direção, dirigindo-se apressado para os degraus da cerca no extremo da pastagem norte.

Era Alice. Eu não queria que ela me seguisse, mas era melhor resolver isso logo do que deixar para mais tarde; então, me sentei na cerca e esperei-a me alcançar. Não precisei esperar muito porque ela subiu o morro correndo.

Não se aproximou, parou a uns nove ou dez passos de distância, as mãos nos quadris tentando recuperar o fôlego. Olhei-a de alto a baixo, notando mais uma vez o vestido preto e os sapatos de bico fino.

Devo tê-la acordado quando desci a escada aos saltos, e, para ter me encontrado tão rápido, ela devia ter se vestido depressa e saído imediatamente em meu encalço.

— Não quero falar com você — gritei para ela, o nervosismo tornando minha voz trêmula e mais aguda do que o normal. — Tampouco perca seu tempo em me seguir. Você teve a sua oportunidade, de agora em diante é melhor ficar longe de Chipenden.

— É melhor falar comigo, se souber o que é bom para você — respondeu Alice. — Daqui a pouco será tarde demais e tem uma coisa que você precisa saber. Mãe Malkin já está aqui.

— Eu sei. Eu a vi.

— Não é só no espelho. Não é só isso. Ela está lá, em algum lugar dentro da casa — continuou Alice, apontando para a descida do morro.

— Já falei que sei — respondi zangado. — A lua me mostrou a trilha que ela deixou, e, quando subi para lhe contar, o que foi que encontrei? Vocês duas conversando, e provavelmente não foi a primeira vez.

Lembrei-me da primeira noite em que subira ao quarto de Alice e lhe entregara o livro. Quando entrei, a vela ainda estava fumegando diante do espelho.

— Provavelmente foi você quem a trouxe aqui — acusei. — Você lhe informou onde eu estava.

— Isso não é verdade — retrucou Alice, com uma raiva tão intensa quanto a minha em sua voz. Ela se aproximou uns três passos. — Farejei a presença de Mãe Malkin, isso sim, e usei o espelho para ver onde estaria. Não podia saber que estava tão perto, podia? Ela foi mais forte que eu; por isso, não pude me libertar. Por sorte, você entrou naquela hora. Foi uma sorte para mim você quebrar aquele espelho.

Quis acreditar em Alice, mas como poderia confiar nela?

Quando se aproximou mais uns passos, eu me virei de lado, pronto para saltar no capinzal do outro lado da cerca.

— Vou voltar para Chipenden e trazer o sr. Gregory — disse-lhe. — Ele saberá o que fazer.

— Não há tempo para isso. Quando você voltar, será tarde demais. Tem que pensar no bebê. Mãe Malkin quer fazer mal a você e está sedenta de sangue humano. Sangue de criança é o que ela mais gosta. E o que lhe dá mais força.

O meu medo me fizera esquecer o bebê de Ellie. Alice tinha razão. A feiticeira não iria querer possuir o bebê, mas, com certeza, iria querer o seu sangue. Quando eu trouxesse o Caça-feitiço, já seria tarde demais.

— Mas que posso fazer? — perguntei. — Que chance eu tenho contra Mãe Malkin?

Alice sacudiu os ombros e virou os cantos da boca para baixo.

— Esse é o seu ofício. Com certeza, o Velho Gregory lhe ensinou alguma coisa que possa ser útil, não? Se você não anotou naquela sua caderneta, talvez tenha guardado na cabeça. Só precisa se lembrar, nada mais.

— Ele não falou muito sobre feiticeiras — respondi, sentindo-me subitamente aborrecido com o Caça-feitiço. — A maior parte do meu aprendizado até o momento tem sido sobre ogros e mais alguma coisa sobre fantasmas e sombras, enquanto todos os meus problemas estão sendo causados por feiticeiras.

Continuava a não confiar em Alice, mas agora, depois do que acabara de me dizer, eu não podia ir para Chipenden. Nunca conseguiria trazer o Caça-feitiço a tempo. O aviso sobre a ameaça ao bebê de Ellie parecia bem-intencionado, mas, se ela estivesse possuída ou do lado de Mãe Malkin, eram exatamente as palavras que não me deixariam escolha senão descer o morro e voltar ao sítio. As palavras que me impediriam de alertar o Caça-feitiço e que, por outro lado, me prenderiam no lugar em que a feiticeira me pegaria na hora que bem entendesse.

Na descida do morro me mantive longe de Alice, mas ela estava do meu lado quando entramos no terreiro e passamos pela frente do celeiro.

Snout estava ali afiando suas facas; ergueu os olhos quando me viu e me cumprimentou com um aceno de cabeça. Retribuí o aceno. Depois de me cumprimentar, ficou olhando Alice, calado, mas mediu-a da cabeça aos pés duas vezes. Então, antes de chegarmos à porta da cozinha, ele deu um assovio longo e forte de admiração. Seu rosto lembrava mais o de um porco do que o de um lobo mau, mas o tipo de assobio que deu estava carregado de deboche.

Alice fingiu não ouvir. Antes de preparar o café da manhã, tinha outra tarefa a cumprir: foi direto à cozinha e começou a limpar a galinha que iríamos almoçar ao meio-dia. Estava pendurada em um gancho ao lado da porta, o pescoço decepado e os miúdos já removidos de véspera. Começou lavando-a com água e sal, seu olhar concentrado no que fazia para evitar que seus dedos ágeis deixassem ficar alguma sujeira.

Foi então, enquanto a observava, que finalmente me lembrei de algo que poderia funcionar contra um corpo possuído.

Sal e ferro!

Não tinha muita certeza, mas valia a pena tentar. Era o que o Caça-feitiço usava para amarrar um ogro em uma cova e poderia dar resultado contra uma feiticeira. Se eu atirasse um punhado dos dois em alguém possuído, talvez expulsasse Mãe Malkin.

Eu não confiava em Alice e não queria que me visse apanhando sal; por isso, precisei esperar que terminasse de limpar a galinha e saísse da cozinha. Feito isso, antes de ir cuidar dos meus afazeres lá fora, fiz uma visita à oficina do meu pai.

Não demorei muito a encontrar o que precisava. De sua variada coleção de limas na prateleira sobre a bancada, escolhi a maior e mais grossa de todas. Era chamada de "bastarda" a lima que, quando eu era criança, me dava a única chance de usar essa palavra sem levar um piparote na orelha. Logo me pus a limar a borda de um velho balde de ferro, o ruído me dando aflição nos dentes. Não demorou muito, porém, um ruído muito mais alto cortou o ar.

Era o guincho de um porco agonizante, o primeiro dos cinco.

Eu sabia que Mãe Malkin poderia estar em qualquer lugar e, se ainda não tivesse possuído alguém, poderia escolher sua vítima a qualquer momento. Precisava, portanto, me concentrar e me manter o tempo todo vigilante. Mas, pelo menos, agora tinha com que me defender.

Jack queria que eu ajudasse Snout, mas eu sempre tinha uma desculpa preparada, dizia que estava terminando isto ou ia começar aquilo. Se ficasse preso trabalhando com o carniceiro, não poderia vigiar os demais. Visto que eu era apenas seu irmão fazendo uma breve visita e não um trabalhador assalariado, Jack não pôde insistir, mas quase fez isso.

No final, depois do almoço, roxo de raiva, ele foi obrigado a ajudar Snout, que era exatamente o que eu queria. Se ele estivesse trabalhando na frente do celeiro, eu poderia vigiá-lo de longe. Usei frequentes desculpas para ver Alice e Ellie também.

Uma das duas poderia estar possuída, mas, se fosse Ellie, haveria pouca possibilidade de salvar o bebê: a maior parte do tempo ele estava em seus braços ou dormindo no berço a seu lado.

Eu tinha o sal e o ferro, mas não a certeza de que seriam suficientes. O melhor teria sido uma corrente de prata. Mesmo pequena seria melhor do que nenhuma. Quando eu era mais novo, uma vez ouvi papai e mamãe conversando sobre uma corrente de prata que pertencia a ela. Nunca a vi usar correntes, mas talvez ainda estivesse em algum lugar na casa —, talvez no quarto de guardados sob o sótão que mamãe sempre mantinha trancado.

O quarto do casal, porém, não estava trancado. Normalmente, eu não teria entrado no quarto sem a sua permissão, mas estava desesperado. Procurei na caixa de joias de mamãe. Havia broches e anéis, mas nenhuma corrente de prata. Procurei no quarto todo. Senti-me realmente constrangido de revistar as gavetas, mas fiz isso. Pensei que talvez houvesse uma chave para o quarto de guardados, mas não a encontrei.

Enquanto procurava, ouvi as botas pesadas de Jack subindo a escada. Fiquei quieto, mal me atrevendo a respirar, mas ele foi ao próprio quarto por alguns momentos e tornou a descer sem se deter. Depois disso, concluí minha busca sem ter encontrado nada e desci para ir ver novamente o que os outros estavam fazendo.

Naquele dia, o ar estivera parado e calmo, mas, quando passei pelo celeiro, começou a soprar uma brisa. O sol ia se pondo, banhando tudo com um brilho morno e avermelhado, e prometendo tempo firme para o dia seguinte. Diante do celeiro em grandes ganchos havia agora três porcos pendurados de cabeça para baixo. Estavam rosados e recém-raspados, o último ainda pingando sangue em um balde, e Snout, ajoelhado, pelejava com o quarto, que estava lhe dando uma canseira — era difícil dizer qual dos dois grunhia mais alto.

Jack, com a frente da camisa empapada de sangue, me fuzilou com o olhar quando passei, mas eu apenas sorri e acenei com a cabeça. Os dois, Jack e Snout, estavam adiantados, mas ainda tinham muito trabalho pela frente, e continuariam ocupados muito depois de o sol se pôr. Até ali, porém, não havia o menor sinal de tonteira nem mesmo indício de possessão.

Uma hora depois escureceu. A dupla seguiu trabalhando à luz da fogueira que projetava suas sombras oscilantes pelo terreiro.

O horror começou quando fui ao barracão nos fundos do celeiro para apanhar um saco de batatas...

Ouvi um grito. Era um grito de terror. O grito de uma mulher confrontada com a pior coisa que poderia lhe acontecer.

Larguei o saco de batatas e saí correndo para a frente do celeiro. Ali, estaquei, incapaz de acreditar no que via.

Ellie estava parada a uns vinte passos de distância, com os braços estendidos para a frente, gritando sem parar, como se estivesse sob tortura. Caído a seus pés achava-se Jack, o sangue cobrindo seu rosto. Pensei que Ellie estivesse gritando por causa de Jack — mas, não, era por causa de Snout.

Ele estava de frente para mim, como se me esperasse. Na mão esquerda segurava o facão preferido afiado, o mais longo, o que sempre usava para cortar a garganta do porco. Congelei aterrorizado porque eu sabia o que tinha ouvido no grito de Ellie.

Com o braço direito, ele segurava o bebê.

Havia sangue de porco coagulado nas botas de Snout, e o que pingava do seu avental ainda escorria sobre suas botas. Ele aproximou a faca do bebê.

—Venha aqui, rapaz — gritou para mim. —Venha a mim. — Em seguida, soltou uma gargalhada.

Sua boca tinha aberto e fechado quando falou, mas não foi sua voz que saiu. Foi a de Mãe Malkin. Nem a gargalhada foi a dele, que subia da barriga. Era uma gargalhada de feiticeira.

Dei um passo lento em direção a Snout. Depois mais outro. Eu queria me aproximar. Queria salvar o bebê de Ellie. Tentei avançar mais depressa. Não consegui. Senti os pés chumbados. Era como se tentasse desesperadamente correr em um pesadelo. Minhas pernas se moviam como se não me pertencessem.

De repente, percebi uma coisa que me fez suar frio. Eu não estava andando em direção a Snout porque queria. Era porque Mãe Malkin tinha me chamado. Estava me puxando para si na lentidão que queria, me puxando para a faca que me aguardava. Eu não ia socorrer o bebê. Ia morrer. Eu estava dominado por um feitiço. Um feitiço de compulsão.

Sentira algo semelhante no rio, mas, na hora, minha mão esquerda e meu braço tinham agido por conta própria para derrubar Mãe Malkin na água. Agora, meus membros estavam tão impotentes quanto o meu cérebro.

Fui me avizinhando de Snout. Sempre mais perto da faca à minha espera. Seus olhos eram os de Mãe Malkin, e seu rosto foi inchando pavorosamente. Era como se a feiticeira dentro dele distorcesse suas bochechas a ponto de estourarem, arregalasse seus olhos a ponto de saltarem das órbitas, eriçasse suas sobrancelhas como pedregulhos ameaçadores; sob elas, aqueles olhos protuberantes, com pupilas de fogo que lançavam uma luz vermelha e maléfica.

Dei mais um passo e senti meu coração bater com força. Outro passo e outra batida forte. Estava bem mais perto de Snout agora. Tum, tum fazia o meu coração, uma batida a cada passo.

Quando estava a uns cinco passos da faca, ouvi Alice correr para nós gritando o meu nome. Vi-a pelo canto do olho, saindo da escuridão para a claridade da fogueira. Vinha direto para Snout, seus cabelos negros varridos para trás, como se estivesse correndo contra um vendaval.

Sem sequer parar, ela chutou Snout com toda a força. Mirou acima do avental de couro e vi a ponta fina do seu sapato desaparecer tão fundo nas banhas da barriga do carniceiro, que apenas o salto permaneceu visível.

Snout soltou uma exclamação, dobrou-se e deixou cair o bebê de Ellie, mas Alice, ágil como um gatinho, caiu de joelhos e aparou-o antes que batesse no chão. Deu, então, meia-volta e correu para Ellie.

No instante em que o bico fino do sapato de Alice bateu na barriga de Snout, quebrou-se o feitiço. Recuperei a liberdade. Liberdade para mover minhas próprias pernas. Liberdade para me agitar. Ou liberdade para atacar.

Snout estava quase dobrado em dois, mas tornou a se aprumar e, embora tivesse largado o bebê, continuava a empunhar a faca. Observei-o brandi-la contra mim. Ele cambaleou um pouco — talvez estivesse tonto ou talvez fosse apenas uma reação ao pontapé de Alice.

Livre do feitiço, uma variedade de sentimentos assomou no meu peito. Senti tristeza pelo que ele fizera a Jack, horror pelo perigo que o bebê de Ellie correra e raiva de que isso pudesse acontecer à minha família. E, naquele momento, eu soube que nascera para ser caça-feitiço. O melhor caça-feitiço que já tinha existido. Eu podia e faria minha mãe se orgulhar de mim.

Veja bem, em vez de me encher de pavor, eu sentia ao mesmo tempo frio e calor. No íntimo, uma tempestade me devastava, uma fúria intensa ameaçava explodir. Por fora, eu estava frio como gelo, minha mente, arguta e clara, minha respiração, lenta.

Enfiei as mãos nos bolsos da calça. Puxei-as depressa, cada mão cheia do que eu guardara ali, e atirei os punhados na cabeça de Snout, uma coisa branca na mão direita e outra escura na esquerda. Elas se juntaram, uma nuvem branca e uma escura, no momento em que atingiram seu rosto e seus ombros.

Sal e ferro — a mesma mistura tão eficiente contra um ogro. Ferro para minar sua força; sal para queimá-lo. Limalha de ferro da borda do balde velho e sal da cozinha de mamãe. Eu só esperava que produzisse o mesmo efeito contra uma feiticeira.

Suponho que receber uma mistura dessa no rosto não faria bem a ninguém — no mínimo, faria a pessoa tossir e cuspir —, mas o efeito em Snout foi muito pior. Primeiro, ele abriu a mão e largou a faca no chão. Depois, seus olhos reviraram e ele foi tombando lentamente para a frente, até cair de joelhos. Em seguida, bateu com a testa no chão com toda a força e seu rosto virou para um lado.

Uma coisa grossa e gosmenta começou a escorrer de sua narina esquerda. Fiquei ali parado, observando, incapaz de me mexer enquanto Mãe Malkin borbulhava e se desenrolava do seu nariz, assumindo a forma que eu lembrava. Sem dúvida, era ela, mas em parte estava igual; em outra, um pouco diferente.

Primeiro porque media menos de um terço da altura que tinha da última vez que a vira. Agora, seus ombros mal ultrapassavam os meus joelhos, embora ainda usasse a capa longa que arrastava pelo chão, e seus cabelos grisalhos e brancos ainda caíssem sobre seus ombros curvados como cortinas mofadas. A pele estava realmente diferente. Brilhosa, esquisita, e meio disforme e esticada. Contudo, os olhos vermelhos não tinham se alterado e me encararam antes de Mãe Malkin se virar e começar a se afastar em direção ao canto do celeiro. Parecia estar encolhendo ainda mais, e me perguntei se aquilo ainda seria efeito do sal e do ferro. Eu não sabia o que mais poderia fazer; por isso, continuei parado ali, observando-a, exausto demais para me mexer.

Alice não ia aceitar aquilo. A essa altura já devolvera o bebê e voltava correndo para a fogueira. Apanhou um pedaço de madeira com uma ponta em chamas e, erguendo-o à frente, avançou para Mãe Malkin.

Eu sabia o que ela ia fazer. Bastaria um toque e a feiticeira desapareceria em chamas. Alguma coisa no meu íntimo não pôde permitir que isso acontecesse, era medonho demais; por isso, segurei-a pelo braço quando passou correndo por mim e rodei-a para fazê-la largar o pau em brasa.

Ela se voltou contra mim, seu rosto cheio de fúria, e achei que ia sentir o bico fino do seu sapato. Em vez disso, ela agarrou o meu braço com tanta força que suas unhas se enterraram na minha carne.

— Endureça ou não sobreviverá! — sibilou ela no meu rosto. — Fazer o que o Velho Gregory diz não será suficiente. Você morrerá como os outros!

Soltou, então, o meu braço e, quando baixei os olhos, vi gotas de sangue onde suas unhas tinham me furado.

— Você tem que queimar uma feiticeira — disse Alice, a fúria em sua voz diminuindo — para ter certeza de que ela não voltará. Enterrá-la não resolve. Só retarda as coisas. O Velho Gregory sabe disso, mas é mole demais para usar o fogo. Agora é tarde...

Mãe Malkin estava dobrando o canto do celeiro e desaparecia nas sombras da noite, minguando a cada passo, a capa preta arrastando no chão às suas costas.

Foi então que percebi que a feiticeira cometera um grande equívoco. Tomara o caminho errado, o que atravessava o chiqueiro maior. A essa altura, ela encolhera o suficiente para caber embaixo da tábua mais rente ao chão.

Os porcos tinham tido um péssimo dia. Cinco deles, abatidos em uma matança desleixada que provavelmente os deixara apavorados. Para dizer o mínimo, não estavam nada bem-humorados e provavelmente não era uma boa hora para invadir o seu chiqueiro. E porções peludos comem qualquer coisa, sem distinção. Logo, foi a vez de Mãe Malkin guinchar, e seus guinchos se prolongaram por muito tempo.

— Talvez faça o mesmo efeito que o fogo — comentou Alice, quando os gritos finalmente emudeceram. Vi o alívio em seu rosto. E senti-o também. Estávamos os dois contentes que tudo tivesse terminado. Sentia-me cansado, por isso apenas sacudi os ombros sem muita certeza do que pensar, mas, ao olhar para trás em direção a Ellie, não gostei do que vi.

Ela estava assustada e horrorizada. Olhava para nós como se não pudesse acreditar no que acontecera e no que tínhamos feito. Era como se estivesse me vendo direito pela primeira vez. E como se, repentinamente, percebesse quem eu era.

Compreendi também outra coisa. Pela primeira vez, senti na carne o que era ser aprendiz do Caça-feitiço. Eu tinha visto pessoas mudarem de calçada para evitar passar perto de nós. Eu as vira estremecer ou fazer o sinal da cruz só porque tínhamos atravessado sua aldeia, mas não tomara isso como algo pessoal. Na minha cabeça, era uma reação ao Caça-feitiço, e não a mim. Contudo, eu não podia fingir que aquilo não acontecera nem empurrar o que vira para o fundo da minha cabeça. Estava acontecendo comigo pessoalmente e estava acontecendo em minha própria casa.

De repente, eu me senti mais solitário do que jamais me sentira.

CAPÍTULO 14
O CONSELHO DO CAÇA-FEITIÇO

Nem tudo, porém, terminou mal. Jack, afinal, não tinha morrido. Eu não quis fazer muita pergunta porque só serviria para deixar as pessoas aborrecidas, mas, aparentemente, em um minuto Snout ia começar a raspar a barriga do quinto porco com o meu irmão e, no minuto seguinte, o homem enlouquecera e o atacara.

Era apenas sangue de porco no rosto de Jack, que perdera os sentidos com a paulada que levara. Snout, então, entrara em casa e agarrara o bebê. Queria usá-lo como isca para me atrair e enfiar a faca em mim.

Naturalmente, não foi bem como estou contando agora. Não foi, de fato, Snout quem fez essas coisas horríveis. Estava possuído, e Mãe Malkin usava o corpo dele. Umas duas horas depois, o carniceiro se recuperou e voltou para casa intrigado, sentindo a barriga muito dolorida. Pelo jeito, ele não se lembrava do que tinha ocorrido, e nenhum de nós quis informá-lo.

Ninguém dormiu muito àquela noite. Depois de acender um bom fogo, Ellie ficou na cozinha a noite inteira sem perder o bebê de vista. Jack foi dormir com dor de cabeça, e a toda hora acordava e corria para ir vomitar no terreiro.

Pouco mais de uma hora antes de amanhecer, mamãe chegou. Não parecia muito feliz tampouco. Era como se alguma coisa tivesse corrido mal.

Apanhei sua mala e levei-a para dentro de casa.

— A senhora está bem, mãe? — perguntei. — Está com um ar cansado.

— Não se preocupe comigo, filho. Que aconteceu aqui? Sei que alguma coisa não está bem só de olhar para o seu rosto.

— É uma longa história — respondi. — Primeiro vamos para dentro.

Quando entramos na cozinha, Ellie ficou tão aliviada de ver minha mãe que começou a chorar, o que fez o bebê chorar também. Então, Jack desceu e todos queriam falar com mamãe ao mesmo tempo, mas, depois de alguns segundos, desisti porque meu irmão começou com uma de suas lengalengas cansativas.

Mamãe o fez calar-se bem depressa.

— Baixe a voz, Jack — disse-lhe. — Esta ainda é minha casa e não tolero gritaria.

Ele não gostou de ser repreendido daquele jeito diante de Ellie, mas sabia que era melhor não contestar.

Minha mãe fez cada um de nós contar exatamente o que havia acontecido, a começar por Jack. Fui o último, e, quando chegou a minha vez, ela mandou Ellie e Jack irem se deitar para podermos conversar a sós. Não que ela tivesse falado muito. Escutou-me calada, depois segurou minha mão.

Por fim, subiu ao quarto de Alice e passou muito tempo conversando apenas com ela.

O sol havia nascido a menos de uma hora quando o Caça-feitiço chegou. Por alguma razão, eu tinha estado à sua espera. Aguardou-me no portão e fui ao seu encontro; repeti a história, que ele ouviu apoiado no bastão. Quando terminei, meu mestre balançou a cabeça.

— Senti que havia alguma coisa errada, rapaz, mas cheguei tarde demais. Contudo, você agiu certo. Usou sua iniciativa e conseguiu lembrar o que lhe ensinei. Se todo o resto falhar, você sempre poderá apelar para o sal e o ferro.

— Eu devia ter deixado Alice queimar Mãe Malkin? — perguntei.

Ele suspirou e coçou a barba.

— Já lhe disse que é uma crueldade queimar uma feiticeira, e, particularmente, não concordo.

— Suponho, então, que terei de enfrentar Mãe Malkin outra vez.

O Caça-feitiço sorriu.

— Não, rapaz, pode ficar descansado que ela não vai voltar a este mundo. Não depois do que lhe aconteceu no final. Lembra-se do que lhe disse sobre a crença de devorar o coração de uma feiticeira? Então, seus porcos fizeram isso por nós.

— E não foi só o coração. Comeram tudo. Então, estou salvo? Realmente salvo? Ela não vai poder voltar?

— Com certeza, você escapou de Mãe Malkin. Há outras ameaças no mundo que são igualmente perigosas, mas, por ora, você está seguro.

Senti um grande alívio, como se estivessem tirando um peso dos meus ombros. Tinha vivido um pesadelo, e agora, livre da ameaça de Mãe Malkin, o mundo parecia um lugar mais ensolarado, mais feliz. Finalmente, o pesadelo chegara ao fim e eu poderia pensar no futuro.

— Bem, você está seguro até fazer outra tolice — acrescentou o Caça-feitiço. — E não diga que não fará. Quem não erra, nunca faz nada. É parte do aprendizado deste ofício. Muito bem, que faremos agora? — perguntou ele, apertando os olhos para o sol nascente.

— A respeito do quê? — perguntei, sem saber a que se referia.

— Da garota. Pelo jeito, ela terá de ir para a cova. Não vejo como evitar.

— Mas, no fim, ela salvou o bebê da Ellie — protestei. — E salvou a minha vida também.

— Ela usou o espelho, rapaz. É um mau sinal. Lizzie lhe ensinou muito. Demais. Ela nos mostrou que está preparada para usar o que sabe. Que fará a seguir?

— Mas teve boa intenção. Usou o espelho para tentar localizar Mãe Malkin.

— Talvez, mas sabe demais, além de ser muito inteligente. Agora, ela é apenas uma garota, mas um dia será mulher, e uma mulher inteligente é perigosa.

— Minha mãe é inteligente — retruquei aborrecido com o que ele acabara de dizer. — E é boa também. Tudo que ela faz é para o bem. Usa a cabeça para ajudar as pessoas. Teve um ano, quando eu era muito pequeno, que as sombras no morro do Carrasco me apavoraram tanto que não pude dormir. Minha mãe foi lá depois que escureceu e as fez silenciarem. Ficaram quietas durante meses.

Eu poderia ter acrescentado que, em nossa primeira manhã juntos, o Caça-feitiço me dissera que não havia muito que se pudesse fazer com relação às sombras. E minha mãe provara que ele estava errado. Contudo, não disse nada. Já deixara escapar muita coisa e não era preciso dizer mais.

O Caça-feitiço ficou calado, olhando fixamente em direção à casa.

— Pergunte a minha mãe o que ela acha da Alice — sugeri.
— Pelo que vi, as duas se dão bem.
— Eu ia mesmo fazer isso — disse o Caça-feitiço. — Já está na hora de termos uma conversinha. Espere aqui até terminarmos.

Observei o Caça-feitiço atravessar o terreiro. Antes que chegasse à casa, a porta da cozinha se abriu e mamãe lhe deu as boas-vindas.

Mais tarde, foi possível recompor alguma coisa do que disseram um ao outro, mas eles passaram juntos quase meia hora, e eu nunca descobri se as sombras teriam ou não entrado na conversa. Quando, finalmente, o Caça-feitiço saiu para o sol, mamãe permaneceu à porta. Ele fez, então, uma coisa incomum — algo que eu jamais o vira fazer antes. Primeiro, pensei que tivesse apenas inclinado a cabeça para se despedir, mas foi um pouco mais do que isso. Fez um movimento com os ombros também. Foi leve, mas muito definido; portanto, não tive a menor dúvida. Ao se despedir de minha mãe, o Caça-feitiço fizera uma pequena reverência. Quando atravessou o terreiro ao meu encontro, parecia estar sorrindo consigo mesmo.

— Agora vou andando para Chipenden — disse-me —, mas acho que sua mãe gostaria que você ficasse mais uma noite. Enfim, vou deixar você decidir sozinho. Ou leva a garota de volta e a prendemos em uma cova, ou a leva para a tia em

Staumin. A escolha é sua. Use o seu instinto para o que é certo. Você saberá o que fazer.

Então, ele partiu, deixando-me com a cabeça tonta. Eu sabia o que queria fazer com Alice, mas teria que ser a coisa certa.

Portanto, pude saborear mais um dos jantares da minha mãe.

Meu pai já tinha voltado, mas havia alguma coisa estranha, uma espécie de atmosfera pairando sobre a mesa como uma nuvem invisível, embora mamãe parecesse feliz de vê-lo. Assim, não foi bem um jantar de comemoração e ninguém falou muito.

A comida, no entanto, estava ótima, um dos ensopados especiais de minha mãe; por isso, não me importei com a ausência de conversas — estava ocupado demais enchendo minha barriga e repetindo o prato antes que Jack raspasse tudo.

Meu irmão recuperara o apetite, mas estava meio quieto como os demais. Sofrera bastante e tinha um enorme galo na testa para comprovar. Quanto a Alice, eu não lhe contara nada sobre a minha conversa com o Caça-feitiço, mas tinha a sensação de que ela sabia. Não falou nem uma vez durante o jantar. A mais quieta, porém, era Ellie. Apesar da alegria de resgatar seu neném, o que tinha presenciado deixara-a muito abalada e eu percebia que ia precisar de tempo para voltar ao seu normal.

Quando todos foram se deitar, mamãe me pediu para ficar. Sentei-me junto à lareira da cozinha, tal como fizera na noite antes de partir para o meu aprendizado. Alguma coisa em seu rosto, porém, me disse que aquela conversa seria diferente. Antes, ela tinha sido firme comigo, mas esperançosa. Confiante de que as coisas dariam certo. Agora, ela parecia triste e insegura.

— Há quase vinte e cinco anos, faço partos no Condado — disse-me, sentando em sua cadeira de balanço — e perdi alguns. Embora isso seja muito triste para a mãe e o pai, é coisa que acontece. Acontece com os animais na fazenda, Tom. Você mesmo já viu.

Assenti. Todo ano nasciam alguns cordeiros mortos. Era de se esperar.

— Desta vez foi pior — continuou mamãe. — Desta vez, a mãe e o bebê morreram, o que nunca me aconteceu. Conheço as ervas certas e como combiná-las. Sei como estancar uma hemorragia grave. Sei exatamente o que fazer. E esta mãe era jovem e forte. Não devia ter morrido, mas não pude salvá-la. Fiz tudo que sei, mas não pude salvá-la. E senti uma dor aqui. Uma dor no coração.

Minha mãe soltou uma espécie de soluço e apertou o peito. Por um horrível instante, pensei que fosse chorar; em vez disso, ela respirou fundo e seu rosto voltou a espelhar sua força.

— Os carneiros morrem, mamãe, e por vezes as vacas, quando estão parindo. Era provável que um dia morresse uma mãe. É um milagre que você tenha trabalhado tanto tempo sem nada acontecer.

Fiz o melhor que pude para consolá-la. Mamãe estava sofrendo muito. Isso a obrigava a olhar para o lado sombrio da vida.

— O mundo está escurecendo, filho. E está acontecendo mais cedo do que eu esperava. Tive esperança de que antes disso você se tornasse adulto, com anos de experiência a que recorrer. Por isso vai precisar escutar com atenção tudo que o seu mestre disser. Cada pequeno detalhe contará. Você vai ter que se preparar o mais rápido que puder e se concentrar em suas aulas de latim.

Ela fez uma pausa e estendeu a mão.

— Deixe-me ver o livro.

Quando o entreguei, ela folheou as páginas, parando aqui e ali para ler algumas linhas.

— Ajudou? — perguntou.

— Não muito — admiti.

— Foi seu mestre quem escreveu este livro. Ele lhe disse?

Balancei a cabeça negativamente.

— Alice disse que foi escrito por um padre.

Mamãe sorriu.

— Seu mestre foi padre. Foi por aí que começou. Sem dúvida, ele irá lhe contar um dia. Deixe que lhe conte quando achar oportuno.

— Foi isso que a senhora e o sr. Gregory conversaram? — perguntei.

— Isso e outras coisas, mas principalmente sobre Alice. Ele me perguntou o que eu achava que devia acontecer com ela. Respondi que devia deixar você decidir. Então, já decidiu?

Sacudi os ombros.

— Ainda não tenho certeza do que fazer, mas o sr. Gregory disse que eu devia usar o meu instinto.

— É um bom conselho, filho.

— Mas, qual é a sua opinião, mamãe? Que disse ao sr. Gregory sobre Alice? Ela é uma feiticeira? Pelo menos me diga isso.

— Não — disse mamãe lentamente, pesando suas palavras com cuidado. — Ela não é uma feiticeira, mas um dia será. Nasceu com o coração de uma feiticeira e não tem muita escolha, senão seguir o seu destino.

— Então, ela deve ir para a cova em Chipenden — disse tristemente, baixando a cabeça.

— Lembre-se de suas aulas — disse mamãe severamente.

— Lembre-se do que seu mestre lhe ensinou. Existe mais de um tipo de feiticeira.

— A "benevolente". A senhora quer dizer que Alice pode vir a ser uma feiticeira boa que ajuda os outros?

— Talvez sim. Talvez não. Você sabe o que realmente acho? Talvez você não queira ouvir.

— Quero.

— Alice talvez não venha a ser boa nem má. Poderá ficar entre uma coisa e outra. Isso a tornaria uma pessoa perigosa de se conhecer. Essa garota poderia ser um atraso em sua vida, uma praga, um veneno em tudo que você viesse a fazer. Ou poderia ser a melhor e mais forte amiga que você viesse a ter. Alguém que faria toda a diferença no mundo. Só não sei para que lado ela irá. Não consigo ver, por mais que me esforce.

— Mas, afinal, como poderia ver, mamãe? — perguntei. — O sr. Gregory diz que não acredita em profecias. Disse que o futuro não é imutável.

Minha mãe pôs a mão no meu ombro e me deu um aperto animador.

— Sempre nos sobra alguma escolha. Talvez, uma das decisões mais importantes que você tomará na vida será o que fazer com Alice. Agora vá se deitar e durma bem, se conseguir. Decida amanhã, quando o sol estiver brilhando.

Teve uma coisa que não perguntei a minha mãe: como ela conseguira silenciar as sombras no morro do Carrasco. Era o meu instinto agindo. Eu simplesmente sabia que era um assunto que ela não gostaria de abordar. Em uma família, há certas coisas que não devemos perguntar. A gente sabe que nos dirão quando chegar o momento.

Partimos assim que amanheceu, meu coração lá embaixo nas botas.

Ellie me acompanhou ao portão. Parei, mas fiz sinal para Alice continuar, e ela subiu o morro, saltitante, balançando os quadris, sem olhar para trás nem uma vez.

— Preciso lhe dizer uma coisa, Tom — falou Ellie. — Me dói fazer isso, mas precisa ser dito.

Percebi pelo seu tom de voz que ia ser desagradável. Concordei, infeliz, e fiz força para fitá-la nos olhos. Fiquei chocado ao ver que lágrimas corriam deles.

— Você continua a ser bem-vindo aqui, Tom — disse Ellie, alisando os cabelos para trás e tentando sorrir. — Isso não mudou. Mas temos que pensar em nossa filha. Portanto, você será bem-vindo, mas não depois do anoitecer. Sabe, foi isso que deixou o Jack muito mal-humorado ultimamente. Não quis lhe falar sobre os sentimentos dele, mas tenho que fazer isso agora. Ele não gosta do seu ofício. Nem um pouco. Tem arrepios. E teme pelo bebê.

"Estamos com medo, entende? Estamos com medo de que, se você estiver aqui depois de anoitecer, possa atrair outra coisa. Ao retornar, possa trazer algo ruim, e não queremos pôr em risco a nossa família. Venha nos visitar de dia, Tom. Venha nos ver quando o sol estiver no céu, e os pássaros, cantando."

Ellie me abraçou, o que só piorou a situação. Percebi que alguma coisa se colocara entre nós e que tudo mudara para sempre. Tive vontade de chorar, mas consegui me conter. Nem sei como. Senti um grande nó na garganta e não consegui falar.

Observei Ellie voltar para a casa e concentrei minha atenção na decisão que precisava tomar.

Que deveria fazer com Alice?

Acordara convencido de que era o meu dever levá-la para Chipenden. Parecia a coisa certa a fazer. A coisa segura. Era como uma obrigação. Quando dei os bolos a Mãe Malkin, tinha deixado o coração me dominar. E veja o que aquilo causara. Portanto, o melhor talvez fosse enfrentar Alice agora, antes que fosse tarde demais. O próprio Caça-feitiço tinha dito que era preciso pensar nos inocentes que poderiam vir a sofrer no futuro.

No primeiro dia de viagem, não nos falamos muito. Apenas lhe disse que íamos voltar a Chipenden para ver o Caça-feitiço. Se Alice sabia o que ia lhe acontecer, ela não se queixou. Então, no segundo dia, quando nos aproximamos da aldeia e já estávamos começando a subir a encosta das serras, a pouco menos de dois quilômetros da casa do Caça-feitiço, contei a Alice o que estava guardando em meu peito, o que andava me preocupando desde que percebera o que continham os bolos.

Estávamos sentados na relva de um barranco à beira de uma estrada. O sol se pusera e a claridade começava a desaparecer.

— Alice, você mente? — perguntei.

— Todo mundo às vezes mente. Eu não seria humana se não mentisse. Mas, na maior parte do tempo, digo a verdade.

— E naquela noite em que fiquei preso na cova? Quando lhe perguntei sobre os bolos. Você me disse que não tinha havido outra criança na casa de Lizzie. Era verdade?

— Não vi nenhuma.

— A primeira que desapareceu era apenas um bebê. Não poderia ter saído andando sozinho. Você tem certeza?

Alice confirmou em silêncio e, em seguida, baixou a cabeça, olhando fixamente para a relva.

— Suponho que talvez tenha sido levada pelos lobos. Foi o que os garotos da aldeia pensaram.

— Lizzie disse que tinha visto lobos por lá. Talvez tenha sido isso — concordou Alice.

— E quanto aos bolos, Alice? O que havia dentro?

— Gordura de carneiro e pedacinhos de porco. Farelo de pão também.

— E o sangue? Sangue animal não teria sido suficientemente bom para Mãe Malkin. Não, quando precisava de força para entortar as barras sobre a cova. Então, de onde veio o sangue, Alice, o sangue que usaram nos bolos?

Alice começou a chorar. Esperei pacientemente que terminasse e repeti a pergunta.

— Então, de onde veio?

— Lizzie disse que eu ainda era criança. Usaram o meu sangue várias vezes. Mais uma vez não faria diferença. Não dói muito. Não, quando a gente se acostuma. E como eu poderia impedir Lizzie?

Dito isso, Alice arregaçou a manga do vestido e me mostrou seu braço. Ainda havia luz suficiente para ver as cicatrizes. E havia muitas — algumas antigas; outras, relativamente novas. A mais recente ainda não sarara direito. Ainda sorava.

— Tem outras, muitas mais. Mas não posso mostrar todas — disse Alice.

Eu não soube o que responder; por isso, me calei. Já tinha, no entanto, me decidido, e logo em seguida saímos pela noite nos distanciando de Chipenden.

Eu tinha resolvido levar Alice direto para Staumin, onde morava sua tia. Não conseguia tolerar a ideia de que pudesse acabar em uma cova no jardim do Caça-feitiço. Era terrível demais — e lembrei-me de outra cova. Lembrei-me de como Alice me ajudara a sair da cova de Tusk, pouco antes de Lizzie ir buscar os meus ossos. Acima de tudo, porém, tinha sido o que Alice acabara de me dizer que me fizera mudar de ideia. No passado, ela tinha sido um dos inocentes. Alice também fora uma vítima.

Subimos o pico do Parlick, depois rumamos para a serra do Blindhurst ao norte, sempre caminhando pelas terras altas.

Gostei da ideia de ir a Staumin. Era perto do litoral e eu nunca vira o mar antes, exceto do alto das serras. A rota que escolhi era mais do que indireta, mas tive vontade de explorar a região e gostei de estar ali no alto, perto do sol. Alice não pareceu se incomodar.

Foi uma boa viagem e gostei da companhia dela; pela primeira vez, de fato, começamos a conversar. Ela me ensinou algumas coisas. Conhecia o nome de um número maior de estrelas do que eu e era realmente boa caçadora de lebres.

Quanto às plantas, ela era uma especialista em algumas que o Caça-feitiço sequer mencionara, como o mortífero meimendro e a mandrágora. Não acreditei em tudo que me disse, mas, mesmo assim, fui anotando porque ela aprendera com Lizzie e achei que seria útil saber no que uma bruxa acredita. Alice era, sem dúvida, perita em distinguir os cogumelos comestíveis dos venenosos, alguns deles tão perigosos que uma mordida podia paralisar o coração ou enlouquecer a pessoa. Eu carregava o meu caderno comigo e, sob o título "Botânica", acrescentei mais três páginas de informações úteis.

Certa noite, quando estávamos a menos de um dia de Staumin, pernoitamos em uma clareira na mata. Tínhamos assado duas lebres nas brasas de uma fogueira até a carne ficar tão macia que chegava a derreter na boca. Depois da refeição, Alice fez uma coisa realmente estranha. Virou-se para mim, me olhou no rosto e segurou minha mão.

Ficamos sentados assim durante muito tempo. Ela olhava fixamente para as brasas na fogueira enquanto eu contemplava as estrelas. Não queria largar sua mão, mas fiquei bem confuso. Minha mão esquerda segurava a dela e eu me sentia culpado. Sentia que estava de mãos dadas com as trevas e sabia que o Caça-feitiço não gostaria daquilo.

Não havia maneira de escapar à verdade. Um dia, Alice seria feiticeira. Foi, então, que compreendi que mamãe estava certa. Não tinha relação alguma com profecias. Via-se nos olhos de Alice. Ela sempre estivera a meio caminho, nem totalmente boa nem totalmente má. Contudo, não era isso que acontecia com todos nós? Ninguém era perfeito.

Por isso, não retirei minha mão. Fiquei simplesmente sentado ali, uma parte de mim sentindo prazer em segurar sua mão, o que era certo consolo depois de tudo que acontecera, enquanto a outra parte transpirava culpa.

Foi Alice quem se afastou. Ela desprendeu a mão da minha e, em seguida, tocou o meu braço no lugar em que suas unhas tinham me furado na noite em que destruímos Mãe Malkin. Viam-se claramente as cicatrizes à luz das brasas.

— Pus minha marca em você — disse ela com um sorriso. — Nunca mais desaparecerá.

Achei aquilo uma coisa estranha para alguém dizer, e não tive certeza do que significava. Lá em casa, púnhamos a nossa marca no gado. Fazíamos isso para mostrar que nos pertencia e para impedir que as reses fujonas se misturassem às dos vizinhos. Mas, como eu poderia pertencer a Alice?

No dia seguinte, descemos para uma grande planície. Uma parte era coberta de musgo, e a parte pior, de lama, mas acabamos achando o nosso caminho para Staumin. Nunca cheguei a ver a tal tia porque a mulher se recusou a aparecer para falar comigo. Apesar disso, concordou em receber Alice; então, não tive do que me queixar.

Perto havia um rio grande e largo, e, antes de partir para Chipenden, caminhamos juntos pela margem até o mar. Não fiquei muito impressionado. Era um dia cinzento e ventava, as águas estavam da mesma cor que o céu, e as ondas, altas e violentas.

— Você vai ficar bem aqui — disse eu, tentando parecer animado. — Deve ser bonito quando faz sol.

— Vou procurar aproveitar o máximo — respondeu Alice. — Não pode ser pior do que Pendle.

De repente, tornei a sentir pena dela. Por vezes, eu me sentia solitário, mas pelo menos podia conversar com o Caça-feitiço; Alice nem sequer conhecia a tia direito, e o mar agitado fazia tudo parecer desolado e frio.

— Olhe, Alice. Imagino que não voltaremos a nos encontrar, mas, se algum dia você precisar de ajuda, procure mandar me avisar — ofereci.

Suponho que tenha dito isso porque Alice era a pessoa mais próxima de uma amiga que eu conhecia. E, como promessa, não era tão idiota quanto a primeira que eu fizera. Não me comprometi realmente com nada. Da próxima vez que ela me pedisse alguma coisa, eu falaria com o Caça-feitiço primeiro.

Para minha surpresa, Alice sorriu e surgiu uma expressão diferente em seus olhos. Fez-me lembrar o que meu pai tinha dito: às vezes, as mulheres sabiam de coisas que os homens ignoravam — e quando a gente desconfiava disso, nunca devia perguntar o que estavam pensando.

— Ah, nós voltaremos a nos encontrar — disse Alice. — Não tenho a menor dúvida.

— Preciso ir andando agora — disse, virando-me para partir.

— Vou sentir a sua falta, Tom. Não será o mesmo sem você.

— Vou sentir a sua falta também, Alice — respondi com um sorriso.

Quando as palavras saíram, pensei que tinha dito aquilo por gentileza. Contudo, não fazia nem dez minutos que eu pegara a estrada, quando percebi que estava enganado.

Havia sinceridade em cada palavra que eu tinha dito e eu já estava me sentindo solitário.

Escrevi quase tudo de memória, mas retirei algumas partes do meu caderno e do meu diário. Estou de volta a Chipenden agora, e o Caça-feitiço se mostra satisfeito comigo. Acha que estou realmente fazendo progressos.

Lizzie Ossuda está na cova em que o Caça-feitiço costumava prender Mãe Malkin. As barras foram consertadas e ela certamente não irá receber de mim bolos da meia-noite. Quanto ao Tusk, foi enterrado no buraco cavado para me servir de sepultura.

O coitado do Billy Bradley voltou para o seu túmulo fora do adro da igreja de Layton, mas, pelo menos, recuperou os polegares. Nada disso é agradável, mas faz parte do ofício. A pessoa tem que gostar ou se conformar, como diz meu pai.

Há mais uma coisa que preciso contar. O Caça-feitiço concorda com o que mamãe disse. Ele acha que os invernos estão ficando mais longos e que as trevas estão ganhando força. Ele tem certeza de que o trabalho vai se tornar cada vez mais espinhoso.

Com isso em mente, vou continuar a estudar e aprender — e, como disse mamãe, nunca se sabe o que se é capaz de fazer sem ter experimentado. Portanto, vou experimentar. Vou experimentar com o maior empenho possível, porque quero que ela se orgulhe muito de mim.

Agora sou apenas um aprendiz, mas um dia serei o Caça-feitiço.

Thomas J. Ward

AS AVENTURAS DO CAÇA-FEITIÇO
A MALDIÇÃO

JOSEPH DELANEY

Tradução
Lia Wyler

Ilustrações
David Wyatt

BERTRAND BRASIL

PARA MARIE

CAPÍTULO 1
O ESTRIPA-RESES DE HORSHAW

Quando ouvi o primeiro grito, virei-me e tapei os ouvidos com as mãos, pressionando com força a minha cabeça até doer. Naquele momento, eu não podia fazer nada para ajudar. Ainda assim, continuei a ouvi-lo, o grito de um padre atormentado, e o som se prolongou por muito tempo até finalmente cessar.

Eu tremia no celeiro escuro, ouvindo a chuva tamborilar no telhado, tentando reunir coragem. Fazia uma noite péssima e tendia a piorar.

Dez minutos depois, quando o montador de cargas e seu ajudante chegaram, corri para recebê-los à porta. Os dois eram corpulentos e eu mal chegava aos seus ombros.

— Muito bem, rapaz, onde está o sr. Gregory? — perguntou o montador com uma ponta de impaciência na voz. Ele ergueu sua lanterna e me observou desconfiado. Seu olhar era arguto e inteligente. Nenhum dos dois homens parecia disposto a aturar brincadeiras.

— Ele está muito doente — respondi, tentando controlar o nervosismo que fazia minha voz parecer fraca e trêmula. — Passou a semana toda de cama com febre alta, por isso me mandou substituí-lo. Sou o aprendiz dele, Tom Ward.

O montador me olhou de alto a baixo, como um agente funerário avaliando um futuro cliente. Ergueu, então, uma das sobrancelhas tão alto que ela chegou a desaparecer sob a aba do seu boné, de onde a água da chuva escorria sem parar.

— Muito bem, sr. Ward — disse ele, com um ligeiro sarcasmo na voz —, aguardamos as suas instruções.

Enfiei a mão no bolso da calça e tirei um desenho que o pedreiro fizera. O montador pousou a lanterna no chão de terra e, com um aceno de cabeça de alguém cansado de viver, olhou para o seu ajudante, pegou o desenho e começou a examiná-lo.

As instruções do pedreiro indicavam as dimensões da cova que precisava ser aberta e as medidas da pedra a ser assentada. Passados alguns minutos, o montador tornou a balançar a cabeça e se ajoelhou ao lado da lanterna, levando o papel para bem perto da luz. Quando tornou a se levantar, tinha a testa enrugada.

— A cova deveria ter dois metros e setenta centímetros de profundidade — comentou ele. — Aqui diz um metro e oitenta.

O montador conhecia bem o seu ofício. A cova padrão para um ogro tem um metro e oitenta, mas para um estripa-reses, o mais perigoso ogro que existe, o padrão é dois metros e setenta. Estávamos, sem dúvida, enfrentando um estripa-reses — os gritos do padre atestavam isso —, mas não havia tempo para cavar dois metros e setenta.

—Terá de ser a menor mesmo — respondi. — Deverá estar pronta até o amanhecer ou será tarde demais e o padre morrerá.

Até aquele momento, os dois grandalhões calçando botas enormes tinham transpirado segurança por todos os poros. Agora, de repente, mostravam-se nervosos. Conheciam o problema pelo bilhete que eu lhes mandara pedindo que viessem ao celeiro. Eu usara o nome do Caça-feitiço para garantir que me atendessem sem demora.

— Você sabe o que está fazendo, rapaz? — perguntou o montador. — Está à altura da tarefa?

Encarei-os e fiz força para não piscar.

— Acho que comecei bem. Contratei o melhor montador e ajudante que há no Condado.

Foi a resposta certa, pois o rosto do montador se abriu em um sorriso.

— Quando chegará a pedra? — perguntou-me.

— Antes do amanhecer. O pedreiro virá trazê-la pessoalmente. Precisamos estar prontos.

O montador assentiu.

— Então indique o caminho, sr. Ward. Mostre onde quer que cavemos.

Dessa vez não havia sarcasmo em sua voz. Usou um tom profissional. Ele queria começar e concluir o trabalho. Todos queríamos o mesmo e o tempo era curto. Então, cobri a cabeça com o capuz e, levando o bastão do Caça-feitiço na mão esquerda, conduzi os sob uma chuva copiosa e fria.

Sua carroça de duas rodas estava parada à entrada da casa; o equipamento, coberto por uma lona impermeável; e o cavalo paciente, atrelado aos varais, fumegando na chuva.

Atravessamos o campo lamacento, depois acompanhamos a sebe de abrunheiros até o ponto em que se tornava mais rala, sob os ramos de um velho carvalho na divisa com o cemitério.

A cova seria perto do campo-santo, mas não demais. As pedras tumulares mais próximas estavam a apenas vinte passos.

— Faça a cova o mais perto dali que puder — disse eu, apontando para o tronco da árvore.

Sob o olhar vigilante do Caça-feitiço, eu abrira muitas covas para praticar. Em uma emergência, eu próprio poderia ter executado o serviço, mas esses homens eram peritos e fariam o trabalho com rapidez.

Enquanto voltavam para buscar suas ferramentas, atravessei a sebe e me dirigi à velha igreja, passando entre as lápides. Ela estava em mau estado de conservação. No telhado faltavam telhas e fazia anos que as paredes não viam tinta. Empurrei a porta lateral, que se abriu com gemidos e rangidos.

O velho padre continuava na mesma posição, deitado de costas, próximo ao altar. A mulher chorava ajoelhada no chão à sua cabeceira. A única diferença agora é que a igreja estava bem-iluminada. Ela dera uma busca na sacristia, à procura do estoque de velas, e acendera todas. Havia, no mínimo, umas cem, em grupos de cinco e seis. Colocara-as sobre os bancos, no chão e nos peitoris das janelas, mas a maioria se encontrava no altar.

Quando fechei a porta, uma rajada de vento entrou pela igreja e todas as chamas bruxulearam ao mesmo tempo. A mulher ergueu os olhos para mim com o rosto lavado de lágrimas.

— Ele está morrendo — disse-me, a voz ecoando sua angústia. — Por que demorou tanto a vir?

Desde que tínhamos recebido a mensagem em Chipenden, eu levara dois dias para chegar à igreja. Eram mais de cinquenta quilômetros até Horshaw e eu não partira imediatamente. A princípio, o Caça-feitiço, ainda muito doente para sair da cama, não tinha permitido que eu viesse.

Normalmente ele nunca mandava aprendizes trabalharem sozinhos até que tivessem estudado, no mínimo, um ano sob sua orientação. Eu acabara de fazer treze anos e era seu aprendiz há menos de seis meses. Meu ofício era difícil e apavorante, e, por vezes, exigia lidar com o que chamamos "trevas". Eu aprendera a enfrentar feiticeiras, fantasmas, ogros e coisas que assombram a noite. Mas estaria preparado para isso?

Havia um ogro para ser amarrado; se o serviço fosse feito corretamente, isso não seria problema para nós. Eu já tinha visto o Caça-feitiço fazer esse serviço duas vezes. Em cada uma delas, ele contratara homens competentes para ajudá-lo e tudo correra bem. O serviço de agora, porém, era um pouco diferente. Havia complicações.

Veja bem, o padre era irmão do Caça-feitiço. Eu só o vira uma vez, quando tínhamos visitado Horshaw na primavera. Ele nos olhara carrancudo e fizera um enorme sinal da cruz no ar, o rosto contorcido de raiva. O Caça-feitiço nem sequer olhara em sua direção porque nunca tinha havido amor fraterno entre os dois e eles não se falavam havia mais de quarenta anos. Família, no entanto, era família, e essa era a razão por que ele acabara me mandando a Horshaw.

"Padres!", vociferara o Caça-feitiço. "Por que não cuidam do que entendem? Por que sempre têm que se meter? O que ele estava pensando para tentar enfrentar um estripa-reses? Deixem que eu faça o meu serviço e que os outros façam os deles."

Por fim, ele se acalmou e gastou algumas horas dando-me instruções detalhadas do que precisava ser feito e os nomes e endereços do montador e do pedreiro que eu deveria contratar. Dera-me também o nome de um médico e insistiu que só aquele serviria. Isso foi mais um embaraço porque o médico morava longe. Tive de mandar chamá-lo, na esperança de que viesse imediatamente.

Olhei para a mulher que secava delicadamente a testa do padre com um pano. Seus cabelos brancos, gordurosos e escorridos tinham sido puxados para trás, e seus olhos reviravam febrilmente nas órbitas. Ele não sabia que a mulher tinha mandado buscar o Caça-feitiço para ajudá-lo. Se soubesse não teria concordado; portanto, era ótimo que não pudesse me ver agora.

As lágrimas corriam dos olhos da mulher e cintilavam à luz das velas. Era a governanta, nem mesmo fazia parte da família, e lembro-me de ter pensado que ele devia ter sido realmente bom para deixá-la tão perturbada.

— O médico logo estará aqui — informei — e dará a ele um remédio para a dor.

— Ele sentiu dor a vida inteira — respondeu-me. — Eu também fui um peso em sua vida. Fiz com que sentisse pavor de morrer. Ele é um pecador e sabe para onde irá.

Seja o que for que ele tivesse sido ou feito, o velho padre não merecia aquilo. Ninguém merecia. Com certeza, fora um homem corajoso. Ou corajoso ou muito burro. Quando o ogro começou a perturbar, ele tentara resolver o problema usando as ferramentas de um padre: o sino, o livro e a vela. Isso, porém, não era jeito de enfrentar as trevas. Na maioria dos casos, não faria diferença alguma, porque o ogro simplesmente teria ignorado o padre e seu exorcismo. Com o tempo, o ogro teria ido embora, e o padre, como tantas vezes acontece, recebido o crédito pelo feito.

Este, no entanto, era o tipo mais perigoso de ogro. Geralmente recebe o nome de "estripa-reses" por causa de sua dieta principal, mas quando o padre começou a se intrometer, ele é que se tornou a vítima. Agora o ogro era um estripador maduro que gostava de sangue humano e o padre teria sorte se escapasse com vida.

Havia uma rachadura nas lajes do piso da igreja, uma fenda irregular que começava no altar e ultrapassava o padre em três passos. Na parte mais larga, ela era profunda, tinha quase meio palmo de largura. Depois de rachar o chão, o ogro havia agarrado o velho padre pelo pé e puxado sua perna pelo buraco quase até o joelho. Agora, na escuridão lá embaixo, chupava seu sangue, drenando muito lentamente sua vida. Era como uma grande e gorda sanguessuga, mantendo a vítima viva o maior tempo possível para prolongar o próprio prazer.

Não importava o que eu fizesse, não se podia ter certeza se o padre sobreviveria ou não. Contudo, eu precisava amarrar o ogro. Agora que provara sangue humano, ele já não se contentaria mais em estripar reses.

— Salve-o, se puder — dissera o Caça-feitiço, quando eu me preparava para partir. — Mas não deixe de dar uma solução para aquele ogro. Ele é a sua prioridade.

Comecei a fazer os meus próprios preparativos.

Deixei o ajudante abrindo a cova e voltei ao celeiro com o montador. Ele sabia o que fazer: primeiro, encheu de água o grande balde que trouxera. Essa era uma vantagem de trabalhar com pessoas experientes no serviço: elas traziam o equipamento pesado. O balde era forte, feito de madeira e reforçado com aros de metal, grande o suficiente para dar conta até de uma cova de mais de três metros.

Depois de enchê-lo até a metade de água, o montador começou a despejar dentro dele um pó marrom tirado de uma saca que trouxera na carroça. Após cada adição de pó, ele mexia o líquido com um pedaço de pau.

Logo esse trabalho se tornou cansativo porque a mistura foi virando uma papa espessa cada vez mais difícil de mexer. E fedorenta também, como um cadáver de semanas, o que, na realidade, não surpreendia, uma vez que a maior parte do pó era osso triturado.

O resultado final seria uma cola muito forte, e quanto mais o montador a revolvia, mais ele suava e ofegava. O Caça-feitiço sempre preparava a própria cola e me fizera praticar muito, mas o tempo era exíguo e o montador tinha a musculatura exigida para a tarefa. Sabendo disso, ele se encarregara de iniciar o trabalho sem esperar que eu lhe pedisse.

Quando a cola ficou pronta, comecei a misturar a limalha de ferro e o sal que eu trouxera em sacos bem menores, mexendo devagar para garantir que incorporassem uniformemente à mistura. O ferro é perigoso para um ogro porque pode drenar sua força, e o sal o queima. Uma vez na cova, o ogro permanecerá preso nela porque a parte inferior da pedra e os lados da cova serão rebocados com a mistura, forçando-o a se encolher e a se manter nos limites da área interna. Evidentemente, o problema inicial é levar o ogro para dentro da cova.

No momento, eu não estava preocupado com isso. Por fim, o montador e eu nos demos por satisfeitos. A cola ficara pronta.

Uma vez que a cova ainda não fora concluída, eu não tinha nada a fazer, exceto aguardar o médico na rua estreita e sinuosa que levava a Horshaw.

A chuva cessara e o ar parecia muito parado. Era o fim de setembro e o tempo estava mudando para pior. Logo teríamos mais do que chuva, e o primeiro ronco de trovão repentino e distante vindo do oeste me deixou ainda mais nervoso. Decorridos vinte minutos, ouvi o tropel de cascos ao longe. Cavalgando como se fugisse de uma horda de demônios, o médico surgiu na esquina, o cavalo em pleno galope, sua capa esvoaçando às costas.

Eu segurava o bastão do Caça-feitiço; por isso, não precisei me apresentar, e, de qualquer modo, o médico tinha cavalgado a tal velocidade que estava sem fôlego. Simplesmente o cumprimentei com a cabeça, ele deixou seu cavalo suarento pastando o longo capim que crescia na frente da igreja e me acompanhou à entrada lateral. Segurei a porta aberta para deixá-lo passar primeiro, em sinal de respeito.

Meu pai me ensinara a respeitar as pessoas porque assim elas me respeitariam também. Eu não conhecia o médico, mas o Caça-feitiço insistira para que o chamasse; por isso, eu sabia que devia ser bom no seu ofício. Chamava-se Sherdley e carregava uma maleta de couro preto que parecia quase tão pesada quanto a bolsa do Caça-feitiço que eu trouxera comigo e deixara no celeiro. Ele depositou a maleta no chão a uns dois metros do paciente e, sem dar atenção à governanta, cujo corpo ainda arfava com soluços secos, começou a examinar a vítima.

Coloquei-me às suas costas, mas de lado para poder ter a melhor visão possível. Gentilmente ele levantou a batina preta do padre, deixando suas pernas à mostra.

A perna direita era fina, branca e quase sem pelos, mas a esquerda, a que o ogro agarrara, estava vermelha e estufada, com veias roxas tanto mais escuras quanto mais próximas da larga fenda no piso.

O médico balançou a cabeça e expirou lentamente. Dirigiu-se, então, à governanta, sua voz tão baixa que mal consegui distinguir as palavras.

— Terá que ser amputada — disse. — É a única esperança.

Ao ouvir isso, as lágrimas recomeçaram a correr pelas faces da mulher. O médico olhou para mim e apontou para a porta. Uma vez fora da igreja, ele se encostou na parede e suspirou.

— Em quanto tempo você estará pronto? — perguntou-me.

— Em menos de uma hora, doutor, mas dependo do pedreiro. Ele vai trazer a pedra pessoalmente.

— Se demorar mais do que isso, perderemos o padre. A verdade é que ele não tem muita chance. Nem posso lhe dar nada para aliviar a dor porque seu corpo não aguentaria duas doses de sedativo; mesmo assim, terei de lhe dar alguma coisa pouco antes da amputação. De mais a mais, o choque poderá matá-lo na hora. A necessidade de removê-lo imediatamente após a amputação só vai agravar a situação.

Encolhi os ombros. Nem queria pensar naquilo.

— Você sabe exatamente o que precisa fazer? — perguntou o médico, estudando meu rosto atentamente.

— O sr. Gregory me explicou tudo — respondi, tentando aparentar segurança. Na realidade, não tinha sido apenas uma vez; o Caça-feitiço me explicara dez vezes. Depois me fizera repetir as instruções até ficar satisfeito.

— Há uns quinze anos lidamos com um caso semelhante — disse o médico. — Fizemos o possível, mas o homem acabou morrendo, e era um fazendeiro jovem, saudável como um touro e no auge da vida. Vamos torcer para que tudo dê certo. Às vezes, os mais velhos são mais resistentes do que se pensa.

Seguiu-se um longo silêncio, que interrompi para confirmar um detalhe que estava me preocupando.

— Então, o senhor sabe que precisarei de um pouco do sangue dele.

— Não queira ensinar o padre-nosso ao vigário — resmungou o médico, e me deu um sorriso cansado, apontando para a rua que levava a Horshaw. — O pedreiro está chegando, é melhor você ir tratar do seu serviço. Pode deixar o resto comigo.

Prestei atenção e ouvi o ruído distante de uma carroça que se aproximava. Atravessei, então, o cemitério para ver como iam os montadores.

A cova estava pronta e eles já tinham montado a armação de madeira. O ajudante subira na árvore ao lado da cova e estava prendendo a roldana em um galho grosso. Era uma peça de ferro do tamanho da cabeça de um homem, com correntes e um grande gancho. Necessária para suportar o peso da pedra e posicioná-la com exatidão.

— O pedreiro chegou — avisei.

Imediatamente os dois homens largaram o que estavam fazendo e me acompanharam de volta à igreja. Agora havia mais um cavalo aguardando na rua; a pedra estava deitada na carroça. Até ali tudo tinha corrido bem, mas o pedreiro não parecia muito feliz e evitava me encarar. Mesmo assim, não perdemos tempo, levamos a carroça pelo caminho mais longo até o portão que dava para o campo.

Uma vez junto à árvore, o pedreiro prendeu o gancho na argola que havia no centro da pedra e retirou-a da carroça. Se ela iria ou não encaixar com precisão, teríamos de esperar para ver. Sem dúvida, o pedreiro prendera a argola direito porque a pedra pendeu da corrente perfeitamente horizontal e equilibrada.

Baixaram-na a dois passos da borda da cova. Então, o pedreiro me deu a má notícia.

Sua filha mais nova estava muito doente e com febre, aquela que assolara o Condado e tinha deixado o Caça-feitiço de cama. Sua mulher tinha ficado à cabeceira da filha e ele precisava voltar imediatamente para casa.

— Lamento — disse ele, olhando-me nos olhos pela primeira vez. — A pedra está boa e o senhor não terá problemas. Posso lhe garantir.

Acreditei. Fizera o máximo e preparara a pedra em cima da hora, quando preferia fazer companhia à filha. Paguei e deixei-o partir com os agradecimentos do Caça-feitiço, fazendo votos de pronta recuperação para sua filha.

Voltei ao trabalho em andamento. Além de talhar a pedra, os pedreiros são peritos em encaixá-la, por isso eu preferia que ele tivesse ficado para o caso de alguma coisa correr mal. Contudo, o montador e seu ajudante eram bons no ofício. Eu só tinha de manter a calma e cuidar para não fazer bobagens.

Primeiro, precisava trabalhar rápido e rebocar os lados da cova com a cola, e, por último, a parte inferior da pedra, pouco antes de assentá-la.

Entrei na cova e, à luz da lanterna segura pelo ajudante do montador, comecei a aplicar o reboco com uma broxa. Era um processo lento que exigia atenção. Eu não podia deixar passar o nínimo pedacinho sem reboco porque seria suficiente para o ogro fugir. E uma vez que a cova só tinha um metro e oitenta centímetros em vez dos dois metros e setenta regulamentares, eu precisava ser extremamente meticuloso.

A mistura fundiu-se com o solo enquanto eu a aplicava, o que era bom, porque não racharia facilmente nem soltaria quando a terra secasse no verão. O ruim era a dificuldade de avaliar a quantidade de cola a ser aplicada para deixar uma camada externa suficientemente forte sobre a terra. O Caça-feitiço me havia dito que eu aprenderia com a experiência. Até então, ele estivera presente verificando o meu trabalho e acrescentando os toques finais. Agora, eu teria de fazer o serviço direito e sozinho. Pela primeira vez.

Por fim, saí da cova e me concentrei na parte superior das paredes. Os últimos trinta e poucos centímetros, a espessura da pedra, tinham um comprimento e uma largura maiores do que a própria cova, formando um batente para apoiar a pedra sem deixar a menor fenda para o ogro fugir. Isso exigia muita atenção porque era a parte em que a pedra fechava hermeticamente a cova. Quando terminei, um relâmpago riscou o céu e segundos depois ouvimos o ribombar do trovão. A tempestade estava quase sobre nós.

Voltei ao celeiro para apanhar uma peça importante na minha bolsa. Era o que o Caça-feitiço chamava de "prato da isca". Feito de metal especialmente para esse serviço, o prato tinha três furinhos equidistantes na borda. Tirei-o da bolsa com delicadeza, limpei-o com a manga da minha camisa e corri à igreja para avisar ao médico que estávamos prontos.

Quando abri a porta, senti um forte cheiro de piche; à esquerda do altar, ardia uma pequena fogueira. Em cima, havia um tripé de metal onde borbulhava uma panela, lançando respingos para fora. Dr. Sherdley ia usar piche para estancar a hemorragia. Pintar o toco também ajudaria a impedir que o restante da perna viesse a gangrenar.

Sorri intimamente quando vi de onde o médico tirara a madeira. Estava molhado do lado de fora; por isso, ele usara a única madeira seca disponível. Cortara em gravetos um dos bancos da igreja. Sem dúvida, o padre não iria gostar nem um pouco, mas talvez isso salvasse sua vida. De qualquer modo agora ele estava inconsciente, respirando muito profundamente enquanto durasse o efeito da poção.

Da fenda no chão subia o ruído do ogro se alimentando. Fazia um som assustador de salivação e deglutição ao sugar o sangue da perna. Estava ocupado demais para perceber que havia gente por perto prestes a encerrar sua refeição.

Não falamos. Fiz sinal com a cabeça para o médico e ele confirmou. Entreguei-lhe o prato fundo de metal para recolher o sangue de que precisava, ele apanhou um serrote pequeno na maleta e apoiou os dentes frios e reluzentes do instrumento sobre o osso logo abaixo do joelho do padre.

A governanta continuava na mesma posição, mas seus olhos estavam fechados e ela murmurava baixinho. Provavelmente estava rezando e era óbvio que não seria de grande ajuda. Então, trêmulo, ajoelhei-me ao lado do médico.

Ele balançou a cabeça.

— Você não precisa ver — disse-me. — Com certeza irá presenciar coisa pior um dia, mas não precisa ser hoje. Vá, rapaz. Volte para o seu serviço. Posso cuidar disso sozinho. Mande os outros dois virem me ajudar a colocar o padre na carroça quando eu terminar.

Eu estava trincando os dentes, preparado para aguentar, mas não precisei que ele me dispensasse duas vezes. Aliviado, voltei à cova. Mesmo antes de chegar, um berro cortou o ar seguido de um som de choro angustiado. Não tinha sido o padre. Ele estava inconsciente. Tinha sido a governanta.

O montador e seu ajudante já haviam tornado a içar a pedra e se ocupavam em limpar a lama que grudara nela. Quando voltaram à igreja para ajudar o médico, molhei a broxa no resto da mistura e passei uma grossa demão na parte inferior da pedra.

Mal tivera tempo para admirar o meu trabalho, quando o ajudante surgiu correndo. Atrás dele, em muito menor velocidade, vinha o montador. Trazia o prato com o sangue, esforçando-se para não derramar nenhuma gota. O prato da isca era uma peça importante do equipamento. O Caça-feitiço possuía um estoque deles em Chipenden e tinham sido fabricados segundo suas especificações.

Tirei uma longa corrente da bolsa do Caça-feitiço. Na ponta, presas a um argolão, havia outras três correntes menores, cada uma terminando com um pequeno gancho de metal. Passei os três ganchos pelos três furos do prato.

Quando ergui a corrente, o prato da isca pendeu equilibrado e não foi preciso muita perícia para baixá-lo e depositá-lo suavemente no centro da cova.

Não, a perícia estava em soltar os três ganchos. A pessoa tinha que ficar atenta na hora de afrouxar as correntes para os ganchos se soltarem do prato sem virá-lo nem derramar o sangue.

Passei horas treinando; apesar de estar muito nervoso, consegui soltar os ganchos na primeira tentativa.

Agora era apenas uma questão de aguardar.

Conforme já disse, os estripa-reses estão entre os ogros mais perigosos porque se alimentam de sangue. Em geral, têm a mente ágil e astuta, mas quando estão se alimentando pensam muito devagar e custam a entender o que está ocorrendo.

A perna que havia sido amputada ainda estava entalada na fenda do piso da igreja, e o ogro, muito concentrado em chupar o sangue lentamente para prolongar seu prazer. É assim que age um estripa-reses. Simplesmente chupa e saliva sem pensar em mais nada, até perceber gradualmente que cada vez menos quantidade de sangue está chegando à sua boca. Quer mais; no entanto, o sangue vem em lotes de diferentes sabores e ele gosta mais daquele que esteve sugando antes. Gosta muito.

É por isso que sempre quer mais do anterior e, uma vez que entende que o restante do corpo foi separado da perna, ele vai buscá-lo. É por isso que os montadores têm que erguer o padre e levá-lo para a carroça. A essa altura, a carroça já devia ter chegado à periferia de Horshaw, cada batida dos cascos dos cavalos afastando-a mais do ogro enraivecido e desesperado para continuar a chupar o mesmo sangue.

Um estripa-reses é como um cão de caça. Deveria fazer uma boa ideia da direção em que estavam levando o padre. Perceberia também que estavam se distanciando. E, por fim, tomaria consciência de outra coisa. Que havia mais daquilo ali perto.

É por isso que temos de colocar o prato dentro da cova. É por isso que esse prato recebe o nome de prato da isca. Ele é o engodo para atrair o estripa-reses à armadilha. Uma vez que estivesse ali se alimentando, teríamos que trabalhar rápido e não poderíamos cometer um único erro.

Ergui os olhos. O ajudante estava parado na plataforma, uma das mãos na corrente pequena, pronto para baixar a pedra. O montador estava parado defronte a mim, a mão na pedra, pronto para guiá-la durante a descida. Nenhum dos dois demonstrava o menor medo nem nervosismo, e de repente me senti bem por estar trabalhando com gente assim. Gente que sabia o que estava fazendo. Tínhamos feito a nossa parte, e com a maior rapidez e eficiência possíveis. Isso me fez bem. Senti que fazia parte de uma equipe.

Em silêncio, aguardamos o ogro.

Alguns minutos depois, nós o ouvimos chegar. A princípio, parecia o som do vento assoviando entre as árvores.

No entanto, não havia vento. O ar estava totalmente parado e, em uma faixa estrelada entre a nuvem de trovoada e o horizonte, havia uma lua em quarto crescente, somando sua claridade pálida à luz das lanternas.

O montador e seu ajudante não ouviram nada, naturalmente porque não eram sétimos filhos de sétimos filhos como eu. Então, precisei alertá-los.

— Ele está chegando. Direi a vocês quando estiver na hora.

O som de sua aproximação se tornara mais agudo, quase como um grito, e eu comecei a ouvir também outra coisa: uma espécie de rosnado prolongado e forte. O ogro vinha atravessando rápido o cemitério e rumava direto para o prato de sangue na cova.

Ao contrário de um ogro normal, o estripa-reses é pouco mais do que um espírito, principalmente quando esteve se alimentando. Ainda assim, a maioria das pessoas não consegue enxergá-lo, embora o sintam quando ele abocanha sua carne.

Nem mesmo eu estava vendo muita coisa — apenas uma forma difusa vermelho-clara. Senti, então, uma vibração no ar junto ao meu rosto e o estripa-reses entrou na cova.

Eu disse "Agora" para o montador, que, por sua vez, acenou com a cabeça para o ajudante, que segurou com mais firmeza a corrente menor. Antes mesmo que ele a puxasse, ouvimos um ruído vindo da cova. Dessa vez era forte e nós três o ouvimos. Olhei de relance para os meus companheiros e vi seus olhos arregalarem e suas bocas se contraírem de medo da criatura ali dentro.

O ruído que ouvimos era o ogro lambendo o prato. Eram lambidas vorazes de uma língua monstruosa, combinadas com fungadas e bufos ávidos de um grande animal carnívoro. Tínhamos, mais ou menos, um minuto até ele terminar de comer. Depois, ele sentiria o cheiro do nosso sangue. Ele se tornara um ogro descontrolado e todos nós fazíamos parte do cardápio.

O ajudante começou a afrouxar a corrente e a pedra foi descendo sem balançar. Eu ajustava uma ponta, e o montador, a outra. Se tivessem aberto a cova nas dimensões certas e a pedra estivesse exatamente do tamanho especificado no desenho, não deveria haver problema. Foi o que disse a mim mesmo — mas não parava de pensar no último aprendiz do Caça-feitiço, o coitado do Billy Bradley, que morrera tentando aprisionar um ogro igual a este. A pedra entalara, prendendo seus dedos por baixo. Antes que pudessem reerguer a pedra para soltá-lo, o ogro abocanhara seus dedos e chupara seu sangue. Mais tarde, Billy morreu do choque. Por mais que eu tentasse, não conseguia tirá-lo do pensamento.

O mais importante era encaixar a pedra na cova de uma única vez — e, naturalmente, deixar os meus dedos de fora.

O montador estava no comando, fazendo o trabalho do pedreiro. Ao seu sinal, quando a pedra chegou a quase dois centímetros da borda, a corrente parou. Ele olhou para mim, o rosto muito sério, e ergueu a sobrancelha direita. Olhei para baixo e movi muito levemente o meu lado da pedra para alinhá-la na posição exata. Verifiquei mais uma vez para ter certeza e fiz sinal para o montador, que acenou para o ajudante.

Algumas voltas da corrente menor e a pedra se encaixou na posição certa na primeira tentativa, lacrando o ogro na cova.

O ogro soltou um urro raivoso que todos ouvimos. Não fez diferença, porém, porque estava preso e não havia mais nada a temer.

— Foi um bom serviço! — gritou o ajudante, saltando da armação, um sorriso cortando seu rosto de orelha a orelha. — Encaixe perfeito!

— É — disse o montador, rindo secamente. — Parece até que foi feito sob encomenda.

Senti um enorme alívio, feliz que tudo tivesse terminado. Então, quando o trovão reboou e o relâmpago brilhou no alto iluminando a pedra, reparei pela primeira vez o que o pedreiro gravara ali e me senti muito orgulhoso.

Ward

Uma grande letra grega — beta —, cortada por uma diagonal, era o sinal de que um ogro fora enterrado ali. Abaixo, à direita, o número um em algarismo romano indicava que era um ogro perigoso de primeira grandeza. Havia dez grandezas ao todo, e os ogros entre a primeira e a quarta eram capazes de matar. Finalmente, por baixo, o meu próprio nome — *Ward* —, concedendo-me o crédito pelo serviço.

Eu tinha acabado de amarrar o meu primeiro ogro. E ainda por cima um estripa-reses!

CAPÍTULO 2
O PASSADO DO CAÇA-FEITIÇO

Dois dias depois, de volta a Chipenden, o Caça-feitiço me fez contar tudo que acontecera. Quando terminei, ele me mandou repetir. Feito isso, alisou a barba e deu um grande suspiro.

— Que foi que o médico disse sobre o tolo do meu irmão? — perguntou-me. — Acha que poderá se recuperar?

— Ele disse que, pelo que via, o pior tinha passado, mas era muito cedo para afirmar qualquer coisa.

O Caça-feitiço assentiu pensativo.

— Muito bem, rapaz, você fez um bom trabalho. Não me ocorre nada que pudesse ter feito melhor. Pode folgar o resto do dia. Mas não deixe que isso lhe suba à cabeça. Amanhã tudo voltará ao normal. Depois dessa agitação, você precisa retomar a rotina diária.

No dia seguinte, ele me fez trabalhar duas vezes mais do que o habitual. As aulas começaram ao amanhecer e incluíram o que ele chamava de "prática". Mesmo tendo aprisionado um ogro, eu continuaria a praticar a abertura de covas.

— Preciso mesmo abrir outra cova para ogro? — perguntei entediado.

O Caça-feitiço me lançou um olhar fulminante até eu baixar os olhos, muito constrangido.

— Já está se julgando superior, rapaz? — perguntou-me. — Pois não é; portanto, não se encha de vento! Ainda tem muito que aprender. Você pode ter amarrado o seu primeiro ogro, mas contou com a ajuda de bons artífices. Um dia, você poderá ter que abrir uma cova sozinho, e depressa, para salvar uma vida.

Depois de cavar o buraco e rebocá-lo com sal e ferro, tive de colocar dentro dele o prato da isca sem derramar nenhuma gota de sangue. Naturalmente, por ser apenas um treinamento, usávamos água em lugar de sangue, mas o Caça-feitiço levava a prática muito a sério e, em geral, se irritava quando eu não acertava da primeira vez. Nesse dia, porém, não lhe dei motivo para tal. Tinha conseguido em Horshaw e repeti o feito no treinamento, acertando dez vezes seguidas. Ainda assim, o Caça-feitiço não teve sequer uma palavra de elogio para mim e comecei a ficar um pouco aborrecido.

Em seguida, tivemos uma prática de que realmente gostei: o uso da corrente de prata do Caça-feitiço. Havia um poste de quase dois metros de altura no jardim oeste, e a ideia era lançar a corrente sobre ele. O Caça-feitiço me fez tomar posição a diferentes distâncias do poste e praticar mais de uma hora por vez, sempre me lembrando de que, um dia, eu poderia estar enfrentando uma feiticeira de verdade e, se falhasse, não teria uma segunda chance. Havia um jeito especial para se usar a corrente. Ela devia ser enrolada na mão esquerda e lançada com um movimento rápido do pulso para fazê-la girar no sentido anti-horário e cair em uma espiral, da esquerda para a direita, envolvendo o poste e apertando-o. Agora, a uma distância de quase dois metros e meio, consegui amarrar o poste em nove das dez tentativas, mas, como sempre, o Caça-feitiço foi mesquinho nos elogios.

— Nada mal, suponho — disse. — Mas não fique presunçoso, rapaz. Uma feiticeira de verdade não vai lhe fazer o favor de ficar parada enquanto você lança a corrente. Até o fim do ano espero que você acerte nada menos de dez vezes nas dez tentativas!

Eu ficava mais do que aborrecido com essas exigências. Estava trabalhando com dedicação e progredira muito. E não era só isso, eu tinha acabado de amarrar o meu primeiro ogro e sem a ajuda do Caça-feitiço. O que me levava a perguntar se ele teria feito melhor durante o próprio aprendizado!

À tarde, o Caça-feitiço me dava licença para trabalhar sozinho em sua biblioteca, lendo e tomando notas, mas me deixava ler apenas determinados livros. Era muito rigoroso nisso. Eu ainda estava no primeiro ano do aprendizado; portanto, os ogros eram o tema principal dos meus estudos. Às vezes, porém, quando ele saía para tratar de outros assuntos, eu não podia deixar de dar uma olhada também nos outros livros.

Então, quando me cansava de ler sobre ogros, ia às três prateleiras compridas perto da janela e escolhia um dos grandes cadernos de capa de couro na prateleira mais alta. Eram diários, alguns escritos por caça-feitiços centenas de anos antes. Cada um cobria um período de aproximadamente cinco anos.

Dessa vez eu sabia exatamente o que estava procurando. Escolhi um dos primeiros diários do Caça-feitiço, curioso para ver como se saíra no ofício quando era jovem e se, em seu aprendizado, fora melhor do que eu. Naturalmente, ele tinha sido padre antes de iniciar sua formação como caça-feitiço, por isso já devia ser realmente velho para um aprendiz.

Bem, escolhi umas páginas a esmo e comecei a ler. É claro que reconheci sua caligrafia, mas, se um desconhecido estivesse lendo um daqueles trechos pela primeira vez, não teria adivinhado que o autor era o Caça-feitiço. Quando ele fala, sua linguagem é típica do Condado, terra a terra e sem o menor vestígio do que meu pai chama de "comportamento afetado". Quando escreve, ela é diferente. É como se todos aqueles livros que ele leu tivessem alterado sua linguagem. Eu já sou diferente, escrevo, quase sempre, como falo. Se meu pai, um dia, lesse as minhas anotações, ele teria orgulho de mim e saberia que continuo sendo seu filho.

A princípio, o que li não me pareceu diferente dos escritos mais recentes do Caça-feitiço, exceto que ele dizia errar mais. E era muito sincero, como sempre, explicando todas as vezes exatamente o que errara. Como ele mesmo não cansava de repetir, era importante registrar tudo para aprender com o passado.

Li um trecho em que ele descrevia que, certa manhã, passara horas intermináveis praticando com o prato da isca, e seu mestre se aborrecera porque ele não obtinha uma média mais alta do que oito acertos em dez! Isso fez com que eu me sentisse bem melhor. Em seguida, deparei com outra informação que me animou ainda mais. O Caça-feitiço só tinha amarrado o primeiro ogro quando completara dezoito meses de aprendizado. E, mais, tinha sido um ogro peludo e não um estripa-reses perigoso!

Aquilo foi o melhor registro que encontrei para me animar: sem dúvida, o Caça-feitiço fora um aprendiz bom e muito aplicado. A maior parte do que li era rotineiro e fui saltando as páginas rapidamente até chegar ao trecho em que o meu mestre se tornara um caça-feitiço por sua própria conta. Eu tinha lido de tudo que realmente precisava ler e já ia fechar o caderno quando alguma coisa chamou a minha atenção. Voltei ao início da anotação para me certificar e o que reproduzo em seguida não é uma cópia exata, palavra por palavra, mas tenho boa memória e está bastante parecida. Mesmo porque, depois de ter lido aquilo, eu certamente não iria esquecer.

No final do outono, viajei ao extremo norte do Condado, atendendo a um chamado para enfrentar uma criatura inumana que havia muito tempo aterrorizava o distrito. Muitas famílias na localidade tinham sofrido em suas mãos crueldades que acabaram resultando em mortes e mutilações.

Entrei na mata ao escurecer. Todas as folhas tinham caído e estavam secas e podres no chão, e a torre parecia um dedo negro do diabo apontando para o céu. Vi uma moça acenando de uma janela solitária; pedia ajuda freneticamente. A criatura a roubara para si e a conservava como seu brinquedo, encerrada naquelas paredes de pedra úmida.

Primeiro armei uma fogueira e me sentei contemplando as chamas para reunir coragem. Apanhando a pedra de afiar na bolsa, afiei minha navalha até não poder mais tocá-la com os dedos sem tirar sangue. Finalmente, à meia-noite, fui à torre e bati à porta com o meu bastão, desafiando a criatura.

Ela apareceu brandindo uma enorme maça e rugindo raivosamente. Era uma coisa imunda coberta de peles de animais, fedendo a sangue e gordura animal, e me atacou com uma terrível fúria.

No primeiro momento, bati em retirada, aguardando uma oportunidade, mas, quando ela tornou a avançar, soltei a lâmina embutida no meu bastão e, com toda a força, cravei-a fundo em sua cabeça. A criatura desabou morta aos meus pés, mas não senti remorsos por tirar sua vida, porque ela teria continuado a matar sem nunca se dar por satisfeita.

Foi então que a moça me chamou; sua voz de sereia me atraiu a subir a escada de pedra. No aposento mais alto da torre, encontrei-a sobre uma cama de palha; ela estava bem-amarrada com uma longa corrente de prata. De pele branca como leite e cabelos claros e longos, ela era de longe a mulher mais bonita que meus olhos já tinham visto. Seu nome era Meg e ela me suplicou que eu soltasse a corrente que a prendia; sua voz foi tão persuasiva que perdi a cabeça e o mundo girou ao meu redor.

Mal acabara de libertá-la das voltas da corrente, ela selou meus lábios com os dela. E tão doces foram os seus beijos que eu quase desmaiei em seus braços.

Acordei com o sol entrando pela janela e vi-a claramente pela primeira vez. Era uma *feiticeira lâmia* e trazia no corpo a marca da serpente. Embora tivesse a pele clara, sua coluna era coberta de escamas verdes e amarelas.

Enraivecido com a trapaça, tornei a amarrá-la com a corrente e por fim levei-a para uma cova em Chipenden. Quando a soltei mais uma vez, a lâmia lutou com tanta ferocidade que quase não consegui dominá-la e fui obrigado a arrastá-la pelos seus longos cabelos através da mata, enquanto ela reclamava e gritava como se quisesse acordar os mortos. Chovia pesado e ela escorregava pelo capim molhado, mas continuei a arrastá-la pelo chão, embora os espinhos arranhassem seus braços e pernas nuas. Foi cruel, mas teve que ser assim.

Quando comecei a empurrá-la para dentro da cova, ela se agarrou aos meus joelhos e começou a soluçar de dar pena. Fiquei ali, angustiado e quase caindo pela *borda da cova até que, por fim, tomei uma decisão de que talvez venha a me arrepender.*

Ajudei-a a se levantar e a abracei, e os dois choramos. Como poderia prendê-la na cova, quando percebia que a amava mais do que a mim mesmo?

Pedi-lhe perdão e, dando as costas à cova, nos afastamos dali de mãos dadas.

Deste embate lucrei uma corrente de prata, uma ferramenta cara que, de outra forma, teria me custado longos meses de trabalho pesado para comprar. O que perdi, ou talvez venha a perder, nem me atrevo a pensar.

A beleza é uma coisa terrível; prende um homem com mais força do que a corrente de prata prende uma feiticeira.

Não consegui acreditar no que acabara de ler! O Caça-feitiço tinha me alertado contra as mulheres bonitas mais de uma vez, mas ali ele desrespeitara a própria regra! Meg era uma feiticeira e, no entanto, ele não a prendera em uma cova!

Folheei rapidamente as demais páginas do caderno, esperando encontrar outra referência à moça, mas não havia mais nada — absolutamente nada! Era como se ela tivesse parado de existir.

Eu sabia muita coisa sobre feiticeiras, mas nunca tinha ouvido falar em lâmias antes, por isso repus o caderno onde estava e procurei na prateleira logo abaixo, onde os cadernos estavam dispostos em ordem alfabética. Abri o que tinha o título Feiticeiras, mas não havia referência a Meg. Por que o Caça-feitiço não tinha escrito nada sobre ela? Continuaria solta, em algum lugar do Condado?

Era realmente curioso, e tive outra ideia; puxei um livro grande da prateleira mais baixa. Intitulava-se O bestiário e listava em ordem alfabética todos os tipos de criaturas, inclusive as feiticeiras. Por fim, encontrei a parte que queria: Lâmias.

Aparentemente, as lâmias não eram nativas do Condado, vinham de terras do além-mar. Evitavam a luz do sol, mas à noite caçavam homens e bebiam seu sangue. Eram capazes de mudar de aparência e pertenciam a duas categorias distintas: a ferina e a doméstica.

As ferinas, em seu estado natural, eram perigosas e imprevisíveis e tinham pouca semelhança com os seres humanos. Todas possuíam escamas em vez de pele e garras em vez de unhas. Algumas corriam pelo chão, de quatro, enquanto outras tinham asas e penas na parte superior do corpo e eram capazes de voar pequenas distâncias.

Uma lâmia ferina, porém, podia se tornar uma lâmia doméstica quando se associava intimamente com humanos. Muito gradualmente assumia a forma de mulher e uma feição humana, exceto por uma estreita linha de escamas verdes e amarelas que permaneciam visíveis em suas costas, ao longo da coluna vertebral. Tinha-se conhecimento de lâmias domésticas que chegavam a adquirir crenças humanas. Muitas vezes deixavam de ser malevolentes e se tornavam benevolentes, trabalhando pelo bem dos outros.

Será que Meg se tornara benevolente? O Caça-feitiço teria agido corretamente quando não a prendera na cova?

De repente, percebi que era tarde e saí correndo da biblioteca para a minha aula, com a cabeça dando voltas. Alguns minutos depois, meu mestre e eu estávamos na orla do jardim oeste, sob as árvores, de onde se descortinavam as serras e o sol de outono declinando no horizonte. Sentei-me no banco como de costume e me ocupei em tomar notas enquanto o Caça-feitiço andava para lá e para cá ditando. Porém, não conseguia me concentrar.

Começamos com a aula de latim. Eu tinha um caderno especial para anotar a gramática e o novo vocabulário que o Caça-feitiço me ensinava. Havia muitas listas e o caderno estava quase cheio.

Tinha vontade de confrontar o Caça-feitiço com o que acabara de ler, mas como poderia? Eu próprio tinha desrespeitado a regra de ler apenas os livros que ele determinasse. Não devia estar lendo os seus diários e agora desejava que não o tivesse feito. Sabia que ele ficaria aborrecido.

Em consequência do que lera na biblioteca, fui sentindo cada vez mais dificuldade para me concentrar no que ele dizia. E sentia fome, também, mal podendo esperar a hora do jantar. Em geral, as noites eram minhas e eu tinha liberdade de fazer o que quisesse, mas hoje ele estava me obrigando a trabalhar mais. Ainda assim, faltava menos de uma hora para o sol se pôr, e a parte pior das aulas já passara.

Ouvi, então, um som que me fez gemer por dentro.

Era o sino tocando. Não um sino de igreja. Não, este tinha o timbre mais agudo e fino de um sino bastante menor — o que era usado pelas nossas visitas. Ninguém tinha permissão de subir à casa do Caça-feitiço, por isso as pessoas iam à encruzilhada e tocavam o sino para avisar meu mestre de que precisavam de ajuda.

—Vá ver quem é, rapaz — disse ele, indicando com a cabeça a direção do sino. Normalmente, ambos teríamos ido, mas o Caça-feitiço ainda estava muito enfraquecido pela febre que o contagiara.

Não me apressei. Uma vez fora do campo de visão da casa e dos jardins, desci passeando. Faltava muito pouco para findar o dia e o Caça-feitiço não estava inteiramente restabelecido para tomar qualquer providência àquela noite, então não faríamos nada até a manhã seguinte. Eu traria a notícia do problema e contaria os detalhes ao Caça-feitiço durante o jantar. Quanto mais tarde retornasse, menos teria que escrever. Já fizera o bastante por um dia e o meu pulso estava doendo.

Coberto pelos ramos dos salgueiros, árvores que no Condado chamamos vimeiros, a encruzilhada era um lugar sombrio mesmo ao meio-dia e sempre me deixava nervoso. Por um lado porque nunca se sabia quem poderia estar ali à espera; por outro, porque sempre trazia más notícias, razão por que tinha vindo. Precisava da ajuda do Caça-feitiço.

Desta vez havia um rapaz esperando. Usava botas de mineiro e tinha as unhas sujas. Parecendo ainda mais nervoso do que eu, ele despejou sua história tão rápido que meus ouvidos não conseguiram acompanhá-la e precisei pedir que a repetisse. Quando ele partiu, voltei direto para casa.

Não passeei, corri.

O Caça-feitiço estava parado ao lado do banco, de cabeça baixa. Quando me aproximei, ele ergueu o rosto com um ar triste. De algum modo, percebi que já sabia o que eu ia dizer, mas disse assim mesmo.

— Más notícias de Horshaw — comecei, tentando recuperar o fôlego. — Lamento, mas é sobre seu irmão. O médico não pôde salvá-lo. Ele morreu ontem de manhã, pouco antes do amanhecer. O enterro será na sexta feira de manhã.

O Caça-feitiço soltou um longo e profundo suspiro e permaneceu em silêncio por vários minutos. Eu não soube o que dizer, por isso me calei. Era difícil saber o que ele estaria sentindo. Uma vez que os dois não se falavam havia mais de quarenta anos, não poderiam ser muito íntimos, mas ainda assim o padre era seu irmão e o Caça-feitiço devia guardar dele alguma lembrança feliz — talvez anterior à briga ou do tempo em que eram crianças.

Por fim, ele tornou a suspirar e disse:

—Vamos, rapaz. É melhor jantarmos cedo.

Comemos em silêncio. O Caça-feitiço beliscou a comida e me perguntei se seria por causa das más notícias sobre o irmão ou porque ainda não recuperara o apetite desde que adoecera. Habitualmente, ele dizia algumas palavras, nem que fosse para me perguntar o que achara da refeição. Era quase um ritual, uma vez que tínhamos de fazer elogios ao ogro favorito do Caça-feitiço, que preparava todas as refeições, ou ele ficaria de mau humor. O elogio ao jantar era muito importante ou o bacon acabaria queimado na manhã seguinte.

— Foi um ensopado muito bom — disse eu por fim. — Nem me lembro quando foi que comi um tão bom.

O ogro permanecia invisível a maior parte do tempo, mas, por vezes, assumia a forma de um gatão ruivo; quando ficava realmente satisfeito, esfregava-se nas minhas pernas por baixo da mesa da cozinha. Dessa vez nem sequer ronronou. Ou eu não fora muito convincente, ou ele estava quieto por causa das más notícias.

O Caça-feitiço, de repente, empurrou o prato para o lado e alisou a barba com a mão esquerda.

— Vamos a Priestown — disse inesperadamente. — Partiremos amanhã bem cedo.

Priestown? Não acreditei no que estava ouvindo. Ele fugia daquele lugar como o diabo da cruz, e certa vez tinha me dito que jamais poria os pés ali. Não explicara a razão e nunca perguntei, porque sempre se podia perceber quando ele não queria explicar alguma coisa. Uma vez, quando estivemos à distância de uma cusparada do litoral e precisávamos atravessar o rio Ribble, o ódio que o Caça-feitiço sentia pela cidade tinha sido um verdadeiro problema. Em vez de usar a ponte de Priestown, tivemos de caminhar quilômetros para o interior até a próxima localidade só para evitar passar por perto da cidade.

— Por quê? — perguntei, minha voz apenas um sussurro, sem saber se a minha pergunta o irritaria. — Pensei que íamos a Horshaw para o enterro.

— *Vamos* ao enterro, rapaz — respondeu o Caça-feitiço, sua voz muito calma e paciente. — O tolo imbecil do meu irmão apenas trabalhava em Horshaw, mas era padre: quando um padre morre no Condado, levam o seu corpo para Priestown e fazem os funerais na grande catedral da cidade, antes de o enterrarem no cemitério da igreja.

"Então vamos lhe prestar as últimas homenagens. Mas não é a única razão. Temos um assunto pendente naquela cidade esquecida por Deus. Apanhe o seu caderno, rapaz. Abra uma página em branco e escreva o seguinte título..."

Eu ainda não terminara o ensopado, mas obedeci imediatamente. Quando ele falou em "assunto pendente", eu sabia que se tratava de ocupações caça-feitiços, por isso tirei o tinteiro do bolso e coloquei-o na mesa ao lado do meu prato.

Tive uma ideia súbita.

— O senhor está se referindo ao ogro que eu amarrei? Acha que ele fugiu? Não tivemos tempo para cavar dois metros e setenta centímetros. O senhor acha que ele foi para Priestown?

— Não, rapaz, você fez um bom trabalho. Há coisa muito pior lá. Aquela cidade é amaldiçoada! Amaldiçoada por uma coisa que enfrentei há vinte longos anos. Ela levou a melhor e me deixou de cama quase seis meses. De fato, quase morri. Desde então, nunca mais voltei, mas como precisamos visitar a cidade, seria bom que eu também resolvesse essa pendência. Não, não se trata de um simples estripa-reses que atormenta aquela maldita cidade. É um espírito antigo chamado "o Flagelo" e é o único da sua espécie no mundo. Cada dia ele se torna mais forte, então é preciso agir e não posso continuar adiando o problema.

Escrevi *Flagelo* no alto da página, mas, para meu desapontamento, o Caça-feitiço de repente balançou a cabeça e deu um grande bocejo.

— Pensando bem, isso pode esperar até amanhã, rapaz. É melhor terminar o seu jantar. Sairemos muito cedo amanhã; então, o melhor é irmos dormir.

CAPÍTULO 3
O FLAGELO

Partimos logo depois do amanhecer, e eu, como sempre, carregando a pesada bolsa do Caça-feitiço. Em uma hora, percebi que a viagem levaria, pelo menos, dois dias. Em geral, o Caça-feitiço caminhava a uma velocidade fantástica, obrigando-me a redobrar o passo para acompanhá-lo, mas ele ainda estava fraco e toda hora ficava sem fôlego e parava para descansar.

Fazia um dia ensolarado com uma leve friagem de outono. O céu estava azul e os pássaros cantavam, mas nada disso tinha importância. Eu não conseguia parar de pensar no Flagelo.

A minha preocupação era que, no passado, o Caça-feitiço quase perdera a vida tentando amarrá-lo. Agora estava mais velho e, se em breve não recuperasse suas forças, como poderia esperar vencer a criatura dessa vez?

Então, ao meio-dia, quando paramos para um longo descanso, resolvi perguntar-lhe tudo sobre esse espírito medonho. Não perguntei imediatamente porque, para grande espanto meu, quando nos sentamos em um tronco de árvore caído, ele tirou um pão e um bom pedaço de presunto da bolsa e cortou porções bastante generosas para nós dois. Habitualmente, quando estamos a caminho de um serviço, passamos o dia com um mísero pedacinho de queijo porque é preciso jejuar antes de enfrentar as trevas.

Porém, eu estava com fome e não via por que reclamar. Supus que haveria tempo para jejuar quando terminassem os funerais, pois agora o Caça-feitiço precisava se alimentar para se restabelecer.

Por fim, quando terminei de comer, inspirei profundamente, apanhei o meu caderno e lhe perguntei sobre o Flagelo. Para minha surpresa, ele me mandou guardar o caderno.

— Você pode fazer suas anotações quando estivermos regressando. Além disso, eu mesmo tenho muito que aprender sobre o Flagelo; portanto, não vale a pena anotar coisas que talvez, mais tarde, precisemos mudar.

Suponho que eu tenha ficado de boca aberta ao ouvir isso. Quero dizer, sempre achei que o Caça-feitiço soubesse praticamente tudo que havia para se saber sobre as trevas.

— Não fique tão surpreso, rapaz. Você sabe que continuo a fazer minhas anotações e o mesmo fará você, se viver tanto quanto eu. Nunca paramos de aprender neste ofício, e o primeiro passo para alcançar o conhecimento é aceitar a própria ignorância.

"E, como já lhe disse, o Flagelo é um espírito antigo e malévolo que até o momento levou a melhor, admito envergonhado. Mas tenho esperança de que dessa vez será diferente. Nosso primeiro problema será encontrá-lo — continuou o Caça-feitiço. — Ele vive nas catacumbas da catedral de Priestown, em cujo subsolo existem quilômetros de túneis."

— Para que servem as catacumbas? — perguntei, imaginando quem construiria tantos túneis.

— É onde ficam as criptas, rapaz, câmaras funerárias subterrâneas que guardam ossos muito antigos. Os túneis existiam muito antes de construírem a catedral. A colina já era um local sagrado quando os primeiros padres chegaram em navios do Ocidente.

— Então, quem construiu as catacumbas?

— Há quem chame os construtores de o "Povo Pequeno" por causa da baixa estatura, mas, na realidade, eles se chamam Segantii; não se sabe muita coisa deles, exceto que, no passado, o Flagelo foi o seu deus.

— Ele é um deus?

— É, sempre foi uma energia poderosa, e os primitivos segantii reconheceram sua força e o veneraram. Imagino que o Flagelo gostaria de voltar a ser deus. No passado, ele andava livremente por todo o Condado, entende? Com o passar dos séculos, ele se corrompeu e se tornou diabólico, e passou a aterrorizar o Povo Pequeno dia e noite e a jogar irmão contra irmão, destruir safras, queimar casas, massacrar inocentes. Gostava de ver as pessoas viverem na miséria e apavoradas, oprimidas, a tal ponto que já não valia a pena viver. Foram tempos terrivelmente sombrios para os segantii.

"Mas ele não atormentava apenas o Povo Pequeno. O rei dos segantii, Heys, era um bom homem. Derrotara todos os seus inimigos em batalha e procurava tornar seu povo forte e próspero. Havia, porém, um inimigo que não conseguira vencer: o Flagelo, que inesperadamente exigiu um tributo anual do rei Heys. Ordenou ao coitado que sacrificasse seus sete filhos, a começar pelo mais velho. Um filho por ano até não restar nenhum. Era mais do que um pai poderia suportar. Por fim, Naze, o filho caçula, conseguiu prender o Flagelo nas catacumbas. Não sei como fez isso — se eu soubesse, talvez fosse mais fácil derrotar a criatura. Só sei que bloqueou sua saída com um portão de prata trancado à chave: como outras criaturas das trevas, o Flagelo era vulnerável à prata."

— Então, ele continua preso lá embaixo depois de todo esse tempo?

— Continua, rapaz. Está amarrado lá embaixo até que alguém abra o portão e o liberte. Isso é um fato sabido por todos os padres. Um conhecimento que tem sido transmitido de geração em geração.

— Mas não há outra saída? Como o portão de prata pode impedir o Flagelo de sair? — perguntei.

— Não sei, rapaz. Só sei que ele está amarrado nas catacumbas e só pode sair pelo portão.

Tive vontade de perguntar por que não poderíamos simplesmente deixá-lo lá se estava amarrado e sem probabilidade de fugir, mas ele me respondeu antes que eu pudesse verbalizar a pergunta. O Caça-feitiço já me conhecia bem e era capaz de adivinhar o que eu estava pensando.

— Receio que não se possa deixar as coisas como estão, rapaz. Entenda, ele recomeçou a ganhar forças. Nem sempre foi apenas um espírito. Isso só aconteceu depois que o amarraram. Antes, quando era muito poderoso, tinha uma forma física.

— Que aparência tinha? — perguntei.

— Você irá descobrir amanhã. Antes de entrar na catedral para os funerais, olhe para a talha de pedra no alto da porta principal. É a melhor representação da criatura que você encontrará.

— Então, o senhor viu a criatura de verdade?

— Não, rapaz. Há vinte anos, quando tentei matar o Flagelo pela primeira vez, ele ainda era um espírito. Mas correm boatos de que sua força cresceu tanto que agora está assumindo a forma de outras criaturas.

— Como assim?

— Quero dizer que começou a mudar sua aparência e não vai demorar a se fortalecer o suficiente para retomar sua forma original. Então, será capaz de obrigar quase todo mundo a fazer o que quer. O verdadeiro perigo é que possa forçar alguém a destrancar o portão de prata. É o que mais nos preocupa!

— Mas de onde ele está retirando essa força? — Eu queria saber.

— Principalmente do sangue.

— Sangue?

— Do sangue de animais, e de seres humanos. Tem uma sede espantosa. Mas, felizmente, ao contrário do estripa-reses, não pode tirar sangue de um ser humano a não ser que este lhe doe voluntariamente...

— Por que alguém iria querer *doar* o próprio sangue? — perguntei, espantado com a ideia.

— Porque ele consegue penetrar a mente das pessoas. Tenta-as com dinheiro, posição e poder, o que quiserem. Se não consegue o que pretende persuadindo a vítima, então ele a aterroriza. Por vezes, atrai a pessoa às catacumbas e a ameaça com a chamada "prensa".

— Prensa? — admirei-me.

— É, rapaz. Ele pode se tornar tão pesado que algumas de suas vítimas são encontradas achatadas, seus ossos e corpos espalhados pelo chão; é preciso raspar seus restos para poder enterrá-las. Foram "prensadas"; e não é uma cena agradável. O Flagelo não pode abrir nosso corpo se não quisermos, mas lembre-se de que continuamos vulneráveis à sua prensa.

— Não consigo entender como ele pode obrigar alguém a fazer isso se está preso nas catacumbas.

— Ele é capaz de ler pensamentos, provocar sonhos, enfraquecer e corromper a mente dos que estão na superfície. Às vezes, vê através dos olhos das pessoas. A influência dele se estende à catedral e ao presbitério, e apavora os padres. E assim, há anos, ele vem disseminando o mal em Priestown.

— Por intermédio dos padres?

— É, especialmente os que têm a mente fraca. Sempre que pode, o Flagelo usa-os para espalhar o mal. Meu irmão Andrew trabalha como ferreiro em Priestown e mais de uma vez me mandou avisos sobre o que está acontecendo. O Flagelo esgota o espírito e a vontade. Obriga as pessoas a fazerem o que ele quer, silencia as vozes do bem e da razão: suas vítimas se tornam ambiciosas e cruéis, abusam do próprio poder, roubam os pobres e os doentes. Agora, em Priestown, os dízimos são cobrados duas vezes por ano.

Eu sabia o que era dízimo. Um décimo da renda anual do nosso sítio que pagávamos como imposto à igreja local. É a lei.

— Pagar uma vez por ano já é bem ruim — continuou o Caça-feitiço —, que dirá duas, e é difícil manter os lobos afastados da nossa porta. Mais uma vez, ele impõe às pessoas o medo e a pobreza, como já fez no passado aos segantii. É uma das manifestações mais absolutas e diabólicas das trevas que já vi. Mas a situação não pode se prolongar por mais tempo. De uma vez por todas tenho que pôr um fim nisso antes que seja tarde demais.

— E o que faremos? — perguntei.

— Bom, no momento ainda não tenho muita certeza. O Flagelo é um inimigo perigoso e inteligente; talvez possa ler as nossas mentes e saber exatamente o que estamos pensando antes mesmo de percebermos.

"Mas, além da prata, ele tem outra grave fraqueza. As mulheres o deixam muito nervoso; por isso, procura evitar sua companhia. Não consegue ficar perto delas. Entendo bem o que ele sente, mas preciso pensar como usar isso em nosso benefício."

O Caça-feitiço sempre me alertara para ter cuidado com as moças e, por alguma razão, particularmente com aquelas que usam sapatos de bico fino. Portanto, eu estava acostumado a ouvi-lo dizer essas coisas. Agora, porém, que eu conhecia o seu relacionamento com a Meg, perguntava-me se a lâmia teria contribuído para ele falar assim.

Com certeza, meu mestre me dera muito em que pensar. E eu não podia deixar de estranhar que houvesse tantas igrejas e padres e congregações em Priestown, todos acreditando em Deus. Estariam enganados? Se o Deus deles era tão poderoso, por que não tomava alguma providência contra o Flagelo? Por que permitia que ele corrompesse padres e espalhasse o mal pela cidade?

Meu pai era religioso, embora nunca fosse à igreja. Ninguém em nossa família ia porque o trabalho na propriedade não parava aos domingos e estávamos sempre ocupados demais ordenhando ou fazendo outras tarefas. Isso, no entanto, me fez indagar em que acreditaria o Caça-feitiço, especialmente depois do que minha mãe me contara — que, no passado, ele fora padre.

— O senhor acredita em Deus? — perguntei.

— Eu costumava acreditar em Deus — respondeu-me muito pensativo. — Quando era criança, nunca duvidei da existência de Deus nem por um momento, mas com o tempo fui mudando. Entenda, rapaz, quando se viveu tanto quanto eu, há coisas que nos fazem duvidar. Agora não tenho muita certeza, mas continuo a manter a mente aberta.

"No entanto, vou lhe dizer uma coisa — continuou. — Duas ou três vezes na vida estive em apuros tão sérios que nunca pensei sair deles ileso. Enfrentei as trevas e quase me resignei com a morte, embora apenas em parte. Então, quando tudo parecia perdido, ganhei novo alento. Tenho apenas uma ideia de onde terá vindo. Mas com aquela força sobreveio em mim um novo sentimento. Que alguém ou alguma coisa estava do meu lado. Que eu não estava mais sozinho."

O Caça-feitiço parou e suspirou profundamente.

— Não acredito no Deus de que nos falam na igreja — disse-me. — Não acredito em um velho de barbas brancas. Contudo, há alguém observando o que fazemos e, se levarmos uma vida correta, ele estará ao nosso lado e nos dará forças nas horas de necessidade. É nisso que acredito. Vamos andando, rapaz. Já perdemos muito tempo aqui e é melhor continuar a viagem.

Apanhei a bolsa dele e o acompanhei. Pouco depois saímos da estrada e tomando um atalho por dentro da mata atravessamos uma grande campina. A travessia foi bem agradável, mas paramos muito antes do pôr do sol. O Caça-feitiço estava exausto demais para prosseguir e, na verdade, devia estar em Chipenden restabelecendo-se da febre.

Eu tinha um mau pressentimento do que nos aguardava: uma forte sensação de perigo.

CAPÍTULO 4
PRIESTOWN

Priestown, construída às margens do rio Ribble, era a maior cidade que eu já visitara na vida. Quando descemos o morro, o rio me pareceu uma enorme serpente alaranjada à luz do sol poente.

Era uma cidade de igrejas, com as flechas dos campanários e as torres destacando-se das fileiras de casinhas na encosta. Bem no topo de um morro, próximo ao centro da cidade, situava-se a catedral. Dentro dela caberiam facilmente três das maiores igrejas que eu conhecera na vida. E o seu campanário era uma visão à parte. Era de calcário quase branco e tão alto que imaginei a cruz em seu topo escondida por nuvens nos dias de chuva.

— Esse é o campanário mais alto do mundo? — perguntei, apontando-o entusiasmado.

— Não, rapaz — respondeu o Caça-feitiço com um raro sorriso. — Mas é o mais alto do Condado, como deveria ser em uma cidade com tantos padres. Eu gostaria que houvesse menos, mas teremos que nos arriscar.

De repente, o sorriso desapareceu de seu rosto.

— Falando no diabo! — exclamou, cerrando os dentes e me puxando para uma abertura na cerca viva que dava passagem para o campo vizinho. Ali, ele levou o indicador aos lábios, pedindo silêncio, e me mandou agachar como ele, enquanto escutava os passos que se aproximavam. A cerca de pilriteiros era densa e ainda conservava a maioria das folhas, mas através dela pude vislumbrar uma batina preta por cima das botas. Era um padre!

Ficamos ali um bom tempo, mesmo depois que os passos morreram a distância. Só então o Caça-feitiço retomou o caminho comigo. Não consegui entender a razão de sua preocupação. Em nossas viagens passávamos por muitos padres. Não eram muito simpáticos, mas nunca procuramos nos esconder.

— Precisamos ficar vigilantes, rapaz — explicou o Caça-feitiço. — Padres sempre trazem problemas, mas nesta cidade eles representam um perigo real. Entenda, o bispo de Priestown é o tio do Alto Inquisidor. Com certeza, você já ouviu falar nele.

Assenti.

— Ele caça bruxas — não é?

— Isso, rapaz, é o que ele faz. Quando pega alguém que considera bruxo ou bruxa, põe um chapéu preto, vira juiz e os julga, um julgamento que normalmente termina muito rápido. No dia seguinte, ele troca de chapéu. Vira carrasco e organiza a execução pública na fogueira. Tem uma reputação de eficiente e, em geral, uma grande multidão acorre para assistir a ele. Dizem que ele finca a estaca meticulosamente para o coitado levar um bom tempo para morrer. Acredita-se que a dor leve o feiticeiro a se arrepender do que fez e a pedir perdão a Deus; assim, ao morrer, sua alma se salvará. Mas isso é apenas uma desculpa. O Inquisidor não tem o conhecimento de um Caça-feitiço e não saberia identificar uma feiticeira de verdade, nem que ela pusesse a mão para fora da sepultura e o agarrasse pelo tornozelo! Não, ele é apenas um homem cruel que gosta de infligir dor. Gosta do trabalho que faz e enriqueceu com o dinheiro que ganhou vendendo as casas e os sítios das pessoas que condenou.

"E isso me leva ao problema que ele representa para nós. Entenda, o Inquisidor inclui o caça-feitiço na conta dos feiticeiros. A Igreja não gosta que ninguém interfira nas trevas, mesmo que seja para combatê-las. Acha que só os padres deveriam ter permissão para isso. O Inquisidor tem o poder de prender e conta com funcionários armados para cumprir suas ordens — mas, anime-se, rapaz, porque essa é a má notícia.

"A boa notícia é que o Inquisidor mora em uma grande cidade mais para o sul, muito além das fronteiras do Condado, e raramente vem ao norte. Portanto, se nos virem e o chamarem, ele levará mais de uma semana para chegar, mesmo a cavalo. Além disso, a minha chegada aqui deve ser uma surpresa. A última coisa que alguém poderia esperar é que eu viesse assistir aos funerais de um irmão com quem passei quarenta anos sem falar."

Mas suas palavras não me consolaram. Quando descemos o morro, estremeci ao pensar no que me dissera. Pareceu-me muito arriscado entrar na cidade. De capa e bastão, ele era inconfundivelmente um caça-feitiço. E eu ia comentar a respeito, quando ele fez um gesto com o polegar para virarmos à esquerda; entramos em um arvoredo paralelo à estrada. A uns trinta passos mais ou menos, meu mestre parou.

— Muito bem, rapaz — disse-me. — Tire a sua capa e entregue-a a mim.

Não discuti; pelo tom de sua voz percebi que ele falava sério, mas fiquei imaginando o que pretenderia. Ele despiu a própria capa com capuz e pôs o bastão no chão.

— Muito bem. Agora procure uns gravetos e ramos finos. Mas nada muito pesado.

Alguns minutos depois, eu tinha feito o que me pedira e observei-o colocar o bastão no feixe de gravetos e ramos e embrulhar tudo com nossas capas. Naturalmente, a essa altura eu já adivinhara o que ia fazer. As pontas dos gravetos espetavam para fora do feixe e faziam parecer que andáramos catando lenha para o fogo. Era um disfarce.

— Há várias estalagens pequenas perto da catedral — disse, atirando-me uma moeda de prata. — Será mais seguro para você não ficarmos juntos, porque, se vierem à minha procura, prenderão você também. É melhor nem saber onde vou me hospedar, rapaz. O Inquisidor faz uso da tortura. Se capturar um de nós, logo saberá onde o outro está. Vou sair primeiro. Me dê dez minutos de dianteira e então vá.

"Escolha uma estalagem cujo nome não faça qualquer referência a igrejas para evitar que acabemos na mesma. E não jante, porque iremos trabalhar amanhã. Os funerais serão às nove da manhã, mas procure chegar cedo e sente-se próximo ao fundo da catedral; se eu já estiver lá, não se aproxime."

"Trabalhar" queria dizer serviço de caça-feitiço, e fiquei imaginando se iríamos descer às catacumbas para enfrentar o Flagelo. Não gostei nem um pouco da ideia.

— Ah, e tem mais uma coisa — acrescentou o Caça-feitiço ao se virar para ir embora. — Você cuidará da minha bolsa, então, do que precisa lembrar quando a carrega em um lugar como Priestown?

— De carregar a bolsa com a mão direita — respondi.

Ele assentiu e, em seguida, colocando o feixe no ombro direito, deixou-me aguardando no arvoredo.

Os dois éramos canhotos, coisa que os padres não aprovavam. Chamavam os canhotos de "sinistros", pessoas mais facilmente tentadas pelo diabo ou suas seguidoras.

Dei-lhe dez minutos ou pouco mais, para ter certeza de que haveria distância suficiente entre nós, então, carregando sua pesada bolsa, desci o morro em direção ao campanário. Uma vez na cidade, recomecei a subida para a catedral e, quando cheguei mais próximo, comecei a procurar uma estalagem.

Havia realmente muitas; na maioria das ruas calçadas de pedra parecia haver uma, mas o problema era que, pelo visto, todas estavam de algum modo ligadas à igreja. Para citar apenas algumas, havia O Báculo do Bispo, A Estalagem do Campanário, O Frade Jovial, A Mitra, O Livro e a Vela. A última me lembrou o motivo inicial de nossa vinda a Priestown. O irmão do Caça-feitiço descobrira à própria custa que os livros e as velas em geral não funcionavam contra as trevas. Nem mesmo quando se usava um sino também.

Logo percebi que o Caça-feitiço facilitara a própria busca e dificultara bastante a minha, e passei muito tempo vasculhando o labirinto de ruas estreitas e as ruas largas que as interligavam. Andei pela rua Fylde, depois subi uma rua larga chamada Portão do Frade, onde não havia portão algum. As ruas estavam apinhadas de gente, a maioria andando apressada. O grande mercado, no alto do Portão do Frade, estava encerrando o dia, mas alguns fregueses ainda brigavam e pechinchavam com os comerciantes para obter bons preços. O cheiro de peixe dominava tudo e um enorme bando de gaivotas famintas grasnava no céu.

De vez em quando, eu via uma figura de batina preta e mudava de rumo ou atravessava a rua. Custei a acreditar que uma cidade pudesse ter tantos padres.

Depois desci o morro do Portão do Pescador até avistar o rio ao longe e tornei a subir. Por fim, dei uma volta completa sem sucesso. Eu não podia pedir a ninguém que me indicasse uma estalagem cujo nome não tivesse relação com a igreja porque pensariam que eu era maluco. Chamar atenção para a minha pessoa era a última coisa que eu queria. E, embora estivesse carregando a pesada bolsa de couro preto do Caça-feitiço na mão direita, eu continuava a atrair muitos olhares curiosos.

Por fim, quando já ia escurecendo, encontrei uma estalagem não muito distante da catedral por onde começara a minha busca. Era pequena e se chamava Touro Negro.

Antes de me tornar aprendiz do Caça-feitiço, eu jamais me hospedara em uma estalagem porque nunca tivera motivo para me distanciar muito do sítio do meu pai. Desde então, eu já pernoitara em meia dúzia. Talvez até bem mais, porque viajávamos com frequência, às vezes durante vários dias, mas o Caça-feitiço gostava de economizar e, não fosse o tempo estar realmente ruim, ele achava que uma árvore ou um velho estábulo era abrigo suficiente para passar a noite. Esta, no entanto, era a primeira estalagem da minha vida na qual eu ficaria sozinho e me senti um pouco nervoso ao entrar.

Sua porta estreita abria para uma sala ampla e mal-iluminada por uma única lanterna. Estava mobiliada com mesas e cadeiras vazias e um balcão de madeira ao fundo. O balcão cheirava fortemente a vinagre, mas logo percebi que era apenas cerveja azeda que impregnara a madeira. Havia uma sineta pendurada em uma corda à direita do balcão e, então, toquei-a.

Dali a pouco, a porta atrás do balcão se abriu e surgiu um homem careca limpando as mãos enormes em um avental comprido e sujo.

— Gostaria de alugar um quarto para passar a noite, por favor — eu disse, acrescentando depressa: — Talvez me demore um pouco mais.

Ele me olhou como se tivesse acabado de me achar na sola do sapato, mas quando apanhei a moeda de prata e a coloquei no balcão sua expressão se tornou mais simpática.

— O rapaz gostaria de jantar? — perguntou ele.

Balancei negativamente a cabeça. Afinal, eu estava jejuando, mas uma olhada no seu avental manchado me fizera perder o apetite.

Cinco minutos depois subi para o quarto e tranquei a porta. A cama estava desarrumada, e a roupa, suja. Eu sabia que o Caça-feitiço teria reclamado, mas no momento eu só pensava em dormir e aquilo era melhor do que um estábulo varrido pelo vento. Quando, porém, espiei pela janela, senti saudades de Chipenden.

Em vez do caminho branco que cortava o gramado até o jardim oeste e a vista para o pico do Parlick e as outras serras, à frente eu só conseguia ver uma fileira de casas encardidas, cada qual com sua chaminé despejando nuvens de fumaça escura na rua.

Deitei-me, então, na cama e, ainda segurando as alças da bolsa do Caça-feitiço, adormeci.

Na manhã seguinte, pouco depois das oito, eu me pus a caminho da catedral. Deixara a bolsa no quarto porque achariam estranho se eu a carregasse em um funeral. Senti-me um pouco apreensivo em deixá-la na estalagem, mas a bolsa tinha fechadura, assim como a porta, e as duas chaves estavam seguras no meu bolso. Levava também comigo uma terceira chave.

A que o Caça-feitiço me dera quando fui a Horshaw cuidar do estripa-reses. Fora feita pelo seu outro irmão, Andrew, o serralheiro, e abria a maioria das fechaduras desde que não fossem muito complicadas. Devia tê-la devolvido, mas sabia que o Caça-feitiço possuía mais de um exemplar, e como ele não pedira sua devolução, guardei-a comigo. Ela era muito útil, assim como o estojinho para fazer fogo que meu pai me dera quando iniciei o meu aprendizado. Sempre o levava no bolso também. Pertencera ao meu avô e era uma herança de família muito útil para alguém que aprendia o ofício de caça-feitiço.

Pouco depois eu estava subindo o morro, deixando o campanário à minha esquerda. Era uma manhã úmida, uma chuva pesada fustigava meu rosto e eu estava certo quanto ao campanário. Pelo menos, sua metade estava oculta pelas escuras nuvens cinzentas que passavam velozmente do sudoeste. Havia também no ar um forte cheiro de esgoto e cada casa tinha uma chaminé fumegante cujas baforadas iam parar na rua.

Muita gente parecia estar subindo o morro apressada. Uma mulher passou por mim quase correndo, arrastando duas crianças mais depressa do que as perninhas delas eram capazes de acompanhar. "Andem! Rápido!", ralhava ela. "Vamos chegar atrasados."

Por um momento, fiquei em dúvida se iriam também ao funeral, mas me pareceu pouco provável, pois seus rostos expressavam um entusiasmo excessivo. No topo, o morro se nivelava e virei para a esquerda em direção à catedral. Ali, uma multidão excitada enfileirava-se nos dois lados da rua como se estivesse aguardando alguma coisa. As calçadas estavam bloqueadas; por isso, tentei abrir caminho com o maior cuidado possível. Pedia licença, aflito para não pisar os pés das pessoas, mas a multidão acabou ficando tão densa que precisei parar e esperar também.

Mas não esperei muito tempo. Sons de aplausos e vivas subitamente irromperam à minha direita. Mais alto ouvi o ruído de cascos de cavalos se aproximando. Uma grande procissão vinha em direção à catedral; os dois primeiros cavaleiros trajavam chapéus e capas pretas com espadas à cintura. Atrás deles, outros cavaleiros, armados com punhais e enormes porretes, dez, vinte, cinquenta, e por fim um homem sozinho cavalgando um gigantesco cavalo branco.

Trajava uma capa preta, mas vislumbrava-se sob a capa, no pescoço e nos pulsos, uma luxuosa cota de malha, e a espada à sua cintura tinha a bainha incrustada de rubis. Suas botas eram de finíssimo couro e provavelmente tinham custado mais do que o salário anual de um trabalhador rural.

As roupas do cavaleiro e seu porte indicavam tratar-se de um líder, mas mesmo que estivesse vestido de trapos, não haveria dúvida. Tinha cabelos louros muito longos que cascateavam por baixo do chapéu vermelho de aba larga, e olhos tão azuis que faziam vergonha a um céu de verão. Fiquei fascinado com seu rosto. Era quase bonito demais para pertencer a um homem, mas, ao mesmo tempo, era forte, com um queixo proeminente e uma testa de pessoa decidida. Tornei, então, a olhar para os seus olhos azuis e senti a crueldade que irradiavam.

Lembrou-me um cavaleiro que eu vira passar montado a cavalo pelo nosso sítio, quando eu era criança. Mal olhara em nossa direção. Para ele não existíamos. Bem, pelo menos foi o que meu pai comentou. Disse também que aquele homem era um nobre, que bastava olharmos para saber que pertencia a uma família que conhecia suas origens há muitas gerações, todas ricas e poderosas.

Ao dizer a palavra nobre, meu pai cuspira na lama e me dissera que eu tinha sorte de ser filho de um sitiante e contar com um dia de trabalho honesto à minha espera.

O homem que atravessava Priestown a cavalo certamente era um nobre e tinha arrogância e autoridade escritas em seu rosto. Para meu espanto e desânimo, percebi que devia estar diante do Inquisidor, porque atrás dele vinha uma grande carroça aberta puxada por dois cavalos levando pessoas acorrentadas. A maioria eram mulheres, mas havia uns dois homens. Quase todos davam a impressão de que não se alimentavam direito havia muito tempo. Usavam roupas imundas, tinham marcas de espancamento e estavam cobertos de feridas. O olho esquerdo de uma mulher lembrava um tomate podre. Algumas mulheres choravam desesperadas, as lágrimas rolando por suas faces. De quando em quando, uma delas gritava a plenos pulmões que era inocente. Não adiantava. Estavam presas e logo seriam julgadas e queimadas na fogueira.

De repente, uma jovem correu para a carroça, erguendo a mão para um dos prisioneiros, tentando desesperadamente entregar-lhe uma maçã. Talvez fosse sua parenta — quem sabe sua filha.

Para meu horror, o Inquisidor simplesmente deu meia-volta com o cavalo e atropelou-a. Em um instante, ela estava estendendo uma maçã, e no outro, caída de lado nas pedras, urrava de dor. Vi a crueldade no rosto do homem. Ele sentira prazer em machucá-la. Quando a carroça passou escoltada por mais cavaleiros armados, os vivas da multidão se transformaram em xingamentos e gritos de: "Queima, queima!"

Foi então que vi a mocinha acorrentada entre os presos. Não era mais velha do que eu, e seus olhos se arregalavam assustados. A chuva colara fios de cabelos pretos em sua testa, e do nariz e da ponta do queixo rolavam pingos-d'água como se fossem lágrimas. Olhei para o vestido preto que ela estava usando, depois para os sapatos de bico fino, sem conseguir acreditar no que estava vendo.

Era Alice. E ela era uma prisioneira do Inquisidor.

CAPÍTULO 5
O FUNERAL

Fiquei atordoado com o que acabara de presenciar. Fazia vários meses que não via Alice. A tia, Lizzie Ossuda, era uma feiticeira que o Caça-feitiço e eu tínhamos enfrentado, mas Alice, ao contrário do restante da família, não era realmente má. Talvez fosse o mais perto que eu chegara de ter uma amiga e, graças a ela, alguns meses antes eu tinha conseguido destruir Mãe Malkin — a feiticeira mais diabólica do Condado.

Não, Alice apenas fora criada em má companhia. Eu não poderia permitir que a queimassem como feiticeira. Precisava descobrir um meio de salvá-la, mas no momento não me ocorria a menor ideia do que poderia fazer. Decidi, então, que, assim que o funeral terminasse, eu tentaria convencer o Caça-feitiço a me ajudar.

E havia ainda o Inquisidor. Que péssima escolha a nossa visita a Priestown ter coincidido com sua chegada. O Caça-feitiço e eu corríamos grande perigo. Agora, certamente, meu mestre não se demoraria na cidade após o funeral. Uma grande parte de mim desejava que ele quisesse partir imediatamente em vez de enfrentar o Flagelo. Não poderia, porém, deixar Alice para trás.

Quando a carroça passou, a multidão avançou e começou a acompanhar a procissão do Inquisidor. Comprimido no meio das pessoas, não tive outra escolha senão me deixar levar. A carroça passou pela catedral e parou à porta de uma grande casa de três andares com janelas de caixilhos. Supus que ali fosse o presbitério — a casa dos padres —, onde os prisioneiros logo seriam julgados. Todos foram retirados da carroça e arrastados para dentro, mas eu estava muito longe para ver Alice direito. Não havia nada que eu pudesse fazer, porém teria de pensar em alguma coisa depressa antes que a queimassem, o que certamente aconteceria dentro de pouco tempo.

Triste, dei as costas e atravessei a multidão até a catedral e o funeral do padre Gregory. A construção tinha grandes botaréus e altas janelas góticas com vitrais. Então, lembrando-me do que o Caça-feitiço dissera, olhei para a grande gárgula de pedra sobre a porta principal.

Era uma representação da forma original do Flagelo, a forma que ele tentava readquirir lentamente enquanto se fortalecia nas catacumbas. Estava agachado, um corpo coberto de escamas com músculos salientes e longas garras afiadas cravadas no dintel de pedra. Parecia prestes a saltar no chão.

Eu já vira coisas aterrorizantes na vida, mas nunca algo mais feio do que aquela cabeçorra. O queixo alongado se curvava para cima quase tocando o nariz comprido, e os olhos cruéis davam a impressão de me seguir enquanto eu me dirigia para a porta. As orelhas também eram estranhas e não ficariam mal em um cachorrão ou um lobo. Não era coisa com que se topasse em catacumbas!

Antes de entrar, olhei mais uma vez desesperado para o presbitério, perguntando-me se haveria realmente esperança de salvar Alice.

A catedral estava quase vazia. Procurei um lugar próximo ao fundo. Perto, duas velhotas estavam ajoelhadas, rezando de cabeça baixa, e um coroinha ocupava-se em acender as velas.

Havia bastante tempo para dar uma olhada no lugar. A catedral parecia maior por dentro, tinha um teto alto e enormes traves de madeira; até a mais leve tosse parecia ecoar indefinidamente. Tinha três naves — a central, que levava aos degraus do altar, era suficientemente larga para caberem um cavalo e sua carroça. O lugar era grandioso: todas as estátuas eram douradas e até as paredes estavam revestidas com mármore. Era muito diferente da igrejinha em Horshaw onde o irmão do Caça-feitiço desempenhara seu ofício.

Diante da nave central estava o caixão aberto do padre Gregory, com uma vela em cada canto. Eu nunca vira tantas velas na vida. Todas estavam fincadas em grandes castiçais de latão e eram mais altas do que um homem.

As pessoas foram chegando aos poucos na igreja. Entravam sozinhas e aos pares e, como eu, escolhiam bancos próximos ao fundo. Procurei várias vezes o Caça-feitiço, mas ainda não vira sinal dele.

Não pude deixar de olhar à volta à procura de vestígios do Flagelo. Eu não sentia a presença dele, mas uma criatura tão poderosa talvez fosse capaz de sentir a minha. E se os boatos fossem verdadeiros? E se ele realmente tivesse força para assumir uma forma física e estivesse sentado ali entre os fiéis? Olhei para os lados, nervoso, mas logo me acalmei ao me lembrar do que o Caça-feitiço dissera. O Flagelo estava preso nas catacumbas muito abaixo da catedral; então, por ora, eu certamente estava seguro.

Estava mesmo? Ele tinha a mente muito forte, dissera meu mestre, e era capaz de alcançar o presbitério ou a catedral para influenciar e corromper os padres. Talvez, nesse instante, estivesse tentando penetrar minha cabeça!

Ergui os olhos, horrorizado, e surpreendi o olhar de uma mulher que voltava ao seu banco depois de prestar sua homenagem ao padre Gregory. Instantaneamente reconheci nela a governanta chorosa, assim como também me reconheceu. Parou na extremidade do meu banco.

— Por que demorou tanto a chegar? — exigiu saber em um sussurro audível. — Se tivesse ido quando mandei buscá-lo da primeira vez, hoje ele estaria vivo.

— Fiz o melhor que pude — respondi, tentando não chamar atenção para nós.

— Então, às vezes o melhor que podem não é bastante bom, não é mesmo? O Inquisidor está certo a respeito de gente da sua laia, só traz mesmo encrenca e merece o que a espera.

Assustei-me ao ouvir o nome do Inquisidor, mas tinham começado a entrar muitas pessoas, todas trajando batinas pretas e casacos. Padres — dezenas deles! Nunca pensei ver tantos em um mesmo lugar de uma só vez. Era como se os clérigos do mundo inteiro tivessem se reunido para o funeral do velho padre Gregory. Eu sabia, no entanto, que não era bem verdade, e que aqueles eram apenas os que moravam em Priestown — e talvez alguns vindos de aldeias e cidades vizinhas. A governanta se calou e se apressou a voltar ao seu banco. Agora eu me sentia realmente amedrontado. Estava ali sentado na catedral, sobre catacumbas onde morava a criatura mais assustadora do

Condado, no momento em que o Inquisidor tinha vindo visitar a cidade — e eu fora reconhecido. Quis desesperadamente me afastar o máximo possível daquele lugar e olhei ansioso para os lados, procurando um sinal de meu mestre, mas não consegui localizá-lo. Eu estava decidindo se deveria sair, quando subitamente as grandes portas da igreja se abriram e entrou uma longa procissão. Não tive alternativa.

A princípio, pensei que o homem que vinha à frente era o Inquisidor, pois tinha feições semelhantes. Porém, este era mais velho, o que me fez lembrar do comentário do Caça-feitiço de que o tio do Inquisidor era o bispo de Priestown; concluí, então, que devia ser ele.

A cerimônia começou. Houve muita cantoria e nos levantamos, sentamos e ajoelhamos interminavelmente. Nem bem nos acomodávamos em uma posição, e tínhamos de mudá-la. Ora, se o ritual fosse em grego, eu poderia ter entendido um pouco melhor o que estava acontecendo, porque minha mãe me ensinara esse idioma quando eu era pequeno. Mas a maior parte do serviço fúnebre foi em latim. Consegui acompanhar alguma coisa e isso me fez compreender que teria de estudar mais nas aulas desse idioma.

O bispo disse que o padre Gregory estava no céu e que merecia estar lá pelos bons serviços que prestara. Fiquei um pouco surpreso por ele não mencionar como o padre Gregory tinha morrido, mas suponho que os padres quisessem abafar o ocorrido. Provavelmente, eles se sentiam relutantes em admitir que o seu exorcismo fracassara.

Finalmente, quase uma hora depois, o serviço fúnebre terminou e a procissão saiu da igreja, dessa vez com seis padres carregando o caixão. Os quatro mais corpulentos, que seguravam as velas, faziam o trabalho mais pesado e chegavam a cambalear sob o peso delas. Só quando o último padre passou por mim acompanhando o caixão, reparei na base triangular do seu grande castiçal de latão.

Em cada uma das três faces havia uma vívida representação da feia gárgula que eu vira no alto da porta da catedral. E, embora o efeito pudesse ser causado pela luz bruxuleante da vela, mais uma vez seus olhos pareceram me seguir quando o padre passou lentamente por mim.

Os padres se enfileiraram para participar da procissão e a maioria dos fiéis ao fundo acompanhou-os, mas permaneci na igreja por muito tempo, querendo me manter longe da governanta.

Pensei no que fazer. Não vira o Caça-feitiço e não fazia ideia de onde ele poderia estar hospedado ou como deveria me juntar a ele. Precisava preveni-lo da presença do Inquisidor — e agora da governanta.

Fora da igreja, a chuva tinha cessado e a área na entrada da catedral estava vazia. Olhando para a direita, avistei o finzinho da procissão desaparecer nos fundos da catedral onde eu imaginava que fosse o cemitério.

Resolvi ir para o lado oposto, atravessar o portão de entrada para chegar à rua, mas um susto me aguardava. Do outro lado, duas pessoas discutiam exaltadas. Mais precisamente, a exaltação maior era de um padre zangado, de cara vermelha e uma das mãos enfaixada. O outro era o Caça-feitiço.

Os dois pareceram reparar em mim ao mesmo tempo. O Caça-feitiço me fez sinal com o polegar para que eu não parasse, mas seguisse em frente imediatamente. Obedeci, e o mestre me acompanhou, mantendo-se do lado oposto da rua.

O padre gritou para ele.

— Pense bem, John, antes que seja tarde demais!

Arrisquei uma olhada para trás e vi que o padre não nos seguira; ao contrário, parecia estar me observando. Era difícil ter certeza, mas de repente achei que ele parecia muito mais interessado em mim do que no Caça-feitiço.

Levamos vários minutos descendo o morro antes que a rua nivelasse. De início, não havia muita gente no caminho, mas logo as vias foram se tornando mais estreitas e cheias, e, depois de mudarmos várias vezes de direção, chegamos ao mercado pavimentado com lajes. Era uma praça espaçosa e movimentada, cheia de barracas protegidas por armações de madeira e toldos de oleado cinzento. Segui o Caça-feitiço pela multidão, algumas vezes quase nos seus calcanhares. Que mais podia fazer? Teria sido fácil perdê-lo num lugar como aquele.

Havia uma grande taberna do lado norte do mercado, com bancos vazios na calçada, e o Caça-feitiço se dirigiu para lá. A princípio, pensei que fosse entrar e me perguntei se iríamos comprar nosso almoço. Se ele pretendesse partir por causa do Inquisidor, não haveria necessidade de jejuar. Em vez disso, virou para um beco sem saída, calçado com pedras, e me conduziu a uma mureta também de pedra, onde enxugou uma parte dela com a manga de sua camisa. Quando acabou de secar a água, sentou-se e me fez sinal para imitá-lo.

Sentei-me e olhei para os lados. O beco estava deserto e paredes de armazéns nos cercavam dos três lados. Havia umas poucas janelas rachadas e muito sujas, o que, pelo menos, nos protegia dos olhares curiosos.

O Caça-feitiço estava sem fôlego depois da caminhada e isso me deu oportunidade de falar primeiro.

— O Inquisidor está na cidade — anunciei.

O Caça-feitiço assentiu.

— É, rapaz, está. Eu estava do outro lado da rua, mas você parecia ocupado demais, embasbacado com a carroça, para me notar.

— Mas o senhor não viu? Alice estava na carroça...

— Alice? Que Alice?

— A sobrinha da Lizzie Ossuda. Temos que ajudá-la...

Como já havia mencionado, Lizzie Ossuda era uma feiticeira que tínhamos enfrentado na primavera. Agora, o Caça-feitiço a mantinha presa em uma cova no jardim de sua casa, em Chipenden.

— Ah, aquela Alice. É melhor esquecê-la, rapaz, porque não há nada a fazer. O Inquisidor conta, no mínimo, com cinquenta homens armados.

— Mas não é justo — retruquei, sem conseguir acreditar que ele pudesse continuar tão calmo. — Alice não é feiticeira.

— Pouca coisa nessa vida é justa — respondeu o Caça-feitiço. — A verdade é que nenhuma das prisioneiras é feiticeira. Como você bem sabe, uma feiticeira de verdade teria pressentido a vinda do Inquisidor a quilômetros de distância.

— Mas Alice é minha amiga. Não posso deixá-la morrer! — protestei, sentindo a raiva crescer no peito.

— Não há tempo para sentimentalismos. Nossa tarefa é proteger as pessoas dos ataques das trevas e não deixar que moças bonitas nos distraiam.

Fiquei furioso — principalmente porque sabia que, no passado, o próprio Caça-feitiço havia sido distraído por uma moça bonita —, e ela *era* uma feiticeira.

— Alice ajudou a salvar a minha família das garras da Mãe Malkin, está lembrado?

— E, para começar, me responda, rapaz, por que a Mãe Malkin estava em liberdade?

Baixei a cabeça, envergonhado.

— Porque você se meteu com aquela garota — continuou — e não quero que isso torne a acontecer. Especialmente aqui em Priestown, com o Inquisidor bafejando em nossa nuca. Você estaria pondo a sua e a minha vida em perigo. E fale baixo. Não queremos atrair atenções indesejáveis.

Olhei para os lados. Exceto por nós, o beco estava deserto. Viam-se algumas pessoas passando pela entrada, mas estavam meio distantes e apenas relanceavam o olhar para nós. Para além se avistavam os telhados no extremo oposto da praça do mercado e, elevando-se sobre as chaminés das casas, o campanário da catedral. Quando tornei a falar, baixei a voz.

— O Inquisidor está na cidade fazendo o quê? — perguntei. — O senhor não disse que ele trabalhava no sul e que só vinha ao norte quando o mandavam buscar?

— Isso quase sempre é verdade, mas às vezes ele monta uma expedição ao norte até o Condado ou mais além. Acontece que, nas últimas semanas, ele esteve varrendo o litoral, recolhendo a ralé miserável que mandou acorrentar naquela carroça.

Fiquei aborrecido quando ele disse que Alice fazia parte da ralé, porque eu sabia que não era verdade. Não era, porém, hora de continuar a discutir, por isso fiquei quieto.

— Mas estaremos bastante seguros em Chipenden — continuou o Caça-feitiço. — Ele nunca se aventurou a subir as serras.

— Então, estamos indo para casa? — perguntei.

— Não, rapaz, ainda não. Já lhe disse antes. Tenho um serviço inacabado nesta cidade.

Senti um grande desânimo e olhei nervoso para a entrada do beco. As pessoas continuavam a passar apressadas, cuidando de suas vidas, e eu ouvia alguns barraqueiros anunciando o preço de suas mercadorias. E, embora houvesse muito barulho e movimento, felizmente estávamos fora das vistas de todos. Contudo, eu continuava a me sentir nervoso. Devíamos nos manter afastados um do outro. O padre diante da catedral conhecia o Caça-feitiço. A governanta me conhecera. E se mais alguém entrasse no beco, nos reconhecesse e mandasse nos prender? Muitos padres das paróquias do Condado estariam na cidade e teriam conhecido o Caça-feitiço de vista. A única boa notícia era que, no momento, eles provavelmente estariam no cemitério da catedral.

— Aquele padre com quem estava falando, quem era? Parecia conhecer o senhor. Ele não irá informar ao Inquisidor que está na cidade? — perguntei, imaginando se estaríamos realmente seguros em algum lugar. Pelo que sabia, o padre de cara vermelha diante da catedral poderia até levar o Inquisidor a Chipenden. — Ah, e tem mais uma coisa. A governanta do seu irmão me reconheceu no funeral. Estava realmente indignada. Talvez conte a alguém que estamos aqui.

Parecia-me que estávamos correndo um sério risco permanecendo em Priestown enquanto o Inquisidor estivesse na cidade.

— Acalme-se, rapaz. A governanta não dirá nada a ninguém. Ela e meu irmão não eram exatamente santos. E, quanto ao padre — disse o Caça-feitiço com um sorriso —, é o padre Cairns. É da minha família, meu primo. Um primo que, por vezes, se intromete e se exalta, mas quer o meu bem. Está sempre tentando me salvar de mim mesmo e me colocar no caminho da "virtude". Mas está gastando o fôlego à toa. Escolhi o meu caminho, e certo ou errado é o que vou seguir.

Naquele momento, ouvi passos e meu coração saltou à boca. Alguém entrara no beco e caminhava direto para nós!

— Enfim, falando em família — disse o Caça-feitiço completamente despreocupado —, aí vem mais um parente. Esse é o meu irmão Andrew.

Um homem alto e magro, de rosto ossudo e triste, atravessava o beco em nossa direção. Parecia ainda mais velho do que o Caça-feitiço e me lembrava um espantalho bem-vestido, pois, embora usasse botas de boa qualidade e roupas limpas, elas sacudiam frouxas ao vento. Parecia mais necessitado de um bom café da manhã do que eu.

Sem se preocupar em secar os pingos de chuva, sentou-se na mureta ao lado do Caça-feitiço.

— Achei que ia encontrar você aqui. Que coisa triste, meu irmão — disse sombriamente.

— É — concordou o Caça-feitiço. — Agora somos apenas dois. Cinco irmãos e todos mortos.

— John, preciso lhe dizer, o Inq...

— Já sei — respondeu o Caça-feitiço com um quê de impaciência na voz.

— Então, você precisa partir. Aqui não é seguro para nenhum dos dois — disse o irmão, incluindo-me com um aceno de cabeça.

— Não, Andrew, não vamos a lugar nenhum até concluirmos o que precisa ser concluído. Por isso, eu gostaria que fizesse uma chave especial para mim outra vez. Para o portão.

Andrew se assustou.

— Não, John, não seja tolo — disse, balançando a cabeça. — Eu não teria vindo aqui se soubesse que era isso que você queria. Já se esqueceu da maldição?

— Quieto. Não fale nisso diante do garoto. Guarde essas superstições bobas para você.

— Maldição? — perguntei subitamente curioso.

—Viu o que você fez? — meu mestre sibilou com raiva. — Não é nada — disse ele, virando-se para mim. — Não acredito nesses absurdos e você também não deveria acreditar.

— Bom, enterrei um irmão hoje — retorquiu Andrew. — Volte para casa agora, antes que eu me veja enterrando outro. O Inquisidor adoraria pôr as mãos no Caça-feitiço do Condado. Volte para Chipenden enquanto pode.

— Não volto, Andrew, e esta é a minha palavra final. Tenho um serviço a fazer aqui com ou sem Inquisidor — respondeu o Caça-feitiço com firmeza. — Então, você vai ou não vai me ajudar?

— Não é o que estamos discutindo e você sabe muito bem! — insistiu Andrew. — Sempre o ajudei antes, não é? Quando foi que o desapontei? Mas isso é loucura. Você se arrisca a ser queimado só por estar na cidade. Não é uma boa hora para mexer com aquela coisa — disse, indicando com um gesto a entrada do beco e erguendo os olhos para o campanário. — E pense no garoto: você não pode arrastá-lo consigo. Agora não. Volte na primavera, quando o Inquisidor tiver ido embora, e conversaremos. Você seria um tolo se tentasse fazer qualquer coisa neste momento. Não pode enfrentar o Flagelo e o Inquisidor, você não é mais jovem, nem muito saudável pelo que estou vendo.

Enquanto falavam, olhei para o campanário. Desconfiava que, se fosse possível avistá-lo de quase qualquer ponto da cidade, toda a cidade também seria visível do campanário. Havia quatro janelinhas próximas ao topo, logo abaixo da cruz.

Dali poderiam ser vistos cada telhado de Priestown, a maioria das ruas e muitas pessoas, inclusive nós mesmos.

O Caça-feitiço me dissera que o Flagelo podia usar as pessoas, entrar em suas cabeças e espiar através de seus olhos. Estremeci, imaginando se um dos padres estaria lá em cima neste momento e o Flagelo o usasse para nos observar da penumbra dentro do campanário.

Contudo, o Caça-feitiço não ia mudar de ideia.

—Vamos, Andrew, pense! Quantas vezes você me falou que as trevas estavam ganhando força nesta cidade? Que os padres estavam corrompidos e as pessoas atemorizadas? Pense nos dízimos cobrados em dobro e no Inquisidor roubando terras e queimando mulheres e garotas inocentes. Que foi que alterou o comportamento dos padres e os corrompeu tanto? Que força terrível leva homens honestos a praticar atrocidades ou deixar que elas sejam praticadas sem interferir?

"Ora, ainda hoje o rapaz aqui viu uma amiga na carroça a caminho da morte certa. O culpado é o Flagelo; portanto, ele precisa ser paralisado imediatamente. Você acha mesmo que posso deixar a situação se prolongar por mais seis meses? Quantos inocentes serão queimados até lá ou morrerão durante o inverno em consequência da miséria, da fome e do frio se eu não fizer nada? A cidade está cheia de boatos sobre aparições nas catacumbas. Se forem verdadeiros, então o Flagelo está se tornando mais forte e mais poderoso, o espírito está se tornando uma criatura de carne e osso. Logo recuperará sua forma original, uma manifestação do espírito maligno que tiranizava o Povo Pequeno. E, então, como ficaremos? E com que facilidade ele poderá aterrorizar ou induzir alguém a abrir aquele portão? Não; é tão visível quanto o nariz em seu rosto. Tenho que agir agora para livrar Priestown das trevas, antes que o poder do

Flagelo cresça mais. Por isso, vou repetir o meu pedido mais uma vez. Você fará uma chave para mim?"

Por um momento, o irmão do Caça-feitiço enterrou o rosto nas mãos como uma velha rezando na igreja. Por fim, ergueu a cabeça e concordou.

— Ainda tenho o molde da última vez. Terei a chave pronta amanhã cedo quando você acordar. Devo ser mais retardado do que você — concluiu ele.

— Muito bem — respondeu o Caça-feitiço. — Eu sabia que você não me desapontaria. Irei buscá-la assim que clarear.

— Desta vez espero que saiba o que está fazendo quando chegar lá embaixo!

O rosto do Caça-feitiço se avermelhou de raiva.

— Faça o seu serviço, meu irmão, que eu farei o meu! — respondeu.

Com isso, Andrew se levantou, soltou um suspiro cansado e se afastou sem sequer olhar para trás.

— Muito bem, rapaz — disse o Caça-feitiço —, você vai primeiro. Volte para o seu quarto e não saia até amanhã. A oficina do Andrew fica na rua Portão do Frade. Eu já terei apanhado a chave e estarei pronto para encontrá-lo uns vinte minutos depois do amanhecer. Não deverá ter muita gente na rua tão cedo. Lembra-se de onde esteve parado hoje quando o Inquisidor passou?

Confirmei.

— Esteja na esquina mais próxima dali, rapaz. Não se atrase. E, lembre-se, precisamos continuar a jejuar. Ah, e mais uma coisa: não esqueça a minha bolsa. Acho que precisaremos dela.

No caminho para a estalagem minha cabeça rodopiava. De que deveria ter mais medo: de um homem poderoso que me caçaria e mandaria queimar na fogueira? Ou de uma criatura medonha que vencera meu mestre no auge do seu vigor físico e que, através dos olhos de um padre, poderia estar me vigiando neste mesmo instante das janelas do alto do campanário?

Quando ergui os olhos para a catedral, vi de relance o negrume da batina de um padre passar por mim. Desviei o olhar, mas não sem antes registrar quem era: o padre Cairns. Por sorte, a calçada estava movimentada e ele ia olhando para a frente e nem me viu. Senti alívio, porque se ele tivesse me visto tão perto da minha estalagem, não teria levado muito tempo para descobrir onde eu estava hospedado. O Caça-feitiço tinha dito que ele era inofensivo, mas eu não podia deixar de pensar que quanto menos pessoas soubessem quem éramos e onde estávamos tanto melhor. Meu alívio, no entanto, foi breve; quando voltei ao meu quarto, encontrei um bilhete preso na minha porta.

> Thomas,
> Se você quiser salvar a vida do seu mestre, venha ao meu confessionário hoje à noite às sete. Depois será tarde demais.
>
> Padre Cairns

Senti um mal-estar nauseabundo. Como o padre Cairns teria descoberto onde eu estava hospedado? Será que alguém me seguira? A governanta do padre Gregory? O estalajadeiro? Eu não gostara nada da cara dele. Será que mandara um recado à catedral? Ou ao Flagelo? Será que aquela criatura conhecia todos os meus movimentos? Será que contara ao padre Cairns onde me encontrar? O que quer que tivesse acontecido, os padres sabiam onde eu estava e, se informassem ao Inquisidor, ele viria me buscar a qualquer momento.

Abri depressa a porta do meu quarto e tranquei-a ao entrar. Fechei, então, as janelas na desesperada esperança de impedir os olhares curiosos de Priestown. Verifiquei se a bolsa do Caça-feitiço continuava no mesmo lugar e sentei-me na cama sem saber o que fazer. O Caça-feitiço me havia dito para não sair do quarto até de manhã. Eu sabia que ele não iria querer que eu procurasse seu primo. Alertara-me que era um padre intrometido. Será que ia se intrometer outra vez? Por outro lado, ele também me havia dito que o padre Cairns era bem-intencionado. E se o padre realmente soubesse de alguma coisa que estivesse ameaçando o Caça-feitiço? Se eu não saísse, meu mestre poderia acabar nas mãos do Inquisidor. Contudo, se eu fosse à catedral, estaria indo direto para o covil do Inquisidor e do Flagelo! O funeral tinha sido bem perigoso. Poderia realmente abusar da minha sorte?

O que eu devia fazer era avisar o Caça-feitiço sobre o bilhete. Mas não podia. Para começar, ele não me dissera onde estava hospedado.

— Confie nos seus instintos — o Caça feitiço sempre me ensinava. Por fim, tomei uma decisão. Decidi sair para falar com o padre Cairns.

CAPÍTULO 6
Um pacto com o inferno

Com bastante antecedência, saí da estalagem e fui caminhando lentamente pelas ruas úmidas, na direção da catedral. As palmas das minhas mãos estavam suadas de nervoso e meus pés pareciam relutar em prosseguir. Era como se tivessem mais juízo do que o seu dono e eu precisava forçá-los a avançar um na frente do outro. A noite, porém, estava fria e, por sorte, não havia muita gente nas ruas. Não passei por nenhum padre.

Cheguei à catedral uns dez minutos antes das sete horas e, ao cruzar o portão para entrar no pátio lajeado, não pude deixar de erguer os olhos para a gárgula que encimava a porta principal. A cabeça medonha me pareceu maior do que nunca e seus olhos reluziam infestos de vida; eles me seguiram quando me dirigi para a porta. Seu longo queixo arrebitava-se de tal modo que quase encostava no nariz, tornando-a diferente de qualquer criatura que eu já tivesse visto. Assim como as orelhas caninas e sua longa língua, dois chifres curtos se curvavam do crânio para o alto. A figura me lembrou repentinamente um bode.

Desviei o olhar e entrei na catedral, arrepiado com a estranheza da criatura. Dentro do prédio, minha visão levou alguns instantes para se acomodar à penumbra e, para meu alívio, vi que o recinto estava quase vazio.

Senti medo por duas razões. Primeiro, não me agradava estar na catedral, onde os padres poderiam aparecer a qualquer momento. Se o padre Cairns estava me enganando, então eu acabara de cair direto em sua arapuca. Segundo, eu estava no território do Flagelo. Logo o dia findaria e, quando o sol se pusesse, como todas as criaturas das trevas, ele apresentaria o máximo perigo. Quem sabe, sua mente poderia transpor as catacumbas e vir me buscar? Eu precisava terminar esse encontro o mais rápido possível.

Onde era o confessionário? Vi apenas duas velhotas no fundo da catedral, mas havia um velho ajoelhado na frente, perto da pequena porta de uma caixa de madeira encostada à parede de pedra.

Isso me informou o que eu queria saber. Havia outra caixa idêntica mais adiante. Os confessionários. No alto de cada um havia uma vela em um suporte de vidro azul. Contudo, apenas a da caixa próxima ao homem ajoelhado estava acesa.

Subi a nave da direita e me ajoelhei em um banco atrás do homem. Passados alguns instantes, a porta do confessionário se abriu e saiu uma mulher usando um véu preto. Ela atravessou a nave e se ajoelhou em um banco mais atrás, enquanto o velho entrava no confessionário.

Pouco depois, eu o ouvi murmurando. Eu nunca me confessara na vida, mas fazia uma boa ideia do que acontecia. Um dos irmãos do meu pai tinha se tornado muito religioso antes de morrer. Papai sempre o chamava de "São Zé", mas seu nome verdadeiro era Matthew. Ele se confessava duas vezes por semana e, depois de escutar seus pecados, o padre lhe passava uma grande penitência. Isso significava que, em seguida, ele precisava repetir várias vezes muitas orações. Supus que o velho estivesse contando ao padre os seus pecados.

A porta permaneceu fechada por um tempo que me pareceu um século, e comecei a me impacientar. Ocorreu-me outro pensamento: e se não fosse o padre Cairns ali dentro, mas outro padre? Eu realmente teria de me confessar ou pareceria muito suspeito. Tentei me lembrar de alguns pecados que pudessem parecer convincentes. Voracidade seria um pecado? Ou devia chamá-la de gula? Ora, eu certamente gostava de comer, mas não comera nada o dia todo e minha barriga estava começando a roncar. De repente me pareceu loucura o que eu estava fazendo. Dali a instantes, eu poderia acabar preso.

Entrei em pânico e me levantei para sair. Foi então que notei, com alívio, um pequeno cartão encaixado na porta. Nele havia um nome: PADRE CAIRNS.

Naquele momento, a porta abriu e o velho saiu, por isso tomei o seu lugar no confessionário e fechei a porta ao passar. Dentro era apertado e escuro e, quando me ajoelhei, meu rosto ficou muito próximo de uma grade de metal. Por trás da grade, havia uma cortina marrom e, em algum lugar ao fundo, uma vela bruxuleante. Não consegui ver um rosto através da grade, apenas o contorno escuro de uma cabeça.

—Você gostaria que eu ouvisse sua confissão? —A voz do padre tinha um forte sotaque do Condado e ele respirava audivelmente.

Encolhi os ombros. Depois percebi que ele não podia me ver.

— Não, padre, mas agradeço por me perguntar. Sou Tom, o aprendiz do sr. Gregory. O senhor queria falar comigo.

Houve uma breve pausa, então o padre Cairns disse:

— Ah, Tom. Que bom que você veio. Chamei-o aqui porque preciso falar com você. Preciso lhe dizer algo muito importante; por isso, peço que me aguarde até eu terminar as confissões. Você promete que não irá embora antes de eu lhe dizer o que preciso?

— Eu o ouvirei — respondi cautelosamente. Agora tomava cuidado com as promessas. Na primavera, fizera uma promessa a Alice e acabara metido em uma grande confusão.

— É assim que se fala — disse-me. — Um bom começo para uma tarefa importante. Sabe qual é?

Fiquei imaginando se ele estaria se referindo ao Flagelo, mas achei melhor não mencionar aquela criatura tão perto das catacumbas; então, respondi:

— Não, padre.

— Bom, Thomas, temos que organizar um plano. Temos que pensar como poderemos salvar a sua alma imortal. Mas você sabe o que precisa fazer para dar início a esse processo, não sabe? Precisa se afastar de John Gregory. Precisa parar de praticar esse ofício indigno. Fará isso para mim?

— Pensei que o senhor queria me ver para ajudar o sr. Gregory — disse, começando a me irritar. — Pensei que ele estava correndo perigo.

— E está, Thomas. Estamos aqui para ajudar John Gregory, mas temos de começar salvando você. Então, fará o que estou pedindo?

— Não posso. Meu pai pagou um bom dinheiro pelo meu aprendizado e minha mãe ficaria ainda mais desapontada. Ela diz que possuo um dom e tenho que usá-lo para ajudar as pessoas. É isso que os caça-feitiços fazem. Saímos ajudando as pessoas quando elas são ameaçadas por coisas que vêm das trevas.

Fez-se um grande silêncio. Eu ouvia apenas a respiração do padre. Então me ocorreu mais uma coisa.

— Ajudei o padre Gregory, sabe? — falei impulsivamente. — É verdade que depois ele morreu, mas eu o salvei de morte muito pior. Pelo menos, ele morreu na cama, aquecido. Ele tentou se livrar de um ogro — expliquei, alteando um pouco a voz. — Foi isso que o prejudicou no começo. O sr. Gregory poderia ter resolvido o problema. Ele pode fazer coisas que os padres não podem. Os padres não conseguem se livrar de ogros porque não sabem o que fazer. É preciso mais do que orações.

Eu sabia que não devia ter dito aquilo sobre as orações e esperava que ele ficasse muito zangado. Não ficou. Continuou calmo e isso fez o caso me parecer bem pior.

— Ah, com certeza, é preciso muito mais — respondeu o padre Cairns baixinho, sua voz pouco mais do que um sussurro. — Muito, muito mais. Você sabe qual é o segredo de John Gregory, Thomas? Sabe qual é a fonte do poder que ele tem?

— Sei — respondi, minha própria voz repentinamente mais calma. — Ele estudou anos, durante toda a sua vida de trabalho. Tem uma biblioteca cheia de livros e foi aprendiz como eu. Ele prestou atenção no que o seu mestre disse e anotou tudo em cadernos exatamente como eu faço hoje.

— Você não acha que fazemos o mesmo? Leva muitos anos para preparar um padre. E os padres são homens inteligentes, formados por homens ainda mais inteligentes. Então, como foi que você conseguiu realizar o que o padre Gregory não pôde, apesar de ter lido o livro sagrado de Deus? Como explica o fato de que o seu mestre rotineiramente realize o que seu irmão não pôde realizar?

— Porque os padres recebem uma formação errada. E porque o meu mestre e eu somos os sétimos filhos de sétimos filhos.

O padre fez um estranho ruído por trás da grade. Primeiro, achei que estava se engasgando; depois, percebi que eu estava ouvindo risadas. Ele estava rindo de mim.

Achei aquilo uma enorme grosseria. Meu pai sempre diz que se deve respeitar a opinião dos outros, mesmo que, por vezes, elas pareçam insensatas.

— Isso é apenas superstição, Thomas — disse, por fim, o padre Cairns. — Ser o sétimo filho de um sétimo filho não significa nada. É apenas conversa de comadres. A verdadeira explicação para John Gregory é tão terrível que estremeço só de pensar. Escute, John Gregory tem um pacto com o Inferno. Vendeu a alma ao Diabo.

Não pude acreditar no que ele estava dizendo. Quando abri a boca, as palavras não saíram; então, fiquei balançando a cabeça.

— É verdade, Thomas. Todo o poder dele vem do diabo. O que você e o povo do Condado chamam de ogros são apenas diabos menores que só obedecem porque seu mestre mandou. Para o diabo isso vale a pena porque, em troca, um dia ele se apossará da alma de John Gregory. E a alma é um bem precioso para Deus, algo claro e esplendoroso, e o diabo fará qualquer coisa para manchá-la de pecado e arrastá-la para as chamas eternas do Inferno.

— E eu? — perguntei, irritando-me uma vez mais. — Não vendi minha alma. Mas salvei o padre Gregory.

— Isso é fácil, Thomas. Você é um serviçal do Caça-feitiço, como você o chama, que, por sua vez, é um serviçal do diabo.

Então, o poder do mal é delegado a você enquanto você o servir. Mas, naturalmente, se você completar o seu treinamento no mal e se preparar para praticar o seu vil ofício como mestre e não mais como aprendiz, então será a sua vez. Você também terá que entregar sua alma. John Gregory ainda não lhe disse isso porque você é muito novo, mas com certeza dirá um dia. E, quando esse dia chegar, não será mais surpresa, você se lembrará do que estou lhe dizendo agora. John Gregory cometeu muitos erros graves na vida e se afastou muito, muito mesmo da graça. Você sabe que ele já foi padre?

Confirmei.

— Sei.

— E sabe que, quando acabou de se ordenar padre, abandonou a batina? Ouviu falar da sua vergonha?

Não respondi. Sabia que, de qualquer jeito, o padre Cairns ia me dizer.

— Alguns teólogos têm argumentado que a mulher não tem alma. Essa discussão ainda não terminou, mas de uma coisa temos certeza: um padre não pode ter esposa porque isso o distrairia de sua devoção a Deus. O erro de John Gregory foi duplamente sério: ele não só se deixou distrair por uma mulher, como a mulher já estava noiva de um de seus irmãos. Isso dividiu a família. Irmão se voltou contra irmão por causa de uma mulher chamada Emily Burns.

Agora eu sabia por que não gostava do padre Cairns e sabia que, se ele dissesse à minha mãe que as mulheres não tinham alma, ela o teria açoitado com sua língua até deixá-lo semimorto. Tive, porém, curiosidade a respeito do Caça-feitiço. Primeiro, eu descobrira a existência de Meg, e agora estavam me contando que ele se envolvera antes com Emily Burns. Fiquei pasmo e quis saber mais.

— O sr. Gregory se casou com Emily Burns? — perguntei, sem rodeios.

— Nunca aos olhos de Deus — respondeu o padre. — Ela era de Blackrod, lugar em que estão as raízes da nossa família, e ainda vive lá sozinha. Há quem diga que eles brigaram, mas, seja qual for o caso, John Gregory acabou tendo outra mulher, que conheceu no extremo norte do Condado e trouxe-a para o sul. Seu nome era Margery Skelton, uma feiticeira famosa. O povo local a conhecia pelo nome de Meg e, com o tempo, ela se tornou temida e desprezada por toda a charneca de Anglezarke e das cidades e aldeias do sul do Condado.

Fiquei calado. Eu sabia que ele esperava que eu ficasse chocado. E fiquei, mas a leitura do diário do Caça-feitiço em Chipenden me preparara para o pior.

Padre Cairns deu outra longa fungada e depois tossiu.

— Você sabe qual dos seis irmãos John Gregory prejudicou?

Eu já adivinhara.

— O padre Gregory — respondi.

— Em famílias piedosas como a de Gregory, a tradição é que um dos filhos se ordene padre. Quando John abandonou sua vocação, outro irmão o substituiu e começou a estudar para padre. Sim, Thomas, foi o padre Gregory, o irmão que enterramos hoje. Ele perdeu a noiva e perdeu o irmão. Que mais poderia fazer senão se voltar para Deus?

Quando cheguei, a igreja estava quase vazia, mas, enquanto conversávamos, tomei consciência dos ruídos ao redor do confessionário. Ouvira passos e um murmúrio crescente de vozes. Agora, de repente, um coro começou a cantar. Já devia passar muito das sete horas e o sol já morrera. Decidi dar uma desculpa e ir embora, mas, quando abri a boca para falar, o padre Cairns se levantou.

— Venha comigo, Thomas — disse-me. — Quero lhe mostrar uma coisa.

Ouviu-o abrir a porta e sair andando pela igreja, por isso eu o acompanhei.

Ele me fez sinal para me aproximar do altar onde, conduzido por outro padre, havia um coro disposto em três filas ordeiras de dez coroinhas cada. Todos usavam batina preta e uma sobrepeliz.

Padre Cairns parou e pôs a mão enfaixada no meu ombro direito.

— Escute-os, Thomas. Não parecem anjos cantando?

Eu nunca ouvira um anjo cantar; por isso, não pude responder, mas, sem dúvida, a cantoria deles era melhor do que a do meu pai, que costumava cantar quando estava terminando a ordenha. Sua voz era suficientemente desafinada para talhar o leite.

— Você poderia ter sido membro desse coro, Thomas. Mas adiou demais. Sua voz já está começando a engrossar e você perdeu a oportunidade de servir.

Nisso ele tinha razão. Os garotos, em sua maioria, eram mais moços do que eu e suas vozes pareciam mais com a de garotas do que de rapazes. Seja como for, meu canto não era muito melhor do que o do meu pai.

— Mesmo assim há outras coisas que você pode fazer. Deixe-me mostrar...

Ele me conduziu para além do altar, passou por uma porta e seguiu por um corredor. Saímos, então, no jardim dos fundos da catedral. Bem, pelo tamanho parecia mais um campo do que um jardim e, em vez de flores e rosas, havia hortaliças plantadas.

Já estava começando a escurecer, mas ainda restava claridade suficiente para se ver ao longe uma sebe de pilriteiros e, pouco além, as lápides no cemitério da igreja. No primeiro plano, havia um padre de joelhos, arrancando ervas daninhas com uma pequena colher de jardineiro.

— Você vem de uma família de sitiantes, Thomas. É um trabalho bom e honesto. Aqui você se sentiria à vontade para trabalhar — disse, apontando para o padre ajoelhado.

Balancei a cabeça.

— Não quero ser padre — respondi com firmeza.

— Ah, *você* nunca poderia ser! — exclamou o padre Cairns, seu tom expressando choque e indignação. — Você já esteve perto demais do Diabo e agora terá de ser vigiado atentamente pelo resto da vida para não ter uma recaída. Não, aquele homem é um irmão.

— Um irmão? — perguntei, intrigado, achando que era um parente ou algo assim.

O padre sorriu.

— Em uma grande catedral como esta, os padres têm ajudantes que lhes dão apoio. São chamados de irmãos porque, embora não possam administrar sacramentos, desempenham outras tarefas vitais e fazem parte da família da igreja. O irmão Pete é o nosso jardineiro e é muito bom no ofício. Que me diz, Thomas? Gostaria de se tornar um irmão?

Eu conhecia muito bem o que era ser irmão. Por ser o mais novo de sete, eu recebia todas as tarefas que ninguém mais queria executar. Ali parecia igual. Seja como for, eu já tinha um ofício e não acreditava no que o padre Cairns me dissera sobre o diabo e o Caça-feitiço. Fizera-me pensar, mas, no fundo, eu sabia que não podia ser verdade. O sr. Gregory era um homem bom.

A cada minuto ficava mais escuro e mais frio; então, resolvi que estava na hora de ir embora.

— Muito obrigado por conversar comigo, padre, mas será que agora podia me falar do perigo que o sr. Gregory está correndo, por favor?

— Cada coisa a seu tempo, Thomas — disse ele, sorrindo para mim.

Alguma coisa naquele sorriso me disse que eu fora enganado. Que ele não tinha tido a menor intenção de ajudar o Caça-feitiço.

— Pensarei no que o senhor me disse, mas preciso ir voltando ou perderei o jantar — disse-lhe. Na hora me pareceu uma boa desculpa. Ele não tinha como saber que eu estava jejuando para me preparar para enfrentar o Flagelo.

— Temos jantar para você aqui, Thomas — respondeu-me o padre. — De fato, gostaríamos que você passasse a noite conosco.

Dois outros padres tinham saído da igreja pela porta lateral e vieram caminhando em nossa direção. Eram homens grandes e não gostei nada da expressão em seus rostos.

Houve um momento em que, talvez, eu pudesse ter ido embora, mas me pareceu uma tolice correr sem ter muita certeza do que ia acontecer.

Então, foi tarde demais, porque os padres se colocaram um de cada lado e me agarraram com firmeza pelos braços e ombros. Não resisti porque não adiantava. Suas mãos eram grandes e pesadas, e senti que, se ficasse parado no mesmo lugar por muito tempo, começaria a afundar na terra. Então, eles me levaram de volta à sacristia.

— É para o seu próprio bem, Thomas — disse o padre Cairns nos acompanhando. — O Inquisidor vai capturar John

Gregory hoje à noite. Ele será julgado, naturalmente, mas o resultado é certo. Será considerado culpado por lidar com o Diabo e executado na fogueira. Por isso é que não posso deixá-lo voltar para a companhia dele. Você ainda tem uma chance. É apenas um garoto, e sua alma ainda pode ser salva sem ser preciso queimá-lo. Mas, se estiver com ele na hora em que for preso, terá o mesmo destino. Então é para o seu próprio bem.

— Mas o senhor é primo dele! — disse sem pensar. — É sua família. Como pode fazer isso? Me deixe ir avisá-lo.

— Avisá-lo? — gritou o padre Cairns. — Você acha que não tentei avisá-lo? Passei a maior parte da vida adulta de John avisando-o. Agora preciso pensar mais em sua alma do que no seu corpo. As chamas o purificarão. Por meio da dor, a alma dele poderá se salvar. Você não entende? Estou fazendo isso para ajudá-lo, Thomas. Há coisas muito mais importantes do que a nossa breve existência neste mundo.

— O senhor o traiu! Traiu alguém do seu próprio sangue. O senhor informou ao Inquisidor que estávamos aqui!

— Não os dois, apenas John. Portanto, junte-se a nós, Thomas. Sua alma será purificada por meio da oração e sua vida não correrá mais perigo. Que me diz?

Não adiantava discutir com alguém que tinha tanta certeza de que estava com a razão; portanto, não gastei o meu fôlego. O único som que se ouvia era o eco dos nossos passos e o tilintar das chaves enquanto me conduziam pelas sombrias entranhas da catedral.

CAPÍTULO 7
FUGA E CAPTURA

Trancaram-me em um quartinho úmido sem janela e não me trouxeram o jantar que haviam mencionado. Em vez de cama havia apenas um pequeno monte de palha. Quando a porta se fechou, fiquei no escuro, ouvindo a chave girar na fechadura e o eco dos passos se afastando pelo corredor.

Estava tão escuro que nem dava para ver minhas próprias mãos à frente do rosto, mas isso não me preocupou. Depois de quase seis meses como aprendiz do Caça-feitiço, eu ficara bem mais corajoso. Por ser o sétimo filho de um sétimo filho, eu sempre vira coisas que os outros não viam, mas o Caça-feitiço tinha me ensinado que a maioria delas não poderia me causar muito mal. Eu estava numa velha catedral e havia lá um grande cemitério além do jardim, o que significava que era povoado por coisas que vagavam — coisas inquietas como sombras ou simulacros e fantasmas —, mas não senti medo.

Não, o que me incomodava era o Flagelo nas catacumbas! A ideia de que pudesse alcançar a minha mente era aterrorizante. Certamente eu não queria passar por isso, e se ele estivesse tão forte quanto suspeitava o Caça-feitiço, já saberia exatamente o que estava ocorrendo. Na realidade, era provável que tivesse corrompido o padre Cairns, voltando-o contra o próprio primo. Talvez tivesse disseminado o mal entre os padres e ouvido suas conversas. Não podia deixar de saber quem eu era e onde estava, e, no mínimo, não seria nada simpático.

Naturalmente, eu não planejava passar a noite toda ali. Veja bem, ainda tinha as três chaves no bolso e pretendia usar a especial que Andrew fizera. Padre Cairns não era o único que escondia cartas na manga.

A chave não me ajudaria a passar pelo portão prateado, porque era preciso uma bem mais sensível e torneada para abrir aquela fechadura, mas eu sabia que serviria para me tirar do quarto e passar por qualquer porta da catedral. Eu só precisava aguardar um pouco até que todos dormissem, e então poderia sair escondido. Se fosse cedo demais, provavelmente seria apanhado. Por outro lado, se me demorasse, seria tarde demais para avisar o Caça-feitiço, e talvez recebesse uma visita do Flagelo; portanto, era uma avaliação que eu não podia me dar ao luxo de errar.

Quando começou a escurecer do lado de fora e os ruídos cessaram, resolvi arriscar. A chave girou na fechadura sem a menor resistência, mas, pouco antes de abrir a porta, ouvi passos. Congelei e prendi o fôlego, mas eles desapareceram na distância e tudo voltou a silenciar.

Esperei muito tempo, escutando com total atenção. Por fim, respirei com calma e empurrei a porta. Felizmente, ela abriu sem um único rangido e saí para o corredor; parei e mais uma vez escutei.

Não sabia ao certo se havia gente na catedral e nos prédios contíguos. Será que todos teriam ido para a grande residência dos padres? Eu não conseguia acreditar que não tivessem deixado ninguém vigiando; por isso, caminhei pé ante pé pelo corredor escuro, temendo fazer o menor ruído que fosse.

Quando cheguei à porta lateral da sacristia, levei um susto. Não precisei da chave. Já estava aberta.

O céu desanuviara, a lua aparecera no céu e sua luz prateada banhava o caminho. Saí, movimentando-me com cautela. Foi então que senti alguém às minhas costas; alguém que estava parado do lado da porta, oculto na sombra de um dos grandes botaréus de pedra que sustentavam a fachada lateral da catedral.

Por um momento, congelei. Depois, com o coração batendo tão forte que eu conseguia ouvi-lo, virei-me lentamente. A figura na sombra saiu para a claridade. Reconheci-o na mesma hora. Não era um padre, mas o irmão que mais cedo estava ajoelhado cuidando do jardim. De rosto magro, o irmão Peter era quase totalmente careca, exceto por uma franja de cabelos brancos abaixo da linha das orelhas.

De repente, ele falou.

— Avise seu mestre, Thomas. Vá correndo! Fujam desta cidade enquanto podem!

Não respondi. Virei-me e corri desabalado. Só parei de correr quando alcancei as ruas. Andei, então, de modo a não atrair atenção, perguntando-me por que o irmão Peter não tentara me impedir de fugir. Não era esse o seu serviço? Não o tinham deixado de guarda?

Não havia, porém, tempo para reflexões. Precisava avisar o Caça-feitiço da traição do primo antes que fosse tarde demais. Eu ignorava em que estalagem o mestre se hospedara, mas talvez seu irmão soubesse. Era um começo, eu sabia onde ficava o Portão do Frade: era uma das ruas por onde eu havia caminhado à procura de uma estalagem; portanto, não seria muito difícil achar a oficina de Andrew. Andei depressa pelas ruas calçadas de pedras, sabendo que não dispunha de muito tempo, que o Inquisidor e seus homens já estariam a caminho.

A rua do Portão do Frade era uma ladeira larga com duas fileiras de oficinas, mas, mesmo assim, encontrei facilmente a do serralheiro. No letreiro acima da oficina lia-se ANDREW GREGORY, mas o lugar estava às escuras. Precisei bater três vezes até aparecer uma luz no primeiro andar.

Andrew abriu a porta e ergueu uma vela para ver meu rosto. Estava usando um longo camisolão e seu rosto expressava uma mescla de sentimentos. Parecia intrigado, irritado e cansado.

— Seu irmão está correndo perigo — disse eu, tentando manter a voz muito baixa. — Eu o teria alertado pessoalmente, mas não sei onde se hospedou...

Em silêncio, ele me fez sinal para entrar e me conduziu pela oficina. As paredes exibiam guirlandas de chaves e fechaduras de todos os tamanhos e formatos possíveis. Vi uma chave enorme, do tamanho do meu antebraço, e fiquei imaginando a que fechadura ela pertenceria. Rapidamente lhe expliquei o que acontecera.

— Eu disse a ele que era um idiota de ficar aqui! — exclamou Andrew, dando um murro na bancada. — Maldito seja aquele nosso primo traidor de duas caras! Sempre soube que não era confiável. O Flagelo deve tê-lo dominado finalmente, confundindo sua mente para tirar John do caminho, a única pessoa no Condado inteiro que continua a representar para ele uma ameaça real!

Andrew subiu e não demorou a se vestir. Dali a pouco, estávamos andando pelas ruas vazias. Tomamos uma direção que nos levava de volta à catedral.

— Ele está hospedado em O Livro e a Vela — murmurou Andrew Gregory, balançando a cabeça. — Por que ele não lhe disse? Você poderia ter poupado tempo e ido direto para lá. Espero que cheguemos a tempo!

Chegamos tarde demais. Ouvimos os captores a distância: vozes masculinas altas e vociferantes, e alguém batendo em uma porta com força suficiente para acordar os mortos.

Observamos de uma esquina, cuidando para não sermos vistos. Agora não havia nada que pudéssemos fazer. O Inquisidor estava lá, montado em seu enorme cavalo, e tinha uns vinte homens sob seu comando. Carregavam porretes, e alguns tinham desembainhado a espada como se esperassem resistência. Um deles tornou a bater na porta da estalagem com o punho da espada.

— Abram! Abram! E rápido — gritou. — Ou poremos a porta abaixo!

Ouvimos o ruído dos ferrolhos sendo puxados. O estalajadeiro veio à porta de camisolão, segurando uma lanterna. Tinha um ar espantado, como se tivesse acabado de acordar de um sono profundo. Viu apenas os dois homens armados à sua frente, mas não o Inquisidor. Talvez, por isso, tenha cometido um grande erro: começou a protestar e esbravejar.

— Que é isso? — gritou. — Será que um homem não pode dormir um pouco depois de um dia de trabalho? Perturbar a paz a essa hora da noite! Conheço os meus direitos. Existe uma lei contra isso.

— Idiota! — gritou o Inquisidor enraivecido, aproximando-se da porta. — Eu sou a lei! Um feiticeiro está dormindo em sua casa. Um serviçal do Diabo! Dar guarida a um conhecido inimigo da Igreja acarreta terríveis punições. Afaste-se ou pagará com a vida!

— Perdão, senhor. Perdão! — gemeu o estalajadeiro, erguendo as mãos, suplicante, com uma expressão de terror no rosto.

Em resposta, o Inquisidor simplesmente fez sinal aos seus homens, que agarraram o estalajadeiro com violência. Sem cerimônia, arrastaram-no para a rua e o atiraram no chão.

Então, muito deliberadamente, com a crueldade estampada no rosto, o Inquisidor passou o cavalo por cima do homem. Um casco bateu com força em sua perna e eu ouvi nitidamente o osso partir. Meu sangue gelou. O homem berrava no chão enquanto quatro guardas entravam correndo em sua casa; suas botas reboando na escada de madeira.

Quando arrastaram o Caça-feitiço para fora, ele parecia velho e frágil. Talvez um pouco amedrontado também, mas eu estava muito longe para afirmar com certeza.

— Muito bem, John Gregory, finalmente peguei-o! — exclamou o Inquisidor em voz alta e arrogante. — Esses seus ossos secos deverão queimar bem!

O Caça-feitiço não respondeu. Observei-os amarrar suas mãos às costas e o levarem rua abaixo.

— Todos esses anos para acabar nisso — murmurou Andrew. — Ele sempre foi bem intencionado. Não merece ir para a fogueira.

Não consegui acreditar no que estava acontecendo. Senti um nó na garganta tão grande que, até o grupo dobrar a esquina com o Caça-feitiço e desaparecer de vista, não pude nem falar.

— Temos que fazer alguma coisa! — exclamei por fim.

Andrew balançou a cabeça, cansado.

— Muito bem, garoto, pense no assunto e depois me diga o que devemos fazer. Porque eu não tenho a menor ideia. É melhor você voltar para a minha casa e, assim que amanhecer, partir para o mais longe que puder.

CAPÍTULO 8
O RELATO DO IRMÃO PETER

A cozinha ficava nos fundos da casa, com vista para um pátio lajeado. Quando o céu começou a clarear, Andrew me ofereceu um café da manhã. Não era muita coisa, apenas um ovo e uma fatia de pão torrado. Agradeci-lhe, mas tive de recusar porque precisava continuar em jejum. Comer significaria que eu aceitara o fim do Caça-feitiço e a certeza de que não iríamos enfrentar o Flagelo juntos. E, de qualquer forma, não estava sentindo a menor fome.

Fiz o que Andrew sugeriu. Desde que o Caça-feitiço fora capturado, eu gastara todos os meus momentos imaginando como poderíamos salvá-lo. Pensei também em Alice. Se eu não fizesse alguma coisa, os dois iriam para a fogueira.

— A bolsa do sr. Gregory ainda está no meu quarto, no Touro Negro — lembrei-me de repente e comentei com o serralheiro. — E ele deve ter deixado o bastão e as nossas capas no quarto da estalagem. Como vamos recuperá-los?

— Bem, aí está uma coisa em que posso ajudá-lo — disse-me Andrew. — Será muito arriscado irmos pessoalmente, mas conheço alguém que poderá apanhá-los para você. Providenciarei isso mais tarde.

Enquanto eu observava Andrew comer, um sino começou a tocar ao longe. Tinha um toque surdo e fazia uma pausa entre cada badalada. Parecia um lamento, como o dobre de um sino anunciando um enterro.

— É o sino da catedral? — perguntei.

Andrew confirmou e continuou a mastigar lentamente sua comida. Parecia ter tão pouco apetite quanto eu.

Perguntei-me se estariam chamando as pessoas para uma missa matinal, mas, antes que eu pudesse verbalizar a pergunta, Andrew engoliu a torrada e disse:

— Significa que houve uma morte na catedral ou em outra igreja. Pode ser também que um padre tenha morrido em algum lugar do Condado e a notícia acabou de chegar. É um som comum aqui nos dias de hoje. Qualquer padre que questione as trevas e a corrupção em nossa cidade é rapidamente eliminado.

Estremeci.

— Todos em Priestown sabem que o Flagelo é o responsável pelos tempos de trevas? — perguntei. — Ou só os padres?

— Todo mundo está a par da existência do Flagelo. Na área mais próxima da catedral, a maioria das pessoas mandou vedar a entrada dos porões com tijolos, e o medo e a superstição correm soltos. Como culpar o povo da cidade se ele não pode nem confiar na proteção de seus padres? Não admira que o número de fiéis esteja diminuindo — disse Andrew, balançando tristemente a cabeça.

— O senhor aprontou a chave? — perguntei.

— Aprontei, mas o coitado do John não vai precisar dela agora.

— Poderíamos usá-la — eu disse depressa para poder terminar de falar antes que ele me interrompesse. — As catacumbas passam por baixo da catedral e do presbitério; então, talvez haja uma passagem para os dois. Poderíamos esperar escurecer e, quando todos estivessem dormindo, entrar na casa dos padres.

— Isso é loucura — retrucou Andrew, balançando a cabeça. — O presbitério é enorme e tem muitos quartos, tanto acima quanto abaixo do nível da rua. E nem ao menos sabemos onde trancafiaram os prisioneiros. E não é só isso, há guardas armados vigiando. Você quer ir para a fogueira também? Eu não quero!

— Vale a pena tentar — insisti. — Eles não esperam que alguém entre na casa pelo subterrâneo onde vive o Flagelo. Teremos a surpresa do nosso lado e talvez os guardas estejam dormindo.

— Não — disse Andrew, negando-se com firmeza. — É loucura. Não vale a perda de mais duas vidas.

— Então me dê a chave que eu irei.

— Você nunca acharia o caminho sem mim. Os túneis formam um labirinto lá embaixo.

— Então, o senhor conhece o caminho? Já esteve lá embaixo antes?

— Conheço o caminho até o Portão de Prata. Mas é o mais longe que eu poderia querer ir. E faz vinte anos que estive lá com John. Aquela coisa quase o matou. Poderia nos matar também. Você ouviu o que John disse: o espírito está se transformando, Deus sabe em quê. Poderíamos encontrar qualquer coisa lá embaixo. As pessoas falam de cães negros e ferozes com enormes dentes arreganhados; em cobras venenosas. Lembre-se de que o Flagelo é capaz de ler a mente das pessoas e assumir a forma de seus piores medos. Não, é perigoso demais. Não sei qual destino é pior: ser queimado vivo na fogueira pelo Inquisidor ou morrer esmagado pelo Flagelo. Não são opções que se ofereçam a um garoto.

— Não se preocupe — respondi. — O senhor cuida das fechaduras e eu do meu serviço.

— Se meu irmão não conseguiu dar conta, que esperança você pode ter? Naquela época, ele estava no vigor da idade, e você é apenas um garoto.

— Não sou suficientemente retardado para tentar destruir o Flagelo. Só faria o necessário para salvar o Caça-feitiço.

Andrew balançou a cabeça.

— Há quanto tempo está com o meu irmão?

— Quase seis meses — respondi.

— Muito bem, isso já diz tudo, não? Sua intenção é boa, mas só iríamos piorar as coisas.

— O Caça-feitiço me disse que ser queimado era uma morte terrível. A pior das mortes. É por isso que ele não concorda que queimem feiticeiras. O senhor o deixaria sofrer uma morte dessa? Por favor, o senhor precisa me ajudar. É a última chance que ele tem.

Desta vez, Andrew não respondeu. Ficou sentado por muito tempo refletindo. Quando se levantou da cadeira, disse-me apenas que procurasse não ser visto.

Isso me pareceu um bom sinal. Pelo menos, não tinha me mandado embora.

Fiquei nos fundos, esperando o tempo passar enquanto a manhã se arrastava lentamente. Não dormira nada e estava cansado, mas dormir era a última coisa em que eu pensava depois dos acontecimentos da noite.

Andrew ficou trabalhando. A maior parte do tempo eu o ouvia na oficina, mas, às vezes, a campainha da porta tocava quando entrava ou saía um freguês.

Era quase meio-dia quando Andrew voltou à cozinha. Havia alguma coisa diferente em seu rosto. Parecia pensativo. E logo atrás dele vinha mais alguém!

Levantei-me, pronto para correr, mas a porta dos fundos estava trancada e os dois homens se encontravam entre mim e a outra porta. Reconheci, então, o estranho e me acalmei. Era o irmão Peter, que vinha carregando a bolsa e o bastão do Caça-feitiço e as nossas capas!

— Tudo bem, garoto — disse Andrew, aproximando-se e pondo a mão no meu ombro para me tranquilizar. — Tire essa ansiedade do rosto e torne a sentar. Irmão Peter é um amigo. Olhe, ele trouxe as coisas de John para você.

O homem sorriu e me entregou a bolsa, o bastão e as capas. Aceitei-as com um aceno de agradecimento e coloquei-as em um canto antes de me sentar. Os dois puxaram cadeiras da mesa e se sentaram de frente para mim.

Irmão Peter era um homem que passara a maior parte da vida trabalhando ao ar livre; a pele de sua cabeça tinha sido castigada pelo vento e pelo sol, adquirindo um bronzeado uniforme. Ele era alto como Andrew, mas não tão aprumado. Seus ombros e costas eram curvos, talvez por ter gasto tantos anos cultivando a terra com uma colher ou um ancinho. O nariz era sua característica mais marcante: era curvo como um bico de corvo, mas seus olhos bem separados refletiam bondade. Meu instinto me dizia que era um homem bom.

— Muito bem — começou ele —, você teve sorte que eu estivesse fazendo a ronda à noite passada e não um dos outros;

caso contrário, estaria de volta àquela cela! Sendo assim, o padre Cairns me chamou logo ao amanhecer e precisei responder a algumas perguntas incômodas. Ele não ficou satisfeito e tenho certeza de que aquela conversa ainda não terminou.

— Lamento — disse eu.

Irmão Peter sorriu.

— Não se preocupe, rapaz. Sou apenas um jardineiro com a reputação de ser surdo. Ele não vai se preocupar muito tempo comigo. Não quando o Inquisidor tem tanta gente preparada para a fogueira!

— Por que o senhor me deixou fugir? — perguntei.

Irmão Peter ergueu as sobrancelhas.

— Nem todos os padres estão controlados pelo Flagelo. Sei que ele é seu primo — continuou, virando-se para Andrew —, mas não confio no padre Cairns. Acho possível que o Flagelo já o tenha dominado.

— Estive pensando a mesma coisa — disse Andrew. — John foi traído e tenho certeza de que o Flagelo está por trás disso. Ele sabe a ameaça que John representa; por isso, fez aquele nosso primo de cabeça fraca se livrar dele.

— É, acho que tem razão. Você reparou na mão dele? Ele diz que a enfaixou porque se queimou com uma vela, mas o padre Hendle teve um ferimento no mesmo lugar quando o Flagelo o pegou. Acho que Cairns deu sangue àquela criatura.

Devo ter feito uma cara de horror porque o irmão Peter se levantou e pôs o braço nos meus ombros.

— Não se preocupe, filho. Ainda há homens bons naquela catedral e posso ser apenas um humilde irmão, mas me considero um deles e faço o trabalho de Deus sempre que posso. Farei tudo que estiver ao meu alcance para ajudar você e o seu mestre. As trevas ainda não venceram! Então, vamos trabalhar. Andrew esteve me dizendo que você tem coragem suficiente para descer às catacumbas. É verdade? — perguntou-me, alisando, pensativo, a ponta do nariz.

— Alguém tem que fazer isso, e estou disposto a tentar — respondi-lhe.

— E se você topar com...

Ele não terminou a frase. Era quase como se ele não conseguisse se forçar a dizer Flagelo.

— Alguém o avisou do que poderá estar enfrentando? Sobre a capacidade que ele tem de se transformar e ler pensamentos e... — Ele hesitou e olhou por cima do ombro, antes de sussurrar: — Esmagar?

— Já soube — respondi, parecendo bem mais confiante do que me sentia. — Mas há coisas que eu poderia fazer. Ele não gosta de prata...

Abri a bolsa do Caça-feitiço, enfiei a mão e mostrei-lhes a corrente de prata.

— Poderia amarrá-lo com isso — disse, encarando o irmão Peter nos olhos e procurando não piscar.

Os dois homens se entreolharam e Andrew sorriu.

— E praticou muito? — perguntou.

— Horas sem fim. Tem um poste no jardim do sr. Gregory em Chipenden. Consigo lançar a corrente e acertar no poste nove vezes em dez.

— Muito bem, se você conseguir passar pela criatura e chegar ao presbitério hoje à noite, terá uma coisa a seu favor. Lá, com certeza, estará mais sossegado do que o normal — explicou o irmão Peter. — A morte de ontem à noite ocorreu na catedral; portanto, o corpo já se encontra lá em vez de vir de fora. Hoje à noite, quase todos os padres estarão lá fazendo a vigília.

Das minhas aulas de latim, eu sabia que "vigília" significava "velar". Ainda assim, eu continuava sem saber o que estariam fazendo.

— Eles estarão rezando e velando o defunto — disse Andrew, sorrindo da perplexidade que lia no meu rosto. — Quem morreu, Peter?

— O pobre padre Roberts. Suicidou-se. Atirou-se do telhado. Já são cinco suicídios este ano — acrescentou, olhando para Andrew e depois para mim. — Ele penetra as mentes, entende? Leva as pessoas a fazerem coisas contra Deus e contra a própria consciência. E isso é muito duro para um padre que se ordenou para servir a Deus. Por isso, às vezes, quando não consegue mais suportar, ele se mata. O que é um ato abominável. Matar-se é pecado mortal, e os padres sabem que nunca poderão ir para o céu, nunca poderão estar com Deus. Pense na maldade que é levá-los a fazer isso! Se, ao menos, pudéssemos nos livrar de um mal tão terrível, antes que não reste mais nenhum bem na cidade para ser corrompido.

Fez-se um breve silêncio, como se todos estivéssemos refletindo, mas vi a boca do irmão Peter mexer-se e pensei que ele talvez estivesse rezando pelo coitado do padre morto. Quando ele fez o sinal da cruz, tive certeza. Então, os dois homens se entreolharam e trocaram acenos de cabeça. Em silêncio, tinham chegado a um acordo.

—Acompanharei você até o Portão de Prata — disse Andrew. — Dali em diante, o irmão Peter talvez possa ajudá-lo...

Será que o irmão Peter ia com a gente? Ele deve ter lido a expressão no meu rosto, porque ergueu as mãos, sorriu e balançou a cabeça.

— Ah, não, Tom. Não tenho coragem nem para me aproximar das catacumbas. Não! O que Andrew quer dizer é que eu posso lhe prestar qualquer outra ajuda, dando-lhe informações. Há um mapa dos túneis, entende? Está emoldurado na entrada do presbitério, a que abre diretamente para o jardim. Perdi a conta das horas que passei ali esperando um dos padres descer para me passar as tarefas do dia. Nesses anos, acabei conhecendo cada centímetro daquele mapa. Você quer anotar ou consegue se lembrar?

— Tenho boa memória.

— Então, é só me dizer quando quiser que eu repita alguma coisa. Andrew já falou que o levará até o Portão de Prata. Depois de entrar, continue seguindo em frente até o túnel bifurcar. Tome a passagem da esquerda e verá uns degraus. Eles dão acesso a uma porta que abre para a grande adega do presbitério. Estará trancada, mas isso não será problema, quando se tem um amigo como Andrew. Existe apenas mais uma porta para sair da adega, fica na parede do fundo à direita.

— Mas o Flagelo não poderá me seguir até a adega e fugir? — perguntei.

— Não, ele só pode sair das catacumbas pelo Portão de Prata; portanto, você estará seguro depois que cruzar a porta da adega. Agora, antes de sair da adega, tem uma coisa que precisa fazer. Há um alçapão no teto à esquerda da porta. Leva ao caminho que acompanha a parede norte da catedral e é usada pelos entregadores para descarregar o vinho e a cerveja. Destranque-o antes de prosseguir. Será uma saída mais rápida para fugir do que retornar e atravessar o Portão de Prata. Tudo entendido até aqui?

— Não seria bem mais fácil usar o alçapão para descer? — perguntei. — Assim, eu poderia evitar o Portão de Prata e o Flagelo!

— Eu gostaria que fosse tão fácil — respondeu o irmão Peter. — Mas é arriscado demais. A porta é visível da rua e do presbitério. Alguém poderia ver você entrando.

Assenti pensativo.

— Embora não possa usá-la para entrar, há outra boa razão para tentar sair por ali — disse Andrew. — Não quero que John se arrisque mais uma vez a enfrentar o Flagelo. Acho que, no fundo, ele tem medo, entende? Tanto medo que não poderia sair vencedor...

— Medo? — exclamei indignado. — O sr. Gregory não tem medo de nada que pertença às trevas.

— Não que ele admita — continuou Andrew. — Nisso você tem razão. Provavelmente, não admitiria nem para si mesmo. Mas foi amaldiçoado há muitos anos e...

— O sr. Gregory não acredita em maldições — interrompi-o mais uma vez. — Ele já lhe disse isso.

— Se você me permitir falar, explicarei — insistiu Andrew. — Trata-se de uma maldição funesta e poderosa. A maior que é possível lançar. Três *covens* de feiticeiras de Pendle se reuniram para prepará-la. John andou se metendo demais na vida delas, o que as levou a pôr de lado os seus rancores e desavenças, além de o amaldiçoar. Foi um sacrifício de sangue com a morte de inocentes. Aconteceu há vinte anos, na Noite de Walpurgis, a noite em que a luz se extinguiu e as trevas reinaram, e, quando elas terminaram, mandaram para John a maldição em um pedaço de pergaminho salpicado de sangue. Uma vez, ele me contou o que estava escrito: *"Você morrerá em um lugar escuro, muito abaixo da superfície, sem nenhum amigo ao seu lado!"*

— As catacumbas... — eu disse, minha voz pouco mais do que um sussurro. Se ele enfrentar o Flagelo sozinho nas catacumbas, as condições da maldição seriam satisfeitas.

— É, as catacumbas — confirmou Andrew. — E, como recomendei, tire-o de lá pelo alçapão. Enfim, desculpe ter interrompido, irmão Peter...

Peter deu um sorriso desconsolado e continuou:

— Depois de destrancar o alçapão, saia pela porta que abre para o corredor. Essa é a parte arriscada. No fundo há uma cela usada para trancar os prisioneiros. É onde você deverá encontrar o seu mestre. Mas, para chegar lá, terá de passar pela sala da guarda. É arriscado, mas lá embaixo é úmido e frio. Eles terão um bom fogo ardendo na lareira e, se Deus quiser, terão fechado a porta para vedar o frio. Pronto, é isso! Liberte o sr. Gregory, tire-o pelo alçapão e leve-o para longe desta cidade. Ele terá que voltar e enfrentar a criatura maligna em outra ocasião, quando o Inquisidor tiver ido embora.

— Não! — exclamou Andrew. — Depois de tudo que aconteceu, eu não o deixaria voltar aqui.

— Mas, se ele não combater o Flagelo, quem o fará? — perguntou o irmão Peter. — Eu também não acredito em maldições. Com a ajuda de Deus, John poderá derrotar o espírito maligno. Você sabe que a situação está piorando. Com certeza, serei o próximo.

— Você não, irmão Peter — replicou Andrew. — Encontrei na vida poucos homens de mente tão forte quanto a sua.

— Faço o possível — disse ele, estremecendo. — Quando ouço sussurros na minha cabeça, rezo com mais fervor. Deus nos dá a força de que precisamos, isto é, se tivermos o bom senso de lhe pedir. É preciso fazer alguma coisa. Não sei como tudo isso irá terminar.

— Terminará quando o povo da cidade der um basta — replicou Andrew. — Só se pode abusar do povo até certo ponto. Fico surpreso que ele tenha tolerado a perversidade do Inquisidor por tanto tempo. Alguns dos condenados à fogueira têm parentes e amigos aqui.

— Talvez sim e talvez não — respondeu o irmão Peter. — Tem muita gente que adora ver uma fogueira. Só nos resta rezar.

CAPÍTULO 9
AS CATACUMBAS

O irmão Peter voltou às suas tarefas na catedral enquanto esperávamos o sol se pôr. Andrew me disse que a melhor maneira de entrar nas catacumbas era pelo porão de uma casa abandonada perto da catedral e também porque era mais provável passarmos despercebidos depois de anoitecer.

À medida que as horas passavam, fui ficando cada vez mais nervoso. Enquanto conversava com Andrew e o irmão Peter, eu tentara parecer confiante, mas o Flagelo realmente me apavorava e a toda hora eu vasculhava a bolsa do Caça-feitiço à procura de alguma coisa que pudesse me ajudar.

Naturalmente peguei a longa corrente de prata que ele usava para amarrar feiticeiras e prendi-a em torno da cintura, escondida sob a camisa. Ainda assim, eu sabia que uma coisa era conseguir lançá-la contra um poste de madeira e outra muito diferente era fazer isso contra o Flagelo. Apanhei também o sal e o ferro. Depois de transferir meu estojinho de fazer fogo para o bolso do casaco, enchi os bolsos da calça — o bolso direito com sal, o esquerdo com limalha de ferro. A combinação dos dois elementos funcionava contra a maioria das coisas que assombravam a escuridão. Tinha sido assim que eu finalmente derrotara a velha feiticeira, Mãe Malkin.

Eu não achava essa combinação suficiente para liquidar algo tão poderoso como o Flagelo; se fosse, da última vez o Caça-feitiço o teria derrotado para sempre. Contudo, eu estava desesperado para experimentar qualquer coisa, e só o fato de ter aquilo e a corrente de prata me fez sentir melhor. Afinal, eu não estava planejando destruir o Flagelo dessa vez, só queria mantê-lo a distância o tempo suficiente para resgatar meu mestre.

Por fim, levando o bastão do Caça-feitiço na mão esquerda e a bolsa com as capas na direita, segui Andrew pelas ruas que começavam a escurecer, em direção à catedral. No alto, o céu estava carregado de nuvens e, no ar, havia um cheiro de chuva que se avizinhava. Eu estava aprendendo a detestar Priestown, com suas estreitas ruas de pedras e quintais murados. Senti saudade das serras e dos espaços abertos. Se, ao menos, eu estivesse em Chipenden, de volta à rotina das aulas com o Caça-feitiço! Era difícil aceitar que a minha vida lá talvez tivesse terminado.

Quando nos aproximamos da catedral, Andrew me conduziu por passagens estreitas que corriam pelos fundos de uma série de casas contíguas. Ele parou em frente a uma das portas, ergueu lentamente o trinco e me fez sinal para entrar em um pequeno quintal. Depois de fechá-la silenciosamente, ele se dirigiu à porta dos fundos da casa às escuras.

Em seguida, girou uma chave na fechadura e entramos. Assim que passamos, ele tornou a trancar a porta, acendeu duas velas, entregando-me uma.

— Esta casa está deserta há mais de vinte anos — explicou-me — e continuará assim porque, como você já percebeu, gente como o meu irmão não é bem-vinda nesta cidade. A casa é assombrada por alguma coisa muito ruim; por isso, a maioria das pessoas se mantêm longe e até os cães a evitam.

Ele tinha razão quanto à casa estar assombrada por alguma coisa ruim. O Caça-feitiço gravara um aviso do lado de dentro da porta dos fundos.

Era a letra grega gama, usada para indicar a presença de um fantasma ou de uma sombra. Havia o número um à direita, significando que era um fantasma de primeira grandeza, suficientemente perigoso para levar algumas pessoas à loucura.

— O nome dele era Matty Barnes — Andrew me informou — e ele matou sete pessoas na cidade, talvez mais. Tinha mãos enormes e usou-as para estrangular as vítimas. Eram, na maioria, moças. Diziam que ele as trazia para cá e tirava a vida de seus corpos neste mesmo cômodo. Por fim, uma das mulheres resistiu e espetou-o no olho com um alfinete de chapéu. Ele morreu lentamente de infecção no sangue. John ia convencer o fantasma do tal Matty a deixar a terra, mas decidiu em contrário. Sempre teve intenção de voltar aqui um dia para enfrentar o Flagelo e preferiu garantir que esta descida para as catacumbas continuasse disponível. Ninguém quer comprar uma casa mal-assombrada.

De repente, senti o ar esfriar e vi as chamas de nossas velas bruxulearem. Havia alguma coisa ali sempre mais próxima a cada minuto. Antes que eu pudesse respirar ela chegou. Não consegui vê-la, mas senti que rondava as sombras no canto oposto da cozinha e que me encarava fixamente.

O fato de não poder vê-la piorava a situação. Os fantasmas mais poderosos podem escolher se querem ou não ser vistos. O fantasma de Matty Barnes estava me mostrando a sua força mantendo-se invisível, mas me fazendo saber que me observava. E mais: eu sentia sua malevolência. Ele nos desejava mal; por isso, quanto mais cedo saíssemos dali, melhor.

— É imaginação minha ou o cômodo ficou muito frio de repente? — perguntou Andrew.

— Está frio mesmo — respondi, sem mencionar a presença do fantasma. Não havia necessidade de deixá-lo mais nervoso ainda.

— Então, vamos andando — disse ele, saindo à frente e dirigindo-se para a escada do porão.

A casa tinha uma planta típica de muitas casas geminadas nas cidades do Condado: dois cômodos em cima e dois embaixo, e um sótão sob as abas do telhado. Na cozinha, a porta do porão estava exatamente na mesma posição que a de Horshaw, onde o Caça-feitiço me levara na primeira noite, depois de me aceitar como aprendiz. Aquela casa era assombrada por uma sombra, e, para saber se eu estaria à altura do ofício, o Caça-feitiço me mandara descer ao porão à meia-noite. Foi uma noite inesquecível; só de pensar ainda me provoca arrepios.

Andrew e eu descemos a escada para o porão. O piso de lajes estava vazio, exceto por uma pilha de tapetes e carpetes velhos. Parecia bem seco, mas tinha cheiro de mofo. Andrew me entregou sua vela e rapidamente arrastou os tapetes para um lado, revelando um alçapão de madeira.

— Há mais de uma entrada para as catacumbas — disse-me —, mas esta é a mais fácil e a menos arriscada. É pouco provável que encontremos muita gente bisbilhotando aí embaixo.

Ele ergueu o alçapão e vi degraus de madeira que desciam pela escuridão. Senti um cheiro de terra úmida e decomposição. Andrew apanhou sua vela da minha mão e desceu primeiro, dizendo-me para esperar um momento. Em seguida, chamou-me:

— Pode descer, mas deixe o alçapão aberto. Talvez a gente precise sair às pressas!

Deixei a bolsa do Caça-feitiço e as capas no porão e acompanhei-o, ainda apertando na mão o bastão do meu mestre. Quando cheguei embaixo, para minha surpresa, vi que pisava um chão de pedras em vez da terra que esperara. As catacumbas eram tão bem-calçadas quanto as ruas na superfície. Teriam sido feitas pelo povo que vivera ali antes de a cidade ser construída? Aquele que venerava o Flagelo? Neste caso, as ruas calçadas de Priestown tinham sido copiadas das passagens nas catacumbas.

Andrew saiu andando sem dizer mais nada e tive a sensação de que queria terminar logo com aquilo. Eu, sem dúvida, queria.

De início, o túnel era bastante largo para duas pessoas caminharem lado a lado, mas o teto ladrilhado era baixo e Andrew foi obrigado a andar com a cabeça inclinada. Não admira que o Caça-feitiço tivesse chamado os construtores de "Povo Pequeno". Sem dúvida, tinham sido bem menores do que as pessoas de hoje.

Não tínhamos ido muito longe quando o túnel começou a estreitar; em alguns lugares, ele entortara, como se o peso da catedral e dos prédios na superfície o esmagassem. Em alguns pontos, os ladrilhos que revestiam o teto e as paredes tinham se soltado, deixando a lama e o limo infiltrarem e escorrer pelas paredes. Ouviam-se o som de água gotejando ao longe e o eco das nossas botas no calçamento.

Mais adiante, a passagem tornou a estreitar. Fui obrigado a andar atrás de Andrew, e o caminho se dividiu em dois túneis ainda menores. Depois de tomarmos o da esquerda, chegamos a um vão na parede também à esquerda. Andrew parou e ergueu a vela para iluminar seu interior. Olhei horrorizado. Havia prateleiras cheias de ossos: crânios com as órbitas vazadas, ossos de pernas, ossos de braços, ossos de dedos e ossos que não reconheci, todos de tamanhos diferentes, todos misturados. E todos humanos!

— As catacumbas estão cheias de criptas iguais a esta — comentou Andrew. — Não seria nada bom alguém se perder aqui embaixo no escuro.

Havia ossos pequenos também, como se fossem de crianças. Com certeza, eram os restos mortais do Povo Pequeno.

Continuamos avançando e não tardamos a ouvir água corrente mais adiante. Viramos uma esquina e lá estava: era mais um riacho do que um rio.

— Ele corre por baixo da rua principal diante da catedral — disse Andrew, apontando para a água escura —, e é ali que atravessamos.

Um caminho de pedras, nove ao todo, largas, lisas e chatas, que mal afloravam à superfície da água.

Mais uma vez, Andrew seguiu na frente, avançando tranquilamente de pedra em pedra. Na margem oposta, ele parou e se virou para me ver concluir a travessia.

— Está fácil hoje à noite — comentou —, mas, depois de temporais, o nível da água pode subir muito acima das pedras. Então, corremos realmente perigo de sermos carregados pela correnteza.

Continuamos a andar e o som da água corrente foi morrendo ao longe.

Andrew parou de repente e pude ver, por cima de seu ombro, que tínhamos chegado a um portão. E que portão! Eu nunca vira nada parecido. Do piso ao teto, de parede a parede, uma grade de metal bloqueava completamente o túnel, um metal que refulgia à claridade da vela de Andrew. Parecia uma liga com alto teor de prata forjada por um serralheiro muito competente. Cada barra não era um cilindro sólido, mas um feixe de várias barras mais finas, torcidas para formar uma espiral. O desenho era complexo: os padrões e formas eram sugeridos, mas quanto mais eu os fixava mais pareciam mudar.

Andrew se virou e pôs a mão no meu ombro.

— Aí está o Portão de Prata. Portanto, preste atenção, é muito importante. Tem alguma coisa por perto? Alguma coisa das trevas?

— Acho que não — respondi.

— Achar não é suficiente — disse Andrew com rispidez. É preciso ter certeza! Se deixarmos essa criatura fugir, ela irá aterrorizar todo o Condado e não somente os padres.

Bem, eu não sentia frio, que é o aviso habitual de que alguma coisa das trevas se avizinha. Portanto, significava que tudo estava bem. O Caça-feitiço, no entanto, sempre me dissera para confiar nos meus instintos; então, para confirmar, respirei fundo e me concentrei bem.

Nada. Não senti nada.

— Está tudo limpo — respondi a Andrew.

— Tem certeza? Certeza absoluta?

— Tenho.

Inesperadamente, Andrew se ajoelhou e enfiou a mão no bolso da calça. Havia uma portinhola curva na grade, mas sua fechadura minúscula ficava muito junto ao chão, e essa era a razão por que Andrew se abaixara. Com muito cuidado, ele meteu uma chavinha na fechadura. Lembrei-me da chave enorme pendurada na parede de sua oficina. Era de pensar que quanto maior a chave maior a sua importância, mas agora acontecia o oposto. O que poderia ser mais importante do que a chavinha que Andrew agora segurava na mão? A que mantivera todo o Condado livre do Flagelo.

Ele pareceu brigar com a fechadura, posicionando e reposicionando a chave. Por fim, ela girou, Andrew abriu o portão e se levantou.

— Você quer desistir? — perguntou-me.

Balancei a cabeça, e então me ajoelhei, empurrei o bastão pelo portão aberto e entrei engatinhando. Assim que passei, Andrew trancou o portão e me entregou a chave através da grade. Guardei-a no bolso da calça, enterrando-a na limalha de ferro.

— Boa sorte — disse ele. — Vou voltar para o porão e esperar uma hora, caso você precise sair por esse caminho. Se você não aparecer, voltarei para casa. Gostaria de poder fazer mais para ajudar. Você é um rapaz corajoso, Tom. Eu realmente gostaria de ter coragem para acompanhá-lo.

Agradeci, dei as costas e, carregando o bastão na mão esquerda e a vela na direita, saí sozinho pela escuridão. Instantes depois, percebi todo o horror do que me comprometera a fazer. Eu enlouquecera? Encontrava-me no covil do Flagelo e ele poderia aparecer a qualquer momento. O que estivera pensando? Talvez ele já soubesse da minha presença!

Respirei profundamente e me acalmei ao pensar que, se ele não acorrera ao Portão de Prata quando Andrew o destrancara, não devia ser onisciente. E se as catacumbas eram extensas como diziam, então, naquele momento, o Flagelo poderia estar a quilômetros de distância. Enfim, que mais eu poderia fazer exceto continuar avançando? As vidas do Caça-feitiço e de Alice dependiam do que eu fizesse.

Caminhei mais ou menos um minuto até chegar à bifurcação dos túneis. Lembrando o que o irmão Peter me dissera, escolhi o da esquerda. O ar ao meu redor começou a esfriar e senti que já não estava mais sozinho. Ao longe, para além da luz da vela, vi formas pequenas, pálidas e luminosas esvoaçando como morcegos, entrando e saindo das criptas ao longo das paredes do túnel. Quando eu me aproximava, elas desapareciam. Não chegavam muito perto, mas tive certeza de que eram os fantasmas do Povo Pequeno. Fantasmas não me incomodavam muito; era o Flagelo que eu não conseguia tirar do pensamento.

Cheguei a uma esquina e, quando a virei seguindo para a esquerda, senti algo sob os pés e quase tropecei. Tinha pisado alguma coisa mole e pegajosa.

Recuei e ergui a vela para ver melhor. O que vi fez os meus joelhos tremerem e a vela dançar na minha mão trêmula. Era um gato morto. Não foi, porém, o fato de estar morto que me afetou; foi a maneira como tinha morrido.

Sem dúvida, ele entrara nas catacumbas à procura de ratazanas ou camundongos e encontrara um fim terrível. Estava de barriga para baixo, os olhos esbugalhados. O pobre animal tinha sido achatado de tal forma contra o chão, que não havia um ponto do seu corpo que tivesse mais de dois centímetros de espessura. Era um borrão nas pedras, e sua língua fora da boca ainda reluzia, comprovando não estar morto há muito tempo. Estremeci de horror. Sem dúvida, fora "prensado". Se o Flagelo me descobrisse, com certeza aquele seria também o meu fim. Continuei a andar rápido, contente por deixar aquela visão terrível para trás e, por fim, cheguei ao pé da escada de pedra que levava a uma porta de madeira. Se o irmão Peter estivesse certo, do outro lado estaria a adega de vinhos da casa dos padres.

Subi, e então, no alto da escada, quando cheguei, usei a chave do Caça-feitiço. Logo depois estava abrindo devagarinho a porta. Uma vez lá dentro, fechei-a, mas não a tranquei.

A adega era bem espaçosa, tinha enormes barris de cerveja e fileiras e mais fileiras de estantes empoeiradas e cheias de garrafas de vinho, que visivelmente se encontravam ali havia muito tempo — estavam cobertas de teias de aranha. Fazia um silêncio mortal ali embaixo e, a não ser que houvesse alguém escondido me observando, a adega parecia completamente deserta. É claro que a vela apenas iluminava uma pequena área ao meu redor e, para além dos barris mais próximos, havia uma escuridão que poderia ter ocultado qualquer coisa.

Antes de deixar a casa de Andrew, o irmão Peter me dissera que os padres desciam somente uma vez por semana à adega para buscar o vinho de que precisavam, e que a maioria nem sequer sonharia em descer às catacumbas por causa do Flagelo. Ele não poderia, porém, prometer o mesmo com relação aos homens do Inquisidor: não eram habitantes locais e não sabiam o suficiente para ter medo. E não era só isso; eles se serviriam da cerveja e provavelmente não se contentariam em beber um simples barril.

Atravessei a adega cautelosamente, parando a cada dez passos ou mais para escutar. Por fim, consegui enxergar a porta que abria para o corredor, e ali, no teto, à esquerda, colado à parede, havia um grande alçapão de madeira. Tínhamos um igual em casa. No passado, a nossa propriedade era chamada de Sítio do Cervejeiro porque o dono fornecia cerveja às tabernas e às propriedades dos arredores. Tal como explicara o irmão Peter, o alçapão era usado para a entrada e saída dos barris na adega sem precisar passar pelo presbitério. E ele tinha razão em dizer que seria o caminho de fuga mais fácil. Se eu o utilizasse correria o risco de ser visto, mas voltar em direção ao Portão de Prata implicaria a possibilidade de topar com o Flagelo e, depois de algum tempo trancafiado, o Caça-feitiço não teria forças suficientes para enfrentá-lo. E não era só isso, eu precisava também considerar a maldição que pesava sobre meu mestre. Se ele acreditava ou não em sua eficácia, não valia a pena desafiar o destino.

Havia grandes barris de cerveja em pé, colocados diretamente sob o alçapão. Pousando a vela em um deles e o bastão do lado, subi em um segundo e alcancei a fechadura que havia no alçapão e permitia trancá-lo e destrancá-lo por dentro e por fora. Como era bastante simples, a chave do Caça-feitiço serviu novamente, mas deixei o alçapão fechado para o caso de alguém na superfície reparar nele.

Abri a porta para o corredor com igual facilidade, girando a chave muito lentamente para não fazer barulho. Isso me permitiu compreender a sorte que era o Caça-feitiço ter um irmão serralheiro.

Em seguida, abri a porta e saí em um longo corredor estreito e lajeado. Estava deserto, mas uns vinte passos adiante, à direita, vi um archote bruxuleante em um suporte no alto de uma porta fechada. Tinha que ser a sala da guarda de que me prevenira o irmão Peter. Mais à frente, havia uma segunda porta e, além, uma escada de pedra que devia conduzir aos cômodos superiores.

Dirigi-me lentamente à primeira porta, quase pé ante pé, mantendo-me nas sombras. Ao me aproximar da sala da guarda, ouvi sons em seu interior. Alguém tossia, alguém ria e ouvia-se um murmúrio de vozes.

De repente, meu coração disparou. Ouvi uma voz grave bem junto à porta, mas, antes que pudesse me esconder, ela foi escancarada com violência. Quase bateu em mim, mas recuei rápido para trás dela e me achatei contra as pedras ásperas da parede. Botas pesadas saíram para o corredor.

— Preciso voltar ao meu trabalho — disse a voz que reconheci. Era do Inquisidor e ele estava falando com alguém parado na sala junto à porta!

— Mande alguém buscar o irmão Peter — prosseguiu ele — e levá-lo a mim quando eu tiver terminado com o outro. O padre Cairns talvez tenha deixado escapar um prisioneiro nosso, mas, é preciso que se diga, ele sabia quem foi o responsável. E, pelo menos, teve o bom senso de me informar. Amarre bem as mãos do nosso caro irmão às costas, e não seja bonzinho. Faça a corda cortar sua carne para ele saber exatamente o que o espera! Será bem mais do que meia dúzia de palavras ríspidas, pode ter certeza. Os ferros em brasa logo soltarão a língua dele!

Em resposta, ouvi as gargalhadas cruéis dos guardas. Então, a longa capa do Inquisidor esvoaçou às suas costas, por causa da corrente de ar que a porta produziu ao fechar, e ele se afastou rápido em direção à escada no fim do corredor.

Se ele se virasse imediatamente, iria me ver! Por um momento, pensei que ia parar à porta da cela dos prisioneiros, mas, para meu alívio, ele subiu a escada e desapareceu de vista.

Coitado do irmão Peter. Ia ser interrogado, mas não havia jeito de avisá-lo. E eu devia ser o prisioneiro a quem o Inquisidor se referira. Iam torturá-lo porque tinha me deixado fugir. E não era só isso — o padre Cairns falara de mim ao Inquisidor. Agora que tinha o Caça-feitiço em seu poder, o homem provavelmente sairia me procurando também. Eu precisava resgatar meu mestre antes que fosse tarde demais para nós dois.

Quase cometi um grande erro ao sair pelo corredor em direção à cela; no entanto, percebi a tempo que a ordem do Inquisidor seria cumprida sem demora. De fato, a porta da sala da guarda reabriu e dois homens armados de porretes saíram em direção à escada.

Quando a porta tornou a fechar por dentro, fiquei totalmente visível, mas a minha sorte perdurou e os guardas não se viraram. Depois que subiram a escada e desapareceram, esperei alguns momentos até o eco distante de suas botas morrer e meu coração parar de bater tão alto. Foi então que ouvi as outras vozes da cela mais adiante. Alguém chorava; outro rezava alto. Corri na direção dos sons e cheguei a uma pesada porta de metal, com barras verticais na parte superior.

Ergui minha vela junto às barras e espiei. Na luz instável a cela me pareceu bem ruim, mas cheirava ainda pior. Havia umas vinte pessoas apertadas em um espaço mínimo. Algumas estavam deitadas no chão e pareciam dormir. Outras, sentadas com as costas apoiadas na parede. Uma mulher estava em pé junto à porta e fora a sua voz que eu tinha ouvido. Supus que estivesse rezando, porém estava delirando e seus olhos reviravam nas órbitas, como se o sofrimento por que passara a tivesse enlouquecido.

Não vi o Caça-feitiço nem Alice, mas isso não significava que não estivessem ali dentro. Aqueles eram, sem dúvida, os prisioneiros. Os prisioneiros do Inquisidor prontos para a fogueira.

Sem perder tempo, descansei o bastão, destranquei a porta e abri-a devagar. Queria entrar e procurar o Caça-feitiço e Alice, mas, antes mesmo de abri-la completamente, a mulher que estava falando avançou e bloqueou meu caminho.

Gritou alguma coisa, cuspindo as palavras no meu rosto. Não entendi o que disse, mas gritou tão alto que me fez olhar para a sala da guarda. Em segundos, surgiram outros atrás dela, empurrando-a para o corredor. Havia uma garota à sua esquerda, que talvez fosse um ano mais velha que Alice. Tinha grandes olhos castanhos e um rosto bondoso; apelei para ela.

— Estou procurando uma pessoa — disse, minha voz pouco mais do que um sussurro.

Antes que eu pudesse continuar, ela abriu a boca como se fosse falar, revelando duas fileiras de dentes, uns quebrados, outros cariados e escuros. Em vez de palavras, saiu uma gargalhada alta e selvagem de sua garganta, que imediatamente provocou um tumulto à sua volta. Aquelas pessoas tinham sofrido torturas e passado dias ou até semanas sob ameaça de morte. Não adiantava apelar para a razão nem lhes pedir calma. Apontavam dedos para mim, e um homem alto e magro, com pernas longas e olhos esbugalhados, agarrou minha mão com força e começou a sacudi-la para cima e para baixo para me agradecer.

— Muito obrigado! Muito obrigado! — exclamava, e seu aperto era tão forte que pensei que ia triturar meus ossos.

Consegui soltar minha mão, apanhei o bastão e recuei alguns passos. A qualquer momento, os guardas ouviriam a confusão e viriam investigar. E se o Caça-feitiço e Alice não estivessem na cela? E se estivessem presos em outro lugar?

Era tarde demais agora; empurrado violentamente pelas costas, eu já estava recuando para além da sala da guarda, e mais alguns segundos me levaram à porta da adega. Olhei para trás e vi que uma fila de pessoas me seguia. Pelo menos, agora ninguém estava gritando, mas ainda havia barulho demais para o meu gosto. Só esperava que os guardas tivessem bebido além da conta. Provavelmente estavam acostumados com o barulho dos prisioneiros; não estariam esperando uma fuga em massa.

Uma vez na adega, subi em um barril e me equilibrei nele enquanto empurrava o alçapão para o alto. Pelo vão, vislumbrei os botaréus de pedra da parede da catedral e senti uma corrente de ar fresco e úmido no rosto. Chovia pesado. Outras pessoas estavam subindo nos barris. O homem que me agradecera empurrou-me para o lado com uma forte cotovelada e começou a se içar pelo alçapão. Momentos depois, ele tinha saído e me estendeu a mão se oferecendo para me puxar para fora.

— Anda! — sibilou ele.

Hesitei. Queria ver se o Caça-feitiço e Alice tinham saído da cela. Então, foi tarde demais, uma mulher tinha subido no barril ao meu lado e estava erguendo os braços para o homem que, sem um instante de hesitação, agarrou-a pelos pulsos e puxou-a pelo alçapão aberto.

Depois disso, perdi a minha vez. Surgiram outros, alguns brigando entre si, desesperados para sair. Nem todos, porém, agiam assim. Outro homem virou um barril de lado e o encostou no que estava em pé para servir de degrau e facilitar a subida. Ele ajudou uma velha a subir e firmou suas pernas enquanto o homem do lado de fora a agarrava pelos pulsos e a puxava lentamente para o alto.

Os prisioneiros foram saindo pelo alçapão, mas outros vinham entrando pela adega e não tirei meus olhos deles na esperança de que algum fosse o Caça-feitiço ou Alice.

Ocorreu-me um pensamento repentino. E se um dos dois estivesse mal ou fraco demais para andar e não tivesse podido abandonar a cela?

Não me restava opção. Precisava voltar para verificar. Pulei do barril para o chão, mas tarde demais: um grito, depois vozes enraivecidas. Botas reboando no corredor. Um guarda alto e troncudo entrou aos empurrões na adega, empunhando um porrete. Olhou ao redor e, com um berro de fúria, correu direto para mim.

CAPÍTULO 10
Cuspe de moça

Sem hesitar um segundo, agarrei o bastão, apaguei a vela, mergulhando a adega na escuridão, e me encaminhei depressa para a porta que levava às catacumbas.

Ouvi um tumulto horrível às minhas costas: gritos, berros e ruídos de luta. Virando-me, vi outro guarda entrar na adega com um archote; então, deslizei para trás das prateleiras de vinho, mantendo-as entre mim e a luz, enquanto me dirigia à porta na parede do fundo.

Sentia-me péssimo por abandonar o Caça-feitiço e Alice. Ter chegado até ali e não ter sido capaz de libertá-los deixaram-me arrasado. Eu só esperava que, na confusão, eles tivessem conseguido escapar, pois ambos enxergavam bem no escuro, e, se eu conseguia achar a porta para as catacumbas, eles também achariam. Percebi que alguns prisioneiros se moviam ao mesmo tempo que eu e entravam nos recessos escuros da adega para fugir dos guardas. Alguns pareciam caminhar à minha frente. Talvez meu mestre e Alice estivessem entre eles, mas eu não podia me arriscar a chamá-los para não alertar os guardas. Enquanto andava com cautela entre as prateleiras de vinho, pensei ter visto um pouco adiante a porta para as catacumbas se abrir e fechar rapidamente, mas estava muito escuro para eu ter certeza.

Alguns instantes depois, passei pela porta. No momento em que a fechei, mergulhei em uma escuridão tão intensa que, por alguns segundos, não consegui ver nem a minha própria mão diante do rosto. Fiquei parado ali no alto da escada, ansiando desesperadamente que a minha visão se ajustasse.

Assim que consegui distinguir os degraus, desci cautelosamente e saí pelo túnel o mais depressa que pude, consciente da probabilidade de que, em algum momento, alguém verificasse a porta: eu não a trancara ao passar, para o caso de Alice e o Caça-feitiço virem logo atrás.

Normalmente enxergo bem no escuro, mas, naquelas catacumbas, a escuridão parecia se adensar; então, parei e tirei do bolso do paletó o estojinho para fazer fogo. Ajoelhei-me e sacudi-o para deixar cair um montículo de lascas de madeira nas pedras. Rapidamente atritei a pedra e o metal, para produzir faísca, e em um segundo consegui acender minha vela.

Com a chama para me orientar, pude avançar melhor, embora o ar à minha volta esfriasse a cada passo, e, não muito à frente, eu divisasse reflexos sinistros na parede. Mais uma vez, formas luminosas entravam e saíam das sombras, mas agora eram bem mais numerosas do que da última vez. Os mortos estavam se reunindo. Minha caminhada anterior pelos túneis os inquietara.

Parei. Que era aquilo? De algum lugar ao longe vinha o uivo de um cão. Meu coração batia forte. Seria um cão de verdade ou seria o Flagelo? Andrew mencionara um enorme cão preto com dentes ameaçadores. Um canzarrão que era, na realidade, o Flagelo. Tentei me convencer de que estava ouvindo um cão de verdade que viera parar ali embaixo nas catacumbas. Afinal de contas, se um gato podia fazer isso, por que não um cão?

O uivo se repetiu e se prolongou no ar por muito tempo, ecoando e reverberando ao longo dos túneis. Estaria à frente ou atrás de mim? Neste túnel ou em outro? Era impossível saber. Com os homens do Inquisidor em meu encalço, porém, minha única opção era continuar a avançar em direção ao portão.

Apressei, então, o passo, tremendo de frio, contornando o gato achatado, até chegar ao ponto em que os túneis se bifurcavam. Por fim, virei uma esquina e vi o Portão de Prata. Ali parei, meus joelhos começando a tremer, minha mente temendo prosseguir. Porque, mais à frente, na escuridão além da chama da vela, havia alguém à minha espera. Um vulto sombrio estava sentado no chão junto ao portão, as costas contra a parede, a cabeça curvada sobre o peito. Seria um prisioneiro fugitivo? Alguém que passara pela porta antes de mim?

Eu não podia voltar; portanto, avancei alguns passos e ergui mais a vela. Um rosto barbudo virou-se para mim.

— Por que demorou tanto? — perguntou uma voz que reconheci. — Faz cinco minutos que estou esperando.

Era o Caça-feitiço são e salvo! Corri para ele, sentindo grande alívio que tivesse conseguido fugir. Tinha um hematoma feio no olho esquerdo e a boca inchada. Sem dúvida, fora torturado.

— O senhor está bem? — perguntei ansioso.

— Estou, rapaz. Me dê mais uns momentos para recuperar o fôlego e ficarei novo. Abra esse portão e logo estaremos a caminho.

— Alice estava com o senhor? — perguntei. — Ficaram na mesma cela?

— Não, rapaz. É melhor esquecê-la. Ela não presta. É pura encrenca e não há nada que se possa fazer para ajudá-la agora. — Sua voz soou áspera e cruel. — Merece o que a espera.

— A fogueira? — perguntei. — O senhor nunca foi a favor de queimar feiticeiras, muito menos uma jovem, e o senhor mesmo disse ao Andrew que ela é inocente.

Fiquei chocado. Ele jamais confiara em Alice, mas me magoava ouvi-lo falar daquele jeito, principalmente depois de ter sido condenado àquele mesmo destino cruel. E a tal Meg? Ele nem sempre fora tão frio e desalmado...

— Pelo amor de Deus, rapaz, você está sonhando ou está acordado? — quis saber o Caça-feitiço, sua voz denotando irritação e impaciência. — Ande, acorde! Apanhe a chave e abra o portão.

Ao me ver hesitar, estendeu a mão para mim.

— Me dê o meu bastão, rapaz. Estive naquela cela úmida tempo demais e esta noite meus ossos velhos estão doendo...

Estiquei o braço para entregá-lo, mas, quando seus dedos começaram a se fechar sobre o bastão, recuei, de repente, horrorizado.

Não foi apenas o choque inesperado do seu hálito quente e fedorento queimando meu rosto. Era porque ele estava me estendendo a mão direita! A direita, e não a esquerda!

Não era o Caça-feitiço! Aquele não era o meu mestre!

Enquanto eu o encarava, pregado no chão, ele tornou a baixar a mão e, então, como uma cobra, começou a se contorcer nas pedras em minha direção. Antes que eu pudesse me mexer, seu braço deslizou e dobrou de comprimento e sua mão agarrou meu tornozelo, prendendo-o em um doloroso aperto. Minha reação imediata foi tentar desvencilhar meu tornozelo de sua garra pavorosa, mas eu sabia que aquele não era o caminho. Permaneci absolutamente imóvel.

Tentei me concentrar. Apertei o bastão e me esforcei para vencer o medo, lembrando-me de respirar. Estava aterrorizado, mas, embora meu corpo estivesse inerte, minha mente permanecia ativa. Havia apenas uma explicação que me fez estremecer de horror: eu estava diante do Flagelo.

Fazendo força para me concentrar, estudei a criatura com atenção, procurando alguma coisa que pudesse me ajudar de alguma forma, mesmo que minimamente. Tinha a aparência do Caça-feitiço e a voz igual. Era impossível saber a diferença, exceto pela mão serpentina.

Depois de observá-lo por alguns segundos, eu me senti melhor. Era um truque que o Caça-feitiço tinha me ensinado: quando enfrentávamos os nossos maiores medos, devíamos nos concentrar e deixar de lado os nossos sentimentos.

Pegue-os desprevenidos todas as vezes, rapaz! — dissera-me. — As trevas se alimentam do medo, e com a mente tranquila e o estômago vazio a batalha está metade ganha antes mesmo de você a começar.

E estava dando certo. Meu corpo tinha parado de tremer e eu me sentia calmo, quase descontraído.

O Flagelo soltou meu tornozelo, e sua mão voltou para o lado do seu corpo. A criatura se levantou e deu um passo para mim. Ao fazer isso, ouvi um ruído curioso: não foi o som de botas que eu esperava, me pareceu mais o ruído de garras enormes arranhando as pedras do chão. O movimento do Flagelo também perturbou o ar, fazendo a chama tremer, distorcendo sua sombra de Caça-feitiço projetada no Portão de Prata.

Ajoelhei-me rápido e coloquei a vela e o bastão no chão entre nós. No instante seguinte, eu estava de pé, as mãos nos bolsos da calça, agarrando um punhado de sal e outro de ferro.

— Perdendo seu tempo, você está — disse o Flagelo, com a voz inesperadamente muito diferente da do Caça-feitiço. Grave e áspera, ela reverberou nas pedras das catacumbas, a vibração subindo pelas minhas botas e me enchendo de apreensão.

— *Velhos truques como esse não me pegam. Vivido demais eu sou, para me afetarem! Seu mestre, o Osso Velho, tentou uma vez e não adiantou nada. Absolutamente nada!*

Hesitei, mas apenas por um instante. Ele poderia estar mentindo — valia a pena experimentar qualquer coisa. Então, no meio da limalha de ferro, minha mão esquerda se fechou sobre um objeto duro. Era a chavinha do Portão de Prata. Não podia me arriscar a perdê-la.

— *Ahhh... tem o que preciso, você* — disse o Flagelo com um sorriso astuto.

Teria lido meus pensamentos? Ou talvez tivesse apenas lido a expressão no meu rosto? Ou adivinhado? Seja como for, ele sabia demais.

— Olhe — disse ele com uma expressão matreira no rosto —, *se o Osso Velho não pôde dar conta de mim antes, que chance tem você? Nenhuma! Aqui eles virão, logo, procurar você. Está ouvindo os guardas agora? Queimado você será! Queimado com os outros! Não há saída daqui, exceto por este portão. Nenhuma outra, entende? Portanto, use a chave agora antes que seja tarde demais!*

O Flagelo afastou-se para um lado, dando as costas para a parede do túnel. Eu sabia exatamente o que ele queria: me seguir pelo portão, se libertar, poder fazer suas maldades por todo o Condado. Sabia o que o Caça-feitiço iria dizer; o que esperava de mim. Era meu dever garantir que o Flagelo continuasse preso nas catacumbas. Isto era mais importante do que a minha vida.

— *Não seja tolo!* — sibilou o Flagelo, sua voz novamente mais alta e mais ríspida do que eu jamais ouvira o Caça-feitiço falar. — *Ouça o que digo e livre será! E recompensado também. Uma grande recompensa. A mesma que ofereci ao Osso Velho há muitos anos, mas ele não quis me dar ouvidos. E que foi que ele ganhou com isso? Me responda! Amanhã ele será julgado e declarado culpado. No dia seguinte, será queimado.*

— Não, não posso fazer isso.

Ao ouvir minha resposta, a fúria se espalhou pelo rosto do Flagelo. Ele ainda se parecia com o Caça-feitiço, mas as feições que eu conhecia tão bem estavam contorcidas de malignidade. Deu mais um passo em minha direção, de punho erguido. Talvez fosse apenas um efeito da luz da vela, mas a criatura pareceu crescer. E senti um peso invisível começar a empurrar a minha cabeça e os meus ombros para baixo. Forçado a me ajoelhar, pensei no gato achatado nas pedras e compreendi que o mesmo destino me aguardava. Tentei respirar, mas não consegui, e comecei a entrar em pânico. Simplesmente não conseguia respirar!

A luz da vela desapareceu na súbita escuridão que cobriu meus olhos. Tentei desesperadamente falar, suplicar piedade, mas sabia que não haveria piedade, a não ser que eu abrisse o Portão de Prata. Que ideia fora aquela? Que idiotice acreditar que, com alguns meses de aprendizado, eu poderia me defender de uma criatura diabólica e poderosa como o Flagelo! Eu estava prestes a morrer — não tinha a menor dúvida. Sozinho nas catacumbas. E o pior era que fracassara totalmente. Não conseguira salvar meu mestre nem Alice.

Ouvi, então, alguma coisa ao longe: o som de sapatos se arrastando pelo piso de pedra. Dizem que, quando uma pessoa está morrendo, o último sentido a embotar é a audição. E, por um momento, pensei que o ruído arrastado daqueles sapatos fosse a última sensação que eu teria na vida. Então, o peso invisível que esmagava meu corpo gradualmente cedeu. Minha visão clareou e, de repente, consegui respirar. Vi o Flagelo virar a cabeça e olhar para trás em direção à curva do túnel. Ele também ouvira. O ruído se repetiu. Dessa vez, não havia dúvida. Passos! Alguém se aproximava!

Tornei a olhar para o Flagelo e vi que estava se transformando. Não tinha sido imaginação. Ele *estava* crescendo. Agora, sua cabeça estava quase alcançando o teto do túnel, e seu corpo se curvou para a frente, o rosto mudando até deixar de parecer o do Caça-feitiço. O queixo se alongou, projetando-se para fora e para o alto, formando um gancho, e o nariz se curvou para baixo ao seu encontro. Estaria assumindo sua forma verdadeira — a da gárgula de pedra no alto da porta principal da catedral? Teria recuperado sua força total?

Procurei escutar os passos que se aproximavam. Eu teria apagado a vela, se isso não me deixasse no escuro com o Flagelo. Por fim, pareceu que vinha apenas uma pessoa e não um pelotão de homens do Inquisidor. Não me interessava quem era. Por ora tinha me salvado a vida.

Primeiro vi os pés, quando a pessoa contornou a curva e a vela a iluminou. Sapatos de bico fino. Depois, uma garota magra, de vestido preto, e o balanço de quadris quando ela surgiu na curva do túnel.

Era Alice!

Ela parou, lançou-me um olhar rápido e seus olhos se arregalaram. Quando os desviou para o Flagelo, seu rosto revelou raiva em vez de medo.

Virei-me e, por um momento, o olhar do Flagelo encontrou o meu. Além de faiscar de fúria, vi algo mais, porém, antes que pudesse compreender o quê, Alice correu para ele, sibilando como uma gata. Depois, para minha surpresa, cuspiu em seu rosto.

O que aconteceu a seguir foi rápido demais para o meu olhar. Soprou um vento inesperado e o Flagelo desapareceu.

Ficamos parados durante um tempo que me pareceu muito longo. Alice, então, se virou para mim.

— Ele não gosta muito de cuspe de moça, não é mesmo? — disse com um pálido sorriso. — Que bom que cheguei na hora.

Não respondi. Não conseguia acreditar que o Flagelo tivesse fugido com tanta facilidade, mas eu já estava ajoelhado tentando enfiar a chave na fechadura do Portão de Prata. Minhas mãos tremiam e foi tão difícil quanto me parecera quando Andrew o abriu.

Finalmente, consegui acertar a posição da chave e ela girou. Abri o portão, apanhei a chave e o bastão e passei pelo portão engatinhando.

—Traz a vela! — gritei para Alice, e, logo que ela cruzou o portão a salvo, enfiei a chave pelo lado de fora e tentei fechá-lo. Dessa vez pareceu levar um século; a qualquer momento eu esperava que o Flagelo voltasse.

— Não pode andar mais rápido? — perguntou Alice.

— Não é tão fácil quanto parece — respondi.

Por fim, consegui fechar o portão e soltei um suspiro de alívio. Lembrei-me, então, do Caça-feitiço...

— O sr. Gregory estava na cela com você? — perguntei.

Alice respondeu que não, balançando a cabeça.

— Mais ou menos uma hora antes de você chegar, eles o levaram para um interrogatório.

Eu tinha tido sorte em evitar que me capturassem. Sorte em conseguir soltar os prisioneiros. A sorte, porém, tem uma maneira de manter seu equilíbrio. Eu chegara uma hora atrasado. Alice estava livre, mas o Caça-feitiço continuava prisioneiro e, a não ser que eu fizesse alguma coisa, ele ia morrer queimado.

Sem perder mais tempo, levei Alice pelo túnel até o riozinho de correnteza rápida.

Cruzei-o depressa, mas, quando me virei, Alice continuava na margem oposta, olhando para a água.

— É fundo, Tom — exclamou. — É fundo demais e as pedras escorregam!

Tornei a atravessar o rio. Então, segurando a sua mão, conduzi-a pelas nove pedras chatas. Pouco depois, chegamos ao alçapão aberto que levava à casa vazia e, uma vez no porão, fechei-o. Para meu desapontamento, Andrew já havia ido embora. Precisava falar com ele, dizer-lhe que o Caça-feitiço não estava na cela, avisá-lo de que o irmão Peter corria perigo e que os boatos eram realmente verdadeiros — o Flagelo estava recuperando sua força!

— É melhor ficarmos aqui por um tempo. O Inquisidor começará a vasculhar a cidade quando perceber que vários prisioneiros fugiram. Esta casa é mal-assombrada, o último lugar em que alguém irá querer procurar será aqui no porão.

Alice concordou e, pela primeira vez desde a primavera, pude olhar para ela direito. Estava da minha altura, o que significava que crescera, no mínimo, quase três centímetros, mas continuava vestida como eu a vira ao levá-la para a casa da tia em Staumin. Se não era o mesmo vestido preto, era uma réplica.

Seu rosto estava bonito como sempre, porém mais magro e mais velho, como se tivesse presenciado coisas que a forçaram a amadurecer depressa; coisas que ninguém deveria ser obrigado a ver. Seus cabelos negros estavam embaraçados e imundos e havia manchas de sujeira em seu rosto. Alice parecia que não se lavava havia um mês.

— Que bom te ver — eu disse. — Quando a vi na carroça do Inquisidor, pensei que seria a última vez.

Ela não respondeu. Só segurou minha mão e a apertou.

— Estou morta de fome, Tom. Você não teria alguma coisa para comer?

Balancei a cabeça.

— Nem mesmo um pedaço daquele queijo velho mofado?

— Desculpe — respondi. — Não sobrou nada.

Alice se virou e agarrou uma ponta do tapete que estava por cima da pilha.

— Me ajude, Tom — pediu. — Preciso me sentar e não gosto muito desse chão de pedra fria.

Coloquei a vela e o bastão no chão e, juntos, puxamos o tapete para cima do piso. O cheiro de mofo estava mais forte que nunca e vi os insetos e parasitas que tínhamos perturbado correrem pelo chão do porão.

Indiferente, Alice se sentou no tapete e dobrou os joelhos para poder descansar o queixo.

— Um dia vou me vingar — disse ela. — Ninguém merece ser tratado daquele jeito.

Sentei-me ao seu lado e segurei sua mão.

— Que aconteceu? — perguntei.

Alice ficou algum tempo em silêncio, e, quando concluí que não ia me responder, inesperadamente falou.

— Depois que você me conheceu, a minha velha tia foi boa para mim. Ela me fazia trabalhar muito, isso fazia, mas sempre me alimentava bem. Eu estava começando a me acostumar a morar em Staumin, quando o Inquisidor apareceu. Ele nos pegou de surpresa e pôs a porta abaixo. Mas a minha tia não era nenhuma Lizzie Ossuda. Ela não era feiticeira.

"Eles a mergulharam no lago à meia-noite, diante de uma multidão que ria e caçoava. Fiquei realmente apavorada e esperando que, em seguida, fosse a minha vez. Amarraram juntos os pés e as mãos dela e a atiraram na água. Ela afundou como uma pedra. Mas estava escuro e ventava, e uma grande lufada soprou na hora em que ela bateu na água; muitos archotes se apagaram. Levou um tempão para eles a encontrarem e a tirarem de lá."

Alice tapou o rosto com as mãos e soluçou. Esperei em silêncio até ela poder continuar. Quando descobriu o rosto, seus olhos estavam secos, mas seus lábios tremiam.

— Quando a puxaram para fora estava morta. Não é justo, Tom. Ela não flutuou, ela afundou; então, devia ser inocente, mas eles a mataram assim mesmo! Depois disso, não me fizeram nada além de me pôr na carroça com o resto.

— Minha mãe me disse que mergulhar bruxas na água não prova nada. Só tolos fazem isso.

— Não, Tom, o Inquisidor não é tolo. Tem uma razão para tudo que faz, pode acreditar. Ele é ganancioso. Quer dinheiro. Ele vendeu a casa da minha velha tia e guardou o dinheiro. Nós o vimos contando. É isso que ele faz. Chama as pessoas de feiticeiras para tirá-las do caminho e tomar as casas, a terra e o dinheiro delas. E tem mais, sente prazer em fazer isso. Nele há trevas. Ele diz que faz isso para livrar o Condado das feiticeiras, mas é mais cruel do que qualquer feiticeira que eu tenha conhecido... e isso é dizer muito.

"Tinha uma moça chamada Maggie. Não era muito mais velha que eu. O Inquisidor nem se preocupou em mergulhar a moça na água. Usou uma prova diferente e todos tivemos que assistir. Usou um alfinete comprido e afiado. Espetou o corpo dela sem parar. Você devia ter ouvido os gritos. A coitada quase enlouqueceu de dor. Desmaiava a toda hora e eles deixavam um balde com água do lado da mesa para reanimá-la. Por fim, encontraram o que estavam procurando. A marca do Diabo! Sabe o que é, Tom?"

Assenti. O Caça-feitiço tinha me dito que era uma das coisas que os caçadores de feiticeiras procuravam. Era, porém, outra mentira, segundo ele. Não existia a tal marca do Diabo. Qualquer pessoa com verdadeiro conhecimento das trevas sabia disso.

— É cruel e não é justo — continuou Alice. — Depois de algum tempo, a dor se torna insuportável e o corpo fica insensível, e, no fim, quando a agulha entra, a pessoa não sente mais nada. Então, dizem que é o lugar em que o Diabo tocou a pessoa; logo, ela é culpada e tem que ir para a fogueira. O pior era a expressão estampada na cara do Inquisidor. Tão satisfeito. Vou me vingar mesmo. Ele vai receber o troco. Maggie não merece ser queimada.

— O Caça-feitiço também não merece ser queimado! — eu disse com amargura. — A vida inteira ele trabalhou muito para combater as trevas.

— Ele é homem e terá uma morte mais leve do que os outros — disse Alice. — O Inquisidor faz as mulheres sofrerem mais. Faz questão que levem muito tempo queimando. Diz que é mais difícil salvar a alma de uma mulher do que a de um homem. Que elas precisam de muita dor para se arrependerem dos pecados.

Isso me fez lembrar o Caça-feitiço dizendo que o Flagelo não conseguia suportar mulheres. Que elas o deixavam nervoso.

— A criatura em quem você cuspiu era o Flagelo — eu disse a Alice. — Já ouviu falar nele? Como o espantou com tanta facilidade?

Alice encolheu os ombros.

— Não é muito difícil saber quando uma coisa está incomodada com a presença da gente. Tem homens assim, sempre sei quando não sou bem-vinda. Sinto isso quando estou perto do Velho Gregory, e lá aconteceu a mesma coisa. E o cuspe faz a maioria das coisas se afastarem. Cuspa três vezes como um sapo, e nada que tiver a pele fria e úmida irá incomodá-lo durante mais de um mês. Lizzie jurava que isso dava certo. Mas não pense que vai funcionar com o Flagelo. Já ouvi falar nele. E se agora está conseguindo mudar de forma, então todos vamos ter sérios problemas. Eu o apanhei de surpresa, só isso. Da próxima vez, ele estará preparado; por isso, não vou mais descer lá.

Durante algum tempo, ficamos calados. Mantive os olhos baixos, contemplando o tapete velho e mofado até que, de repente, ouvi Alice respirando profundamente. Quando me virei, seus olhos estavam fechados e ela adormecera na posição em que se encontrava, ou seja, sentada, com o queixo apoiado nos joelhos.

Eu não queria realmente apagar a vela, mas não sabia quanto tempo precisaríamos ficar no porão e era melhor poupar a luz para mais tarde.

Depois de apagar a vela, tentei dormir, mas foi difícil. Primeiro, porque sentia frio e não parava de tremer. Segundo, não conseguia tirar o Caça-feitiço do meu pensamento. Não tínhamos conseguido resgatá-lo e o Inquisidor ficaria realmente furioso com o que acontecera. Não ia demorar muito para começar a executar as pessoas.

Por fim, devo ter dormido, porque acordei de repente com o som da voz de Alice muito próximo ao meu ouvido esquerdo.

— Tom — dizia ela, sua voz pouco mais que um sussurro, —, tem alguma coisa ali no canto do porão. Está me encarando e não estou gostando nada.

Alice tinha razão. Percebi alguma coisa no canto e senti frio. Os pelinhos na minha nuca ficaram em pé. Provavelmente, era apenas o estrangulador Matty Barnes outra vez.

— Não se preocupe, Alice — respondi-lhe. — É só um fantasma. Tente não pensar nele. Se não tiver medo, ele não poderá lhe fazer mal.

— Não estou com medo. Pelo menos agora. — Ela fez uma pausa antes de prosseguir. — Mas estive apavorada naquela cela. Não conseguia pregar o olho com todos aqueles gritos e urros. Daqui a pouco, estarei dormindo outra vez. Eu só quero que ele vá embora. Não está certo ficar me olhando desse jeito.

— Não sei o que vou fazer agora — eu disse, tornando a pensar no Caça-feitiço.

Alice não respondeu e sua respiração tornou-se mais uma vez profunda. Adormecera. Eu próprio devo ter dormido também, porque um ruído me acordou repentinamente.

Era o som de botas. Alguém estava lá em cima na cozinha.

CAPÍTULO 11
O JULGAMENTO DO CAÇA-FEITIÇO

A porta se abriu com um rangido e a luz de uma vela inundou o aposento. Para meu alívio era Andrew.

— Achei que o encontraria aqui — disse ele. Vinha carregando um pequeno embrulho. Quando o descansou no chão e colocou a vela ao lado da minha, acenou com a cabeça para Alice, que ainda dormia profundamente, agora deitada de lado e de costas para nós, o rosto apoiado nas mãos.

— Então, quem é? — perguntou-me.

— Ela vivia perto de Chipenden — disse-lhe. — Chama-se Alice. O sr. Gregory não estava lá. Tinha sido levado para interrogatório no andar de cima.

Andrew balançou a cabeça tristemente.

— Foi o que o irmão Peter me disse. Você não poderia ter sido mais azarado. Meia hora mais tarde, John estaria de volta na cela com os outros. Sendo como foi, onze fugiram, mas cinco foram recapturados logo depois. Os homens do Inquisidor prenderam o irmão Peter na rua assim que ele saiu da minha loja. Vi da janela do sobrado. Portanto, estou acabado nesta cidade. Provavelmente, serei o próximo que virão buscar, mas não vou esperar para responder a quaisquer perguntas. Já tranquei a loja. Minhas ferramentas já estão na carroça e estou partindo para o sul, de volta para Adlington, onde costumava trabalhar.

— Lamento, Andrew.

— Não lamente. Quem não tentaria ajudar o próprio irmão? Além disso, não será tão ruim para mim. A loja era alugada e tenho um ofício em minhas mãos. Sempre acharei trabalho. Tome — disse ele, abrindo o embrulho. — Trouxe-lhe comida.

— Que horas são? — perguntei.

— Faltam umas duas horas para amanhecer. Eu me arrisquei vindo aqui. Depois de toda aquela agitação, metade da cidade está acordada. Muita gente foi para o salão embaixo do Portão do Pescador. Em vista do que aconteceu ontem à noite, o Inquisidor está fazendo um rápido julgamento dos prisioneiros que restaram.

— Por que ele não espera amanhecer? — perguntei.

— Mais gente compareceria — respondeu Andrew. — Ele quer terminar tudo antes que haja uma oposição real. Alguns cidadãos são contrários ao que ele está fazendo. A execução dos prisioneiros na fogueira será hoje à noite, depois que escurecer, no morro do farol em Wortham, ao sul do rio. O Inquisidor levará muitos homens armados para o caso de haver problemas; então, se você tiver juízo, ficará aqui até a noite e depois meterá o pé na estrada para ir embora.

Antes mesmo que ele conseguisse abrir o embrulho, Alice se virou para nós e se sentou. Talvez tenha sentido o cheiro da comida ou estivesse escutando todo o tempo, fingindo dormir.

Ele havia trazido fatias de presunto, pão fresco e dois grandes tomates. Sem dizer uma palavra de agradecimento a Andrew, Alice começou a comer imediatamente e, após uma breve hesitação, eu a imitei. Estava realmente faminto e não parecia haver muito sentido em jejuar mais.

— Vou-me embora, então. Coitado do John, mas não há nada que se possa fazer agora.

— Será que não vale a pena fazer uma última tentativa para salvá-lo? — perguntei.

— Não, você já fez muito. É perigoso demais se aproximar do local do julgamento. E, logo, o coitado do John estará com os demais, guardado por homens armados a caminho de Wortham para ser queimado vivo com os outros infelizes.

— E a maldição? — perguntei. — O senhor mesmo disse que ele foi amaldiçoado a morrer sozinho em um subterrâneo e não no alto do morro.

— Ah, a maldição. Acredito nela tanto quanto John. Só estava desesperado para impedi-lo de ir atrás do Flagelo com o Inquisidor na cidade. Não, receio que o destino do meu irmão esteja selado; portanto, você só precisa ir embora. Uma vez, John me disse que há um caça-feitiço trabalhando em algum lugar perto de Caster. Ele cobre a área da fronteira norte do Condado. Mencione o nome do meu irmão e talvez ele o aceite. Foi aprendiz de John.

Com um aceno de cabeça, Andrew se virou para ir embora.

— Vou deixar a vela com vocês. Boa sorte na estrada. E, se algum dia precisar de um bom serralheiro, sabe aonde ir procurar.

Dizendo isso, ele partiu. Escutei-o subir os degraus do porão e fechar a porta dos fundos. Alguns minutos depois, Alice estava lambendo o caldo do tomate dos dedos. Tínhamos comido tudo — não sobrara nem uma migalha.

— Alice — eu disse. — Quero ir ao julgamento. Quem sabe tenho uma oportunidade de fazer alguma coisa para ajudar o Caça-feitiço. Você vai comigo?

Os olhos de Alice se arregalaram.

— Fazer alguma coisa? Você ouviu o que ele disse. Não há nada a fazer, Tom! Que pode fazer contra homens armados? Não, tenha juízo. Não vale a pena se arriscar, não é? Além disso, por que eu tentaria ajudar? O Velho Gregory não faria o mesmo por mim. Deixaria me queimarem, é o que faria, é um fato!

Não soube o que responder. De certa forma, era verdade. Eu pedira ao Caça-feitiço para ajudar Alice e ele se recusara. Então, dando um suspiro, me levantei.

— Estou indo assim mesmo — disse-lhe.

— Não, Tom, não me deixe aqui. Não com o fantasma...

— Pensei que você não tinha medo.

— Não tenho. Mas da última vez que adormeci, eu o senti começar a apertar o meu pescoço, senti. Poderá fazer pior se você não estiver aqui.

— Venha comigo, então. Não vai ser tão perigoso, ainda estará escuro. E o melhor lugar para alguém se esconder é no meio de uma multidão. Vamos, por favor. Que me diz?

— Você tem um plano? — perguntou ela. — Alguma coisa que não tenha me dito?

Balancei a cabeça negativamente.

— Foi o que achei.

— Escute, Alice, só quero ir dar uma olhada. Se não pudermos ajudar, voltaremos. Mas nunca me perdoaria se, ao menos, não tentasse.

Com relutância, Alice se levantou.

— Vou para ver como está — disse ela. — Mas você tem que prometer que, se for muito perigoso, voltaremos na mesma hora. Conheço o Inquisidor melhor do que você. Confie em mim, não devíamos nos meter onde ele estivesse.

— Prometo.

Deixei a bolsa e o bastão do Caça-feitiço no porão e partimos para o Portão do Pescador, onde estavam realizando o julgamento.

Andrew tinha dito que metade da cidade estava acordada. Era um exagero, mas, para tão cedo, havia muita vela acesa por trás das cortinas e um bom número de pessoas apressadas nas ruas escuras da cidade, seguindo na mesma direção que nós.

Eu não esperava que conseguíssemos chegar perto do edifício; achei que haveria guardas ladeando a rua de acesso, mas, para minha surpresa, não havia nenhum homem do Inquisidor à vista. As grandes portas de madeira estavam escancaradas, e uma multidão enchia a entrada e ocupava a rua como se não houvesse espaço para todos no interior do edifício.

Avancei cautelosamente, grato que estivesse escuro. Quando me aproximei da multidão, vi que não estava tão densa quanto me parecera a princípio. Dentro do saguão, o ar tinha um cheiro adocicado e enjoativo. Era apenas um salão em que o piso de lajotas tinha sido desigualmente coberto de serragem. Eu não conseguia ver muita coisa por cima dos ombros e cabeças da multidão porque a maioria das pessoas era mais alta do que eu, mas parecia haver à frente um espaço vazio que ninguém queria ocupar. Agarrei a mão de Alice e lentamente abri caminho pela multidão, puxando-a comigo.

Estava escuro no fundo do salão, mas a frente era iluminada por dois enormes archotes, um a cada canto de uma plataforma de madeira. O Inquisidor estava parado ali, olhando para baixo. Dizia alguma coisa, mas sua voz saía abafada.

Olhei para os que estavam ao meu redor e notei as expressões de seus rostos: indignação, tristeza, amargura e resignação. Alguns pareciam francamente hostis. Essa multidão era provavelmente composta por aqueles que se opunham ao trabalho do Inquisidor. Talvez alguns até fossem parentes e amigos dos acusados. Por um instante, o pensamento me deu esperanças de que tentassem alguma forma de resgate.

As minhas esperanças se frustraram: vi por que ninguém avançava. Abaixo da plataforma havia cinco longos bancos ocupados por padres de costas para nós, e, atrás deles, mas de frente para o público, uma fila dupla de homens armados e carrancudos. Alguns tinham os braços cruzados; outros, a mão no punho da espada, como se mal pudessem esperar para desembainhá-las. Ninguém queria se aproximar deles.

Olhei para o teto e vi que, pelos lados do salão, corriam galerias elevadas; rostos espiavam para baixo, formas ovais e pálidas que pareciam iguais vistas do chão. Ali seria o lugar mais seguro para ficarmos e ofereceria uma boa visão. Havia uma escada à esquerda e fui puxando Alice para lá. Logo estávamos andando pela larga galeria.

Não estava cheia e não demoramos a encontrar um lugar junto à balaustrada, a meio caminho entre as portas e a plataforma. O cheiro adocicado continuava no ar, bem mais forte agora do que quando estávamos parados embaixo. De repente, percebi o que era. Com certeza, o salão era usado como mercado de carne. Cheirava a sangue.

O Inquisidor não era a única pessoa sobre a plataforma. Bem ao fundo, nas sombras, um amontoado de guardas cercava os prisioneiros que aguardavam julgamento, mas imediatamente atrás do Inquisidor havia dois guardas que seguravam pelos braços uma prisioneira lacrimosa. Era uma moça alta com longos cabelos escuros. Usava um vestido esfarrapado e estava descalça.

— É a Maggie! — sibilou Alice ao meu ouvido. — Aquela que ficaram espetando com alfinetes. Coitada, não é justo. Pensei que tivesse fugido...

Ali em cima, a acústica era muito melhor e eu ouvia cada palavra que dizia o Inquisidor.

— Por sua própria boca, esta mulher se condenou! — declarou ele, sua voz alta e arrogante. — Confessou tudo e encontramos a marca do Diabo em seu corpo. Eu a condeno a ser amarrada à estaca e queimada viva. E que Deus tenha piedade de sua alma.

Maggie começou a chorar ainda mais alto, mas um de seus captores a agarrou pelos cabelos e a arrastou em direção a uma porta ao fundo da plataforma. Mal ela desapareceu pela porta, outro prisioneiro, trajando uma batina preta e com as mãos amarradas às costas, foi trazido para a frente iluminada pelos archotes. Por um momento, pensei que me enganara, mas não havia dúvida.

Era o irmão Peter. Reconheci-o pela fina franja de cabelos brancos que emolduravam sua careca e pelos ombros e costas curvados. Seu rosto estava tão machucado e ensanguentado que era difícil identificá-lo. O nariz estava quebrado, esmagado contra as faces, e um dos olhos era uma fenda vermelha e inchada. Vendo-o naquele estado, ele me fez sentir péssimo. Era tudo minha culpa. Para começar, ele me deixara fugir; mais tarde dissera-me como chegar à cela para resgatar o Caça-feitiço e Alice. Sob tortura, devia ter contado tudo. Era tudo minha culpa e fiquei arrasado de remorsos.

— No passado este foi um irmão, um servo fiel da Igreja! — declarou o Inquisidor. — Mas olhem-no agora! Olhem para este traidor! Um homem que ajudou nossos inimigos e se aliou às forças das trevas. Temos sua confissão escrita do próprio punho. Ei-la! — exclamou ele, erguendo no alto uma folha de papel para todos verem.

Ninguém pôde lê-la — o que quer que dissesse. E mesmo que fosse uma confissão, bastava olhar para o rosto do pobre irmão Peter para ver que a tinham obtido debaixo de pancada. Não era de modo algum imparcial. Não havia justiça. Isto não era um julgamento. O Caça-feitiço me contara que, quando as pessoas eram julgadas no castelo de Caster, pelo menos havia uma audiência — um juiz, um promotor e alguém para defender o preso. Ali, no entanto, o Inquisidor estava fazendo tudo sozinho!

— Ele é culpado. Culpado, sem a menor sombra de dúvida — continuou ele. — Portanto, eu o condeno a ser levado às catacumbas e deixado lá. E que Deus tenha piedade de sua alma!

Ouviu-se uma inesperada exclamação de horror vinda da multidão, mas foi mais audível entre os padres sentados nos bancos. Eles sabiam exatamente qual seria o destino do irmão Peter. Seria esmagado pelo Flagelo.

Irmão Peter tentou falar, mas seus lábios estavam inchados demais. Um dos guardas deu-lhe tapas na cabeça, diante do sorriso cruel do Inquisidor. Eles o puxaram em direção à porta no fundo da plataforma e, assim que foi levado do edifício, outro prisioneiro foi trazido das sombras. Meu coração foi parar nas botas. Era o Caça-feitiço.

À primeira vista, além dos hematomas no rosto, o Caça-feitiço não parecia ter sofrido tanto quanto o irmão Peter. Então, reparei em uma coisa assustadora. Ele apertava os olhos para enxergar à luz dos archotes e parecia atordoado; seus olhos verdes tinham uma expressão apática. Dava a impressão de estar perdido. Como se sua memória tivesse desaparecido e ele nem soubesse onde estava. Comecei a imaginar a gravidade do espancamento que sofrera.

— Eis diante de vocês John Gregory! — anunciou o Inquisidor, com sua voz ecoando pelas paredes. — Um discípulo do Diabo, sem tirar nem pôr, que, durante muitos anos, exerceu o seu ofício neste Condado, extorquindo dinheiro do nosso povo crédulo. Mas será que este homem se arrepende? Será que aceita seus pecados e pede perdão? Não, ele é obstinado e não quer confessar. Agora, somente o fogo pode fazê-lo purgar seus pecados e lhe dar esperança de salvação. Além disso, não se contentando com o mal que pode fazer, ele treinou e continua a treinar outros. Padre Cairns, peço que se levante e dê o seu testemunho!

Da fila dos bancos, um padre se adiantou para a área iluminada junto à plataforma. Estava de costas para mim; por isso, não deu para ver seu rosto, mas vi sua mão enfaixada e, quando ele falou, foi a mesma voz que ouvi no confessionário.

— Lorde Inquisidor, John Gregory trouxe com ele um aprendiz em sua visita a esta cidade, alguém que ele já corrompeu. Seu nome é Thomas Ward.

Alice soltou uma exclamação em voz baixa e meus joelhos começaram a tremer. Repentinamente, compreendi como era perigoso estar ali no salão tão perto do Inquisidor e de seus homens armados.

— Pela graça de Deus, o garoto caiu em minhas mãos — continuou o padre Cairns — e, se não fosse pela intervenção do irmão Peter, que o deixou escapar da justiça, eu o teria entregado ao senhor para interrogatório. Mas eu próprio o interroguei, meu lorde, e achei-o obstinado para sua idade e impossível de ser persuadido por simples palavras. Apesar do meu empenho, ele não conseguiu entender que está agindo mal e, por isso, devemos culpar John Gregory, um homem que não se satisfaz apenas em praticar o seu ofício indigno, mas corrompe ativamente os jovens. Pelo que sei, uns vinte aprendizes já passaram por suas mãos, e alguns, por sua vez, hoje exercem o mesmo ofício e têm seus próprios aprendizes. É por tais meios que o mal se espalha como uma peste em nosso Condado.

— Obrigado, padre. Pode sentar. O seu testemunho é suficiente para condenar John Gregory!

Quando o padre Cairns voltou ao seu lugar, Alice me agarrou pelo cotovelo.

— Vamos — cochichou ao meu ouvido. — É perigoso demais continuar aqui!

— Não, por favor — cochichei em resposta. — Só mais um pouquinho.

A menção do meu nome me assustara, mas eu queria ficar mais uns minutos para ver o que aconteceria com meu mestre.

— John Gregory, para você só pode haver um castigo! — vociferou o Inquisidor. — Você será amarrado a uma estaca e queimado vivo. Rezarei por você. Rezarei para que a dor o faça ver o erro em que vive. Rezarei para que você peça perdão a Deus e que, enquanto o seu corpo arder, sua alma seja salva.

O Inquisidor encarou o Caça-feitiço todo o tempo em que falou, mas foi o mesmo que gritar com um muro de pedra. Os olhos do Caça-feitiço não revelaram compreensão. De certo modo, era uma bênção ele não demonstrar saber o que estava ocorrendo. Isso me fez compreender que, mesmo que conseguisse resgatá-lo, talvez ele nunca mais fosse o mesmo. Senti um nó na garganta. A casa do Caça-feitiço se tornara o meu novo lar e lembrei-me das aulas, das conversas com o meu mestre e até dos momentos de pavor em que tivemos de lidar com as trevas. Ia sentir saudades de tudo, e a ideia de ver o meu mestre queimando vivo me trouxe lágrimas ardidas aos olhos.

Minha mãe estava certa. A princípio eu tinha tido dúvidas se queria ser aprendiz do Caça-feitiço. Receara a solidão. Ela me lembrara, porém, que eu teria o sr. Gregory para conversar; que, embora ele fosse meu mestre, com o tempo seria meu amigo. Eu não sabia se isso já tinha acontecido, porque com frequência ele era severo e assustador, mas com certeza eu ia sentir sua falta.

Quando os guardas o arrastaram para a porta, fiz sinal para Alice e, mantendo a cabeça baixa para evitar o contato visual com as pessoas, saí à frente pela galeria e desci a escada. Do lado de fora, vi que o céu estava começando a clarear. Dali a pouco, não teríamos a proteção da noite e alguém poderia reconhecer um de nós. As ruas já estavam mais movimentadas e a multidão do lado de fora do salão tinha mais que duplicado desde a nossa entrada. Abri caminho pelo ajuntamento para poder olhar a porta por onde os prisioneiros eram retirados, na fachada lateral do prédio.

Bastou uma olhada para ver que a situação era desesperadora. Não vi nenhum prisioneiro, mas isso não me surpreendeu porque devia haver, no mínimo, uns vinte guardas nas proximidades da porta. Que chance teríamos contra tantos? Com o coração nas botas, eu me virei para Alice.

—Vamos voltar. Não há nada que se possa fazer aqui.

Eu estava ansioso para alcançar a segurança do porão; por isso, apressamos o passo. Alice me acompanhou calada.

CAPÍTULO 12
O PORTÃO DE PRATA

Uma vez de volta ao porão, Alice se virou para mim, seus olhos faiscando de raiva.

— Não é justo, Tom! Coitada da Maggie! Ela não merece morrer na fogueira. Nenhum deles merece. É preciso fazer alguma coisa.

Sacudi os ombros e fiquei com o olhar perdido, o cérebro dormente. Passado algum tempo, Alice se deitou e adormeceu. Tentei fazer o mesmo, mas voltei a pensar no Caça-feitiço. Embora parecesse inútil, será que eu devia insistir em ir à execução e ver se poderia fazer alguma coisa para ajudar? Depois de considerar a ideia por alguns momentos, decidi que, ao anoitecer, eu partiria de Priestown e iria em casa conversar com minha mãe.

Ela saberia o que eu deveria fazer. Sentia-me desnorteado ali e precisava de ajuda. Andaria a noite inteira sem dormir, por isso achei melhor aproveitar o sono que pudesse. Levei algum tempo para adormecer e, quando o fiz, quase que imediatamente, comecei a sonhar e dei por mim mais uma vez nas catacumbas.

Na maioria dos sonhos, a pessoa não sabe que está sonhando. Quando, porém, percebe que está, acontece uma das duas coisas. Ou acorda na mesma hora, ou continua a sonhar e faz o que quer. Comigo sempre foi assim.

Esse sonho, no entanto, foi diferente. Era como se alguma coisa controlasse os meus movimentos. Eu estava andando por um túnel escuro com um toco de vela na mão esquerda e fui me aproximando de uma porta escura que abria para uma das criptas contendo ossos do Povo Pequeno. Eu não queria me aproximar, mas meus pés continuaram andando.

Parei à porta aberta, a luz bruxuleante da vela iluminando os ossos. A maior parte estava em prateleiras no fundo da cripta, mas uns poucos ossos quebrados se achavam espalhados pelo piso de pedra ou empilhados em um canto. Eu não queria entrar, realmente não queria, mas, pelo jeito, não tinha escolha. Entrei na cripta, ouvindo o atrito dos caquinhos de ossos sob os meus pés, e subitamente senti muito frio.

Certo inverno, quando eu era pequeno, meu irmão James me deu uma corrida e encheu as minhas orelhas de neve. Tentei resistir, mas mesmo sendo apenas um ano mais novo que o meu irmão mais velho, ele era quase tão grande e forte quanto Jack, razão por que meu pai lhe arranjou uma vaga de aprendiz com um ferreiro. James tinha o mesmo senso de humor que Jack. Neve nas orelhas tinha sido uma brincadeira idiota inventada por James, mas realmente me machucara e deixara meu rosto dormente e dolorido até quase uma hora depois. No sonho foi igual. Um frio extremo. O que significava que alguma coisa das trevas estava se aproximando. O frio começou dentro da minha cabeça, que se enregelou e dessensibilizou como se já não me pertencesse.

Ouvi uma voz na escuridão atrás de mim. Havia algo parado rente às minhas costas, entre mim e a porta. A voz era áspera e grave e não precisei indagar quem estava falando. Embora eu não estivesse de frente para ele, sentia seu bafo fétido.

— *Me pegaram de jeito* — disse o Flagelo. — *Estou preso. Isso é tudo que tenho.*

Não respondi e seguiu-se um longo silêncio. Era um pesadelo e tentei acordar. Realmente me esforcei, mas não adiantou.

— *Um aposento agradável, este* — continuou o Flagelo. — *Um dos meus lugares favoritos, é. Cheio de velhos ossos. Mas sangue fresco é o que quero, e o sangue dos jovens é o melhor que há. Mas, se não puder conseguir sangue, então me arranjarei com ossos. Que venham sempre ossos novos, frescos e gostosos, e cheios de tutano. É disso que gosto. Adoro partir ossos jovens e chupar o tutano. Mas ossos velhos são melhores que nada. Ossos velhos como estes. São melhores que a fome roendo minhas entranhas. A fome que tanto dói.*

"*Não tem tutano nos ossos velhos. Mas os ossos velhos guardam lembranças, entende? Acaricio ossos velhos, faço isso suavemente, para que eles me contem os seus segredos. Vejo a carne que um dia os cobriu, as esperanças e ambições que terminaram nessa fragilidade seca e sem vida. Isso me alimenta também. Isso alivia a fome.*"

O Flagelo estava muito junto do meu ouvido esquerdo, sua voz agora era pouco mais do que um sussurro. Tive um impulso repentino de me virar e olhá-lo de frente, mas ele deve ter lido meu pensamento.

— *Não se vire, moleque* — avisou-me. — *Ou não vai gostar do que verá. Limite-se a responder à minha pergunta...*

Houve uma longa pausa e senti meu coração batendo forte no peito. Por fim, o Flagelo fez sua pergunta.

— Depois da morte, o que acontece?

Eu não soube o que responder. O Caça-feitiço nunca mencionava essas coisas. Só o que eu sabia é que havia fantasmas que continuavam capazes de pensar e falar. E fragmentos de almas, as sombras, que tinham sido descartadas quando as almas seguiram o seu caminho. Caminho para onde? Só Deus sabia. Se é que existia um Deus.

Balancei a cabeça. Não disse nada e estava apavorado demais para me virar. Às minhas costas, eu percebia alguma coisa enorme e aterrorizante.

— *Não há nada depois da morte! Nada! Absolutamente nada!* — berrou o Flagelo ao meu ouvido. — *Há apenas escuridão e vazio. Não há pensamento. Não há sentimento. Apenas esquecimento. É isso que o aguarda depois da morte. Mas faça o que estou mandando, moleque, e posso lhe conceder uma vida muito longa! Setenta anos é o máximo que os frágeis seres humanos podem esperar viver. Mas dez ou vinte vezes mais eu poderia lhe dar! E só o que precisa fazer é abrir o portão e me libertar! Abra o portão e eu farei o resto. Seu mestre poderia ser libertado também. Eu sei que é o que você quer. Voltar, você poderia, para a vida que já teve.*

Uma parte de mim ansiava por concordar. Diante dos meus olhos, eu via o Caça-feitiço ardendo na fogueira e uma viagem longa e solitária a Caster, sem a menor certeza de que poderia continuar meu aprendizado. Se ao menos as coisas pudessem voltar ao que eram! No entanto, embora me sentisse tentado a dizer sim, eu sabia que não era possível. Mesmo que o Flagelo cumprisse sua palavra, eu não poderia permitir que andasse solto pelo Condado, livre para praticar o mal ao seu bel-prazer. Sabia que o Caça-feitiço iria preferir morrer a deixar que isso acontecesse.

Abri a boca para dizer não, mas, antes mesmo que a palavra fosse pronunciada, o Flagelo tornou a falar.

— *A garota seria fácil! Ela só quer uma lareira para se aquecer. Uma casa para viver. Roupas limpas. Mas pense no que estou lhe oferecendo! Só quero o seu sangue. Nem quero grande quantidade, entende? E não vai doer muito. Só o suficiente é o que peço. E, então, um pacto faremos. Me deixe chupar seu sangue para eu poder recuperar minhas forças. Me deixe sair pelo portão e devolva a minha liberdade. Três vezes depois farei o que me mandar e você terá uma vida muito longa. O sangue da garota é melhor do que nada, mas o seu é o que realmente preciso. Um sétimo sete vezes é você. Somente uma vez provei um sangue gostoso como o seu. E ainda me lembro bem, lembro sim. O sangue gostoso de um sete vezes sete. Como isso me fortaleceria! Como seria grande a sua recompensa! Isso não será melhor do que o vazio da morte?*

"*Ah, a morte chegará um dia para você. Certamente chegará, apesar de tudo que eu fizer, se aproximará sorrateira como a névoa na margem de um rio em uma noite fria e úmida. Mas posso atrasar esse momento. Atrasar muitos anos. Um longo tempo transcorreria até você precisar enfrentar a escuridão. Aquela escuridão! Aquele vazio! Então, que me diz, moleque? Não posso fazer nada, estou preso. Mas você pode me ajudar!*"

Senti pavor e tentei novamente despertar. De repente, as palavras jorraram de minha boca, quase como se fossem faladas por outra pessoa:

— Não acredito que não exista nada depois da morte. Tenho alma e, se viver minha vida sem errar, de alguma forma continuarei a viver. Haverá alguma coisa. Não acredito no nada. Não acredito nisso!

— Não! Não! — berrou o Flagelo. — *Você não pode ver o que vejo! Vejo além da morte. Vejo o vazio. O nada. Eu sei! Vejo a horrível condição de não ser nada. Absolutamente nada é o que há! Absolutamente nada!*

Meu coração começou a bater mais devagar e, de repente, me senti muito calmo. O Flagelo continuava às minhas costas, mas a cripta estava começando a esquentar. Agora eu compreendia. Conhecia a dor do Flagelo. Sabia por que precisava se alimentar das pessoas, do seu sangue, das suas esperanças, dos seus sonhos...

— Tenho uma alma e sobreviverei à morte — disse ao Flagelo, com muita tranquilidade. — E nisso está a diferença. Tenho alma e você não tem! Para você não *há* nada após a morte! Absolutamente nada!

Minha cabeça foi empurrada com força contra a parede mais próxima da cripta e ouvi um silvo de raiva às minhas costas. Um silvo que se transformou em um urro de fúria.

— *Tolo!* — gritou o Flagelo. Sua voz retumbou pela cripta e ecoou além, pelos longos túneis escuros das catacumbas. Ele bateu com violência dos lados da minha cabeça, fazendo minha testa raspar as pedras duras e frias. Pelo canto do olho esquerdo, vi o tamanho da mão enorme que segurava minha cabeça. Em vez de unhas, seus dedos terminavam em compridas garras amarelas.

— *Você teve sua chance, mas perdeu-a para sempre!* — berrou o Flagelo. — *Mas tem outra pessoa que pode me ajudar. E, se não posso contar com você, então me arranjarei com ela!*

Fui empurrado sobre a pilha de ossos no canto. Senti que mergulhava neles. E continuava a cair sem parar, no fundo de um poço sem fundo, repleto de ossos. A vela se apagou, mas os ossos pareceram refulgir no escuro: caveiras com os dentes à mostra, costelas, ossos de pernas e ossos de braços, fragmentos de mãos, dedos e polegares, e durante toda a queda o pó seco da morte cobria meu rosto, entrava pelo meu nariz e minha boca e descia pela minha garganta, até me fazer sufocar e me impedir de respirar.

— Este é o gosto da morte! — exclamou o Flagelo. — E esta é a cara da morte!

Os ossos desapareceram e não pude ver mais nada. Absolutamente nada. Apenas caí pela escuridão. Caí na escuridão. Senti pavor de que o Flagelo tivesse me matado durante o sono, mas fiz um esforço contínuo para acordar. De alguma forma, o Flagelo estivera falando comigo enquanto eu dormia, e eu sabia a quem estaria convencendo agora a fazer o que eu lhe negara.

Alice!

Finalmente, consegui despertar, mas era tarde demais. Uma vela ardia ao meu lado, mas era apenas um toquinho. Eu dormira horas! A outra tinha sumido e Alice também!

Apalpei meu bolso, mas apenas confirmei o que já adivinhara. Alice tinha levado a chave do Portão de Prata...

Quando me levantei com dificuldade, senti a cabeça tonta e doída. Levei o dorso da mão à testa e retirei-a molhada de sangue. O Flagelo tinha feito aquilo comigo enquanto eu dormia. Era capaz de ler mentes também. Como era possível derrotar uma criatura que sabia o que alguém pretendia antes que tivesse chance de se mexer ou de falar? O Caça-feitiço tinha razão — essa criatura era a mais perigosa que jamais enfrentaríamos.

Alice deixara o alçapão aberto e, passando a mão na vela, não perdi tempo e desci logo a escada para as catacumbas. Minutos depois, cheguei ao rio, que me pareceu mais fundo que antes. A água redemoinhava correnteza abaixo e cobria três dos nove degraus, os que ficavam no meio do rio, e senti que a correnteza estava me puxando as botas.

Atravessei-a depressa, desejando, por tudo, que não fosse tarde demais. Quando virei uma esquina, porém, vi Alice sentada com as costas apoiadas na parede. Sua mão esquerda descansava nas pedras do chão, os dedos ensanguentados.

E o Portão de Prata estava escancarado!

CAPÍTULO 13
A FOGUEIRA

— Alice! — exclamei, contemplando incrédulo o portão aberto. — Que foi que você fez?

Ela se virou para mim, seus olhos cintilando de lágrimas.

A chave ainda estava na fechadura. Tomado de raiva, eu a tirei com violência e enfiei no bolso da calça, enterrando-a no fundo das limalhas de ferro.

— Vamos! — disse com rispidez, enfurecido demais para falar. — Temos que dar o fora daqui.

Estendi-lhe minha mão esquerda, mas ela não a segurou. Em vez disso, segurou a mão ensanguentada junto ao corpo e contemplou-a, fazendo uma careta de dor.

— Que aconteceu com a sua mão? — perguntei.

— Nada demais. Daqui a pouco estará boa. Agora tudo vai dar certo.

— Não, Alice — retruquei —, não vai. Agora o Condado inteiro está em perigo, graças a você.

Puxei-a gentilmente pela mão boa e conduzi-a pelo túnel até o rio. À beira-d'água, ela soltou a mão da minha e não lhe dei importância. Atravessei rapidamente. Só quando cheguei à outra margem e olhei para trás, vi-a parada, observando a água.

— Vamos! — gritei. — Anda logo!

— Não posso, Tom — gritou ela em resposta. — Não posso atravessar!

Coloquei a vela no chão e voltei para buscá-la. Ela fugiu ao meu contato, mas agarrei-a. Se tivesse resistido, eu não teria tido a menor chance, mas, no momento em que minhas mãos a tocaram, o corpo de Alice amoleceu e ela caiu contra mim. Sem perder tempo, ajoelhei-me e ergui-a sobre o ombro, do jeito que vira o Caça-feitiço carregar bruxas.

Veja bem, eu não tinha dúvidas. Ela não podia cruzar água corrente, tornara-se o que meu mestre sempre temera que se tornasse. Sua cumplicidade com o Flagelo finalmente a fizera passar para o lado das trevas.

Uma parte de mim queria deixá-la nas catacumbas. Eu sabia que era o que o Caça-feitiço teria feito. Porém, não pude. Ia contrariá-lo, mas era preciso. Ela não deixara de ser Alice e tínhamos enfrentado muita coisa juntos.

Embora ela fosse leve, ainda era bem difícil chegar à outra margem com uma pessoa no ombro, e foi a muito custo que mantive o meu equilíbrio sobre as pedras. E o pior: assim que comecei a atravessar, Alice desatou a chorar alto como se estivesse sendo torturada.

Quando, finalmente, pisamos a outra margem, tornei a colocá-la em pé no chão e apanhei a vela.

— Vamos! — disse, mas ela ficou parada, tremendo, e precisei agarrá-la pela mão e arrastá-la até a escada que levava ao porão.

Uma vez lá, descansei a vela no chão e me sentei na ponta do tapete velho. Dessa vez, Alice não se sentou. Cruzou os braços e se encostou na parede. Nenhum dos dois falou. Não havia nada a dizer, e eu estava muito ocupado com os meus pensamentos.

Dormi muito tempo, antes e depois do sonho. Fui espreitar pela porta no alto da escada e vi que o sol estava se pondo. Eu aguardaria mais meia hora e, então, me poria a caminho. Queria desesperadamente ajudar o Caça-feitiço, mas me sentia muito impotente. Doía-me até pensar no que ia lhe acontecer, mas que podia eu fazer contra dezenas de homens armados? E eu não ia subir o morro do farol só para ver as pessoas morrerem na fogueira. Não conseguiria suportar. Não, iria para casa ver minha mãe. Ela saberia o que fazer em seguida.

Talvez a minha vida como aprendiz de caça-feitiço tivesse acabado. Ou ela poderia sugerir que eu fosse para o norte de Caster procurar um novo mestre. Era difícil prever o que me aconselharia a fazer.

Quando achei que estava na hora, tirei a corrente de prata que prendera sob a camisa e guardei-a na mala do Caça-feitiço juntamente com a capa. Como dizia meu pai: "Não desperdice, que nada lhe faltará!" Por isso, coloquei também o sal e a limalha de ferro nas bolsas internas — o máximo que consegui extrair dos bolsos da calça.

— Vamos — disse para Alice. — Vou abrir a porta para você sair.

Então, vestindo a minha capa e carregando a bolsa e o bastão, subi a escada e usei a outra chave para destrancar a porta dos fundos. Quando chegamos ao quintal, tornei a trancar a porta.

— Adeus, Alice — disse, virando-me para ir embora.

— Quê? Você não vai comigo, Tom? — ela quis saber.

— Aonde?

— Ver a fogueira, é claro, procurar o Inquisidor. Ele vai receber o que o espera. O que merece. Vou me vingar do que fez com a coitada da minha tia e com a Maggie.

— E como vai fazer isso? — perguntei.

— Dei o meu sangue ao Flagelo, entende? — respondeu Alice, arregalando muito os olhos. — Estiquei meus dedos pelas grades e ele chupou o sangue por baixo das minhas unhas. Talvez ele não goste de garotas, mas gosta do nosso sangue Ele bebeu o que quis e, com isso, selou um pacto. Agora ele vai ter que fazer o que digo. Vai ter que obedecer à minha vontade.

As unhas da mão esquerda de Alice estavam negras de sangue seco. Enojado, dei-lhe as costas, abri o portão do quintal e saí para a travessa.

— Aonde está indo, Tom? Você não pode me deixar agora! — gritou Alice.

— Vou para casa conversar com a minha mãe — respondi, sem sequer me virar para olhá-la.

— Então, vá para o colo da mamãe! Você é bem filhinho da mamãe, o bebê da mamãe, e nunca deixará de ser!

Eu não tinha dado nem dez passos quando ela veio correndo atrás de mim.

— Não vai, Tom! Por favor, não vai!

Continuei andando. Nem me virei.

Quando Alice tornou a me chamar, havia raiva em sua voz. Mais do que isso, ela parecia desesperada.

— Você não pode me deixar, Tom! Não vou permitir. Você é meu. Você me pertence!

Quando correu ao meu encontro, virei-me para enfrentá-la.

— Não, Alice. Não pertenço a você. Pertenço à luz e agora você pertence às trevas!

Ela avançou e agarrou meu antebraço esquerdo com muita força. Senti suas unhas furarem minha carne. Fiz uma careta de dor, mas encarei-a.

— Você não sabe o que fez! — disse eu.

— Ah, sei sim, Tom. Sei exatamente o que fiz e um dia você vai me agradecer. Você está muito preocupado com o seu precioso Flagelo, mas, pode acreditar, ele não é pior do que o Inquisidor — disse ela, soltando meu braço. — O que fiz, fiz pelo bem de todos nós, o seu e o meu, e até do Velho Gregory.

— O Flagelo irá matá-lo. É a primeira coisa que vai fazer agora que está livre!

— Não, você está enganado, Tom! Não é o Flagelo que quer matar o Velho Gregory, é o Inquisidor. Neste momento, o Flagelo é a única esperança de sobrevivência que ele tem. E isso graças a mim.

Fiquei confuso.

— Olhe, Tom, venha comigo e lhe mostrarei.

Balancei a cabeça.

— Muito bem, quer você venha comigo ou não — continuou ela —, farei assim mesmo.

— Fará o quê?

— Vou salvar os prisioneiros do Inquisidor. Todos! E vou mostrar a ele o que é ser queimado vivo!

Tornei a olhar com severidade para Alice, mas ela não se esquivou ao meu olhar. A raiva ardia em seus olhos e, naquele momento, senti que ela poderia ter encarado até o Caça-feitiço, coisa que normalmente não era capaz de fazer. Alice estava falando sério e me pareceu que o Flagelo talvez fosse lhe obedecer e ajudar. Afinal, tinham selado um pacto.

Se houvesse a menor chance de salvar o Caça-feitiço, então eu teria que estar presente para ajudar a levá-lo a um lugar seguro. Eu não me sentia nem um pouco tranquilo em confiar numa criatura tão diabólica quanto o Flagelo, mas que opção me restava? Alice virou-se em direção ao morro do Farol e, lentamente, comecei a segui-la.

As ruas estavam desertas e caminhamos depressa para o sul.

— É melhor eu me livrar desse bastão — disse para Alice. — Pode nos denunciar.

Ela concordou e apontou para um velho telheiro em ruínas.

— Deixe ali atrás. Podemos apanhá-lo na volta.

Ainda havia alguma claridade no céu para os lados do poente, refletindo-se no rio que descia serpeando a elevação de Wortham. Meu olhar foi atraído para o assustador morro do farol. A parte de baixo era coberta de árvores que agora começavam a desfolhar, mas no alto só havia capim e mato rasteiro.

Deixamos para trás a última casa e nos juntamos à multidão que cruzava a estreita ponte de pedra sobre o rio, caminhando lentamente na noite úmida. Havia uma névoa branca na margem do rio, mas não tardamos a nos colocar acima dela ao subir pela mata, pisoteando montes de folhas bolorentas e molhadas para chegar ao cume do morro. Já havia uma grande aglomeração e a cada minuto chegavam mais pessoas. Vimos três enormes pilhas de ramos e gravetos prontos para serem acesos, a maior delas no meio. Do centro de cada uma das piras, erguiam-se as estacas a que as vítimas seriam amarradas.

No alto do morro do farol, descortinando as luzes da cidade embaixo, o ar estava mais fresco, e a área, iluminada por archotes presos a postes de madeira altos e finos que balançavam ligeiramente à leve brisa que soprava do oeste. Havia, no entanto, partes do topo escuras, nas quais os rostos das pessoas estavam sombreados, e foi a um desses lugares que acompanhei Alice para podermos assistir ao que acontecia sem que ninguém reparasse em nós.

Atentos e de costas para as piras estavam postados doze homens corpulentos usando capuzes pretos com fendas para os olhos e a boca. Nas mãos, seguravam porretes e pareciam ansiosos para usá-los. Eram os auxiliares dos carrascos que iam servir o Inquisidor na execução e, se necessário, manter a multidão afastada.

Eu não sabia ao certo como as pessoas iam se comportar. Valeria a pena alimentar esperanças de que fizessem alguma coisa? Qualquer um dos parentes e amigos dos condenados gostaria de salvá-los, mas era incerto se seriam suficientemente numerosos para tentar. Naturalmente, como dissera o irmão Peter, havia muita gente que adorava uma execução na fogueira. E esses estariam ali para se divertir.

O pensamento mal acabara de me ocorrer quando ouvi ao longe as batidas ritmadas dos tambores.

Queimem! Queimem! Queimem as feiticeiras, queimem!, os tambores pareciam ressoar.

Ao som dos rufos, a multidão começou a murmurar; suas vozes se avolumaram em um rugido que, finalmente, irrompeu em altas vaias e assobios. O Inquisidor foi se aproximando empertigado em seu enorme cavalo branco, e atrás dele vinha a carroça trazendo os prisioneiros. Outros cavaleiros ladeavam e acompanhavam a carroça com espadas à cintura. Depois, a pé, vinham doze tamborileiros caminhando altivos, erguendo e baixando os braços teatralmente no ritmo que marcavam no tambor.

Queimem! Queimem! Queimem as feiticeiras, queimem!

De repente, a situação me pareceu perdida. Alguns espectadores à frente da multidão começaram a atirar frutas podres nos prisioneiros, mas os guardas, nas laterais do cortejo, provavelmente preocupados em não serem atingidos por engano, desembainharam as espadas e jogaram os cavalos contra o povo, empurrando-o de volta à massa e fazendo-o recuar.

A carroça se aproximou mais e parou, e, pela primeira vez, pude ver o Caça-feitiço. Alguns dos prisioneiros estavam ajoelhados rezando. Outros choravam em voz alta ou puxavam os cabelos, mas meu mestre estava em pé, o corpo alto ereto, o olhar fixo à frente. Seu rosto parecia desfigurado e cansado, e havia em seus olhos a mesma expressão distante, como se ele continuasse sem entender o que estava acontecendo. Vi mais um hematoma escuro em sua testa sobre o olho esquerdo e seu lábio inferior estava cortado e inchado — evidentemente fora mais uma vez torturado.

Um padre se adiantou com um pergaminho na mão direita e o ritmo dos tambores mudou. Um rufo rápido e grave foi crescendo e, de repente, estancou, quando o padre começou a ler o pergaminho.

— Povo de Priestown, ouça! Estamos aqui reunidos para presenciar a execução legal por morte na fogueira de doze feiticeiras e um feiticeiro, os infelizes pecadores que vocês ora veem diante de si. Orem por suas almas! Orem para que, através da dor, eles possam vir a reconhecer seu modo errado de viver. Orem para que eles supliquem perdão a Deus e, assim fazendo, redimam suas almas imortais.

Houve um novo rufo dos tambores. O padre ainda não tinha acabado de ler e, no silêncio que se seguiu, ele continuou sua leitura.

— Nosso Lorde Protetor, o Alto Inquisidor, deseja que isto sirva de exemplo a outros que possam escolher o caminho das trevas. Vejam esses pecadores arderem! Vejam seus ossos estalarem e sua gordura derreter como sebo de velas. Ouçam seus gritos, e todo o tempo lembrem-se de que isso não é nada! Nada comparado às chamas do inferno! Nada se compara aos tormentos eternos que aguardam os que não buscam perdão!

Suas palavras fizeram a multidão silenciar. Talvez fosse o medo do Inferno que o padre mencionara, mas era mais provável, pensei, que fosse outra coisa. O mesmo que eu agora temia. Ficar parado assistindo ao horror que estava prestes a se desenrolar. A compreensão de que um ser de carne e osso ia arder em chamas e suportar uma agonia indizível.

Dois dos homens encapuzados se adiantaram e, com violência, tiraram o primeiro prisioneiro da carroça — uma mulher de cabelos grisalhos, longos e bastos que desciam pelos seus ombros quase até a cintura. Quando a arrastaram para a pira mais próxima, ela começou a cuspir e praguejar, lutando desesperadamente para se libertar. Algumas pessoas da multidão davam risadas e zombavam, xingando-a, mas inesperadamente ela conseguiu se desvencilhar e começou a correr para o escuro.

Antes que os guardas pudessem dar um passo para segui-la, o Inquisidor passou por eles a galope, os cascos do cavalo arrancando lama da terra fofa. Ele agarrou a mulher pelos cabelos, enrolou os dedos em seus cachos e fechou a mão. Puxou, então, a mulher para cima com tal violência que suas costas se curvaram e ela quase ficou suspensa no ar. Ela soltou um gemido agudo quando o Inquisidor a arrastou de volta aos guardas, que a prenderam e logo a amarraram a uma das estacas na borda da pira maior. Seu destino estava selado.

Senti desânimo quando vi que o Caça-feitiço foi o próximo prisioneiro a ser tirado da carroça. Eles o conduziram à maior das piras e o amarraram ao poste central, mas ele não se debateu uma única vez. Continuava a parecer aturdido. Lembrei-me de quando me disse que morrer queimado era uma das mortes mais dolorosas que se podia imaginar e que ele não concordava que fizessem isso a uma feiticeira. Vê-lo amarrado ali, aguardando seu destino, era insuportável. Alguns homens do Inquisidor estavam carregando archotes e imaginei-os acendendo as piras, as chamas subindo no Caça-feitiço. Era um pensamento horrível demais e as lágrimas começaram a correr pelo meu rosto.

Tentei me lembrar que meu mestre dissera que havia alguma coisa ou alguém observando o que fazemos. Se a pessoa vivia uma vida íntegra, na hora da necessidade alguém estaria ao seu lado para lhe dar forças. Ora, ele vivera uma vida íntegra e fizera tudo visando ao que achava ser o melhor. Então, devia merecer alguma coisa. Certo?

Se eu tivesse feito parte de uma família que frequentasse a igreja e orasse mais, eu teria rezado naquele momento. Não tinha esse hábito nem sabia como rezar, mas, sem me dar conta, sussurrei para mim mesmo. Não pretendi rezar, mas suponho que, de fato, foi o que fiz.

— Ajude-o, por favor — sussurrei. — Por favor, ajude-o.

De repente, os cabelos de minha nuca começaram a se eriçar e instantaneamente senti frio, muito frio. Alguma coisa das trevas se aproximava. Alguma coisa forte e muito perigosa. Ouvi Alice soltar uma súbita exclamação e um gemido profundo, e imediatamente minha visão se turvou de tal modo que, quando me virei e procurei alcançá-la, nem consegui enxergar minha própria mão à frente do rosto. O murmúrio da multidão desapareceu ao longe e tudo ficou quieto e silencioso. Senti-me isolado do resto do mundo, sozinho na escuridão.

Eu sabia que o Flagelo tinha chegado. Não via nada, mas sentia sua proximidade, um imenso espírito das trevas, um grande peso que ameaçava me esmagar e tirar a vida. Fiquei aterrorizado por mim e por todos os inocentes que se reuniam ali, mas não pude fazer nada, exceto esperar no escuro que tudo terminasse.

Quando minha visão clareou, vi Alice correr para a frente. Antes que eu pudesse impedi-la, ela saiu das sombras e avançou em direção ao Caça-feitiço e aos dois carrascos na pira central. O Inquisidor estava perto, observando. Quando ela se aproximou, vi-o virar o cavalo em sua direção e esporeá-lo para iniciar um meio galope. Por um momento, pensei que pretendesse derrubá-la, mas ele fez o animal parar tão perto que Alice poderia ter esticado a mão e acariciado o focinho do cavalo.

Um sorriso cruel se abriu em seu rosto e percebi que ele reconhecia nela um dos prisioneiros fugitivos. O que Alice fez em seguida eu nunca esquecerei.

No repentino silêncio que se abateu sobre todos, ela ergueu as mãos para o Inquisidor e apontou para ele os dois dedos indicadores. Soltou, então, uma gargalhada longa e alta, o som ecoou pelo morro, fazendo os cabelos da minha nuca novamente se eriçarem. Era uma gargalhada de triunfo e desafio, e me ocorreu que era muito estranho o Inquisidor estar pronto para queimar aquelas pessoas, todas falsamente acusadas, todas inocentes, enquanto havia uma feiticeira real, com um poder real, livre para enfrentá-lo.

Em seguida, Alice lhe deu as costas e começou a rodopiar, mantendo os braços estendidos na horizontal. Enquanto eu observava, começaram a aparecer pintas escuras no nariz e na cabeça do cavalo branco do Inquisidor. A princípio, fiquei intrigado e não entendi o que estava acontecendo. Quando, porém, o cavalo relinchou de medo e empinou nas patas traseiras, vi que gotas de sangue voavam da mão esquerda de Alice. Sangue do dedo que o Flagelo acabara de chupar.

Sobreveio, então, inesperadamente um vento fortíssimo, um relâmpago ofuscante e um trovão tão alto que me doeu os ouvidos. Prostrei-me de joelhos e ouvi as pessoas berrando e gritando. Virei-me para Alice e vi que ela continuava a rodopiar cada vez mais rápido. O cavalo branco tornou a empinar, desta vez derrubando o Inquisidor, que caiu de costas dentro de uma pira.

Mais um relâmpago e, de repente, a borda da pira pegara fogo, as chamas crepitaram para o alto e o Inquisidor estava de joelhos em meio ao fogo. Vi alguns guardas correrem para ajudá-lo, mas a multidão também estava avançando e um dos guardas foi puxado de cima do cavalo. Em poucos instantes, começou um tumulto generalizado. De todos os lados, as pessoas se debatiam e lutavam. Outras fugiam correndo e o ar se encheu de vozes e berros.

Larguei a bolsa e corri para o meu mestre, porque as chamas estavam se espalhando depressa e ameaçavam envolvê-lo. Sem pensar, avancei direto para a pira, sentindo o calor do fogo, que já lambia os pedaços maiores de madeira.

Lutei para desamarrá-lo, meus dedos se atrapalhavam com os nós. À minha esquerda, um homem tentava soltar a mulher de cabelos grisalhos que fora amarrada primeiro. Entrei em pânico porque eu não estava conseguindo o meu intento. Havia nós em demasia! Eram muito apertados e o calor aumentava.

De repente, ouvi um grito de triunfo à minha esquerda. O homem soltara a mulher, e bastou uma olhada para eu entender como: ele estava segurando uma faca e cortara facilmente as cordas. Agora, começava a afastar a mulher da estaca, olhando na minha direção. O ar ecoava as vozes, os gritos e os estalos das labaredas. Mesmo que eu tivesse gritado, ele não teria me ouvido; por isso, apenas lhe estendi a mão. Por um momento, ele pareceu hesitar, olhando para a mão estendida, mas em seguida atirou a faca para mim.

Ela caiu no meio das chamas. Sem sequer pensar, mergulhei a mão na lenha da fogueira e recuperei-a. Precisei apenas de alguns segundos para cortar as cordas.

Conseguir livrar o Caça-feitiço quando estava quase morrendo queimado me deu uma sensação de alívio. Mas a minha felicidade durou pouco. Ainda estávamos longe da segurança. Os homens do Inquisidor se postaram à nossa volta e havia uma forte possibilidade de que fôssemos identificados e presos. Dessa vez, nós dois queimaríamos na fogueira!

Precisava afastá-lo da pira ardente para a escuridão mais à frente para algum lugar onde não pudéssemos ser vistos. Tive a sensação de levar nisso uma eternidade. Ele apoiou todo o peso em mim e deu pequenos passos vacilantes. Lembrei-me de sua bolsa; então nos dirigimos ao lugar onde eu a deixara. Tivemos sorte em evitar os homens do Inquisidor. Do chefe deles não havia sinal, mas, ao longe, pude ver homens a cavalo dando golpes de espada nas pessoas ao seu alcance. A qualquer momento, eu esperava que um deles nos atacasse. Estava ficando difícil avançar; o peso do Caça-feitiço parecia aumentar sobre meu ombro e eu ainda tinha o peso de sua bolsa na mão direita. Senti, então, que mais alguém o segurava pelo outro braço e que estávamos indo em direção à escuridão das árvores e à segurança.

Era Alice.

— Consegui, Tom. Consegui! — ela gritou excitada.

Não tive muita certeza do que lhe responder. Naturalmente, eu estava satisfeito, mas não aprovava seu método.

— Onde está o Flagelo agora? — perguntei.

— Não se preocupe com isso, Tom. Sei quando está por perto e não o pressinto agora. Deve ter precisado de muita energia para fazer o que fez e imagino que tenha ido passar um tempo no escuro para refazer as forças.

Não gostei de ouvir aquilo.

— E o Inquisidor? — perguntei. — Não sei o que aconteceu com ele. Morreu?

Alice balançou a cabeça.

— Queimou as mãos quando caiu, foi só. Mas agora ele sabe o que é ser queimado!

Quando ela disse aquilo, tomei consciência da dor em minha própria mão, a esquerda com que eu sustentava o Caça-feitiço. Olhei para baixo e vi que tinha o dorso da mão em carne viva e coberta de bolhas. A cada passo, a dor parecia aumentar.

Atravessamos a ponte com uma multidão amedrontada que se acotovelava, andando apressada para o norte, ansiosa para se afastar do tumulto e das suas consequências. Logo os homens do Inquisidor se reagrupariam ansiosos para capturar os prisioneiros e punir quem tivesse participado de sua fuga. Qualquer um que estivesse no caminho iria sofrer.

Muito antes de amanhecer já tínhamos saído de Priestown e passamos as primeiras horas do dia abrigados em um estábulo em ruínas, temendo que os homens do Inquisidor pudessem andar por ali à procura dos fugitivos.

O Caça-feitiço não tinha dito uma única palavra quando me dirigi a ele, nem mesmo depois de termos recolhido e lhe entregado o seu bastão. Seus olhos continuavam parados e perplexos, como se sua mente estivesse em um lugar muito diferente. Comecei a me preocupar que a pancada que recebera na cabeça fosse grave, o que não me deixava muita escolha.

— Precisamos levá-lo para o nosso sítio — disse para Alice. — Minha mãe poderá ajudá-lo.

— Mas ela não vai gostar muito de me ver, não é? — comentou Alice. — Não, quando descobrir o que fiz. E aquele seu irmão também não.

Concordei com uma careta de dor por causa da mão. Era verdade o que Alice dizia. Seria melhor que não fosse conosco, mas eu precisava de ajuda para levar o Caça-feitiço ainda incapaz de se manter de pé sozinho.

— Que foi isso, Tom? — perguntou ela. Tinha reparado em minha mão e se aproximou para ver melhor. — Num instante curo a sua mão — disse-me. — Volto já...

— Não, Alice, é muito perigoso!

Mas antes que eu pudesse impedi-la saiu apressada do estábulo. Dez minutos depois, voltou com umas lascas de casca de árvore e folhas de uma espécie que não reconheci. Mastigou, então, a casca até transformá-la em bocados de fibra.

— Estenda a mão! — mandou.

— Que é isso? — perguntei desconfiado, mas minha mão estava realmente doendo e fiz o que me mandava.

Com delicadeza, ela colocou a casca mastigada sobre a queimadura e envolveu minha mão nas folhas. Depois, puxou um fio preto do seu vestido e usou-o para amarrar o curativo no lugar.

— Foi Lizzie quem me ensinou isso. Daqui a pouco vai parar de doer.

Eu ia protestar, mas quase imediatamente a dor começou a diminuir. Era um remédio ensinado a Alice por uma feiticeira. Um remédio que dava resultado. Os caminhos do mundo eram estranhos. Do mal podia vir o bem. E não foi só a minha mão. Por causa de Alice e do seu pacto com o Flagelo, o Caça-feitiço fora salvo.

CAPÍTULO 14
A HISTÓRIA DO MEU PAI

Avistamos o sítio uma hora antes do pôr do sol. Eu sabia que meu pai e Jack estariam começando a ordenha; então, era um bom momento para chegar. Eu precisava de uma oportunidade para falar a sós com minha mãe.

Não voltara em casa desde a primavera, quando a velha feiticeira, Mãe Malkin, tinha feito uma visita à minha família. Graças à coragem de Alice, naquela ocasião, nós a tínhamos destruído, mas o incidente deixara Jack e Ellie intranquilos e eu sabia que não iriam gostar que eu me demorasse depois de escurecer. O ofício de caça-feitiço os apavorava e eles se preocupavam que algo pudesse acontecer à filha. Eu queria apenas ajudar o Caça-feitiço e retomar a estrada o mais depressa possível.

Tinha também consciência de que estava arriscando a vida de todos ao levar o Caça-feitiço e Alice para o sítio. Se os homens do Inquisidor tivessem nos seguido até ali, eles não teriam piedade de gente que abrigava uma feiticeira e um caça-feitiço. Não era minha intenção arriscar a vida da minha família mais do que o necessário; por isso, resolvi deixar Alice e meu mestre fora dos limites de nossa propriedade em um velho casebre de pastor que pertencia à propriedade vizinha à nossa. Os donos tinham passado a criar gado; por isso, havia anos que não o usavam. Ajudei Alice a levar o Caça-feitiço para dentro e disse a ela para me esperar ali. Depois, atravessei o campo em direção à cerca que dividia a nossa propriedade.

Quando abri a porta da cozinha, minha mãe estava no lugar de sempre, no canto próximo à lareira, sentada na cadeira de balanço. A cadeira estava parada e ela só me olhou quando entrei. As cortinas já estavam fechadas e, no castiçal de latão, a vela de cera de abelha fora acesa.

— Sente-se, filho — convidou-me, sua voz baixa e suave. — Puxe uma cadeira e me conte tudo. — Ela não pareceu nada surpresa de me ver.

Era sempre assim. Minha mãe era chamada quando as parteiras se deparavam com problemas em um parto difícil e, misteriosamente, ela sabia quando alguém precisava de sua ajuda muito antes de receber o aviso. Pressentia essas coisas, da mesma forma como pressentira a minha aproximação. Havia algo especial em minha mãe. Tinha dons que alguém como o Inquisidor gostaria de destruir.

— Aconteceu alguma coisa ruim, não foi? — ela perguntou. — E o que houve com a sua mão?

— Nada, mamãe. Só uma queimadura. Alice tratou. Não está mais doendo.

Minha mãe ergueu as sobrancelhas ao ouvir o nome de Alice.

— Conte-me, filho.

Assenti, sentindo um nó na garganta. Tentei três vezes, antes de conseguir dizer a primeira frase. Quando, por fim, falei, saiu tudo de uma vez.

— Quase queimaram o sr. Gregory. O Inquisidor prendeu-o em Priestown. Fugimos, mas eles virão atrás de nós. O Caça-feitiço não está bem de saúde. Precisa de ajuda. Todos precisamos.

As lágrimas começaram a rolar pelo meu rosto quando admiti para mim mesmo o que mais me preocupava no momento. A principal razão para não querer ir ao morro do farol tinha sido o pavor. Tivera medo que me apanhassem e me queimassem também.

— E que diabos estavam fazendo em Priestown? — perguntou minha mãe.

— O irmão do sr. Gregory morreu e os funerais foram lá. Tivemos que ir.

— Você não está me contando tudo. Como foi que fugiu do Inquisidor?

Eu não queria que minha mãe soubesse o que Alice tinha feito. Uma vez, ela tentara ajudá-la, e eu não queria que soubesse que a garota acabara abraçando as trevas, como o Caça-feitiço sempre receara.

Não tive, porém, escolha. Contei-lhe a história toda. Quando terminei, minha mãe soltou um suspiro profundo.

— Isso é ruim, realmente ruim — disse. — O Flagelo em liberdade não prenuncia nada de bom para ninguém no Condado... e uma jovem feiticeira obrigada a obedecer a ele... bem, temo por todos nós. Mas vamos ter que nos arranjar o melhor que pudermos. É só o que nos resta fazer. Vou buscar minha bolsa e ver como posso ajudar o coitado do sr. Gregory.

— Obrigado, mamãe — agradeci, percebendo subitamente que eu só falara dos meus problemas. — Como vão as coisas aqui? Como vai a filhinha de Ellie? — perguntei.

Minha mãe sorriu, mas percebi um ar de tristeza em seus olhos.

— Ah, ela está ótima, e Ellie e Jack nunca estiveram tão felizes. Mas, filho — continuou ela, segurando meu braço carinhosamente —, tenho más notícias para você. Sobre o seu pai. Ele tem estado muito doente.

Fiquei em pé sem querer acreditar no que ouvia. A expressão em seu rosto me dizia que era grave.

— Sente-se, filho, e escute com atenção antes de ficar tão perturbado. É ruim, mas podia ter sido bem pior. Começou com uma gripe que afetou seu peito, virou uma pneumonia e quase o perdemos. Ele está convalescendo, espero, mas precisará se agasalhar bem neste inverno. Receio que já não seja capaz de fazer muita coisa no campo. Jack terá que se arranjar sem ele.

— Eu poderia ajudar, mamãe.

— Não, filho, você tem o seu trabalho. Com o Flagelo livre e seu mestre fraco, o Condado precisa mais do que nunca de você. Olhe, vou subir primeiro para avisar seu pai que você está aqui. E eu não contaria nada sobre os problemas que tem tido. Não queremos lhe dar más notícias nem sustos. Teremos que manter isso entre nós.

Aguardei na cozinha; alguns minutos depois, minha mãe desceu, trazendo sua bolsa.

— Muito bem, suba para ver seu pai enquanto vou ajudar seu mestre. Ele está contente que você tenha vindo, mas não o faça falar muito. Ainda está muito fraco.

Meu pai estava recostado em vários travesseiros na cama. Ele me deu um sorriso desanimado quando entrei no quarto. Seu rosto magro e cansado e a sombra da barba grisalha por fazer lhe davam uma aparência muito mais velha.

— Que boa surpresa, Tom. Sente-se — disse ele, indicando com a cabeça a cadeira ao lado da cama.

— Lamento — eu disse. — Se soubesse que o senhor estava doente, teria vindo em casa há mais tempo.

Meu pai ergueu a mão como se dissesse que não tinha importância. Tossiu, então, violentamente. Se achavam que ele estava melhorando, então eu não iria gostar de ouvi-lo quando estivera de fato mal. O quarto cheirava a doença. Um cheiro que nunca se sentia ao ar livre. Algo que entranhava no quarto de um doente.

— Como vai o ofício? — perguntou ele, quando finalmente parou de tossir.

— Nada mal. Estou começando a me acostumar e prefiro isso ao trabalho no campo — respondi, afastando tudo que acontecera para o fundo da mente.

— O trabalho do campo é muito monótono para você, hein? — perguntou ele com um ligeiro sorriso. — Pois saiba que eu nem sempre fui sitiante.

Fiz que sim com a cabeça. Na juventude, meu pai tinha sido marinheiro. Contava muitas histórias sobre os lugares que visitara. Eram histórias saborosas, repletas de detalhes pitorescos e aventuras. Seus olhos sempre brilhavam com um ar distante quando se lembrava daquele tempo. Eu queria ver aquela centelha de vida voltar a brilhar.

— Ah, papai — pedi —, conte uma das suas histórias. Aquela da baleia enorme.

Ele parou um instante, segurou minha mão e me puxou para mais perto.

— Acho que tenho uma história que preciso lhe contar, filho, antes que seja tarde demais.

— Não fale bobagens — disse eu, assustado com o rumo da conversa.

— Não, Tom, eu tinha esperanças de ver mais uma primavera e um verão, mas acho que não vou me demorar muito neste mundo. Estive pensando muito nisso ultimamente e acho que está na hora de lhe contar o que sei. Não estava esperando vê-lo por algum tempo, mas você está aqui e quem sabe quando iremos nos rever? — Ele fez uma pausa e, em seguida, acrescentou: — É sobre sua mãe, como nos conhecemos e outras coisas.

— Você vai ver muitas primaveras, papai — retorqui, mas me surpreendi. Apesar de todas as histórias maravilhosas de meu pai, havia uma que ele nunca contara muito bem: como conhecera minha mãe. Sempre percebíamos que ele não queria realmente falar a respeito. Ou mudava de assunto, ou nos mandava perguntar a ela. Nunca fomos. Quando se é criança, há coisas que a gente não entende, mas também não pergunta. A gente sabe que o pai e a mãe não querem contar. Hoje, porém, era diferente.

Ele balançou a cabeça, cansado, e em seguida baixou-a como se um grande peso a empurrasse para os ombros. Quando tornou a se aprumar, o sorriso desanimado voltara ao seu rosto.

— Não tenho muita certeza se ela vai me agradecer por lhe contar, entende? Portanto, vamos manter esta conversa entre nós. Tampouco vou contá-la aos seus irmãos, e pediria a você que não o fizesse, filho. Mas acho que, no seu ofício, e sendo um sétimo filho de um sétimo filho e tudo mais, bem...

Ele fez nova pausa e fechou os olhos. Observei-o, sentindo uma onda de tristeza ao perceber como parecia velho e doente. Ele reabriu os olhos e começou a falar.

— Entramos em uma pequena enseada para apanhar água — disse ele, começando a história como se precisasse contá-la logo, antes que mudasse de ideia. — Era um lugar ermo, com altas montanhas rochosas, onde havia apenas a casa do encarregado do porto e um punhado de casas de pescadores construídas com pedras brancas. Estávamos navegando havia semanas e o capitão, que era um bom homem, dissera que merecíamos um descanso. Então, ele nos deu licença para irmos a terra, o que fizemos em dois turnos, e a mim coube o segundo, que começou muito depois do anoitecer.

"Éramos uns doze e, quando finalmente chegamos à taberna mais próxima, nos arredores de uma aldeia a meio caminho do pico de uma montanha, estava quase na hora de fechar. Bebemos, então, depressa, despejando tragos fortes garganta abaixo, como se não houvesse amanhã, e depois cada um comprou um garrafão de vinho tinto para ir bebendo no regresso ao navio.

"Devo ter bebido demais porque acordei sozinho à margem de uma trilha íngreme que descia para o porto. O sol já ia nascendo, mas não me incomodei muito porque não partiríamos antes do meio-dia. Ergui-me e sacudi a poeira da roupa. Foi então que ouvi alguém chorando."

"Parei para escutar durante quase um minuto antes de tomar uma decisão. Quero dizer, me pareceu choro de mulher, mas como ter certeza? Ouvia-se todo tipo de história misteriosa a respeito desses lugares e das criaturas que atacavam viajantes. Eu estava sozinho e não me importo de confessar que me senti apavorado, mas se não tivesse ido ver quem estava chorando jamais teria conhecido sua mãe e você não estaria aqui.

"Subi a encosta íngreme à margem da trilha e desci pelo outro lado até chegar à beira de um penhasco. Era um penhasco alto, em cuja base as ondas do mar quebravam contra as pedras e de onde se avistava, ancorado na baía, o navio que de tão pequeno dava a impressão de caber na palma da minha mão.

"Um ressalto estreito projetava-se do penhasco como um dente de rato e, com as costas apoiadas nele, havia uma jovem sentada de frente para o mar. Estava acorrentada ao ressalto. E não era só isso, estava nua como no dia em que nascera."

Ao dizer isso, meu pai corou tão forte que seu rosto ficou quase escarlate.

— Ela começou, então, a tentar me dizer alguma coisa. Alguma coisa de que tinha medo. Alguma coisa muito pior do que estar acorrentada àquela rocha. Mas falava em sua própria língua e eu não entendia nada, aliás continuo sem entender até hoje, mas ela lhe ensinou muito bem e, sabe, você foi o único a quem ela se deu ao trabalho de ensinar? Ela é uma boa mãe, mas nenhum dos seus irmãos sabe uma só palavra de grego.

Concordei em silêncio. Alguns dos meus irmãos não tinham ficado muito satisfeitos com isso, particularmente Jack, um detalhe que, por vezes, dificultara a minha vida.

— Não, ela não conseguia explicar com palavras, mas havia alguma coisa no mar que a aterrorizava. Não consegui imaginar o que seria; então, um pedacinho de sol apareceu no horizonte e ela gritou.

"Virei-me para ela e não pude acreditar no que vi: em sua pele começaram a surgir bolhas minúsculas, até que, em menos de um minuto, o corpo da moça estava coberto de feridas. Seu terror era o sol. Até hoje, como você deve ter notado já, ela reluta em se expor ao sol do Condado, mas o sol daquela terra era inclemente e, se ela não recebesse ajuda, teria morrido."

Meu pai fez uma pausa para recuperar o fôlego e pensei em minha mãe. Eu sempre percebera que ela evitava a luz do sol, mas era uma coisa que eu aceitara naturalmente.

— Que poderia fazer? — continuou meu pai. — Tive que pensar rápido; tirei minha camisa e a cobri. Não foi suficiente; então, não vi outro jeito senão usar a minha calça também. Depois fiquei agachado ali de costas para o sol, para que a minha sombra a protegesse dele.

"Permaneci nessa posição até muito depois do meio-dia, quando o sol finalmente desapareceu atrás do morro. A essa altura, meu navio tinha partido sem mim, e minhas costas estavam em carne viva, queimadas pelo sol, mas sua mãe estava bem e as bolhas tinham desaparecido. Fiz o possível para livrá-la da corrente, mas quem quer que a tivesse prendido entendia mais de nós do que eu, e olha que eu era marinheiro. Quando, finalmente, consegui soltá-la, reparei em uma coisa tão cruel que mal pude acreditar. Quero dizer, ela é uma boa mulher, sua mãe — como alguém poderia ter feito uma coisa daquela e ainda por cima a uma mulher?"

Meu pai se calou e baixou os olhos para as mãos, e notei que estavam tremendo ao lembrar o que vira. Aguardei quase um minuto e, então, procurei fazê-lo continuar gentilmente.

— Que foi, papai? Que tinham feito?

Ele ergueu a cabeça, seus olhos cheios de lágrimas.

—Tinham pregado a mão esquerda dela na rocha. Era um prego grosso, com a cabeça larga, e não consegui nem começar a imaginar como iria soltar a mão sem a machucar ainda mais. Mas ela apenas sorriu e puxou a mão com força, deixando o prego preso na rocha. O sangue pingou no chão aos seus pés, mas mesmo assim ela se levantou e veio ao meu encontro, como se aquilo não fosse nada.

"Dei um passo para trás e quase caí do penhasco, mas ela pôs a mão direita no meu ombro para me firmar e, em seguida, nos beijamos. Sendo eu um marinheiro que visitava dezenas de portos a cada ano, tinha beijado muitas mulheres antes, mas, em geral, depois de ter me enchido de cerveja até ficar insensível e, às vezes, quase perder a consciência. Nunca tinha beijado uma mulher sóbrio, e, certamente, nunca em plena luz do dia. Não sei explicar, mas percebi na hora que ela era a mulher que eu queria. A mulher com quem passaria o resto da minha vida."

Ele começou a tossir. Quando parou, estava sem ar e já haviam se passado mais uns minutos até poder voltar a falar. Devia tê-lo deixado descansar, mas eu sabia que talvez não houvesse outra oportunidade. Meus pensamentos voavam. Alguns detalhes na história de meu pai me recordavam o que o Caça-feitiço tinha escrito sobre a Meg. Ela também estava acorrentada. Quando a libertara, ela beijara o Caça-feitiço exatamente como minha mãe fizera com meu pai. Eu quis saber se a corrente era de prata, mas não tive coragem de perguntar. Uma parte de mim não queria saber. Se meu pai quisesse me dizer, teria dito.

— Que aconteceu depois, papai? Como você conseguiu voltar para casa?

— Sua mãe tinha dinheiro, filho. Morava sozinha em uma casa grande no meio de um jardim cercado por um muro alto. Ficava a uns dois quilômetros do lugar em que eu a encontrara;

então, seguimos para a casa e lá fiquei. A mão dela curou depressa, sem qualquer vestígio de cicatriz, e eu lhe ensinei a nossa língua. Ou, para ser sincero, ela me ensinou a lhe ensinar. Eu apontava os objetos e dizia seus nomes em voz alta. Quando ela os repetia, eu apenas acenava com a cabeça para confirmar que pronunciara certo. Uma vez era suficiente para cada palavra. Sua mãe é inteligente, filho. Realmente inteligente. É uma mulher inteligente e nunca esquece nada.

"Enfim, morei naquela casa durante semanas e me sentia feliz, exceto pelas raras noites em que as irmãs dela vinham visitá-la. Eram duas, altas, de caras ferozes, e costumavam armar uma fogueira atrás da casa e ficar acordadas até o sol nascer, conversando com sua mãe. Às vezes, as três dançavam em volta da fogueira; outras noites, jogavam dados. Mas, todas as vezes que apareciam em casa, havia discussões que foram gradualmente piorando.

"Eu sabia que tinham alguma ligação comigo porque elas me espiavam pela janela com raiva no olhar e sua mãe acenava me mandando voltar para dentro. Não, elas não gostavam muito de mim e essa foi a principal razão, acho, por que saímos de casa e viemos para o Condado.

"Eu tinha me engajado no navio como assalariado, um marujo sem patente, mas voltei como um cavalheiro. Sua mãe pagou a passagem de volta e uma cabine só para nós. Depois, comprou este sítio e nos casamos na igrejinha de Mellor, onde minha mãe e meu pai estão enterrados. Sua mãe não acredita no que acreditamos, mas fez isso por mim, para evitar falatório dos vizinhos, e no fim de um ano seu irmão Jack nasceu. Tive uma boa vida, filho, e a melhor parte começou no dia em que conheci sua mãe. Mas estou lhe contando isso porque quero que compreenda. Você compreende, não é, que no dia em que eu partir ela voltará para casa, para o lugar a que pertence?"

Minha boca se abriu de espanto quando ouvi isso.

— E a família dela? — perguntei. — Com certeza, ela não deixaria os netos!

Meu pai balançou tristemente a cabeça.

— Acho que ela não tem opção, filho. Certa vez, ela me disse que tem o que chama de "negócios pendentes" em sua terra. Não sei o que é, e ela nunca me falou por que foi amarrada a um rochedo para morrer. Ela tem o seu próprio mundo e sua própria vida e, quando chegar a hora, será para onde voltará; portanto, não dificulte. Olhe para mim, rapaz. Que está vendo?

Eu não soube o que responder.

— O que você vê é um velho que não vai viver muito mais. Vejo esta verdade toda vez que me olho no espelho; portanto, não tente me dizer que estou enganado. Quanto à sua mãe, ela ainda está na flor da idade. Talvez já não seja a moça que foi, mas ainda lhe restam muitos anos de vida útil. Se não fosse o que fiz naquele dia, não teria olhado para mim duas vezes. Ela merece sua liberdade; por isso, deixe-a partir com um sorriso. Você fará isso, filho?

Assenti e continuei a lhe fazer companhia até ele sossegar e adormecer.

CAPÍTULO 15
A CORRENTE DE PRATA

Quando desci, minha mãe tinha voltado. Eu estava ansioso para pedir notícias do Caça-feitiço e saber o que ela fizera por ele, mas não tive oportunidade. Pela janela da cozinha, eu tinha visto Jack e Ellie atravessando o quintal, ela com o bebê nos braços.

— Fiz o que pude pelo seu mestre, filho — sussurrou mamãe, pouco antes de Jack abrir a porta. — Conversaremos depois do jantar.

Por um instante, Jack ficou imóvel à porta me olhando, uma mistura de sentimentos se espelhando em seu rosto. Por fim, sorriu e se adiantou para me abraçar.

— Quer bom te ver, Tom — disse ele.

— Estava passando a caminho de Chipenden — eu disse. — Pensei em fazer uma visita e ver como iam. Teria vindo antes, se soubesse que papai esteve tão doente...

— Ele já está se recuperando — respondeu Jack. — Isso é o que importa.

— Ah, está bem melhor agora, Tom — concordou Ellie. — Mais umas semanas e vai ficar novo em folha.

Vi que a expressão de tristeza no rosto de minha mãe desmentia aquela afirmação. A verdade era que papai teria sorte, se vivesse até a primavera. Ela sabia disso e eu também.

À mesa do jantar, todos pareciam quietos, até minha mãe. Não consegui saber se era a minha presença ou se a doença de papai deixara todos muito calados, mas, durante a refeição, Jack pouco fez além de balançar a cabeça para mim e, quando falava, era para dizer alguma coisa sarcástica.

— Você está pálido, Tom — disse. — Devem ser as suas andanças no escuro. Não podem lhe fazer bem.

— Não seja cruel, Jack! — ralhou Ellie. — Que achou da nossa Mary? Nós a batizamos no mês passado. Cresceu bastante desde a última vez que você a viu, não?

Sorri e concordei. Estava espantado de ver quanto a neném crescera. Em vez da coisinha minúscula de cara vermelha e enrugada, ela estava gorducha, os braços e as pernas fortes, e uma expressão observadora e inteligente no olhar. Parecia pronta para sair do colo de Ellie e começar a engatinhar no chão da cozinha.

Até ali eu não sentira fome, mas, no instante em que mamãe serviu uma porção generosa e fumegante de cozido no meu prato, comecei a devorá-la.

Mal terminamos, ela sorriu para Jack e Ellie.

— Tenho um assunto a conversar com Tom — disse. — Por que vocês dois não sobem e vão dormir mais cedo para variar? E não se preocupe com a louça, Ellie. Pode deixar comigo.

Havia ainda uma sobra de cozido e vi os olhos de Jack correrem da travessa para mamãe. Ellie, porém, se levantou e Jack acompanhou-a sem pressa. Percebi que não tinha ficado muito satisfeito. Disse:

— Acho que vou levar os cachorros para inspecionar a cerca. A noite passada teve uma raposa rondando por aqui.

Quando ele saiu da cozinha, deixei escapar a pergunta que estava morrendo de vontade de fazer.

— Como é que ele está, mamãe? O sr. Gregory vai ficar bom?

— Fiz o que pude. Mas os ferimentos na cabeça, em geral, se curam de um jeito ou de outro. Só o tempo dirá. Acho que quanto mais cedo o levar para Chipenden, melhor. Ele seria bem-vindo aqui, mas tenho que respeitar a vontade do Jack e da Ellie.

Concordei e baixei os olhos para a mesa, entristecido.

— Você aguenta comer mais um pouco, Tom? — minha mãe perguntou.

Não precisei que ela falasse duas vezes, e mamãe sorriu quando devorei a sobra também.

— Vou subir para ver como está seu pai — disse-me.

Dali a pouco, ela voltou.

— Seu pai está ótimo. Acabou de adormecer outra vez.

Sentou-se, então, diante de mim e ficou me observando comer, o rosto sério.

— As feridas nos dedos de Alice são onde o Flagelo chupou o sangue dela?

Confirmei.

— Você ainda confia nela depois de tudo que aconteceu? — perguntou-me inesperadamente.

Sacudi os ombros.

— Não sei o que fazer. Ela passou para o lado das trevas, mas, se não fosse o que fez, o Caça-feitiço e muitos outros inocentes teriam morrido.

Minha mãe suspirou.

— É uma situação complicada e não sei bem se temos uma resposta muito clara. Eu gostaria de poder viajar com você e ajudar a levar seu mestre para Chipenden. Não vai ser uma viagem fácil, mas não posso abandonar seu pai. Sem cuidados meticulosos, ele teria uma recaída e não posso correr esse risco.

Limpei meu prato com um pedaço de pão e empurrei a cadeira para trás.

— Acho melhor ir andando, mamãe. Quanto mais demorar aqui, tanto maior o perigo que trarei para vocês. Nem pensar que o Inquisidor vai nos deixar partir sem perseguição. E, agora que o Flagelo está livre e fortalecido com o sangue de Alice, não posso me arriscar a atraí-lo para cá.

— Não vá ainda — respondeu minha mãe. — Vou cortar umas fatias de presunto e pão para você comer na viagem.

— Obrigado, mamãe.

Fiquei observando-a cortar o pão, desejando que pudesse demorar mais tempo. Seria bom dormir em casa outra vez, mesmo que fosse apenas por uma noite.

— Tom, em suas aulas sobre feiticeiras, o sr. Gregory lhe falou sobre as que usam o parentesco?

Confirmei. Os diferentes tipos de feiticeiras obtinham seu poder de diferentes maneiras. Algumas usavam a magia dos ossos; outras, a magia do sangue. Recentemente ele me falara de um terceiro tipo ainda mais perigoso. Usavam a chamada magia do parentesco. Doavam seu sangue a uma criatura —

podia ser um gato, um sapo ou até um morcego. Em troca, ela se tornava seus olhos e ouvidos e fazia a vontade delas. Por vezes, a criatura se tornava tão poderosa, que as feiticeiras eram subjugadas e perdiam a vontade própria parcial ou totalmente.

— Bem, é o que Alice acha que está fazendo agora, Tom, usando a magia do parentesco. Fez um pacto com aquela criatura e está usando-a para obter o que quer. Mas está fazendo um jogo perigoso, filho. Se não tomar cuidado, vai terminar pertencendo ao Flagelo e você nunca mais poderá confiar nela. Pelo menos, não enquanto ele estiver vivo.

— O sr. Gregory disse que o Flagelo estava se fortalecendo, mamãe. Que logo seria capaz de recuperar a sua forma original em carne e osso. Vi isso nas catacumbas: ele assumiu a forma do Caça-feitiço e tentou me enganar. Portanto, é óbvio que esteve se fortalecendo lá embaixo.

— É verdade, mas o que acabou de acontecer deve ter feito sua força diminuir. Entenda, o Flagelo deve ter gasto muita energia para se libertar de um lugar em que esteve preso tanto tempo. Então, no momento, está se sentindo confuso e perdido, provavelmente sob a forma de espírito, sem muita força para se revestir de carne e osso. Provavelmente, não será capaz de recuperar a força total até que o pacto de sangue com Alice seja concluído.

— Ele pode ver através dos olhos de Alice? — perguntei.

A ideia era aterrorizante. Eu estava prestes a partir com ela pela escuridão da noite. Lembrei-me da sensação provocada pelo Flagelo sobre a minha cabeça e os meus ombros, a expectativa de que ia ser achatado e que chegara o meu último instante de vida. Talvez fosse mais seguro esperar o dia clarear...

— Não, ainda não, filho. Ela lhe deu o sangue e a liberdade. Em troca, ele terá prometido obedecer a ela três vezes, mas a cada uma irá querer mais sangue. Depois de se alimentar pela segunda vez na execução de Wortham, ela deverá estar debilitada e achará cada vez mais difícil lhe resistir. Se doar sangue mais uma vez, o Flagelo será capaz de ver através dos olhos dela. Por fim, na última vez, Alice lhe pertencerá e ele terá forças para retomar sua forma original. E, então, não haverá nada que alguém possa fazer para salvá-la.

— Então, onde quer que se esconda, ele estará procurando Alice?

— Estará, filho, mas por pouco tempo; a não ser que ela o chame, as chances de encontrá-la serão muito pequenas. Particularmente se Alice estiver viajando. Se ela permanecer em um lugar por algum tempo, o Flagelo terá maior possibilidade de encontrá-la. Mas, a cada noite, ele estará um pouco mais forte, principalmente se, por acaso, deparar com outra vítima. Qualquer tipo de sangue poderá ajudá-lo, animal ou humano. Uma pessoa sozinha no escuro seria fácil de aterrorizar. Fácil de dobrar à sua vontade. Em pouco tempo, ele encontrará Alice e depois estará sempre em algum lugar próximo, exceto nas horas do dia, quando provavelmente se esconderá. As criaturas das trevas raramente se aventuram a sair quando há luz natural. Mas, com o Flagelo à solta, ganhando forças, todos no Condado deverão temer quando chegar a noite.

— Como foi que tudo isso começou, mamãe? O sr. Gregory me contou que o rei Heys do Povo Pequeno teve que sacrificar os filhos ao Flagelo e que o último conseguiu prendê-lo.

— É uma história espantosa e triste — respondeu minha mãe. — O que aconteceu com os filhos do rei é impensável, mas é melhor você saber para entender o que terá de enfrentar. O Flagelo vivia no antigo cemitério de Heysham, entre os ossos dos mortos. Primeiro, ele levou o filho mais velho do rei para lá e usou-o como brinquedo, extraindo os pensamentos e os sonhos de sua mente, até restar muito pouco, exceto infelicidade e desespero. E fez o mesmo com um filho após outro. Imagine como o pai deve ter se sentido! Ele era rei, mas não podia fazer nada para impedir.

Minha mãe suspirou tristemente.

— Nenhum dos filhos de Heys sobreviveu mais de um mês a esse tormento. Três deles se atiraram dos rochedos próximos e se despedaçaram nas pedras. Dois se recusaram a comer e definharam. O sexto nadou mar afora até esgotar as forças e se afogar; seu corpo foi devolvido à costa pelas marés da primavera. Os seis foram enterrados em túmulos talhados na rocha. Outro mais adiante guarda o corpo do pai, que faleceu de amargura pouco depois dos seis filhos. Apenas Naze, o último dos filhos, o sétimo, sobreviveu.

"O rei era também um sétimo filho; portanto, Naze era como você e nascera com o dom. Era pequeno, mesmo para os padrões do seu próprio povo; o sangue ancestral corria muito forte em suas veias. Ele conseguiu prender o Flagelo, ninguém sabe como, nem mesmo seu mestre. Depois, a criatura matou Naze ali mesmo, achatando-o contra as pedras. Anos depois, porque os ossos do rapaz lembrassem ao Flagelo como fora enganado, ele os partiu em pedacinhos e empurrou-os para fora do Portão de Prata, permitindo finalmente ao povo de Naze lhe dar um enterro digno. Seus restos mortais foram depositados ao lado dos irmãos nos túmulos de pedra de Heysham, nome dado ao lugar em homenagem ao antigo rei."

Ficamos alguns momentos em silêncio. Era uma história terrível.

— Como vamos deter o Flagelo, agora que tornou a se libertar, mamãe? — perguntei, quebrando o silêncio. — Como podemos matá-lo?

— Deixe isso por conta do sr. Gregory, Tom. Ajude-o a voltar a Chipenden e recuperar as forças e a saúde. Ele descobrirá o que fazer depois. O método mais fácil seria prendê-lo novamente, mas ainda assim ele poderia praticar o mal como fez com crescente intensidade nos últimos anos. Se foi capaz de recuperar uma forma concreta antes, lá embaixo nas catacumbas, então poderá fazer isso novamente, e não irá demorar muito; à medida que sua força aumentar, ela o reverterá à sua forma natural e corromperá Priestown e o Condado. Portanto, apesar de nos sentirmos mais seguros com ele preso, não é uma solução definitiva. Seu mestre precisa aprender como matá-lo, para o bem de todos nós.

— Mas, e se ele não se recuperar?

— Vamos torcer para que se recupere, porque há mais a fazer do que você possa estar preparado para dar conta. Entenda, filho, aonde Alice for, ele a usará para fazer mal aos outros; por isso, seu mestre talvez não tenha escolha senão prendê-la em uma cova.

Minha mãe pareceu perturbada; de repente, parou e levou a mão à testa, fechando os olhos com força, como se sentisse uma inesperada dor de cabeça.

— A senhora está bem, mamãe? — perguntei ansioso.

Ela assentiu e deu um leve sorriso.

— Escute, filho, sente-se um pouco. Preciso escrever uma carta para você levar.

— Uma carta? Para quem?

— Falaremos disso quando eu terminar.

Sentei-me em uma cadeira junto à lareira, contemplando as brasas enquanto minha mãe escrevia à mesa. Fiquei imaginando o que estaria escrevendo. Quando concluiu, sentou-se na cadeira de balanço e me entregou o envelope. Estava fechado e endereçado:

Ao meu filho mais novo, Thomas J. Ward

Surpreendi-me. Tinha imaginado que fosse uma carta para o Caça-feitiço ler quando melhorasse.

— Por que está me escrevendo, mamãe? Por que simplesmente não me diz agora o que tem a dizer?

— Porque cada coisinha que fazemos muda todo o resto, filho — disse minha mãe, pousando suavemente a mão no meu braço esquerdo. — Ver o futuro é perigoso, e comunicar o que se vê é duplamente perigoso. Seu mestre precisa seguir o próprio caminho. Precisa encontrar esse caminho. Todos possuímos livre-arbítrio. Mas há trevas à nossa frente e tenho de fazer tudo que estiver ao meu alcance para evitar que o pior aconteça. Só abra esta carta em um momento de grande necessidade, quando o futuro lhe parecer desesperador. Confie nos seus instintos. Você saberá quando o momento chegar, embora eu reze para que, visando ao bem de todos, ele jamais chegue. Até lá, guarde o envelope em lugar seguro.

Obedientemente, coloquei-o no bolso do paletó.

— Agora venha comigo — disse minha mãe. — Tenho mais uma coisa para você.

Pelo tom de sua voz e seus modos estranhos, adivinhei aonde íamos. E acertei. Segurando o castiçal de latão, ela me levou ao seu quarto de guardados no primeiro andar, o quarto trancado sob o sótão. Atualmente, ninguém entrava naquele quarto, exceto mamãe. Nem mesmo papai. Em criança, eu tinha entrado ali com ela umas duas vezes, embora não me lembrasse muito bem.

Tirando uma chave do bolso, ela destrancou a porta e eu a segui. O quarto estava cheio de malões, caixas e baús. Sabia que ela entrava ali uma vez por mês. Para quê, eu não sabia.

Minha mãe entrou e parou diante de um baú grande, perto da janela. Então, fitou-me nos olhos até eu me sentir um pouco inquieto. Ela era minha mãe e eu a amava, mas certamente eu não teria gostado de ser seu inimigo.

— Você já é aprendiz do sr. Gregory há seis meses; portanto, teve bastante tempo para ver as coisas com seus próprios olhos. E, a essa altura, as trevas já o notaram e farão tudo para matá-lo. Você corre perigo, filho, e, por um tempo, esse perigo tenderá a crescer. Mas não se esqueça. Você também está crescendo. E está crescendo depressa. Cada hausto, cada batida do seu coração o torna mais forte, mais corajoso, melhor. John Gregory vem lutando contra as trevas há anos, preparando o caminho para você. Porque, filho, quando você for homem, então será a vez de as trevas ficarem com medo, porque você será o caçador e não mais a caça. Foi para isso que lhe dei a vida.

Ela sorriu para mim pela primeira vez desde que entráramos no quarto, mas foi um sorriso triste. Então, abrindo a tampa do baú, ela ergueu o castiçal no alto para eu poder ver o que havia dentro.

Uma longa corrente de prata com elos finos refulgiu à luz da vela.

— Apanhe-a — disse minha mãe. — Não posso tocá-la.

Arrepiei-me ao ouvir suas palavras, alguma coisa me dizia que era a mesma corrente que a prendera ao rochedo. Meu pai não mencionara que era de prata, uma omissão essencial, porque uma corrente de prata era usada para prender feiticeiras. Era um instrumento importante no ofício de um caça-feitiço. Isso queria dizer que minha mãe era uma feiticeira? Talvez uma lâmia como Meg? A corrente de prata, o jeito com que beijara meu pai — tudo parecia muito familiar.

Apanhei a corrente e equilibrei-a nas duas mãos. Era fina e leve, de melhor qualidade do que a do Caça-feitiço, uma liga com mais prata do que outro metal.

— Sei que seu pai lhe contou como nos conhecemos. Mas lembre-se sempre disto, filho. Nenhum de nós é inteiramente bom nem inteiramente mau, somos um meio-termo. Porém, há um momento na vida em que damos um passo decisivo ou na direção da luz ou na direção das trevas. Por vezes, é uma decisão que tomamos. Ou, talvez, por causa de alguém especial que conhecemos. Pelo que seu pai fez por mim, dei um passo na direção certa e é por isso que hoje estou aqui. Essa corrente agora lhe pertence. Guarde-a bem guardada até precisar dela.

Enrolei a corrente no pulso e coloquei-a no bolso interno do paletó, junto com a carta. Feito isso, minha mãe fechou a tampa do baú e saí com ela do quarto; depois, esperei-a trancar a porta.

No térreo, apanhei o embrulho de sanduíches e me preparei para partir.

— Vamos dar uma olhada nessa mão antes de você sair!

Estendi a mão e minha mãe desamarrou cuidadosamente os fios e retirou as folhas. A queimadura parecia já estar sarando.

— Aquela menina sabe o que faz — comentou ela. — Tenho que admitir. Deixe arejar agora e, em poucos dias, estará nova em folha.

Minha mãe me abraçou e, depois de lhe agradecer mais uma vez, abri a porta dos fundos e saí para a noite. Já havia atravessado metade do campo em direção à cerca divisória, quando ouvi um cão latir e vi um vulto vindo ao meu encontro no escuro.

Era Jack; quando ele se aproximou, vi à luz das estrelas que seu rosto estava contorcido de raiva.

— Você acha que sou burro? — gritou. — Acha? Não levou nem cinco minutos para os cães encontrarem os dois!

Olhei para os cães, que se encolhiam atrás das pernas de meu irmão. Eram cães de trabalho e nada medrosos, mas eles me conheciam e eu tinha esperado alguma manifestação de boas-vindas. Alguma coisa os apavorara.

— É bom você olhar mesmo — disse Jack. — Aquela garota sibilou e cuspiu nos cães, e eles fugiram como se o próprio diabo estivesse torcendo o rabo deles. Quando a mandei sumir daqui, ela teve a ousadia de me dizer que estava em terras que não eram minhas e que eu não tinha nada com isso.

— O sr. Gregory está doente, Jack. Não tive outra opção senão pedir a mamãe para o ajudar. Deixei os dois fora da divisa do sítio. Sei como você se sente; por isso, fiz o melhor que pude.

— Aposto como fez. Sou um homem adulto, mas minha mãe me mandou para a cama como se eu fosse criança. Como você acha que estou me sentindo? E, ainda por cima, na frente da minha mulher. Às vezes, eu me pergunto se esse sítio, algum dia, será realmente meu.

A essa altura, eu próprio estava enraivecido e tive vontade de lhe dizer que provavelmente seria sim e bem mais cedo do que ele pensava. Seria tudo dele depois que papai morresse e mamãe voltasse para a terra dela. Mas mordi o lábio e me calei.

— Lamento, Jack, mas preciso ir — respondi-lhe, saindo em direção ao casebre onde deixara Alice e o Caça-feitiço. Uns dez passos adiante, eu me virei, mas ele já estava a caminho de casa.

Partimos sem dizer uma única palavra. Eu tinha muito em que pensar e acho que Alice sabia disso. O Caça-feitiço continuava com o olhar parado, mas parecia estar andando um pouco melhor, sem precisar se apoiar em nós.

Uma hora antes do sol nascer, fui o primeiro a quebrar o silêncio.

— Você está com fome? — perguntei. — Minha mãe preparou uma refeição para nós.

Alice confirmou com a cabeça e nos sentamos em um barranco relvado onde começamos a comer. Ofereci um pouco ao Caça-feitiço, mas ele empurrou meu braço com violência. Passado algum tempo, distanciou-se um pouco e se sentou em um degrau de pular cerca, como se não quisesse ficar perto de nós. Ou, pelo menos, de Alice.

— Ele parece mais forte. Que foi que minha mãe fez? — perguntei.

— Banhou a cabeça do Velho Gregory, sempre o olhando nos olhos. Depois lhe deu uma poção para beber. Eu fiquei o tempo todo longe e ela nem olhou para o meu lado.

— É porque ela sabe o que você fez. Tive que contar. Não posso mentir para minha mãe.

— Fiz o que fiz com a melhor das intenções. Eu me vinguei dele, sim, e salvei todas aquelas pessoas. Fiz por você também, Tom. Para você recuperar o Velho Gregory e continuar seus estudos. É o que você quer, não é? Não agi certo?

Não respondi. Alice impedira que o Inquisidor queimasse gente inocente. Salvara muitas vidas, inclusive a do Caça-feitiço. Fizera tudo isso, e eram coisas boas. Não, não era o que fizera, mas como o fizera. Eu queria, mas não sabia de que modo ajudá-la.

Agora, pertencia às trevas, e, quando o Caça-feitiço estivesse bastante forte, iria querer prendê-la em uma cova. Ela sabia disso e eu também.

CAPÍTULO 16
UMA COVA PARA ALICE

Por fim, quando o sol se pôs mais uma vez a oeste, as serras surgiram à nossa frente e dali a pouco estávamos subindo a mata em direção à casa do Caça-feitiço, pelo caminho que evitava a aldeia de Chipenden.

Parei, antes de chegar ao portão de entrada. O Caça-feitiço estava a uns vinte passos atrás, olhando para a casa como se a visse pela primeira vez.

Virei-me para Alice.

— É melhor você ir.

Alice assentiu. Havia um ogro de estimação do Caça-feitiço com que se preocupar. Ele guardava a casa e os jardins. Um passo além do portão e ela correria grande perigo.

— Onde vai ficar? — perguntei.

— Não se preocupe comigo. E também não fique pensando que pertenço ao Flagelo. Não sou burra. Tenho que chamá-lo mais duas vezes antes que isso aconteça, não é? O tempo ainda não está muito frio, por isso ficarei nas vizinhanças por uns dias. Talvez, no que sobrou da casa de Lizzie. Depois, é provável que eu siga para o leste, para Pendle. Que mais posso fazer?

Alice ainda tinha família em Pendle, mas seus parentes eram feiticeiros. Apesar do que dizia, ela agora pertencia às trevas. Era onde se sentiria mais à vontade.

Sem dizer mais nada, ela me deu as costas e se afastou pelas sombras do crepúsculo. Com tristeza, acompanhei-a com o olhar até ela desaparecer de vista. Só então me virei para abrir o portão.

Destranquei a porta da casa e o Caça-feitiço entrou comigo. Segui direto para a cozinha, onde ardia um bom fogo na lareira e a mesa estava posta para dois. O ogro nos esperava. Era uma ceia leve, apenas dois pratos de sopa de ervilha e grossas fatias de pão. Eu sentia fome depois da nossa longa caminhada e comecei a comer imediatamente.

Por algum tempo, o Caça-feitiço ficou sentado, contemplando o prato fumegante, até que apanhou uma fatia de pão e mergulhou-a na sopa.

— Foi muito duro, rapaz. E é bom estar em casa — disse ele.

Fiquei tão surpreso de vê-lo falar novamente, que quase caí da cadeira.

— O senhor está se sentindo melhor? — perguntei.

— Estou, rapaz, melhor do que antes. Uma boa noite de sono e ficarei novo em folha. Sua mãe é uma boa mulher. Ninguém, no Condado, conhece poções melhor que ela.

— Não pensei que o senhor fosse se lembrar de nada. Parecia distante. Quase como se estivesse sonâmbulo.

— Foi como me senti, rapaz. Eu via e ouvia tudo, mas nada me parecia real. Era como se eu estivesse vivendo um pesadelo.

E não conseguia falar. Era como se não encontrasse as palavras. Só quando parei aí fora, olhando para a casa, foi que tornei a me encontrar. Você ainda tem a chave do Portão de Prata?

Surpreso, meti a mão no bolso esquerdo da calça e apanhei a chave. Estendi-a para o Caça-feitiço.

— Causou muito problema essa chave — disse ele, revirando-a na mão. — Mas, levando-se tudo em conta, você agiu bem.

Sorri, sentindo-me mais feliz do que me sentira em muitos dias, mas, quando meu mestre tornou a falar, sua voz foi áspera.

— Onde está a garota? — perguntou ríspido.

— Provavelmente não está muito longe — admiti.

— Bom, cuidaremos dela mais tarde.

Durante toda a ceia, pensei em Alice. Que encontraria para comer? Ela era uma boa caçadora de lebres; portanto, não iria passar fome — isso era um problema a menos. Contudo, na primavera, depois que Lizzie Ossuda sequestrara uma criança, os homens da aldeia tinham posto fogo em sua casa e a ruína não ofereceria muito abrigo em uma noite de outono. Ainda assim, Alice comentara que o tempo não estava frio. Não, sua maior ameaça era o Caça-feitiço.

Afinal, a noite foi a última do ano em que a temperatura esteve amena: na manhã seguinte, havia uma sensível friagem no ar. O Caça-feitiço e eu nos sentamos no banco, contemplando as serras; o vento estava aumentando. As folhas caíam sem parar. Sem a menor dúvida, o verão terminara.

Eu tinha apanhado meu caderno, mas o Caça-feitiço não parecia ter pressa de começar a aula. Ainda não se recuperara da provação que sofrera nas mãos do Inquisidor. Durante o café da manhã, tinha falado pouco e passado a maior parte do tempo com o olhar distante, como se estivesse absorto em seus pensamentos.

Fui eu que, por fim, quebrei o silêncio.

— Que é que o Flagelo quer agora que está livre? Que vai fazer ao Condado?

— A resposta é fácil — disse o Caça-feitiço. — Acima de tudo, ele quer se tornar maior e mais poderoso. Então, não haverá limite para o terror que poderá causar. Ele lançará uma sombra maligna sobre o Condado. E nenhum ser vivente poderá se esconder dela. Tirará sangue e lerá mentes até que seus poderes tenham se restaurado. Ele verá através dos olhos das pessoas que podem andar à luz do dia porque é forçado a se esconder nas sombras, em algum lugar subterrâneo. Enquanto antes ele controlava apenas os padres na catedral e estendia sua influência a Priestown, agora nenhum lugar do Condado estará livre.

"Caster poderia muito bem ser o seu próximo alvo. Mas é possível que o Flagelo escolha primeiro uma aldeiazinha e esmague seus habitantes como um aviso, só para mostrar o que é capaz de fazer! Era assim que ele controlava Heys e os reis que governaram antigamente. Desobedecer significava condenar toda a comunidade ao esmagamento."

— Minha mãe disse que ele estará procurando Alice — disse, sentindo-me infeliz.

— É verdade, rapaz! Sua tola amiga Alice. O Flagelo precisa dela para recuperar sua força. Ela já lhe doou sangue duas vezes; portanto, embora continue livre, ela está em vias de cair totalmente sob o seu controle. Se nada acontecer para impedir isso, ela se tornará parte dele e praticamente não lhe restará vontade própria. O Flagelo poderá deslocá-la, usá-la, com a mesma facilidade com que dobro o meu dedo mindinho. Ele sabe disso: fará tudo para tirar sangue de Alice outra vez. Neste exato momento, estará procurando por ela.

— Mas ela é forte — protestei. — E pensei que o Flagelo tivesse medo de mulher. Nós o encontramos nas catacumbas quando eu estava tentando salvar o senhor. Ele assumiu sua aparência para me enganar.

— Então os boatos eram verdadeiros: aprendeu a assumir uma forma física nos subterrâneos.

— É, mas quando Alice cuspiu nele, ele fugiu. Quem sabe ela possa continuar a fazer isso.

— Certo, o Flagelo realmente tem mais dificuldade em controlar uma mulher do que um homem. As mulheres o deixam nervoso porque são criaturas voluntariosas e muitas vezes imprevisíveis. Mas uma vez que tenha bebido o sangue de uma mulher, tudo isso muda. Estará à procura de Alice agora e não a deixará em paz. Penetrará sorrateiramente seus sonhos e lhe mostrará as coisas que pode obter, as coisas que bastará pedir para possuir, e finalmente ela pensará que precisa convocá-lo mais uma vez. Sem dúvida, aquele meu primo estava dominado pelo Flagelo. Do contrário, jamais teria me traído daquele jeito.

O Caça-feitiço coçou a barba.

— É, o Flagelo vai crescer até que praticamente não haverá nada que o impeça de fazer mal através de outros, até que tudo apodreça neste Condado. Foi isso que aconteceu com o Povo Pequeno, até se verem obrigados a medidas desesperadas. Precisamos descobrir exatamente como o Flagelo foi preso; e, melhor ainda, como pode ser morto. É por isso que temos de ir a Heysham. Há um grande cemitério lá, um sítio funerário antigo, e perto dele jazem os corpos de Heys e seus filhos em sepulturas de pedra.

"Assim que eu estiver suficientemente forte, rumaremos para lá. Como você sabe, os que sofrem morte violenta algumas vezes têm dificuldade para deixar este mundo. Por isso, visitaremos aquelas sepulturas. Se tivermos sorte, talvez haja um ou dois fantasmas rondando por lá. Quem sabe até o fantasma de Naze, que foi quem prendeu o Flagelo. Talvez seja a nossa única esperança porque, para ser sincero, rapaz, neste momento não tenho a menor idéia de como iremos pôr um fim nisso."

Ao terminar essas palavras, o Caça-feitiço baixou a cabeça e pareceu realmente triste e preocupado. Eu nunca o vira tão deprimido.

— O senhor já esteve lá antes? — perguntei, imaginando por que ninguém tivera uma conversa séria com os fantasmas para pedir que continuassem sua viagem.

— Estive, rapaz, só uma vez. Fui lá como aprendiz. Meu mestre foi chamado para cuidar de uma aparição marinha que andava assombrando a praia. Quando terminamos, passamos pelas sepulturas no alto dos penhascos e sei que havia alguma coisa lá porque, repentinamente, a noite quente de verão se tornou muito fria. Quando vi que meu mestre continuava a andar, perguntei-lhe se não ia parar para fazer alguma coisa.

"'Não vamos mexer com quem está quieto', ele me disse. 'Eles não estão incomodando ninguém. Além do mais, alguns fantasmas permanecem na terra porque têm uma tarefa a cumprir. Então, é melhor deixá-los em paz.' À época, não entendi o que isso queria dizer, mas, como sempre, ele tinha razão."

Tentei imaginar o Caça-feitiço como aprendiz. Seria bem mais velho do que eu, porque antes tinha estudado para ser padre. Fiquei pensando como teria sido seu mestre, um homem que aceitara um aprendiz tão velho.

— Enfim — disse o Caça-feitiço —, iremos a Heysham muito em breve, mas, antes que isso aconteça, vamos precisar fazer outra coisa. Sabe o que é?

Estremeci. Sabia o que ele ia dizer.

— Temos que cuidar da garota e para isto precisamos saber onde está se escondendo. Meu palpite é que esteja nas ruínas da casa de Lizzie. Que acha? — quis saber o Caça-feitiço.

Eu ia lhe dizer que discordava, mas ele me encarou insistentemente até me forçar a olhar para o chão. Não podia mentir para ele.

— É onde provavelmente estará — admiti.

— Muito bem, rapaz, ela não vai poder ficar lá muito mais tempo. É um perigo para todos. Terá que ir para uma cova. E quanto mais cedo melhor. Então, é bom você começar a cavar...

Olhei para ele, mal conseguindo acreditar no que ouvia.

— Olhe, rapaz, é duro, mas é preciso; é o nosso dever deixar o Condado seguro para os outros e essa garota será sempre uma ameaça.

— Mas não é justo! — protestei. — Ela salvou a sua vida! Na primavera, salvou a minha vida também. Tudo que ela fez, no fim, acabou dando certo. Ela tem boas intenções.

O Caça-feitiço ergueu a mão mandando-me calar.

— Não perca o seu fôlego! — ordenou, sua expressão muito severa. — Sei que ela impediu a execução na fogueira, sei que salvou vidas, inclusive a minha. Mas soltou o Flagelo e eu preferia estar morto do que ter aquela coisa abominável solta para praticar o mal. Portanto, acompanhe-me e vamos acabar logo com isso!

— Mas, se o senhor matasse o Flagelo, Alice estaria livre! Teria outra chance!

O rosto do Caça-feitiço corou de raiva e, quando ele falou, havia uma rispidez ameaçadora em sua voz.

— Uma feiticeira que usa a magia do parentesco é sempre perigosa. Com o tempo, na vida adulta, será mais letal do que as que usam a do sangue ou dos ossos. As outras, em geral, usam um simples morcego ou um sapo, algum animal pequeno e fraco, que gradualmente se torna poderoso. Mas pense no que essa garota fez! Tinha que usar logo o Flagelo! E ela acredita que ele está preso à vontade *dela*!

"Alice é inteligente e irresponsável e não há nada que não arrisque fazer. E é arrogante também! Mesmo com o Flagelo morto, o perigo não cessaria. Se permitirmos que chegue à maturidade, sem detê-la, ela será a feiticeira mais perigosa que o Condado já viu! Temos que dar um jeito nela agora, antes que seja tarde demais. Sou o mestre; você é o aprendiz. Me acompanhe e faça o que estou mandando!"

Dito isso, ele me deu as costas e saiu andando furioso. Com o coração nas botas, eu o segui de volta à casa para apanhar a pá e a vara de medir. Fomos diretamente para o jardim leste e ali, a menos de cinquenta passos da cova escura ocupada por Lizzie Ossuda, comecei a cavar uma nova cova profunda, com dois metros e quarenta de profundidade e um metro e vinte na largura e no comprimento.

O sol já se pusera quando meu mestre se deu por satisfeito com o meu trabalho. Saí da cova me sentindo inquieto, ao saber que Lizzie Ossuda estava presa ali perto.

— Chega por hoje — disse o Caça-feitiço. — Amanhã de manhã, vá à aldeia buscar o pedreiro local para tirar as medidas

O pedreiro cimentaria uma borda de pedra em torno da cova, onde mais tarde seriam presas treze fortes barras de ferro para impedir qualquer possibilidade de fuga. O Caça-feitiço teria que ficar vigiando enquanto o homem trabalhasse para mantê-lo a salvo do seu ogro de estimação.

Quando voltei desanimado para casa, meu mestre pousou brevemente a mão no meu ombro.

— Você cumpriu o seu dever, rapaz. Ninguém poderia exigir mais e eu gostaria de lhe dizer que até aqui você mais do que superou a promessa que sua mãe me fez...

Ergui os olhos para ele, espantado. Minha mãe, uma vez, escrevera-lhe uma carta dizendo que eu seria o melhor aprendiz que ele tivera, mas meu mestre não tinha gostado de ler isso.

— Continue assim — acrescentou o Caça-feitiço —, e, quando chegar o dia de me aposentar, terei a certeza de deixar o Condado em muito boas mãos. Espero que isso faça você se sentir melhor.

O Caça-feitiço era sempre pão-duro com seus elogios, e ouvi-lo dizer aquilo era algo realmente excepcional. Suponho que estivesse apenas tentando me animar, mas não consegui afastar a cova nem Alice dos meus pensamentos e achei que o seu elogio não tinha ajudado nada.

Naquela noite, foi difícil dormir; por isso, eu estava completamente desperto quando a coisa aconteceu.

Primeiramente, pensei que fosse uma tempestade inesperada. Ouvi um rugido e uma lufada de vento, e a casa inteira pareceu sacudir e tremer como se estivesse sendo açoitada por um vendaval. Alguma coisa bateu na minha janela com uma força incrível e ouvi claramente um vidro se partir. Assustado, me ajoelhei na cama e afastei as cortinas.

A grande janela de guilhotina era dividida em oito painéis de vidro grossos e irregulares; por isso, não se podia ver muita coisa através dela nem em condições mais favoráveis, mas havia uma meia-lua e consegui divisar o topo das árvores que se inclinavam e contorciam como se seus troncos estivessem sendo sacudidos por um exército de gigantes enraivecidos. E três dos meus vidros estavam rachados. Por um momento me senti tentado a usar o cordão da janela e erguer sua metade inferior para poder ver o que estava acontecendo. Então, pensei melhor. A lua estava visível; portanto, era pouco provável que fosse uma tempestade natural. Alguma coisa estava nos atacando. Seria o Flagelo? Teria ele nos encontrado?

Em seguida, ouvi fortes batidas e um barulho de coisas arrancadas bem em cima da minha cabeça. Tive a impressão de que algo batia com violência no telhado, dando-lhe murros poderosos. Ouvi as telhas começarem a saltar e se partir nas lajes que contornavam o jardim oeste.

Vesti-me depressa e me precipitei escada abaixo, descendo os degraus de dois em dois. A porta dos fundos estava escancarada e corri para o jardim, enfrentando a força de um vento tão forte que era quase impossível respirar, quanto mais avançar um passo sequer. Insisti, porém, um passo por vez, lutando para manter os olhos abertos enquanto o vento socava meu rosto.

À luz da lua, vi o Caça-feitiço parado entre a casa e a mata, sua capa preta sacudida pelo vento atroz. Segurava no alto e à sua frente o bastão como se estivesse pronto para aparar um golpe. Tive a impressão de levar uma eternidade para alcançá-lo.

— Que é isso? Que é isso? — perguntei aos gritos quando finalmente cheguei ao seu lado.

A resposta veio quase instantaneamente, mas não do Caça-feitiço. Um som terrível e ameaçador encheu o ar; uma mistura de urro furioso e rosnado soluçante que podia ser ouvido a quilômetros de distância. Era o ogro do Caça-feitiço. Eu tinha ouvido aquele som na primavera, quando ele impedira Lizzie Ossuda de me perseguir no jardim oeste. Entendi então que, na escuridão das árvores, ele estava enfrentando alguma coisa que ameaçava a casa e os jardins.

Que mais poderia ser senão o Flagelo?

Fiquei parado ali, tremendo de medo e frio, meus dentes batendo, meu corpo doendo da surra que o vendaval me aplicava. Decorridos alguns instantes, porém, o vento amainou e muito gradualmente tudo ficou parado e silencioso.

— Vamos voltar para casa — disse o Caça-feitiço. — Não há nada a fazer aqui até de manhã.

Quando chegamos à porta dos fundos, parei, olhando os cacos de telhas que cobriam o lajeado.

— Foi o Flagelo? — perguntei.

O Caça-feitiço confirmou com a cabeça.

— Não demorou nada a nos encontrar, não é? — disse ele, balançando a cabeça. — A culpa só pode ser da garota. Ele deve tê-la encontrado primeiro. Ou isso ou o chamou.

— Ela não faria isso outra vez — protestei, tentando defender Alice. — O seu ogro nos salvou? — perguntei, mudando de assunto.

— Por enquanto, sim, e o que lhe custou iremos descobrir pela manhã. Mas eu não teria certeza de que o ogro conseguirá repetir esse feito. Vou ficar de vigia aqui — disse o Caça-feitiço. — Vá para o seu quarto e durma um pouco. Não sei o que poderá acontecer amanhã; por isso, você precisará estar bem alerta.

CAPÍTULO 17
A CHEGADA DO INQUISIDOR

Desci novamente pouco antes do alvorecer. O céu claro da noite se enevoara, o ar estava absolutamente parado, e os jardins, empoados de branco pela primeira geada de outono digna desse nome.

O Caça-feitiço se achava à porta dos fundos, ainda imóvel, quase na mesma posição em que eu o vira da última vez Parecia cansado, e seu rosto estava triste e cinzento como o céu.

— Muito bem, rapaz — disse entediado —, vamos inspecionar os estragos.

Pensei que estivesse se referindo à casa, mas ele saiu em direção às árvores, no jardim oeste. Estragos havia, sem dúvida, mas não tão sérios quanto indicara o barulho da noite anterior. Havia grandes galhos caídos, gravetos espalhados pela relva, e o banco estava tombado. O Caça-feitiço me fez um sinal e ajudei-o a levantá-lo, colocando-o no lugar.

— Não foi tão ruim assim — eu disse, tentando animá-lo. Seu rosto parecia realmente abatido, e sua boca, caída.

— Foi bem ruim — disse ele sombriamente. — Ele ia se fortalecer mesmo, mas foi muito além e muito mais rápido do que calculei. Muito mais. Ele não deveria ser capaz de fazer um estrago desses tão cedo. Sendo assim, não nos resta muito tempo!

O Caça-feitiço saiu em direção à casa. Via-se que faltavam telhas no telhado e a coifa de uma das chaminés fora arrancada do cano.

— Isso terá de esperar até arranjarmos tempo para consertos — disse ele.

Nesse instante, ouvimos o som de um sino tocando na cozinha. Pela primeira vez, naquela manhã, o Caça-feitiço deu um ligeiro sorriso. Mostrou-se aliviado.

— Não tinha muita certeza se haveria café para nós esta manhã — disse ele. — Talvez não tenha sido tão ruim quanto pensei.

Quando entramos na cozinha, a primeira coisa em que reparei foi que o piso entre a mesa e a lareira estava manchado de sangue. E a cozinha, realmente gelada. Depois vi o porquê. Eu já era aprendiz do Caça-feitiço havia quase seis meses, mas era a primeira manhã em que não havia fogo na lareira. E na mesa não havia ovos nem bacon, apenas uma fatia fina de pão torrado para cada um.

O Caça-feitiço tocou no meu ombro para me alertar.

— Não diga nada, rapaz. Coma e seja grato pelo que recebeu.

Obedeci, mas, quando engoli o último pedaço de torrada, minha barriga continuou a roncar. O Caça-feitiço se levantou.

— Foi um excelente café da manhã. O pão estava perfeitamente torrado — disse para o ar. — E obrigado por tudo que você fez ontem à noite. Nós dois estamos muito gratos.

Na maior parte do tempo, o ogro não se manifestava, mas agora, mais uma vez, ele tomou a forma de um grande gato amarelo. Ouvimos um ronronar baixinho e ele apareceu por breves instantes perto da lareira. Contudo, eu nunca o vira com aquela aparência. Sua orelha esquerda estava rasgada e sangrenta, e os pelos do pescoço, empastados de sangue. O pior, porém, era o que acontecera à sua cara. Um olho estava cego. No lugar do olho esquerdo, havia agora um corte vertical em carne viva.

— Ele não voltará a ser o mesmo — comentou o Caça-feitiço quando saímos pela porta dos fundos tristemente. — Devemos ser gratos que o Flagelo ainda não tenha recuperado sua força total ou teríamos morrido ontem à noite. O ogro ganhou mais um tempo para nós. Agora precisamos aproveitá-lo antes que seja tarde demais...

Mesmo enquanto ele falava, ouvimos tocar o sino na encruzilhada lá embaixo. Serviço para o Caça-feitiço. Com tudo que acontecera e o perigo oferecido pelo Flagelo, pensei que meu mestre não daria atenção ao toque, mas me enganei.

— Muito bem, rapaz — disse ele. — Vá ver o que estão querendo.

O sino parou de tocar antes que eu chegasse lá, mas a corda ainda balançava. Estava sombrio como sempre entre os vimeiros, mas só precisei de um segundo para compreender que não era um chamado para o Caça-feitiço. Havia uma garota de vestido preto esperando ali.

Alice.

— Você está se arriscando muito! — disse-lhe, balançando a cabeça. — Está com sorte que o sr. Gregory não tenha descido comigo.

Alice sorriu.

— O Velho Gregory não poderia me pegar do jeito que ele está agora. Não é nem a metade do homem que foi.

— Não tenha tanta certeza! — respondi zangado. — Ele me mandou fazer uma cova. E é onde você vai acabar, se não se cuidar.

— A força do Velho Gregory acabou. Não admira que tenha mandado você fazer a cova! — zombou Alice, sua voz expressando total desprezo.

— Não, ele me fez cavar para eu aceitar o que precisa ser feito. Que é o meu dever colocar você lá.

O tom de Alice, de repente, ficou triste.

— Você realmente faria isso comigo, Tom? Depois de tudo que passamos juntos? Salvei você de uma cova. Você não se lembra da vez que Lizzie Ossuda quis os seus ossos? Quando Lizzie começou a afiar a faca?

Eu me lembrava muito bem. Não fosse a ajuda de Alice, eu teria morrido naquela noite.

— Olhe, Alice, vá para Pendle agora, antes que seja tarde demais. Vá para o mais longe que puder.

— O Flagelo não concorda. Acha que devo ficar por aqui mais um pouco.

— O Flagelo é uma *coisa*, não é um *homem*! — retruquei irritado com o que Alice me dizia.

— Não, Tom, não é. Senti o cheiro dele, senti, e, com certeza, é uma coisa masculina!

— O Flagelo atacou a casa do Caça-feitiço ontem à noite. Poderia ter nos matado. Foi você quem o mandou?

Alice negou com veemência.

— Não tenho nada a ver com isso, Tom. Juro. Conversamos, foi só, e ele me contou umas coisas.

— Pensei que você não ia mais fazer acordos com ele! — exclamei, incapaz de acreditar no que estava escutando.

— Tentei com todas as minhas forças, Tom, realmente tentei. Mas ele vem e cochicha coisas para mim. Vem me ver no escuro; vem, quando estou tentando dormir. Chega a falar comigo em sonhos. Me promete coisas.

— Que tipo de coisas?

— Não está fácil, Tom. Está esfriando à noite. O outono está aí. O Flagelo disse que eu poderia ter uma casa com uma grande lareira, muito carvão e lenha, e que nunca me faltaria nada. Disse que eu poderia ter roupas boas também, para evitar que as pessoas me olhem com superioridade, como fazem hoje, achando que eu sou um bicho que saiu rastejando do mato.

— Não escute o que ele diz, Alice. Você tem que se esforçar mais.

— Faço muito bem em escutar o que ele às vezes me diz — respondeu Alice com um estranho ar de riso no rosto —; do contrário, você iria realmente se arrepender. Eu sei de uma coisa, sabe? Uma coisa que poderia salvar a vida do Velho Gregory e a sua também.

— Me conta — pedi.

— Não tenho muita certeza se devo, sabendo que você está tramando me deixar o resto dos meus dias em uma cova!

— Isso não é justo, Alice.

— Ajudarei você outra vez, ajudarei. Mas não sei se você faria o mesmo por mim...

Ela parou e sorriu tristemente para mim.

— Sabe, o Inquisidor está vindo de Chipenden para cá. Queimou as mãos naquele fogo, foi só, e agora quer se vingar. Ele sabe que o Velho Gregory mora por aqui e está a caminho, com cães e homens armados. Enormes sabujos, é o que são, com enormes dentes. Chegará o mais tardar ao meio-dia. Então, vá contar ao Velho Gregory o que eu disse. Mas não estou esperando que ele me agradeça.

— Vou contar — eu disse e, na mesma hora, saí correndo morro acima, de volta à casa. Enquanto corria, me lembrei de que não tinha agradecido a Alice, mas como poderia lhe agradecer por usar as trevas para nos ajudar?

O Caça-feitiço estava esperando em casa, junto à porta dos fundos.

— Muito bem, rapaz — disse ele. — Primeiro, recupere o fôlego. Pela sua cara, sei que está trazendo más notícias.

— O Inquisidor está a caminho daqui. Descobriu que moramos perto de Chipenden!

— E quem lhe contou? — perguntou o Caça-feitiço, cofiando a barba.

— Alice. Disse que ele estará aqui até o meio-dia. O Flagelo contou a ela...

O Caça-feitiço deu um profundo suspiro.

— Bem, é melhor irmos embora o mais cedo possível. Antes, porém, vá à aldeia e avise o açougueiro que vamos viajar para Caster, no norte, por cima das serras e que ficaremos fora por algum tempo. Vá ao merceeiro e repita o recado; diga que não precisaremos de mantimentos na próxima semana.

Corri à aldeia e fiz exatamente o que me mandara. Quando voltei, o Caça-feitiço já estava esperando à porta, pronto para partir. Entregou-me sua bolsa.

— Estamos indo para o sul?

— Não, rapaz, estamos indo para o norte, tal como falei. Precisamos chegar a Heysham e, se tivermos sorte, falar com o fantasma de Naze.

— Mas dissemos a todo o mundo aonde vamos. Por que não me mandou fingir que estávamos viajando para o sul?

— Porque tenho esperança que o Inquisidor faça uma visita à aldeia quando vier. Então, em vez de procurar esta casa, ele rumará para o norte e o cães farejarão o nosso rastro. Temos que atraí-los para longe de casa. Alguns livros da minha biblioteca são insubstituíveis. Se ele vier aqui, seus homens poderão saquear e até queimar tudo. Não, não posso correr o risco de acontecer alguma coisa aos meus livros.

— E o ogro? Ele não guardará a casa e os jardins? Como os homens vão poder entrar sem risco de serem despedaçados? Ou ele ficou fraco demais?

O Caça-feitiço suspirou e parou, contemplando suas botas.

— Não, ele ainda possui força suficiente para dar conta do Inquisidor e seus homens, mas não quero ter mortes desnecessárias na minha consciência. E, mesmo que ele mate os que entrarem, alguns poderiam escapar. De que outra prova necessitariam para achar que mereço morrer na fogueira? Voltariam com um exército. E não haveria fim. Eu não teria paz enquanto vivesse. Teria que fugir do Condado.

— Mas eles não irão acabar nos apanhando?

— Não, rapaz. Não, se tomarmos o caminho pelo alto das serras. Eles não poderão usar os cavalos e ganharemos uma boa dianteira. A vantagem é nossa. Conhecemos bem o Condado, enquanto os homens do Inquisidor são forasteiros. Enfim, vamos andando. Já perdemos bastante tempo!

A caminho das serras, o Caça-feitiço saiu andando muito rápido e eu o segui o melhor que pude, carregando sua pesada bolsa, como de costume.

— Alguns homens do Inquisidor não poderão ir à frente e nos esperar em Caster? — perguntei.

— Com certeza farão isso, rapaz, e se estivéssemos indo para Caster, isso talvez fosse um problema. Mas, não, vamos passar pelo lado leste da cidade. Depois seguiremos para o sul, como lhe disse, em direção a Heysham, para visitar os túmulos de pedra. Ainda temos que resolver o caso do Flagelo, e o tempo está se esgotando. Falar com o fantasma de Naze é a nossa última chance para descobrir o que fazer.

— E depois? Aonde iremos? Algum dia poderemos voltar?

— Não vejo razão para não voltarmos quando for a hora. Mais adiante, despistaremos o Inquisidor. Temos maneiras de fazer isso. Ah, sem dúvida, ele irá nos procurar durante algum tempo e causar inconvenientes a todo mundo. Mas não vai demorar e logo voltará para o lugar de onde veio. Para o lugar em que poderá se manter aquecido durante o inverno que vem chegando.

Concordei, mas não fiquei inteiramente satisfeito. Via todo tipo de falha no plano do Caça-feitiço. Primeiro, ele poderia ter partido com disposição, mas ainda não recuperara completamente a saúde, e atravessar as serras era uma tarefa pesada. E os homens do Inquisidor talvez nos pegassem pouco antes de alcançarmos Heysham. Depois, eles poderiam revistar a casa do Caça-feitiço mesmo em sua ausência e queimá-la por vingança, principalmente se perdessem a nossa pista. E havia o próximo ano com que se preocupar. Na primavera, o Inquisidor certamente voltaria ao norte. Ele parecia o tipo de homem que nunca desistia. E eu não via possibilidade de algum dia a vida voltar ao normal. E me ocorreu mais um pensamento...

E se eles me capturassem? O Inquisidor torturava as pessoas para obrigá-las a responder a suas perguntas. E se me forçassem a dizer onde eu morava antes? Costumavam confiscar ou queimar as casas dos feiticeiros. Pensei no meu pai, em Jack e Ellis sem terem onde morar. E o que fariam os homens quando vissem minha mãe? Ela não podia sair à luz do sol. E frequentemente ajudava as parteiras locais nos partos complicados e tinha uma grande coleção de ervas e outras plantas. Minha mãe realmente correria perigo!

Não comentei nada disso com o Caça-feitiço porque via que ele já estava cansado das minhas perguntas.

Em uma hora chegamos ao alto das serras. O tempo estava ameno e dava a impressão de que teríamos um belo dia.

Se, ao menos, eu pudesse varrer da cabeça a razão por que estávamos ali em cima, teria até me divertido, porque o tempo estava bom para caminhar. Só tínhamos maçaricos e lebres por companhia, e, ao longe, para o noroeste, via-se o mar cintilando ao sol.

A princípio, o Caça-feitiço subiu com energia, liderando a caminhada. Muito antes do meio-dia, porém, começou a afrouxar o passo e, quando paramos e nos sentamos perto de um marco de pedras, ele me pareceu absolutamente esgotado. Quando desembrulhou o queijo, reparei que suas mãos tremiam.

— Tome, rapaz — disse, dando-me um pedacinho. — Não mastigue tudo de uma vez.

Fiz o que me aconselhava e mordisquei o queijo lentamente.

— Você sabe que a garota está nos seguindo? — perguntou-me.

Olhei-o espantado e balancei a cabeça.

— Está a menos de dois quilômetros atrás de nós — disse, indicando o sul com um gesto. — Agora que paramos, ela também parou. Que supõe que esteja querendo?

— Suponho que não tenha aonde ir, além de Pendle, e que, de fato, não quer ir para lá. E não teve opção, a não ser sair de Chipenden. A aldeia não estará segura quando o Inquisidor e seus homens chegarem.

— É, e talvez ela esteja caída por você e queira ir aonde você for. Gostaria de ter tido tempo para cuidar dela antes de partirmos de Chipenden. Ela é uma ameaça porque, onde estiver, o Flagelo não estará muito longe. Por ora, ele está escondido embaixo da terra, mas, assim que escurecer, Alice o atrairá como a chama de uma vela atrai uma mariposa, e ele certamente estará pairando por perto. Se ela lhe der mais sangue, o Flagelo ganhará mais força e começará a ver através dos seus olhos. Mesmo antes disso, ele poderá topar com outras vítimas, pessoas ou animais, o efeito será o mesmo. Depois de se fartar de sangue, estará mais forte e logo será capaz de recuperar sua forma em carne e osso. Ontem à noite foi só o começo.

— Se não fosse por Alice, nunca teríamos partido de Chipenden — argumentei. Seríamos prisioneiros do Inquisidor.

O Caça-feitiço, porém, preferiu fingir que não tinha me ouvido.

— Muito bem — disse ele —, é melhor irmos andando. Não estou ficando mais moço sentado aqui.

Contudo, transcorrida outra hora, tornamos a descansar. Desta vez, o Caça-feitiço demorou mais antes de, finalmente, tentar se levantar. E assim continuou durante todo o dia, os períodos de descanso se alongando e o tempo de caminhada encurtando.

Próximo ao pôr do sol, o tempo começou a mudar. O cheiro de chuva impregnou o ar e dali a pouco começou a chuviscar.

Quando a noite caiu, começamos a descer em direção a uma mureta irregular de pedras sobrepostas. A encosta da serra era íngreme, a relva estava escorregadia, e nós dois não parávamos de perder o equilíbrio. Além disso, a chuva estava engrossando e o vento começava a soprar fortemente do oeste.

— Vamos descansar para eu recuperar o fôlego — disse o Caça-feitiço.

Ele se dirigiu à parte da mureta mais próxima, por cima da qual passamos, e nos agachamos do outro lado, para nos protegermos da chuva mais pesada.

— A umidade penetra até os ossos quando se tem a minha idade — comentou o Caça-feitiço. — É o que o tempo do Condado faz com a gente durante a vida. Um dia, acaba nos afetando. E, então, sofremos dos ossos ou dos pulmões.

Encolhemos o corpo contra as pedras, desconsolados. Eu estava cansado e deprimido e, embora estivéssemos ao relento em uma noite como aquela, precisei lutar para manter os olhos abertos. Pouco depois acabei adormecendo profundamente e comecei a sonhar. Foi um desses sonhos que dão a sensação de durar a noite inteira. E, mais para o fim, transformou-se em um pesadelo...

CAPÍTULO 18
O PESADELO NA SERRA

Foi decididamente o pior pesadelo que já tive na vida. E, no meu ofício, eu tinha muitos. Estava perdido tentando encontrar o caminho de casa. Devia ser capaz de fazer isso sem problema porque a lua cheia iluminava tudo, mas sempre que eu virava uma esquina e pensava ter reconhecido algum marco para me orientar, logo via que me enganara. Finalmente, cheguei ao topo do morro do Carrasco e divisei lá do alto o nosso sítio.

Quando desci o morro, comecei a me sentir muito inquieto. Embora fosse noite, tudo estava parado e silencioso demais e nada se movia lá embaixo. As cercas precisavam de consertos, coisa que meu pai e Jack jamais teriam deixado acontecer, e as portas do celeiro estavam penduradas nas dobradiças.

A casa parecia deserta: algumas janelas tinha sido quebradas e faltavam telhas no telhado. Tentei abrir a porta dos fundos e, quando ela cedeu com o empurrão habitual, entrei em uma cozinha que parecia não ser usada havia anos. A poeira cobria tudo e as teias de aranha pendiam do teto. A cadeira de balanço de minha mãe estava bem no meio do aposento e nela havia um pedaço de papel dobrado que eu apanhei e levei para fora, com o intuito de ler ao luar.

Os túmulos de seu pai, Jack, Ellie e Mary estão no morro do Carrasco. Você encontrará sua mãe no celeiro.

Com o coração quase explodindo de dor, corri para o quintal. Parei diante do celeiro e escutei atentamente. Tudo estava silencioso. Não se ouvia nem o sopro do vento. Nervoso, entrei no escuro sem saber o que esperar. Haveria um túmulo ali? O de minha mãe?

Vi, então, um buraco no telhado quase sobre mim e, em uma réstia de luar, percebi a cabeça de minha mãe. Ela me encarava. Seu corpo estava na sombra, mas, pela posição do rosto, ela parecia ajoelhada no chão.

Por que estaria assim? E por que parecia tão infeliz? Não estava contente de me ver?

De repente, minha mãe soltou um berro aflito.

— Não olhe para mim, Tom! Não olhe para mim! Vire-se imediatamente! — gritou, como se estivesse atormentada.

No momento em que desviei o olhar, minha mãe se levantou e, pelo canto do olho, percebi uma coisa que fez meus ossos derreterem. Do pescoço para baixo, minha mãe estava mudada. Vi asas e escamas e um brilho de garras afiadas quando ela alçou voo e saiu pelo telhado do celeiro, levando metade das telhas em sua passagem. Olhei para o alto, protegendo os olhos dos fragmentos de madeira e cacos que caíam sobre mim, e vi minha mãe, uma silhueta escura recortada contra a lua cheia, afastando-se pelo ar dos escombros do telhado do celeiro.

— Não! Não! — gritei. — Isto não é verdade, isto não está acontecendo!

Em resposta, uma voz falou dentro de minha cabeça. Era a voz baixa e sibilante do Flagelo.

— *A lua revela a verdade das coisas, garoto. Você já sabe disso. Tudo que você viu é verdade ou no futuro será. É só aguardar.*

Alguém começou a sacudir meu ombro e acordei suando frio. O Caça-feitiço estava debruçado sobre mim.

— Acorde, rapaz! Acorde! — chamava ele. — É só um pesadelo. É o Flagelo querendo penetrar sua mente, tentando nos enfraquecer.

Concordei, mas não contei ao Caça-feitiço o que acontecera no sonho. Seria doloroso demais para mim. Ergui os olhos para o céu. A chuva continuava a cair, mas as nuvens se espalharam e em alguns pontos deixava entrever estrelas. Ainda estava escuro, mas dali a pouco amanheceria.

— Dormimos a noite inteira?

— Dormimos — respondeu o Caça-feitiço —, mas não foi o que planejei.

Ele se levantou com esforço.

— É melhor prosseguirmos enquanto podemos — disse ansioso. — Não está ouvindo?

Prestei atenção e, por fim, sobrepondo-se ao ruído do vento e da chuva, distingui o latido longínquo dos cães.

— É, não estão muito longe — acrescentou o Caça-feitiço. — Nossa única esperança é fazê-los perder o nosso rasto. Para isso precisamos de água, mas suficientemente rasa para podermos atravessá-la a pé. É claro que, em algum momento, teremos de voltar para terra firme, mas eles precisarão subir e descer as margens com os cães para retomar o nosso rasto. E, se houver outro curso de água próximo, será ainda mais fácil para nós.

Subimos em uma mureta e descemos uma encosta íngreme, andando o mais rápido que ousávamos na relva molhada e escorregadia. Havia uma cabana de pastor abaixo, uma pálida silhueta recortada contra o céu e, ao lado, um velho abrunheiro vergado para a cabana pelos ventos dominantes, seus galhos nus lembrando garras segurando o beiral do telhado. Continuamos a andar em direção à cabana por alguns instantes, até que paramos de repente.

Um pouco à esquerda havia um cercado de madeira. E apenas luz suficiente para vermos que guardava um pequeno rebanho de carneiros, uns vinte, talvez. E todos mortos.

— Não estou gostando disso, rapaz.

Eu também não estava. Percebi, então, que o meu mestre não se referia aos carneiros. Fixava a cabana mais além.

— Provavelmente chegamos tarde demais — comentou, quase sussurrando. — Mas é o nosso dever entrar para ver...

Dizendo isso, saiu em direção à cabana, empunhando seu bastão. Segui-o carregando a bolsa. Quando passamos pelo cercado, olhei de esguelha para o carneiro morto mais próximo. A lã branca do seu pelo estava manchada de sangue. Se aquilo tinha sido obra do Flagelo, então ele se alimentara muito bem. Que força teria agora?

A porta da frente estava escancarada; por isso, entramos sem cerimônia, o Caça-feitiço sempre à frente. Ele acabara de ultrapassar a soleira da porta quando parou e prendeu a respiração. Estava olhando para a esquerda. Havia uma vela acesa mais para o interior da sala e, à sua luz instável, percebi o que me pareceu, à primeira vista, a sombra de um pastor. Era, porém, sólida demais para ser apenas uma sombra. Tinha as costas contra a parede, e o gancho do seu cajado, erguido acima da cabeça como se quisesse nos ameaçar. Levei algum tempo para entender o que estava vendo, mas algo fez tremer meus joelhos e meu coração saltar à boca.

No rosto do homem havia uma mescla de raiva e terror. Seus dentes estavam à mostra, alguns partidos, e o sangue espalhava-se de um lado a outro da boca. Seu corpo estava esticado, mas não em pé. Fora esmagado. Achatado contra a parede. Esfregado contra as pedras. Era obra do Flagelo.

O Caça-feitiço deu mais um passo no interior da cabana. E mais outro. Segui logo atrás, até conseguir ver por inteiro o pesadelo ali dentro. Tinha havido um berço de bebê a um canto, mas fora despedaçado contra a parede, e entre seus restos, havia cobertores e um lençolzinho sujo de sangue. Da criança não havia nem sinal. Meu mestre se aproximou das roupas e ergueu-as com cautela. O que viu, sem dúvida, causou-lhe aflição, porque me fez sinal para não olhar até que ele repusesse os cobertores com um suspiro.

A essa altura eu já localizara a mãe da criança. Havia um corpo de mulher no chão, parcialmente encoberto por uma cadeira de balanço. Ainda bem que não consegui ver seu rosto. Na mão direita, ela segurava uma agulha de tricô, e seu novelo de lã tinha rolado para dentro da lareira, junto às brasas que se acinzentavam.

A porta da cozinha estava aberta, e tive uma repentina sensação de medo. Uma certeza de que alguma coisa se escondia ali. Nem bem o pensamento tinha me ocorrido, a temperatura do aposento caiu. O Flagelo não fora embora. Sentia isso nos meus ossos. Aterrorizado, quase fugi correndo da cabana, mas o Caça-feitiço não arredou pé e, enquanto ele permanecesse, como eu poderia abandoná-lo?

Naquele momento, a vela subitamente apagou, como se dedos invisíveis a extinguissem, mergulhando-nos na sombra, e uma voz grave falou da total escuridão da porta da cozinha. Uma voz que ressoou pelo ar e vibrou pelas lajes do chão, fazendo-me senti-la nos pés.

— *Olá, Osso Velho. Finalmente nos reencontramos. Andei à sua procura. Sabia que estava nos arredores.*

— Sei, e agora você me encontrou — o Caça-feitiço respondeu fatigado, descansando o bastão nas lajes e apoiando nele todo o peso do corpo.

— *Você sempre foi metido, não é, Osso Velho? Mas esta foi a última vez. Vou matar o garoto primeiro enquanto você assiste. Depois será a sua vez.*

Uma mão invisível me agarrou e me atirou contra a parede com tanta força que me fez expelir todo o ar do corpo. Começou, então, a me pressionar, uma pressão tão forte e constante que senti que minhas costelas iriam se partir. O pior de tudo era o peso terrível sobre a minha testa, e lembrei-me do rosto do pastor achatado e espalhado nas pedras. Fiquei aterrorizado e incapaz de me mexer ou sequer respirar. Baixou uma escuridão sobre os meus olhos e a última imagem que percebi foi a do Caça-feitiço, precipitando-se para a porta da cozinha com o bastão erguido.

Alguém estava me sacudindo gentilmente.

Abri os olhos e vi o Caça-feitiço curvado sobre mim. Eu estava deitado no chão da cabana.

— Você está bem, rapaz? — perguntou ele ansioso.

Confirmei com a cabeça. Minhas costelas doíam. Cada vez que eu respirava elas doíam. Mas eu estava respirando. Ainda estava vivo.

— Ande, vamos ver se conseguimos pôr você de pé...

Com a ajuda do Caça-feitiço, consegui me levantar.

— Sente-se capaz de andar?

Confirmei mais uma vez e dei um passo à frente. Não me senti muito firme, mas consegui andar.

— Ótimo, rapaz.

— Obrigado por me salvar — eu disse.

O Caça-feitiço balançou a cabeça.

— Não fiz nada. O Flagelo desapareceu de repente, como se alguém o tivesse chamado. Vi-o subindo o morro. Parecia uma nuvem negra apagando as últimas estrelas. Uma maldade terrível foi feita aqui — disse ele, olhando para o horror na cabana. — Mas precisamos sair daqui o mais rápido possível. Precisamos nos salvar, primeiro. Quem sabe, conseguiremos escapar do Inquisidor, mas, com aquela garota nos seguindo, o Flagelo estará sempre por perto e cada vez mais poderoso. Precisamos chegar a Heysham e descobrir como pôr um fim nessa abominação de uma vez por todas!

Com o Caça-feitiço à frente, deixamos a cabana e continuamos a descer a serra. Saltamos por cima de mais duas murctas e ouvimos o ruído de água corrente. Meu mestre estava caminhando bem mais rápido agora, quase tão depressa quanto na saída de Chipenden. Então, supus que o sono lhe havia feito algum bem. Ao contrário dele, eu tinha o corpo todo dolorido e lutava para acompanhá-lo, carregando sua pesada bolsa na mão.

Desembocamos em uma trilha abrupta e estreita ao lado de um córrego, uma torrente larga de água que se despenhava pelas pedras.

— Mais ou menos um quilômetro e tanto abaixo, o rio deságua em um pequeno lago — disse o Caça-feitiço, descendo a trilha. — O solo nivela e saem dele dois cursos de água. É exatamente o que estamos procurando.

Acompanhei-o o melhor que pude. Parecia chover mais forte que nunca e o chão sob os nossos pés estava traiçoeiro. Um escorregão e acabaríamos dentro d'água. Fiquei imaginando se Alice estaria por perto e se poderia caminhar em uma trilha assim tão próxima de águas que se precipitavam velozes. Alice estaria correndo perigo também. Os cães poderiam farejá-la.

Mesmo com o barulho do córrego e da chuva, eu conseguia ouvir os cães; eles pareciam estar cada vez mais perto. De repente, ouvi algo que me fez prender a respiração.

Um grito!

Alice! Virei-me e olhei para a trilha, mas o Caça-feitiço agarrou meu braço e me puxou para a frente.

— Não há nada que se possa fazer, rapaz! — gritou ele. — Nada mesmo! Portanto, continue andando.

Obedeci, tentando fingir que não ouvia os ruídos que vinham da encosta do morro atrás de nós. Eram gritos, urros e berros pavorosos, mas gradualmente tudo silenciou e só se ouvia a água correndo impetuosa. O céu estava muito mais claro agora e, embaixo, à primeira luz do dia, vi as águas límpidas do lago se espalharem entre as árvores.

Meu coração doía ao pensar no que poderia ter acontecido a Alice. Ela não merecia.

— Continue andando, rapaz — repetia o Caça-feitiço.

Ouvimos, então, alguma coisa na trilha às nossas costas — sempre mais próxima. Parecia um animal correndo em nossa direção. Um cão enorme.

Não parecia justo. Estávamos tão próximos do lago e seus dois rios. Mais dez minutos e teríamos podido despistar os cães que nos seguiam. Para minha surpresa, porém, o Caça-feitiço não estava apressando o passo. Parecia até estar andando mais devagar. Por fim, ele parou completamente e me puxou para a margem da trilha; fiquei imaginando se teria chegado ao fim de suas forças. Se assim fosse, estaria tudo acabado para nós. Olhei para meu mestre, na esperança de que tirasse alguma coisa da bolsa para nos salvar. Mas ele não se mexeu. O cão agora corria em nossa direção a toda velocidade. Porém, quando chegou mais perto, notei nele uma coisa esquisita. Estava ganindo em vez de ladrar como fazem os cães perseguindo uma caça. E seus olhos estavam fixos à frente e não em nós. Passou tão rente que eu poderia ter esticado a mão para tocá-lo.

— Se não estou enganado, o cão está aterrorizado — disse o Caça-feitiço. — Cuidado! Aí vem mais um!

O segundo passou ganindo como o primeiro, com o rabo entre as pernas. Logo passaram mais dois. E mais atrás um quinto cão. Todos corriam desembestados pela trilha lamacenta em direção ao lago, sem prestar atenção em nós.

— Que aconteceu? — perguntei.

— Com certeza não tardaremos a descobrir — disse o Caça-feitiço. — Vamos continuar andando.

Dali a pouco, a chuva parou e chegamos ao lago. Era grande e, na maior parte, sereno. Próximo a nós, porém, o córrego desembocava com uma fúria de espuma branca, despencando da margem alta e agitando a superfície do lago. Ficamos parados, olhando a cascata de água na qual gravetos, folhas e até uma tora de madeira ocasional era carregada para dentro do lago.

De repente, desceu algo volumoso que bateu no lago com violência, espalhando água para todos os lados. Submergiu, mas reapareceu mais adiante e prosseguiu flutuando em direção à margem oeste do lago. Parecia um corpo humano.

Corri para a beira da água. E se fosse Alice? Antes que eu pudesse mergulhar, o Caça-feitiço pôs a mão no meu ombro e apertou-o com força.

— Não é Alice — disse-me gentilmente. — O corpo é grande demais. Além disso, acho que ela convocou o Flagelo Por que outra razão ele teria ido embora tão repentinamente? Com a criatura do seu lado, ela terá vencido qualquer confronto ocorrido lá atrás. Seria melhor irmos até a outra margem para olhar o corpo mais de perto.

Acompanhamos o contorno sinuoso do lago e, em alguns minutos, paramos na margem oeste sob a copa de um grande sicômoro, com os pés afundados no tapete de folhas caídas. O volume na água estava a alguma distância, mas vinha se aproximando. Eu esperava que o Caça-feitiço tivesse razão, que o corpo fosse grande demais para ser o de Alice, mas ainda estava muito escuro para ter certeza. E, se não fosse dela, de quem seria?

Comecei a sentir medo, mas não havia nada a fazer, exceto esperar que o céu clareasse e o corpo chegasse mais perto.

Aos poucos, as nuvens se romperam e o céu se iluminou o suficiente para podermos identificar o corpo sem hesitação.

Era o Inquisidor.

Olhei para o corpo flutuante. Estava de barriga para cima e apenas o rosto emergia da água. A boca e os olhos estavam abertos. Havia terror em suas feições pálidas e cadavéricas. Era como se não tivesse restado uma gota de sangue em seu corpo.

— Ele mergulhou na água muitos inocentes enquanto viveu — disse o Caça-feitiço. — Os pobres, os velhos e os solitários. Muitos que trabalharam arduamente durante a vida e mereciam um pouco de paz e tranquilidade na velhice, assim como respeito também. Agora é a vez dele. Recebeu exatamente o que merecia.

Eu sabia que mergulhar uma feiticeira na água era apenas uma superstição absurda, mas não consegui tirar da cabeça o fato de que ele estava flutuando. Os inocentes afundavam; os culpados flutuavam. Inocentes como a tia de Alice, que morrera do choque.

— Foi Alice que fez isso, não foi? — perguntei.

O Caça-feitiço confirmou com um aceno de cabeça.

— É, rapaz. Uns diriam que sim. Mas, na realidade, foi o Flagelo. Duas vezes ela o convocou. O poder dele sobre a garota estará crescendo e o que ela vê ele também verá.

— Não devíamos ir andando? — perguntei nervoso, olhando para a margem oposta do lago onde o córrego jorrava com violência. Ao lado havia a trilha. — Os homens dele não virão aqui embaixo?

—Talvez mais tarde, rapaz. Isto é, se ainda estiverem respirando. Mas tenho a impressão de que não estarão em condições de fazer muito por algum tempo. Não, estou esperando outra pessoa e, se não estou muito enganado, ali vem ela...

Acompanhei o olhar do Caça-feitiço em direção ao córrego e à trilha por onde descia um vulto miúdo que parou um momento para apreciar a cascata de água. Em seguida, o olhar de Alice se desviou para nós e ela começou a contornar a margem em nossa direção.

— Lembre-se — alertou-me o Caça-feitiço —, agora o Flagelo vê através dos olhos dela. Ele está ganhando forças e poder e aprendendo a conhecer as nossas fraquezas. Tenha cuidado com o que você diz e faz.

Uma parte de mim queria gritar e avisar Alice para fugir depressa enquanto podia. Não dava para saber o que o Caça-feitiço lhe faria. A outra parte de mim sentiu um medo desesperado e repentino da garota. O que fazer, porém? No fundo, eu sabia que o Caça-feitiço era a sua única esperança. Agora, quem mais poderia livrá-la do Flagelo?

Alice veio até nós e parou à beira da água, deixando-me entre ela e o Caça-feitiço. Olhava para o corpo do Inquisidor. Havia uma mescla de terror e triunfo em seu rosto.

— Faz bem em dar uma boa olhada, garota — disse ele. — Examine sua obra de perto. Valeu a pena?

Alice confirmou com a cabeça.

— Ele recebeu o que merecia — respondeu com firmeza.

— É, mas a que custo? — perguntou o Caça-feitiço. — Você passou a pertencer mais completamente às trevas. Convoque o Flagelo mais uma vez estará perdida para sempre.

Alice não respondeu, ficamos ali parados em silêncio por muito tempo, com os olhos fixos na água.

— Muito bem, rapaz — disse meu mestre —, é melhor irmos andando. Alguém terá que cuidar do corpo porque temos trabalho a fazer. Quanto a você, garota, virá conosco se tiver juízo. E agora é melhor escutar, e escutar com muita atenção, porque o que estou lhe propondo é a sua única esperança

A única oportunidade que você jamais terá de se desvencilhar dessa criatura.

Alice ergueu os olhos, muito arregalados.

— Você conhece o perigo em que está metida? Quer se livrar dele? — perguntou o Caça-feitiço.

Alice assentiu.

— Então, venha aqui! — ordenou ele com severidade.

Alice obedeceu.

— Onde quer que você esteja, o Flagelo não estará muito atrás; portanto, por enquanto, é melhor você vir comigo e o rapaz. Prefiro saber mais ou menos onde está aquela criatura do que tê-la perambulando à vontade pelo Condado, aterrorizando as pessoas de bem. Portanto, me escute, escute bem. É importante que você não veja nem escute nada; dessa maneira, o Flagelo não descobrirá nada por seu intermédio. Mas você terá que fazer isso por opção, entende? Se trapacear minimamente, será um desastre para todos nós.

Ele abriu a bolsa e começou a mexer lá dentro.

— Isto é uma venda — disse, erguendo uma tira de pano preto e mostrando a Alice. — Você aceita usá-la?

Alice concordou e o Caça-feitiço estendeu a palma da mão esquerda para ela.

— Está vendo isso? São cones de cera para colocar nos seus ouvidos.

Cada cone tinha um pequeno botão de prata encravado para facilitar a retirada depois de usá-lo.

Alice olhou-os indecisa, mas em seguida inclinou a cabeça obedientemente e o Caça-feitiço inseriu com delicadeza o primeiro cone. Depois de inserir o segundo, amarrou a venda sobre os olhos de Alice, com firmeza.

Recomeçamos a andar para o nordeste e o Caça-feitiço foi guiando Alice pelo cotovelo. Torci para não passar ninguém pela estrada. Que iriam pensar? Certamente atrairíamos muita atenção indesejável.

CAPÍTULO 19

OS TÚMULOS DE PEDRA

Era dia; portanto, o Flagelo não apresentava ameaça imediata. Como a maioria das criaturas das trevas, ele estaria escondido no fundo da terra. E, com Alice de olhos vendados e ouvidos tapados, ele não poderia mais olhar através dos seus olhos nem escutar o que dizíamos. Não saberia onde estávamos.

Eu tinha previsto outro dia de cansativa caminhada e fiquei me perguntando se chegaríamos a Heysham antes do anoitecer. Para minha surpresa, o Caça-feitiço nos conduziu por uma trilha até uma grande propriedade, onde ficamos aguardando ao portão, com os cães latindo como se quisessem acordar os mortos, enquanto um velho sitiante vinha ao nosso encontro mancando e se apoiando em uma bengala. Tinha uma expressão preocupada na fisionomia.

— Lamento muito — disse com voz rouca. — Realmente lamento muito, mas nada mudou. Se eu tivesse o que lhe pagar, seria seu.

Aparentemente, cinco anos antes o Caça-feitiço tinha livrado o sítio do homem de um ogro problemático, mas ele ainda não lhe pagara. Meu mestre queria que o pagamento fosse feito agora, mas não em dinheiro.

Meia hora depois estávamos viajando em uma carroça puxada por um dos maiores cavalos de carga que eu já tinha visto; dirigindo a carroça, ia o filho do sitiante. Logo no início, antes de partirmos, ele observara os olhos vendados de Alice com um olhar intrigado

— Pare de ficar boquiaberto olhando para a garota e se concentre no que tem a fazer! — disse meu mestre com rispidez e o rapaz rapidamente desviou o olhar. Ele parecia bem feliz em nos levar, satisfeito de poder largar suas tarefas por algumas horas, e logo estávamos percorrendo as estradinhas secundárias que passavam a leste de Caster. O Caça-feitiço fez Alice se deitar na carroça e cobriu-a com palha para que outros viajantes não a vissem

Sem dúvida, o cavalo costumava puxar cargas pesadas, mas, como só havia nós três na traseira, ele desenvolveu um bom trote. Ao longe, avistamos a cidade de Caster com o seu castelo. Muita feiticeira tinha morrido ali depois de longo julgamento, só que em Caster as condenadas não eram queimadas e sim enforcadas. Então, para usar uma das expressões do meu pai, do seu tempo de marujo, "passamos ao largo da cidade" e não tardamos a ultrapassá-la e cruzar a ponte sobre o rio Lune; finalmente, rumamos para sudoeste em direção a Heysham.

O filho do sitiante recebeu ordem de esperar no fim de uma estradinha nos arredores da cidade.

— Voltaremos ao amanhecer — disse o Caça-feitiço. — Não se preocupe, valerá a espera.

Subimos a trilha estreita para um morro com uma velha igreja e um cemitério à nossa direita. Ali, do lado contrário ao vento, tudo estava parado e silencioso, e velhas árvores imponentes sombreavam as lápides. Porém, ao saltarmos o portão para chegar ao topo do morro, sentimos uma brisa forte e o cheiro penetrante do mar. À nossa frente, havia a ruína de uma pequena capela de pedra com apenas três paredes em pé. Estávamos a uma grande altura e, lá embaixo, avistei uma baía com uma praia arenosa quase coberta pela maré e o mar quebrando com força nas pedras de um pequeno promontório distante.

— A maioria das praias para oeste é plana — disse o Caça-feitiço —, e essa é a maior altura que os penhascos atingem neste Condado. Dizem que foi aqui que os primeiros homens desembarcaram. Vieram de uma terra longínqua a oeste e o barco deles encalhou nas pedras lá embaixo. Seus descendentes construíram a capela.

Ele a apontou e vi, um pouco adiante das ruínas, os túmulos de pedra.

— Não há nada igual em nenhuma outra parte do Condado — disse o Caça-feitiço.

Esculpidos em uma enorme laje de pedra, na encosta de um morro escarpado, havia uma fileira de seis sepulcros, cada qual esculpido à feição de um corpo humano, com tampas de pedra encaixadas em entalhes. Tinham tamanhos e formas diferentes, mas eram, em geral, pequenos, como se tivessem sido talhados para crianças. Eram, porém, os túmulos de seis indivíduos do Povo Pequeno. Seis filhos do rei Heys.

O Caça-feitiço se ajoelhou junto ao mais próximo. Na cabeceira de cada um havia um orifício quadrado e ele sentiu seu contorno com o dedo. Depois, abriu bem a mão esquerda. Seu palmo mal cobria o orifício.

— Ora, para que teriam usado esses encaixes? — murmurou ele baixinho.

— Que altura tinha esse Povo Pequeno? — perguntei. Os túmulos não tinham o mesmo tamanho e, quando os observei mais atentamente, vi que não eram tão pequenos quanto eu imaginava.

Como resposta, o Caça-feitiço abriu sua bolsa e tirou uma vara de medir dobrável. Abriu-a e mediu o túmulo.

— Este tem um metro e setenta e cinco centímetros de comprimento — anunciou ele — e trinta e quatro centímetros de largura, medido na parte central. Mas alguns dos seus pertences teriam sido enterrados com o Povo Pequeno para serem usados no além. Poucos indivíduos excediam um metro e sessenta e dois centímetros, e muitos eram bem menores. À medida que os anos se passaram, cada geração foi ficando maior porque ocorriam casamentos entre eles e os invasores que vinham do mar. Portanto, Povo Pequeno realmente não desapareceu. Seu sangue ainda corre em nossas veias.

O Caça-feitiço se virou para Alice e, para minha surpresa, tirou sua venda. Em seguida, removeu os protetores dos ouvido, guardando tudo na bolsa. Alice piscou várias vezes e olhou ao seu redor. Não pareceu muito feliz.

— Não gosto daqui — reclamou. — Alguma coisa não está bem. Passa uma sensação ruim.

— Sério, garota? — comentou o Caça-feitiço. — Pois bem, isso foi a coisa mais interessante que você disse no dia de hoje. É estranho, porque acho este lugar muito agradável. Nada como o ar estimulante do mar!

A mim não pareceu estimulante. A brisa cessara e agora as garras do nevoeiro subiam sinuosamente do mar e começava a esfriar. Dentro de uma hora estaria escuro. Eu sabia o que Alice queria dizer. Era um lugar a ser evitado depois do pôr do sol. Eu também pressentia algo e achava que não era muito amigável.

— Tem alguma coisa rondando aqui perto — eu disse ao Caça-feitiço.

— Vamos sentar ali e lhe dar tempo para se acostumar conosco. Não queremos que se assuste e fuja... — disse meu mestre.

— É o fantasma de Naze?

— Espero que sim, rapaz! Mas logo descobriremos. Seja paciente.

Sentamos em um barranco relvado a alguma distância dos túmulos. A claridade do dia foi desaparecendo lentamente. E eu comecei a ficar muito preocupado.

— E quando anoitecer? — perguntei ao Caça-feitiço. — O Flagelo não vai aparecer? Agora que o senhor retirou a venda de Alice, ele saberá onde estamos!

— Acho que estamos bem seguros aqui, rapaz. Possivelmente este é o único lugar em todo o Condado de que ele tem que ficar longe. Alguma coisa foi feita aqui e, se não me engano, o Flagelo não se aproximará mais do que um quilômetro e meio deste lugar. Talvez ele saiba onde estamos, mas não tem muito que possa fazer. Estou certo, garota?

Alice estremeceu e concordou.

— Está tentando falar comigo. Mas a voz está muito fraca e distante. Ele não está conseguindo nem entrar na minha cabeça.

— Foi exatamente o que esperei — disse o Caça-feitiço. — Isso significa que a nossa viagem aqui não foi uma perda de tempo.

— Ele quer que eu saia daqui imediatamente. Quer que eu vá procurá-lo...

— E é isso o que *você* quer?

Alice balançou a cabeça e estremeceu.

— Fico satisfeito em saber, garota, porque, se houver uma próxima vez, conforme lhe disse, ninguém poderá ajudá-la. Onde está o Flagelo agora?

— No fundo da terra. Em uma caverna escura e úmida. Encontrou alguns ossos para comer, mas não são suficientes para a sua fome.

— Certo! Está na hora de pormos mãos à obra — disse o Caça-feitiço. — Vocês dois se abriguem junto àquelas paredes. — Ele apontou para as ruínas da capela. — Procurem dormir um pouco enquanto fico vigiando aqui, ao lado dos túmulos.

Não discutimos e nos sentamos na relva do lado interno das ruínas da capela. Como faltava uma das paredes, podíamos ver o Caça-feitiço e os túmulos. Pensei que ele tivesse se sentado, mas permaneceu em pé, a mão esquerda apoiada no bastão.

Eu estava muito cansado e não demorei muito a cair no sono. Acordei, porém, de repente. Alice estava me sacudindo pelo ombro.

— Que aconteceu? — perguntei.

— Ele está perdendo tempo ali — disse Alice, apontando para o lugar ao lado dos túmulos em que agora o Caça-feitiço estava agachado. — Tem alguma coisa por aqui perto, mas é lá atrás, perto daquela cerca.

— Você tem certeza?

Alice confirmou.

— Mas vai você falar isso para ele. Ele não vai gostar nada se ouvir isso de mim — completou ela.

Fui até o Caça-feitiço e chamei:

— Sr. Gregory! — Ele não se mexeu, e fiquei imaginando se teria adormecido de cócoras. Lentamente, porém, ele se levantou e virou o tronco para mim, mantendo os pés exatamente na mesma posição.

Havia alguns claros entre as nuvens, mas os retalhos de céu estrelado não eram suficientes para me permitirem ver o rosto do meu mestre. Ele era apenas uma sombra escura sob o capuz.

— Alice está dizendo que tem alguma coisa lá perto da cerca — informei-lhe.

— Disse é? — murmurou o Caça-feitiço. — Então, é melhor irmos dar uma olhada.

Retrocedemos em direção à cerca. Quando nos aproximamos, pareceu ficar mais frio, confirmando que Alice tinha razão. Havia algum tipo de espírito rondando por ali.

O Caça-feitiço apontou para baixo; então, de repente, ele se pôs de joelhos, arrancando o capim. Eu também me ajoelhei e comecei a ajudá-lo. Descobrimos mais dois túmulos de pedra. Um tinha mais ou menos um metro e sessenta e dois centímetros de comprimento, mas o outro era apenas metade desse tamanho. Era o menor de todos.

— Alguém com o sangue antigo e puro nas veias foi enterrado aqui — disse o Caça-feitiço. — Assim teria recebido a força. É este que estamos procurando. Será, com toda a certeza, o fantasma de Naze. Volte, rapaz. E guarde distância.

— Não posso ficar e escutar? — perguntei.

O Caça-feitiço fez que não com a cabeça.

— O senhor não confia em mim?

— Você confia em si mesmo? — foi sua resposta. — Pergunte-se! Para começar, é mais provável que ele apareça quando houver apenas um de nós aqui. Enfim, será melhor você não escutar. O Flagelo pode ler mentes, lembra-se? Você tem força suficiente para impedir que ele leia a sua? Não podemos deixar que saiba que encontramos uma boa pista; que temos um plano; que conhecemos suas fraquezas. Quando ele estiver presente em seus sonhos, procurando pistas e planos em seu cérebro, você garante que não revelará nada?

Eu não podia garantir.

— Você é um rapaz corajoso, o mais corajoso dos meus aprendizes. Mas é o que você é, um aprendiz, e não podemos esquecer isso. Então, vá se retirando! — disse ele, com um gesto de dispensa.

Obedeci e voltei de má vontade para a capela em ruínas. Alice estava dormindo; por isso, me sentei ao seu lado por alguns instantes, mas não consegui ficar sossegado. Estava inquieto porque realmente queria saber o que o fantasma de Naze teria a dizer a seu próprio respeito. Quanto ao alerta do Caça-feitiço de que o Flagelo vasculharia meu cérebro quando eu estivesse dormindo, isso não me preocupava muito. Estávamos a salvo do Flagelo ali, e, se meu mestre descobrisse o que precisávamos saber, tudo estaria terminado para o Flagelo no dia seguinte à noite.

Tornei, então, a sair das ruínas e fui andando furtivamente ao longo da parede para me aproximar do Caça-feitiço. Não era a primeira vez que eu desobedecia ao meu mestre, mas era a primeira vez que tanta coisa estava em jogo. Sentei-me de costas para a parede e esperei. Não precisei esperar muito. Mesmo àquela distância, comecei a sentir muito frio e não parava de tremer. Um dos mortos vinha se aproximando, mas seria o fantasma de Naze?

Uma luz fraca e trêmula começou a se formar sobre o menor dos dois túmulos. Não tinha uma forma particularmente humana; era apenas uma coluna luminosa que mal chegava aos joelhos do Caça-feitiço. Imediatamente ouvi meu mestre começar a interrogá-la. O ar estava muito parado e, embora ele mantivesse a voz baixa, eu ouvia cada palavra que dizia.

— Fale! — disse o Caça-feitiço. — Fale, eu ordeno!

— *Me deixe em paz! Me deixe descansar!* — veio a resposta.

Embora Naze tivesse morrido jovem e no auge da vida, a voz do fantasma parecia a de um homem muito velho. Era rouca e áspera e transpirava absoluto cansaço. Isso, no entanto, não queria dizer que o fantasma não fosse dele. O Caça-feitiço tinha me dito que os fantasmas não falavam com a voz que tinham em vida. Comunicavam-se diretamente com o nosso pensamento e era por isso que podíamos entender alguém que tivesse vivido havia séculos; alguém que talvez falasse uma língua muito diferente.

— John Gregory é o meu nome e sou o sétimo filho de um sétimo filho — disse o Caça-feitiço, alteando a voz. — Estou aqui para fazer o que deveria ter sido feito há muito tempo: pôr fim à malignidade do Flagelo e trazer finalmente a paz para você. Mas preciso saber de algumas coisas. Primeiro, diga-me o seu nome!

Houve uma longa pausa e pensei que o fantasma não fosse responder, mas, por fim, veio a resposta.

— *Sou Naze, o sétimo filho de Heys. Que deseja saber?*

— Já está na hora de encerrar isto para sempre — disse o Caça-feitiço. — O Flagelo está livre e logo alcançará a plenitude do seu poder e ameaçará todo o Condado. Ele precisa ser destruído. Por isso, vim procurá-lo em busca de conhecimento.

Como foi que o prendeu nas catacumbas? Como ele pode ser morto? Sabe me dizer?

— Você é forte? — tornou a voz áspera de Naze. —Você é capaz de fechar a mente e impedir o Flagelo de ler seus pensamentos?

— Sou forte e posso fazer isso — respondeu o Caça-Feitiço.

— Então, talvez haja esperança. Vou lhe contar o que fiz. Como prendi o Flagelo. Primeiro, fiz um pacto com ele e deixei-o beber meu sangue. Depois disso, ele poderia bebê-lo mais três vezes e, em troca, deveria obedecer três vezes às minhas ordens. No ponto mais profundo das catacumbas de Priestown, existe uma câmara mortuária que contém urnas com cinzas dos nossos mortos, dos fundadores do nosso povo. Foi a essa câmara que convoquei o Flagelo e lhe dei de beber o meu sangue. Em troca me mostrei um capataz exigente.

"Da primeira vez, exigi que o Flagelo jamais voltasse aos túmulos e ficasse longe desta área em que meu pai e meus irmãos estão enterrados, porque eu queria que eles descansassem em paz. O Flagelo gemeu de desapontamento porque os túmulos eram a sua morada preferida, onde ele deitava durante as horas do dia abraçado aos ossos dos mortos, chupando as últimas lembranças que continham. Mas pacto era pacto e ele não teve outra opção senão me obedecer. Quando o convoquei pela segunda vez, mandei-o buscar conhecimento nos confins do mundo, e ele esteve viajando um mês e um dia, concedendo-me, assim, todo o tempo de que eu precisava.

"Pus, então, meu povo para trabalhar, fazendo-o forjar e instalar o Portão de Prata. Mas, mesmo quando regressou, Flagelo não soube disso porque a minha mente era forte e mantive meus pensamentos em segredo.

"Quando lhe dei meu sangue pela última vez, disse-lhe o que exigia, gritando em voz alta o preço que deveria pagar.

"'Você está confinado a este lugar!', ordenei. 'Confinado às catacumbas internas, sem comunicação com o exterior. Mas porque eu nunca desejara a nenhum ser, por mais abominável que fosse, um sofrimento sem o menor vislumbre de esperança, construí o Portão de Prata. Se alguém, um dia, for suficientemente tolo para abrir o portão em sua presença, você poderá sair e alcançar a liberdade. No entanto, se mais tarde você voltar a este lugar, ficará preso aqui por toda a eternidade!

"Assim ditou a bondade do meu coração, e a prisão não foi tão definitiva como poderia ter sido. Durante a minha vida, sempre senti imensa compaixão pelos outros. Alguns consideravam isso uma fraqueza e, naquela ocasião, eu lhes dei razão. Pois eu não conseguia condenar nem mesmo o Flagelo a uma prisão perpétua, sem lhe oferecer uma mínima chance de escapar."

— Você fez o bastante — disse o Caça-feitiço. — E agora vou concluir o seu trabalho. Se, ao menos, pudermos levá-lo de volta, ele ficará preso para sempre! É um começo. Mas como pode ser morto? Pode me dizer? Essa criatura agora está tão diabólica, que prendê-la já não é suficiente. Preciso destruí-la.

— Primeiro, ele precisa já estar revestido de carne e osso. Segundo, tem que estar nas profundezas das catacumbas. Terceiro, seu coração deverá ser perfurado com prata. Somente se as três condições forem satisfeitas, ele, enfim, morrerá. Mas há um grande risco para quem tentar fazer isso. Na agonia da morte, o Flagelo irá liberar tanta energia, que seu matador quase morrerá.

O Caça-feitiço soltou um profundo suspiro.

— Agradeço-lhe todo esse conhecimento — disse ao fantasma. — Será difícil, mas precisa ser feito, seja qual for o preço. Sua tarefa, contudo, está concluída. Vá em paz. Atravesse para o além.

Em resposta, o fantasma de Naze gemeu tão profundamente que os cabelinhos da minha nuca começaram a ficar eriçados. Foi um gemido carregado de aflição.

— Não haverá paz para mim — lamentou-se o fantasma, cansado. — Não haverá paz até o Flagelo ter finalmente morrido...

Com essas palavras, a pequena coluna luminosa foi se extinguindo até desaparecer. Sem perda de tempo, voltei colado ao muro até as ruínas. Alguns momentos depois, o Caça-feitiço entrou, deitou-se no capim e fechou os olhos.

— Tenho que refletir seriamente — sussurrou.

Não falei nada. De repente, senti remorsos por ter escutado sua conversa com Naze. Agora eu sabia demais. Tive medo de que, se lhe contasse, ele me mandasse embora e enfrentasse o Flagelo sozinho.

— Explicarei a você assim que amanhecer — sussurrou-me. — Mas, por ora, durma um pouco. Não é seguro sair deste lugar até o sol nascer!

Para minha surpresa, dormi muitíssimo bem. Pouco antes do alvorecer, fui acordado por um estranho ruído de atrito. Era o Caça-feitiço afiando a lâmina retrátil do seu bastão com uma pedra de amolar que retirara da bolsa. Trabalhava metodicamente, parando a intervalos para experimentar o gume no dedo. Por fim, deu-se por satisfeito e ouvi um clique quando ele recolheu a lâmina ao bastão.

Levantei-me e estiquei as pernas por alguns momentos, enquanto meu mestre se inclinava, tornava a abrir a bolsa e procurava alguma coisa.

— Agora sei exatamente o que fazer — disse-me. — Podemos derrotar o Flagelo. É possível, mas será a tarefa mais difícil que já tive de enfrentar. Se eu fracassar, será péssimo para todos nós.

— O que precisará fazer terá que ser feito? — perguntei, sentindo-me mal porque já sabia. Ele não respondeu e passou por mim em direção a Alice, que descansava abraçada aos joelhos.

Ele pôs a venda em seus olhos e inseriu o primeiro dos protetores de cera em seu ouvido.

— Agora o outro, mas, antes de colocá-lo, me escute com atenção, garota, porque é importante. Quando, hoje à noite, eu retirar os protetores, falarei com você e será preciso que faça o que eu disser imediatamente, sem perguntas. Está entendendo?

Alice assentiu e ele inseriu o segundo protetor. Mais uma vez, ela ficou impedida de ver e de ouvir. E o Flagelo não saberia o que pretendíamos nem aonde iríamos. A não ser que, de alguma forma, ele conseguisse ler a minha mente. Comecei a me sentir muito inquieto com o que fizera. Eu sabia demais.

— Agora — disse o Caça-feitiço, virando-se para mim. — Vou lhe dizer uma coisa de que não vai gostar. Temos que voltar a Priestown. Voltar às catacumbas.

Então, dando meia-volta e segurando Alice pelo cotovelo esquerdo, conduziu-a até o cavalo e a carroça onde o filho do sitiante ainda nos aguardava.

— Precisamos chegar a Priestown o mais rápido que esse cavalo puder nos levar — disse o Caça-feitiço.

— Não sei se poderei — respondeu o rapaz. — Meu velho está esperando que eu volte antes do meio-dia. Tenho trabalho a fazer.

O Caça-feitiço lhe estendeu uma moeda de prata.

— Tome. Leve-nos até lá antes do anoitecer e receberá mais uma. Não acho que seu pai se importará muito. Ele gosta de contar um dinheirinho.

O Caça-feitiço fez Alice se deitar aos nossos pés assim que nos pusemos a caminho e tornou a cobri-la de palha para que nenhum passante a visse. Primeiro, contornamos Caster, mas, em vez de voltarmos em direção às serras, rumamos para a estrada principal que levava direto a Priestown.

— Não será perigoso voltarmos em plena luz do dia? — perguntei nervoso. A estrada estava muito movimentada e todo o tempo cruzávamos com outras carroças e gente a pé. — E se os homens do Inquisidor nos identificarem?

— Eu não direi que não corremos riscos — respondeu o Caça-feitiço. — Mas os que nos procuram, provavelmente, estão ocupados em retirar o cadáver da encosta da serra. Com certeza o levarão para enterrar em Priestown, mas isso não acontecerá até amanhã; nesse meio-tempo, tudo estará terminado e nós a caminho de casa. Naturalmente, em seguida teremos de nos preocupar com a tempestade. As pessoas sensatas estarão em casa protegidas da chuva.

Olhei para o céu. Ao sul, as nuvens se amontoavam, mas não me pareceu uma grande tempestade. Quando comentei o fato, o Caça-feitiço sorriu.

—Você ainda tem muito que aprender, rapaz. Esta será uma das maiores tempestades que você já viu.

— Depois de toda aquela chuva, pensei que teríamos direito a alguns dias de bom tempo — protestei.

— Sem dúvida que temos, rapaz. Mas esta não será natural. A não ser que muito me engane, ela foi encomendada pelo Flagelo, da mesma forma com que encomendou o vento para demolir minha casa. É mais um sinal do poder que ele já adquiriu. Usará a tempestade para mostrar sua raiva e frustração por não ter podido usar Alice como quis. Isso é bom para nós: enquanto ele estiver se concentrando nisso, não estará se incomodando muito conosco. E nos ajudará a chegar à cidade sem problemas.

— Por que temos que ir às catacumbas para matar o Flagelo? — perguntei, na esperança de que me dissesse o que eu já sabia. Dessa forma, eu não precisaria continuar a fingir.

— É a alternativa, caso eu não consiga destruí-lo, rapaz. Pelo menos, uma vez lá, com o Portão de Prata trancado, o Flagelo estará novamente preso. E, desta vez, para sempre. Foi isso que o fantasma de Naze me informou. Então, mesmo que eu não consiga destruí-lo, pelo menos terei restaurado tudo ao que era antes. E agora chega de perguntas. Preciso de sossego para me preparar para o que vou fazer...

Não tornamos a nos falar até chegarmos aos arredores de Priestown. A essa altura, o céu estava negro como breu, os raios ziguezagueavam no céu e os trovões explodiam quase diretamente sobre nossas cabeças. A chuva caía verticalmente e encharcava nossas roupas me deixando molhado e desconfortável. Senti pena de Alice, porque continuava deitada no chão da carroça que agora acumulava quase três centímetros de água. Devia ser, de fato, incômodo não poder ver nem ouvir, além de ignorar aonde estava indo ou quando terminaria a viagem.

A minha terminou bem antes do que eu esperava. Na periferia de Priestown, quando chegamos ao último cruzamento, o Caça-feitiço gritou para o filho do sitiante que parasse a carroça.

— É aqui que você desembarca — disse ele, olhando-me com severidade.

Olhei-o espantado. A chuva pingava da ponta do seu nariz e escorria para a barba, mas ele nem piscou enquanto me encarava com uma expressão muito feroz.

— Quero que você volte a Chipenden — ordenou-me, apontando para uma estradinha que seguia aproximadamente para nordeste. — Entre na cozinha e diga ao meu ogro que talvez eu não volte. Diga-lhe que, se assim for, ele terá de manter a casa segura até você estar preparado. Segura e intacta até você completar o seu aprendizado e estar finalmente apto a assumir o controle.

"Feito isso, vá para o norte de Caster e procure Bill Arkwright, o caça-feitiço local. Ele é um pouco lerdo, mas é bastante honesto e treinará você nos próximos quatro anos e pouco. No fim, você precisará voltar a Chipenden e estudar outro tanto. Terá de enfiar a cara naqueles livros para compensar o fato de que não estarei presente para treiná-lo!"

— Por quê? Qual é o problema? Por que o senhor não vai voltar? — perguntei. Foi mais uma pergunta cuja resposta eu já conhecia.

O Caça-feitiço balançou tristemente a cabeça.

— Porque só há uma maneira de enfrentar o Flagelo, e provavelmente vai me custar a vida. A da garota também, se não me engano. É duro, rapaz, mas tem que ser assim. Talvez, um dia, daqui a anos, você próprio se veja diante de uma tarefa como esta. Faço votos que não, mas às vezes acontece. Meu mestre morreu fazendo algo parecido e agora chegou a minha vez. A história poderá se repetir e, se assim for, teremos que estar preparados para sacrificar nossas vidas. É uma obrigação que faz parte do ofício; portanto, é melhor você ir se acostumando.

Fiquei imaginando se o Caça-feitiço estaria pensando na maldição. Era por isso que estava esperando morrer? Se morresse, então não haveria ninguém para proteger Alice lá embaixo à mercê do Flagelo.

— E Alice? — protestei. — O senhor não disse a ela o que ia acontecer! O senhor a enganou!

— Tinha que fazer isso. A garota provavelmente foi longe demais para ser salva. É o melhor. Pelo menos, o espírito dela se libertará. É preferível isso do que ficar atrelada àquela criatura abominável.

— Por favor — pedi. — Me deixe ir com o senhor. Me deixe ajudar.

— A melhor maneira de me ajudar será fazer o que estou dizendo! — respondeu o Caça-feitiço com impaciência e, agarrando meu braço, empurrou-me com violência para longe da carroça. Caí de mau jeito sobre os joelhos. Quando me levantei, a carroça já ia se distanciando e o Caça-feitiço nem sequer olhava para trás.

CAPÍTULO 20
A CARTA DA MINHA MÃE

Aguardei a carroça quase desaparecer de vista antes de começar a segui-la, a respiração presa na garganta. Não sabia o que fazer, mas não conseguia suportar a ideia do que estava por vir. O Caça-feitiço parecia resignado com a própria morte, e a coitada da Alice nem sabia o que ia lhe acontecer.

Não deveria haver grande risco de eu ser visto — a chuva caía copiosamente e as nuvens negras no céu faziam o dia parecer meia-noite. Os sentidos do Caça-feitiço, porém, eram apurados e, se eu me aproximasse demais, ele saberia de imediato. Portanto, eu andava e corria alternadamente, mantendo certa distância, mas vislumbrando a carroça de tempos em tempos. As ruas de Priestown estavam desertas e, apesar da chuva, eu ouvia o ploque-ploque dos cascos do cavalo e o ruído das rodas da carroça atritando nas pedras do calçamento, mesmo quando ela já ia longe.

Não demorou muito e comecei a divisar a flecha do campanário por cima dos telhados, confirmando rumo e destino do Caça-feitiço. Conforme eu previra, meu mestre estava se dirigindo à casa mal-assombrada cujo porão levava às catacumbas.

Naquele momento, eu senti algo muito estranho. Não era a sensação habitual de frio e dormência que anunciava a aproximação de uma criatura das trevas. Não, parecia mais uma inesperada farpa de gelo perfurando minha cabeça. Eu nunca experimentara nada parecido antes, mas não precisei de outro sinal. Adivinhei o que era e consegui esvaziar minha mente pouco antes de ouvir a voz do Flagelo.

— Encontrei você, afinal; encontrei!

Instintivamente, parei e fechei os olhos. Mesmo quando compreendi que não poderia enxergar nada, eu os mantive fechados. O Caça-feitiço me dissera que o Flagelo não via o mundo como nós. Ainda que fosse capaz de encontrar alguém, da mesma forma com que uma aranha se liga à sua presa por um fio de seda, continuaria sem saber onde a pessoa estava. Portanto, eu precisava manter os olhos fechados. Qualquer coisa que eles vissem seria filtrada para os meus pensamentos e logo o Flagelo estaria tentando esquadrinhá-los. E poderia captar indícios de que eu estava em Priestown.

— *Onde você está, garoto? É melhor me dizer. Mais cedo ou mais tarde, fará isso. Por bem ou por mal, poderá ser. Você escolhe...*

A farpa de gelo começou a se expandir e toda a minha cabeça foi ficando dormente. Isso me fez pensar no meu irmão James e no sítio. Na corrida que ele me dera naquele inverno, quando enchera meus ouvidos de neve.

— Estou voltando para casa — menti. — Voltando para casa, para descansar.

Quando falei, me imaginei entrando no quintal do sítio com o morro do Carrasco apenas visível no horizonte, naquele nevoeiro. Os cães começaram a latir quando eu me aproximava da porta dos fundos, pisando as poças de lama, com a chuva batendo no meu rosto.

— Onde está o Osso Velho? Diga-me. Aonde está indo com a garota?

— De volta a Chipenden — respondi. — Vai prender Alice em uma cova. Tentei fazê-lo desistir, mas ele não quis me escutar. É o que meu mestre sempre faz com as feiticeiras.

Eu me imaginei empurrando a porta dos fundos e entrando na cozinha. As cortinas estavam fechadas e a vela de cera de abelha mantinha-se acesa no castiçal de latão sobre a mesa. Minha mãe encontrava-se sentada em sua cadeira de balanço. Quando entrei, ela ergueu os olhos e sorriu.

Instantaneamente, o Flagelo partiu e o frio começou a desaparecer. Eu não o impedira de ler minha mente, mas o enganara. Conseguira! Segundos mais tarde, minha euforia diminuiu. Será que ele me faria outra visita? Ou, pior ainda, será que faria uma visita à minha família?

Abri os olhos e comecei a correr o mais rápido que pude em direção à casa mal-assombrada. Passados alguns minutos, recomecei a ouvir o ruído da carroça e voltei a andar e a correr alternadamente. Por fim, a carroça parou, mas quase em seguida recomeçou a se mover e me escondi em uma travessa, quando ouvi que vinha em minha direção. O filho do sitiante tinha o corpo inclinado para a frente e sacudia as rédeas, fazendo os cascos do enorme cavalo de carga martelarem as pedras molhadas. Estava com pressa de chegar em casa e não posso dizer que o censurava.

Esperei uns cinco minutos para dar tempo ao Caça-feitiço e Alice de entrarem na casa antes de correr pela rua e abrir o portão do quintal. Tal como pensei, o Caça-feitiço trancara a porta dos fundos, mas eu ainda tinha a chave de Andrew e momentos depois estava parado na cozinha. Apanhei o toco de vela no bolso, acendi-o e não levei muito tempo para descer às catacumbas.

Ouvi um grito em algum lugar à frente e imaginei o que seria. O Caça-feitiço estava levando Alice no colo para atravessar o rio. Mesmo com a venda nos olhos e os ouvidos tapados, ela devia ter pressentido a água corrente.

Logo eu estava pisando nas pedras para atravessar o rio e cheguei ao Portão de Prata bem a tempo. Alice e o Caça-feitiço já estavam do outro lado e ele se ajoelhara para fechá-lo.

Ao me pressentir, ergueu a cabeça, zangado, e corri ao seu encontro.

— Eu devia ter sabido! — gritou, sua voz carregada de fúria. — Sua mãe não o ensinou a obedecer?

Relembrando agora, vejo que o Caça-feitiço tinha razão; ele queria apenas garantir a minha segurança, mas eu corri para ele, segurei o portão e comecei a fazer força para abri-lo. O Caça-feitiço resistiu por um momento, até que simplesmente cedeu e veio para o meu lado, empunhando o bastão.

Eu não soube o que dizer. Não estava pensando com clareza. Não fazia ideia do que esperava conseguir acompanhando-os. De repente, lembrei-me da maldição.

— Quero ajudar — eu disse. — Andrew me falou da maldição. Que o senhor morreria sozinho no escuro sem um amigo ao seu lado. Alice não é sua amiga, mas eu sou. E se eu estiver presente, a maldição não poderá se realizar...

Ele ergueu o bastão no alto como se fosse me bater. Pareceu avultar em estatura e me ultrapassar. Eu nunca o vira tão furioso. Em seguida, para minha surpresa e desânimo, ele baixou o bastão, avançou na minha direção e me esbofeteou. Cambaleei para trás, mal conseguindo acreditar no que acabava de acontecer.

Não foi uma bofetada forte, mas as lágrimas marejaram meus olhos e escorreram pelo meu rosto. Meu pai nunca me batera assim. Eu não podia acreditar que o Caça-feitiço tivesse feito isso e me senti magoado. Magoou-me muito mais do que qualquer dor física.

Ele me encarou inflexível por um instante, balançando a cabeça como se eu tivesse sido um grande desapontamento. Em seguida, tornou a cruzar o portão, fechou-o e trancou-o.

— Faça o que mandei! — ordenou. — Você veio a este mundo por uma razão. Não a despreze pelo que não pode mudar. Se não quer fazer isso por mim, faça-o por sua mãe. Volte para Chipenden. Depois, vá para Caster e faça o que lhe pedi. É o que ela gostaria. Faça com que ela sinta orgulho de você.

Com essas palavras, o Caça-feitiço deu meia-volta e, empurrando Alice pelo cotovelo esquerdo, saiu andando pelo túnel. Eu os acompanhei com os olhos até eles virarem uma esquina e desaparecerem de vista.

Devo ter esperado ali mais ou menos meia hora, o olhar fixo no portão trancado, a mente insensível.

Por fim, já sem esperança, virei-me e comecei a voltar sobre meus passos. Não sabia o que fazer. Supunha que simplesmente obedeceria ao Caça-feitiço. Voltaria a Chipenden e depois seguiria para Caster. Que outra opção me restava? Contudo, não me saía da cabeça o fato de que o Caça-feitiço tinha me esbofeteado. Aquela era, provavelmente, a última vez que nos veríamos e tínhamos nos separado, aborrecidos e desapontados.

Atravessei o rio, segui o caminho das pedras e subi a escada para o porão. Uma vez ali, sentei-me no velho tapete mofado, tentando decidir o que fazer. De repente, lembrei-me do outro caminho para as catacumbas que me levaria além do Portão de Prata. O alçapão que abria para a adega de vinhos, aquele pelo qual os prisioneiros tinham fugido! Poderia chegar lá sem ser visto? Era bem possível, se todo mundo estava na catedral.

Mesmo que pudesse chegar às catacumbas, eu não sabia o que fazer para ajudar. Valeria a pena desobedecer outra vez ao Caça-feitiço para nada? Iria apenas desperdiçar minha vida quando o meu dever era ir para Caster e terminar o aprendizado no meu ofício? O Caça-feitiço teria razão? Minha mãe concordaria que isso fosse o certo? Os pensamentos não paravam de girar em minha cabeça, mas não produziam uma resposta clara.

Era difícil ter certeza de alguma coisa, mas o Caça-feitiço sempre me dissera para confiar nos meus instintos e eles pareciam me indicar que eu devia tentar fazer alguma coisa para ajudar. Pensando nisso, lembrei-me subitamente da carta de minha mãe e de suas palavras:

"Só abra em um momento de grande necessidade. Confie nos seus instintos."

Era, sem dúvida, um momento de grande necessidade; portanto, muito nervoso, tirei o envelope do bolso do paletó. Contemplei-o por alguns momentos e, então, o abri, puxando a carta de dentro. Segurando-a junto à vela, comecei a ler.

Tom querido,

Você enfrenta um momento de grande perigo. Eu não tinha previsto que uma crise assim ocorresse tão cedo e, agora, só o que posso fazer é prepará-lo, contando o que o espera e mostrando as consequências da decisão que você precisa tomar.

Há muito que não consigo ver, mas uma coisa é certa: seu mestre descerá à câmara funerária no fundo das catacumbas e ali enfrentará o Flagelo em uma luta mortal. Pressionado, ele usará Alice para atraí-lo. O sr. Gregory não tem opção, mas você tem. Pode descer à câmara funerária e tentar ajudar. Contudo, dos três que enfrentarem o Flagelo, somente dois sairão vivos das catacumbas.

Em contrapartida, se você lhes der as costas agora, os dois lá embaixo certamente morrerão. E morrerão em vão.

Às vezes, nesta vida é necessário se sacrificar pelo bem dos outros. Eu gostaria de reconfortá-lo, mas não posso. Seja forte e faça o que a sua consciência ditar. Seja qual for a sua escolha, eu sempre me orgulharei de você.

Sua mãe

Lembrei-me do que o Caça-feitiço tinha me dito logo depois de me aceitar como aprendiz. E falara com tanta convicção, que eu tinha guardado suas palavras na memória.

"*E, acima de tudo, não acreditamos em profecias. Não acreditamos que o futuro seja imutável.*"

Eu queria muito acreditar no que o Caça-feitiço tinha dito porque, se minha mãe estivesse certa, um de nós — o Caça-feitiço, Alice ou eu — iria morrer na escuridão do subterrâneo.

A carta em minha mão, porém, me dizia, sem sombra de dúvida, que era possível profetizar. De que outra forma minha mãe poderia saber que o Caça-feitiço e Alice estariam na câmara funerária agora, prestes a enfrentar o Flagelo? E como me acontecera ter lido a carta na hora certa?

Instinto? Seria suficiente para explicar meu gesto? Estremeci e senti mais medo do que em qualquer outro momento desde que começara a trabalhar para o Caça-feitiço. Senti como se estivesse caminhando em um pesadelo em que tudo fora predeterminado e eu nada podia fazer nem tinha qualquer opção. Como poderia haver escolha, se deixar Alice e o Caça-feitiço e ir embora resultaria em suas mortes?

E havia mais uma razão que me obrigava a descer novamente às catacumbas. A maldição. Teria sido por isso que meu mestre me esbofeteara? Estava enraivecido porque secretamente acreditava nela e sentia medo? Uma razão a mais para ajudar. Minha mãe certa vez tinha me dito que ele seria meu mestre e, com o tempo, se tornaria meu amigo. Se esse momento chegara, ou não, era difícil dizer, mas eu certamente era mais seu amigo do que Alice, e o Caça-feitiço precisava de mim!

Quando deixei o quintal e entrei na travessa, ainda chovia, mas o céu estava silencioso. Pressenti que haveria mais trovões e que nos encontrávamos no que meu pai chamava de "olho da tormenta". Foi então que, nesse relativo silêncio, ouvi o sino da catedral. Não era o som pesaroso dos dobres pelo padre que se matara que eu ouvira na casa de Andrew. Era um som alegre e esperançoso, chamando os fiéis para a missa da noite.

Esperei, então, na travessa, encostado a um muro para evitar a chuva mais pesada. Nem sei por que me incomodei com isso, uma vez que já estava encharcado até os ossos. Por fim, o sino parou de tocar, o que para mim significava que todos já estavam na catedral e fora do meu caminho. Comecei, então, a caminhar lentamente para lá também.

Virei a esquina e fui andando em direção ao portão. A claridade estava diminuindo e as nuvens negras continuavam amontoadas no alto. De repente, o céu se iluminou com um toldo de relâmpagos e vi que a área defronte à catedral estava completamente deserta. Deu para ver o escuro exterior do edifício com seus pesados botaréus e altas janelas ogivais. Luzes de velas iluminavam os vitrais e, na janela à esquerda da porta, havia a imagem de São Jorge de armadura, segurando uma espada e um escudo com uma cruz vermelha. Do lado direito, estava São Pedro em pé na proa de um barco de pesca. E, ao centro, sobre a porta, a malévola escultura do Flagelo, a cabeça de gárgula a me fitar.

O santo do meu nome, Tomás ou Tomé, não estava ali. São Tomás, o desconfiado; Tomé, o incrédulo. Eu não sabia se quem escolhera meu nome tinha sido minha mãe ou meu pai, mas fora uma boa escolha. Eu não acreditava no mesmo que a Igreja; um dia, eu seria enterrado do lado de fora do cemitério que havia em seu adro. Do momento em que me tornasse um caça-feitiço, meus ossos jamais poderiam descansar em solo sagrado. Isso, no entanto, não me incomodava nem um pouco. Como dizia o Caça-feitiço com frequência, os padres não sabiam de nada.

Eu ouvia os fiéis cantando no interior da catedral. Provavelmente o coro que eu vira ensaiando depois da minha visita ao padre Cairns em seu confessionário. Por um instante, senti inveja da religiosidade deles. Tinham sorte de ter alguma coisa em que todos podiam acreditar juntos. Era mais fácil estar na catedral com toda aquela gente do que descer sozinho às suas catacumbas frias e úmidas.

Atravessei o lajeado que levava ao largo caminho de saibro que corria paralelo à parede norte da igreja. Subitamente, quando ia virando o canto, meu coração veio parar na boca. Havia alguém sentado defronte ao alçapão, de costas para a parede, abrigando-se da chuva. A seu lado havia um robusto porrete de madeira. Era um dos guardas da igreja.

Quase gemi alto. Eu devia ter previsto aquilo. Depois da fuga, os guardiães certamente se preocupariam com a segurança — e a adega estava repleta de vinho e cerveja.

Senti o desespero me invadir e quase desisti ali mesmo, mas quando me virei para ir embora na ponta dos pés, ouvi um ruído e parei para escutar até me certificar. Não me enganara. Eram roncos. O guarda estava dormindo! Como poderia ter dormido com aquela trovoada?

Mal acreditando na minha sorte, avancei em direção ao alçapão muito, muito lentamente, tentando não deixar minhas botas rasparem o saibro, preocupado que o guarda pudesse acordar a qualquer momento e eu precisasse fugir correndo.

Senti-me bem melhor quando me aproximei. Havia duas garrafas de vinho vazias perto. Era provável que o homem estivesse incapacitado por algum tempo para acordar. Contudo, eu não podia me arriscar. Ajoelhei-me e coloquei a chave de Andrew na fechadura com muito cuidado. Em seguida, ergui o alçapão e baixei o corpo nos barris sob o alçapão antes de tornar a fechá-lo cautelosamente.

Eu ainda tinha o meu estojinho para fazer fogo e um toco de vela que sempre carregava comigo. Não precisei de muito tempo para acendê-lo. Pude então enxergar — mas continuei sem saber como encontrar a tal câmara funerária.

CAPÍTULO 21
UM SACRIFÍCIO

Fui andando com cautela entre os barris e as estantes de vinho até chegar à porta que conduzia às catacumbas. Pelo meu cálculo, faltavam uns quinze minutos ou menos para anoitecer; portanto, eu não dispunha de muito tempo. Sabia que assim que o sol se pusesse, meu mestre faria Alice convocar o Flagelo pela última vez.

O Caça-feitiço tentaria traspassar o coração do Flagelo com sua lâmina, mas só teria uma chance. Se fosse bem-sucedido, a energia liberada provavelmente o mataria. Era muita coragem se dispor a sacrificar a vida, mas, se ele errasse, Alice também sofreria as consequências. Ao perceber que fora enganado e que agora estava preso atrás do Portão de Prata para sempre, o Flagelo se enfureceria; Alice e meu mestre certamente pagariam com a vida se ele não fosse destruído com suficiente rapidez. A criatura achataria os corpos dos dois nas pedras do calçamento.

Ao pé da escada parei. Para que lado deveria ir? Imediatamente obtive resposta: lembrei-me de um dos ditados do meu pai.

"Avance sempre com o seu pé mais ágil!"

O meu pé mais ágil era o esquerdo; portanto, em vez de seguir o túnel em frente, que levava ao Portão de Prata e ao rio subterrâneo, tomei o túnel da esquerda. Era estreito, suficiente apenas para dar passagem a uma pessoa, fazia curvas e descia abruptamente, dando-me a sensação de que eu estava descendo em espiral.

Quanto mais fundo eu descia, mais frio sentia e sabia que os mortos estavam se reunindo. Todo o tempo eu vislumbrava aparições pelos cantos dos olhos: os fantasmas do Povo Pequeno, formas pequenas pouco mais do que reflexos de luz que entravam e saíam continuamente das paredes do túnel. E tive a leve suspeita de que apareciam mais às minhas costas do que à minha frente — uma sensação de que estavam me seguindo, que estávamos todos nos deslocando em direção à câmara funerária.

Por fim, vi um lampejo de vela adiante e desemboquei na câmara. Era menor do que eu supunha, um recinto circular com um diâmetro inferior, talvez a vinte passos. Tinha, no alto, uma prateleira encaixada na rocha; lá se encontravam as grandes urnas contendo os despojos dos mortos antigos. Ao centro havia uma abertura mais ou menos circular como uma chaminé, um buraco escuro cujo interior a luz da vela não alcançava. Do buraco pendiam correntes e um gancho.

A água pingava do teto de pedra e as paredes estavam cobertas de limo. Eu sentia um cheiro desagradável e forte também: uma mistura de podridão e água estagnada.

Um banco de pedra acompanhava a curvatura da parede; o Caça-feitiço estava sentado nele com as duas mãos apoiadas no bastão, e Alice, à sua direita, ainda tinha os olhos vendados e protetores nos ouvidos.

Quando me aproximei, ele me encarou, mas já não parecia aborrecido, apenas triste.

— Você é ainda mais desajuizado do que pensei — disse-me mansamente, quando me aproximei e parei à sua frente. — Volte enquanto pode. Em poucos minutos, será tarde demais.

Balancei a cabeça.

— Por favor, me deixe ficar. Quero ajudar.

O Caça-feitiço soltou um longo suspiro.

— Você pode piorar as coisas. Se o Flagelo perceber o menor sinal de perigo ficará bem longe daqui. A garota não sabe onde está e eu posso fechar a minha mente à intromissão dele. Você pode fazer o mesmo? E se ele ler a sua mente?

— O Flagelo tentou ler a minha mente agora há pouco. Queria saber onde o senhor estava. E onde eu estava também. Mas eu resisti e ele fracassou — respondi.

— Como fez para impedi-lo? — perguntou-me, sua voz repentinamente ríspida.

— Menti. Fingi que estava a caminho de casa e lhe disse que o senhor estava indo para Chipenden.

— E ele acreditou em você?

— Pelo visto, sim — disse, sentindo-me inesperadamente menos seguro.

— Muito bem, descobriremos daqui a pouco quando ele for convocado. Recue para dentro do túnel, então — disse o Caça-feitiço, a voz mais suave. — Você poderá observar de lá. Se as coisas deteriorarem, talvez tenha uma chance de fugir. Vá, rapaz! Não hesite. Está quase na hora!

Fiz o que me mandou, afastando-me uma boa distância para dentro do túnel. Eu sabia que àquela hora o sol já teria desaparecido abaixo da linha do horizonte e a noite estaria se aproximando. O Flagelo sairia do seu esconderijo dentro da terra. Sob a forma de espírito, ele poderia voar livremente pelo ar e atravessar a rocha maciça. Uma vez convocado, voaria direto para Alice, cairia como uma pedra sobre sua presa, mais veloz do que um gavião de asas fechadas. Se o plano do Caça-feitiço funcionasse, o Flagelo não perceberia onde Alice o aguardava. Uma vez ali, seria tarde demais. Contudo, nós também estaríamos presentes, enfrentando a sua ira quando ele compreendesse que fora enganado e preso.

Observei o Caça-feitiço se levantar e parar diante de Alice. Inclinou a cabeça e ficou absolutamente imóvel por um longo tempo. Se fosse um padre, eu teria achado que estava rezando. Finalmente, ele estendeu as mãos para ela e eu o vi remover o protetor do ouvido esquerdo.

— Convoque o Flagelo! — gritou ele em uma voz alta que se propagou pela câmara e ecoou pelo túnel. — Agora, garota! Não demore!

Alice ficou calada. Nem sequer se mexeu. Não precisava, porque o chamou mentalmente, desejando sua presença.

Não tivemos aviso de sua chegada. No primeiro momento, havia apenas o silêncio; no momento seguinte, uma rajada de frio, e o Flagelo apareceu na câmara. Do pescoço para cima, ele era a réplica da gárgula sobre a porta principal da catedral: os dentes à mostra, a língua revirada, enormes orelhas de cão e chifres assustadores. Do pescoço para baixo era uma nuvem imensa, escura, disforme e escaldante.

Ganhara forças suficientes para assumir sua forma original! Agora, que chance teria o Caça-feitiço de vencê-lo?

Por um breve momento, o Flagelo permaneceu absolutamente imóvel, seus olhos percorrendo o ambiente. Olhos com pupilas que eram fendas verde-escuras e verticais. Pupilas semelhantes às de um bode.

Então, ao perceber onde se encontrava, soltou um gemido de angústia e desalento que ribombou pelo túnel, de tal forma que o senti vibrar nas solas das minhas botas e subir pelos meus ossos.

— *Preso outra vez, estou! Preso de vez!* — exclamou com uma frieza áspera e sibilante que ecoou pelas câmaras e penetrou em mim como gelo.

— É — confirmou o Caça-feitiço. — Agora está preso neste maldito lugar para sempre!

— *Desfrute o que fez! Inspire pela última vez, OssoVelho. Me enganou, você, mas para quê? Que ganhará exceto as trevas da morte? Nada você será, mas eu continuarei a impor a minha vontade aos que estão aí em cima. Continuarão a me obedecer, eles. Sangue fresco me mandarão! Então foi tudo inútil, foi!*

A cabeça do Flagelo começou a crescer, seu rosto se tornou ainda mais hediondo, o queixo foi se alongando e se curvando para cima ao encontro do nariz adunco. A nuvem escura borbulhou para baixo, formando carne e osso e tornando visível um pescoço e os contornos de ombros largos, fortes e musculosos. Em vez de pele, eles se recobriram de grossas escamas verdes.

Eu sabia o que o Caça-feitiço estava esperando. No momento em que o peito estivesse claramente definido, ele tentaria atingi-lo direto no coração. Enquanto eu assistia, a nuvem em ebulição foi descendo e formando o corpo até a cintura.

Porém, eu estava enganado! O Caça-feitiço não usou sua lâmina. Como se a materializasse do nada, a corrente de prata surgiu em sua mão esquerda e ele ergueu o braço para arremessá-la contra o Flagelo.

Eu já o vira fazer isso antes. Já o observara atirando a corrente contra Lizzie Ossuda, fazendo-a descrever uma perfeita espiral e cair sobre a feiticeira, prendendo-lhe os braços dos lados do corpo. A mulher tinha caído no chão e nada mais pôde fazer, exceto continuar deitada rosnando; a corrente imobilizava seu corpo e fechava sua boca.

O mesmo teria acontecido ali, não duvido, e seria a vez de o Flagelo cair sem ação. Contudo, no exato momento em que o Caça-feitiço se preparou para lançar a corrente de prata, Alice se levantou de um salto e arrancou a venda dos olhos.

Sei que ela não teve intenção, mas acabou se colocando entre o Caça-feitiço e o alvo, e desviou sua pontaria. Em vez de cair por cima da cabeça do Flagelo, a corrente de prata bateu em seu ombro. Ao senti-la, a criatura soltou um berro de agonia e a corrente caiu no chão.

A luta, porém, não terminara e o Caça-feitiço apanhou seu bastão. Quando o ergueu no alto, preparando-se para enterrá-lo no Flagelo, ouviu-se um estalido repentino e uma lâmina retrátil, feita de uma liga de prata, apareceu reluzindo à luz da vela. A lâmina que eu o vira afiar em Heysham e que ele já tinha usado antes contra Tusk, o filho da velha feiticeira Mãe Malkin.

Agora, o Caça-feitiço brandiu com força e agilidade o bastão contra o Flagelo, mirando seu coração. A criatura não conseguiu se desviar a tempo para evitar completamente o golpe. A lâmina cortou seu ombro esquerdo e ele soltou outro berro de agonia. Alice recuou, uma expressão de terror no rosto, enquanto o Caça-feitiço recolhia o bastão e se preparava para um novo ataque, seu rosto sério e decidido.

Subitamente, as duas velas se apagaram, mergulhando a câmara na escuridão. Nervoso, usei o meu estojinho de fazer fogo para reacender minha vela, mas, quando o pavio ardeu, vi que o Caça-feitiço estava sozinho na câmara. O Flagelo simplesmente desaparecera! E Alice também!

— Aonde ela foi? — exclamei, correndo para o Caça-feitiço, que apenas balançou a cabeça tristemente.

— Não se mexa! — ordenou-me. — Ainda não terminou!

Ele estava olhando para o alto, onde as correntes desapareciam no buraco escuro do teto. Havia uma alça e do lado uma segunda corrente, solta. Na ponta, e quase tocando o chão, um grande gancho. Era uma espécie de guindaste semelhante ao que usavam os montadores de carga para colocar em posição as lajes nas covas para ogros.

O Caça-feitiço parecia estar tentando escutar alguma coisa.

— Está em algum lugar aí em cima.

— Isso é uma chaminé?

— É, rapaz. Algo parecido. Pelo menos, foi a finalidade que teve no passado. Mesmo depois que o Flagelo já tinha sido preso e o Povo Pequeno, morrido e desaparecido, homens fracos e tolos faziam sacrifícios ao Flagelo aqui neste lugar. A chaminé levava a fumaça para sua toca no alto e eles usavam a corrente para mandar a oferenda queimada para cima. Alguns foram achatados por sua gentileza!

Alguma coisa estava começando a acontecer. Senti uma corrente de ar descer da chaminé e o ambiente repentinamente esfriou. Ergui os olhos quando uma espécie de fumaça começou a baixar lentamente e encher a parte superior da câmara. Era como se todas as oferendas queimadas que tinham sido feitas naquele local estivessem sendo devolvidas!

Era, no entanto, muito mais densa do que uma fumaça; parecia água, um redemoinho negro girando sobre nossas cabeças. Segundos depois, a fumaça se imobilizou e serenou, lembrando a superfície polida de um espelho escuro. Dava até para ver o nosso reflexo nela: eu, parado ao lado do Caça-feitiço, seu bastão em posição, a lâmina apontando para cima, pronta para golpear.

O que aconteceu a seguir foi rápido demais para ser realmente visto. A superfície espelhada de fumaça avolumou-se em nossa direção e alguma coisa se rompeu com rapidez e dureza suficientes para estatelar o Caça-feitiço de costas no chão. Ele caiu pesadamente, o bastão voou de sua mão e se partiu em duas metades desiguais com um forte estrépito.

A princípio, fiquei parado ali, aturdido, incapaz de pensar, incapaz de mover um músculo sequer, mas, por fim, com o corpo trêmulo, fui verificar se o Caça-feitiço estava bem.

Estava deitado de costas, os olhos fechados, um fio de sangue escorrendo do nariz para a boca aberta. Respirava profunda e ritmadamente; por isso o sacudi devagar, tentando despertá-lo. Ele não reagiu. Aproximei-me do bastão partido e apanhei a metade menor, a que continha a lâmina. Era mais ou menos do tamanho do meu antebraço, razão por que a meti no cinto. Parei ao lado da corrente e olhei para o alto.

Alguém precisava tentar ajudar Alice a destruir aquela criatura para sempre e eu era a única pessoa capaz disso. Não podia abandoná-la ao Flagelo. Então, primeiramente, procurei esvaziar minha mente. Se estivesse vazia, o Flagelo não poderia ler meus pensamentos. O Caça-feitiço provavelmente praticara isso durante vários dias, mas eu teria de fazer o melhor que pudesse.

Pus o fundo da vela na boca, segurando-a entre os dentes, depois agarrei a corrente solta cautelosamente com as duas mãos, tentando mantê-la imóvel. Em seguida, prendi os pés acima do gancho e apertei a corrente entre os joelhos. Eu sabia subir em cordas, e em uma corrente não poderia ser diferente.

Comecei a subir com agilidade, sentindo a corrente fria cortar minhas mãos. Ao chegar à base da fumaça espessa, aspirei profundamente, prendi a respiração e enfiei a cabeça na escuridão. Não via nada e, apesar de não estar respirando, senti a fumaça entrar pelo meu nariz e em minha boca, e senti um gosto acre no fundo da garganta que me fez lembrar salsichas queimadas.

De repente, minha cabeça emergiu da fumaça e continuei subindo pela corrente até livrar meus ombros e peito. Era uma câmara circular quase idêntica à de baixo, exceto que, em vez de uma chaminé no alto, havia embaixo um tubo e a fumaça enchia a parte inferior do aposento.

Da parede oposta saía um túnel para a escuridão e havia um segundo banco de pedra em que Alice se achava sentada, a fumaça quase lhe chegando aos joelhos. Ela estendia a mão esquerda para o Flagelo. A horrenda criatura estava ajoelhada em meio à fumaça e inclinava-se para ela, e a curva de suas costas nuas me fez lembrar um enorme sapo verde. Enquanto eu olhava, ele puxou a mão de Alice para sua enorme boca e ouvi-a gritar de dor quando ele começou a sugar o sangue por baixo de suas unhas. Essa era a terceira vez que o Flagelo se alimentava do sangue de Alice desde que ela o libertara. Quando terminasse, a garota lhe pertenceria!

Eu estava frio, frio como gelo, e tinha a mente vazia. Não estava pensando em nada. Guindei-me um pouco mais alto e saltei da corrente para o piso de pedra da câmara superior. O Flagelo estava absorto demais com o que fazia para perceber a minha presença. Sem dúvida, nesse aspecto ele era igual ao estripa-reses de Horshaw: quando se alimentava, nada mais importava.

Aproximei-me e puxei o pedaço do bastão do Caça-feitiço do meu cinto. Ergui-o e segurei-o acima de minha cabeça, a lâmina apontada para as costas cobertas de escamas verdes do Flagelo. Precisava apenas baixá-la com força e traspassar seu coração. Estava recoberto de carne e seria o seu fim. Ele morreria. Contudo, no momento em que estava esticando o braço, senti um medo inesperado.

Sabia o que iria acontecer comigo. Uma grande quantidade de energia seria liberada e eu morreria também. Eu me transformaria em fantasma como o coitado do Billy Bradley, que morrera ao ter os dedos arrancados por um ogro. Antes, ele fora feliz como aprendiz do Caça-feitiço, mas agora estava enterrado fora do cemitério da igreja de Layton. O pensamento em si era insuportável.

Senti-me aterrorizado — aterrorizado diante da morte — e recomecei a tremer. O tremor começou nos meus joelhos e subiu pelo meu corpo, até que a mão que empunhava a lâmina começou a balançar.

O Flagelo deve ter pressentido o meu medo porque subitamente virou a cabeça, com os dedos de Alice ainda na boca, o sangue escorrendo pelo seu grande queixo curvo. Então, quando o momento quase passara, meu medo simplesmente se evaporou. De repente, compreendi por que estava ali enfrentando o Flagelo. Lembrei-me das palavras de minha mãe em sua carta...

"*Às vezes, nesta vida é necessário se sacrificar pelo bem dos outros.*"

Ela me prevenira que apenas dois dos três que enfrentariam o Flagelo sairiam das catacumbas com vida. Por alguma razão, eu achara que seriam o Caça-feitiço ou Alice a morrer, mas agora percebia que seria eu! Eu jamais concluiria o meu aprendizado nem me tornaria um caça-feitiço. Contudo, sacrificando minha vida, eu poderia salvar a deles. Senti uma grande calma. Simplesmente aceitei o que precisava ser feito.

Tenho certeza de que, no último momento, o Flagelo percebeu o que eu ia fazer, mas, em vez de me achatar no chão, ele tornou a virar a cabeça para Alice, que lhe sorriu de modo estranho e misterioso.

Com toda a força, golpeei-o com rapidez, enfiando a faca na direção do seu coração. Não senti a lâmina fazer contato, mas uma escuridão assustadora se ergueu diante dos meus olhos; meu corpo estremeceu da cabeça aos pés e perdi todo o controle dos meus músculos. A vela caiu da minha boca e senti que eu mesmo estava caindo. Não acertara seu coração!

Por um momento, pensei que eu próprio tivesse morrido. Tudo escureceu, e o Flagelo parecia ter sumido. Tateei o chão à procura da minha vela e a reacendi. Escutei atento, fiz sinal a Alice para que permanecesse calada e ouvi um som vindo do túnel. As pisadas de um cão enorme.

Tornei a enfiar o pedaço de bastão com lâmina no cinto. Em seguida tirei a corrente de prata de minha mãe do bolso do paletó e enrolei-a em volta do punho e da mão esquerdos, pronta para o arremesso. Com a outra mão, apanhei a vela e, sem perder tempo, saí em perseguição do Flagelo.

— Não, Tom, não! Deixe o Flagelo em paz! — gritou Alice às minhas costas. — Terminou. Você pode voltar agora para Chipenden!

Ela correu para mim, mas afastei-a com força. Ela cambaleou e quase caiu. Quando tornou a avançar em minha direção, ergui a mão esquerda para ela poder ver a corrente de prata.

— Afaste-se! Você pertence ao Flagelo agora. Fique longe ou eu a amarro também!

O Flagelo se alimentara pela última vez e agora não se podia mais confiar em nada que ela dissesse. A criatura teria que morrer para Alice se libertar.

Dei-lhe as costas e me afastei depressa. À frente, eu ouvia o Flagelo; atrás de mim, o clique-clique dos sapatos de bico fino de Alice me seguindo pelo túnel. De repente, o ruído de patas à frente cessou.

O Flagelo teria simplesmente sumido e ido para outra parte das catacumbas? Parei e apurei os ouvidos antes de avançar com redobrada cautela. Foi então que vi algo mais adiante. Algo no chão do túnel. Parei ao chegar perto e meu estômago revirou. Quase vomitei.

O irmão Peter estava de costas. Tinha sido achatado. Sua cabeça ainda estava intacta; os olhos arregalados e fixos expressavam o terror que ele obviamente sentira no momento da morte. Do pescoço para baixo, porém, seu corpo tinha sido achatado nas pedras.

A visão me horrorizou. Nos meus primeiros meses como aprendiz, eu vira muitas coisas pavorosas e estivera próximo da morte e dos mortos um número maior de vezes do que gostaria de me lembrar. Essa, no entanto, era a primeira vez que eu via a morte de alguém por quem tinha afeição — e uma morte tão horrível.

Parei, distraído pela visão do irmão Peter, e o Flagelo escolheu esse momento para avançar da escuridão contra mim. Por um momento, ele parou e me encarou, as fendas verdes dos seus olhos brilhando na penumbra. Seu corpo pesado e musculoso coberto por grossos pelos negros e suas mandíbulas abertas revelando fileiras de afiados dentes amarelos. Alguma coisa pingava de sua comprida língua que se agitava à frente da boca escancarada. Em vez de saliva, era sangue!

De repente, o Flagelo atacou, saltando sobre mim. Aprontei a corrente e ouvi Alice gritar às minhas costas. Bem a tempo, percebi que ele mudara o ângulo de seu ataque. Não era eu o alvo! Era Alice!

Fiquei perplexo. Era eu quem ameaçava o Flagelo e não Alice. Então, por que ela e não eu? Instintivamente, ajustei minha pontaria. Nove em cada dez vezes eu conseguia acertar o poste no jardim do Caça-feitiço, mas agora era diferente. O Flagelo avançava rápido e já preparava o bote. Então, estalei a corrente no ar e arremessei-a em sua direção, observando-a abrir-se como uma rede e baixar em forma de espiral. Toda a minha prática valeu a pena, a corrente caiu sobre o Flagelo certeira e apertou seu corpo. Ele rolou muitas vezes, uivando, lutando para se desvencilhar.

Em teoria, ele não poderia se libertar nem tampouco desaparecer ou se transformar. Eu, porém, não ia me arriscar. Tinha que traspassar seu coração sem demora. Precisava acabar com ele ali. Adiantei-me então, puxei a lâmina do meu cinto e me preparei para enterrá-la em seu peito. Seus olhos me encararam quando empunhei a lâmina. Estavam cheios de ódio. Revelavam medo também: o absoluto terror da morte, terror do vazio que o aguardava, e ele se dirigiu à minha mente suplicando freneticamente por sua vida.

— Misericórdia! Misericórdia! — clamava. — *Nada para nós, há! Somente trevas. É isso que você quer, garoto? Você também morrerá!*

— Não, Tom, não! Não faça isso! — gritou Alice atrás de mim, acrescentando sua voz à do Flagelo. Mas não dei ouvidos a nenhum dos dois. Qualquer que fosse o preço que eu precisasse pagar, ele teria que morrer. Ele se contorcia nas voltas da corrente e traspassei-o duas vezes antes de atingir seu coração.

A terceira vez que me atirei contra ele, o Flagelo simplesmente desapareceu e ouvi um grande berro. Se foi o Flagelo, Alice ou eu quem emitiu aquele som, jamais saberei. Talvez tenham sido os três.

Senti um fantástico golpe no peito seguido de uma estranha sensação de desmaio. Tudo ficou muito silencioso e me pareceu que eu estava despencando na escuridão.

No momento seguinte me vi parado à margem de uma grande extensão de água.

Apesar do tamanho, lembrava mais um lago do que um mar, e, embora soprasse uma agradável aragem em direção à praia, a água permanecia calma como um espelho refletindo o céu perfeitamente azul.

Pequenos barcos estavam sendo lançados de uma praia dourada, e para além vi uma ilha muito próxima. Era verdejante de árvores e campos ondulados e me pareceu a coisa mais maravilhosa que eu já vira na vida. Entre as árvores, no alto de um morro, havia uma edificação como o castelo que avistamos das serras baixas quando contornamos Caster. Em vez de construído com frias pedras cinzentas o edifício, no entanto, tremeluzia como se fosse construído de feixes de arco-íris, e seus raios aqueciam minha testa como um sol fulgurante.

Eu não respirava, mas me sentia calmo e feliz e me lembro de pensar que se estava morto então era ótimo estar morto e eu só precisava chegar àquele castelo, portanto corri para o barco mais próximo, ansioso para embarcar. Quando fui me aproximando, as pessoas interromperam o lançamento do barco e viraram os rostos para mim. Naquele momento, eu soube quem eram. Eram pequenos, muito pequenos, tinham cabelos escuros e olhos castanhos. Eram o Povo Pequeno! Os segantii!

Eles sorriram me dando boas-vindas, correram para mim e começaram a me puxar em direção ao barco. Eu nunca me sentira tão feliz na vida, tão bem-vindo, tão querido, tão aceito, e toda a minha solidão se desfez. Porém, na hora em que eu ia subir a bordo, senti uma mão fria apertar meu antebraço esquerdo.

Quando me virei, não havia ninguém, mas a pressão em torno do meu braço aumentou até provocar dor. Senti unhas perfurarem a minha pele. Tentei me desvencilhar e subir no barco e o Povo Pequeno tentou me ajudar, mas a pressão no meu braço agora era uma ardência dolorosa. Gritei e inspirei um enorme e doloroso hausto de ar que entrou aos trancos em minha garganta e fez todo o meu corpo formigar e, em seguida, esquentar sem parar como se eu estivesse em chamas por dentro.

Vi-me deitado de costas no escuro. Chovia muito pesado e eu sentia as gotas de chuva baterem nas minhas pálpebras e na testa e até caírem dentro da minha boca escancarada. Sentia-me esgotado demais para abrir os olhos, mas ouvi a voz do Caça-feitiço a certa distância.

— Deixe-o estar! — dizia ele. — Deixe-o em paz, garota. É só o que podemos fazer por ele no momento!

Abri os olhos e vi que Alice se debruçava sobre mim. Atrás dela, vi a parede escura da catedral. Ela apertava meu antebraço esquerdo, suas unhas muito afiadas pressionavam minha pele. Ela se inclinou e sussurrou no meu ouvido.

— Você não vai fugir assim tão fácil, Tom. Está de volta agora. De volta ao seu lugar!

Inspirei o ar com força e o Caça-feitiço se aproximou, seus olhos cheios de assombro. Quando se ajoelhou ao meu lado, Alice se ergueu e se afastou.

— Como está se sentindo, rapaz? — perguntou-me ele gentilmente, ajudando-me a sentar. — Pensei que estivesse morto. Quando o tirei das catacumbas, juro que não havia sinal de respiração em seu corpo!

— O Flagelo? — perguntei. — Está morto?

— Está, rapaz. Você o liquidou e quase foi junto fazendo isso. Mas será que pode andar? Precisamos sair daqui.

Atrás do Caça-feitiço, vi o guarda com as garrafas vazias de vinho do lado. Continuava no seu sono de bêbado, mas poderia acordar a qualquer momento.

Com ajuda do Caça-feitiço, consegui ficar em pé e nós três saímos dos terrenos da catedral para as ruas desertas.

A princípio me senti fraco e trêmulo, mas, à medida que fomos nos afastando das fileiras de casas geminadas e passando da cidade para o campo, comecei a me sentir mais forte. Depois de algum tempo, virei-me e olhei para trás em direção a Priestown, que se espraiava abaixo de nós. As nuvens tinham se dissipado e a lua já saíra. O campanário da catedral parecia refulgir.

— Já está com um aspecto melhor! — eu disse, me detendo para apreciar a vista.

O Caça-feitiço parou ao meu lado e seguiu a direção do meu olhar.

— A maioria das coisas parece melhor de longe — disse ele. — Aliás, o mesmo acontece com as pessoas.

Aparentemente ele estava brincando, por isso sorri.

— É — suspirou ele —, a partir de agora deverá se tornar um lugar bem melhor. Mas, ainda assim, não voltaremos aqui tão cedo.

Depois de uma hora e pouco na estrada, encontramos um celeiro abandonado para nos abrigar. Era varrido por correntes de ar, mas, pelo menos, estava seco e havia um pedacinho de queijo amarelo para roer. Alice dormiu imediatamente, mas eu fiquei muito tempo sentado refletindo sobre o que acontecera. O Caça-feitiço também não parecia cansado, mas sentou-se em silêncio, abraçando os joelhos. Por fim, falou.

— Como foi que você soube como matar o Flagelo? — perguntou.

— Observei-o — respondi. — Vi o senhor tentar golpear o coração...

Subitamente, porém, senti vergonha da minha mentira e baixei a cabeça.

— Não, sinto muito — eu disse. — Não é verdade. Me aproximei escondido quando o senhor conversava com o fantasma de Naze. Ouvi tudo que disseram.

— E deve sentir mesmo, rapaz. Correu um grande risco. Se o Flagelo tivesse conseguido ler sua mente...

— Eu realmente sinto muito.

— E você não me disse que tinha uma corrente de prata.

— Foi minha mãe quem me deu.

— Foi uma boa coisa que ela fez. Enfim, no momento está na minha bolsa e bem segura. Até que você volte a precisar dela... — acrescentou de modo agourento.

Outro momento escoou muito devagar, como se o Caça-feitiço tivesse mergulhado em profunda reflexão.

— Quando eu o trouxe das catacumbas para a superfície, você me pareceu absolutamente morto — disse ele, por fim. — Já vi a morte tantas vezes que sei que não me enganei. Então, aquela garota agarrou seu braço e você ressuscitou. Não sei o que pensar.

— Eu estava com o Povo Pequeno — respondi.

O Caça-feitiço assentiu.

— Sim, eles devem estar todos em paz, agora que o Flagelo morreu. Inclusive Naze. Mas, e você, rapaz? Como foi? Você teve medo?

Sacudi a cabeça.

—Tive mais medo logo depois de ler a carta da minha mãe — confessei. — Ela sabia o que ia acontecer. Senti que eu não tinha opção. Que tudo já estava decidido. Mas, se é assim, de que adianta viver?

O Caça-feitiço franziu a testa e estendeu a mão para mim.

— Me dê a carta — exigiu.

Tirei a carta do bolso e a entreguei. Ele a leu muito devagar e por fim me devolveu. Passou um bom tempo calado.

— Sua mãe é uma mulher sagaz e inteligente — disse finalmente o Caça-feitiço. — Isso explica a maior parte do que está escrito aí. E calculou exatamente o que eu ia fazer. E tinha conhecimentos mais do que suficientes para isso. Ela não profetizou. A vida já é bastante ruim sem acreditarmos em profecias. Você decidiu descer a escada. Mas tinha outra opção. Poderia ter ido embora e tudo teria sido diferente.

— Mas, uma vez que eu decidi, ela acertou. Três de nós enfrentariam o Caça-feitiço e apenas dois sobreviveriam. Eu estava morto. O senhor me levou para a superfície. Como podemos explicar isso?

O Caça-feitiço não me respondeu e o silêncio entre nós foi se prolongando. Passado um tempo, eu me deitei e adormeci sem sonhar. Não mencionei a maldição. Eu sabia que era uma coisa de que ele não ia querer falar.

CAPÍTULO 22
TRATO É TRATO

Era quase meia-noite e uma lua minguante vinha surgindo sobre as copas das árvores. Em vez de se aproximar de casa pela via mais direta, o Caça-feitiço nos fez chegar pelo caminho do leste. Pensei no jardim leste mais à frente e na cova que aguardava Alice. A cova que eu abrira.

Certamente, ele não iria prendê-la ali? Não depois de tudo que ela fizera para reparar a situação? Alice o deixara vendar seus olhos e tapar seus ouvidos com cera. Depois, passara horas em silêncio e no escuro, sem se queixar uma só vez.

Então, vi o rio mais adiante e senti minhas esperanças se renovarem. Era um rio estreito mas veloz, a água cintilava ao luar e havia apenas uma pedra no meio para se pisar.

Ele ia pôr Alice à prova.

— Muito bem, garota — disse o Caça-feitiço com severidade. — Você vai na frente. Atravesse!

Quando olhei para o rosto de Alice, desanimei. Parecia aterrorizada e me lembrei de que precisara carregá-la na travessia do rio vizinho ao Portão de Prata. O Flagelo estava morto, seu domínio sobre Alice terminara, mas o estrago teria sido tão grande que não haveria esperança de reparação? Alice tinha chegado perto demais das trevas? Nunca seria capaz de atravessar água corrente? Seria uma legítima feiticeira malevolente?

Alice hesitou à beira da água e começou a tremer. Duas vezes ela levantou o pé para dar um simples passo até a pedra chata no meio do rio. Duas vezes tornara a baixá-lo. Gotas de suor brotaram em sua testa e começaram a escorrer para o nariz e os olhos.

— Vai, Alice, você pode atravessar! — gritei, tentando encorajá-la. Por ter feito isso, recebi um olhar fuzilante do Caça-feitiço.

Com um esforço repentino e colossal, Alice pisou a pedra e ergueu a perna esquerda quase instantaneamente para chegar à margem oposta. Uma vez ali, ela apressou-se a sentar e esconder o rosto nas mãos.

O Caça-feitiço estalou a língua, atravessou o rio e subiu rápido o morro em direção às árvores que margeavam seu jardim. Aguardei Alice se levantar e subimos juntos até onde o Caça-feitiço nos esperava de braços cruzados.

Quando o alcançamos, meu mestre repentinamente avançou e agarrou Alice. Segurando-a pelas pernas, atirou-a sobre o ombro. Ela começou a gritar e se debater, mas, sem dizer mais nada, ele a prendeu com firmeza, virou-se e entrou no jardim.

Segui-o desesperado. Ele estava rumando para o jardim do leste, direto para as covas onde pusera as feiticeiras, para a cova vazia. Isso não me parecia justo! Alice tinha passado na prova, não tinha?

— Me ajude, Tom! Me ajude, por favor! — gritou Alice.

— Será que ela não pode ter uma segunda chance? — pedi. — Só mais uma? Ela fez a travessia. Não é uma feiticeira.

— Ela escapou por um triz desta vez — rosnou o Caça-feitiço por cima do ombro. — Mas o mal está dentro dela à espera de uma oportunidade.

— Como pode dizer isso? Depois de tudo que ela fez?

— Esta é a solução mais segura. É a melhor para todos.

Eu sabia que chegara a hora de dizer o que meu pai chamava de "umas verdades básicas". Precisava contar a ele o que eu sabia sobre a Meg, ainda que ele viesse a me odiar por isso e a não querer que eu continuasse como seu aprendiz. Era possível, porém, que um lembrete do seu passado pudesse fazê-lo mudar de ideia. Pensar em colocar Alice em uma cova era insuportável, e o fato de que ele me obrigara a cavá-la tornava-o cem vezes pior.

O Caça-feitiço chegou à cova e parou à borda. Quando fez menção de baixar Alice na escuridão, eu gritei:

— O senhor não fez isso com a Meg!

Ele se virou para mim com uma expressão de absoluto espanto no rosto.

— O senhor não pôs a Meg na cova, não foi? — exclamei. — E ela era uma feiticeira! O senhor não fez isso porque gostava dela demais! Então, não faça isso com a Alice, por favor! Não é justo!

O espanto no rosto do Caça-feitiço se transformou em fúria e ele parou, tentando manter o equilíbrio junto à cova; por um momento, eu não soube se ia atirar Alice ou cair ali dentro. O Caça-feitiço ficou parado por um tempo que me pareceu muito longo, então, para meu alívio, sua fúria pareceu ceder lugar a outra emoção e, dando meia-volta, ele se afastou, carregando ainda Alice.

Foi andando para além da cova recém-cavada, passou pela outra que continha Lizzie Ossuda, afastou-se das covas onde estavam enterradas as duas feiticeiras mortas e tomou o caminho de pedras brancas que levava à casa.

Apesar de sua recente fraqueza física, tudo que sofrera e o peso de Alice sobre o ombro, o Caça-feitiço caminhava tão ligeiro que precisei me esforçar para acompanhá-lo. Ele tirou a chave do bolso esquerdo da calça, abriu a porta dos fundos da casa e desapareceu lá dentro antes que eu sequer pisasse o batente.

Seguiu direto para a cozinha e parou junto à lareira, onde as chamas lançavam fagulhas chaminé acima. A cozinha estava aquecida, as velas, acesas, e havia pratos e talheres postos na mesa para duas pessoas.

Lentamente o Caça-feitiço baixou Alice do ombro e pousou-a no chão. Assim que seus sapatos de bico fino tocaram as lajes do piso o fogo se apagou, a chama da vela dançou, quase se extinguindo, e o ambiente ficou sensivelmente frio.

No momento seguinte, ouvi um urro de raiva que sacudiu a louça e fez vibrar o piso. Era o ogro de estimação do meu mestre. Se Alice tivesse entrado no jardim, mesmo com o Caça-feitiço a seu lado, teria sido estraçalhada. Uma vez que entrou carregada pelo Caça-feitiço, somente quando os seus pés tocaram o chão é que o ogro constatou sua presença. E não estava nada satisfeito.

O Caça-feitiço colocou a mão esquerda sobre a cabeça de Alice. Em seguida, bateu três vezes nas lajes do piso com o pé esquerdo.

O ar pareceu estagnar e o Caça-feitiço falou em voz alta.

— Ouça-me agora! Ouça bem o que vou dizer!

Não houve resposta, mas as chamas recomeçaram a brilhar e o ar pareceu um pouco menos frio.

— Enquanto esta criança estiver em minha casa, não toque em um único fio dos cabelos dela! — ordenou meu mestre. — Mas vigie tudo que ela fizer e cuide para que obedeça a todas as minhas ordens.

Dito isso, ele tornou a bater o pé no lajeado três vezes. Em resposta, o fogo reavivou-se na lareira e a cozinha pareceu instantaneamente aquecida e hospitaleira.

— E agora prepare o jantar para três! — ordenou o Caça-feitiço. Em seguida nos fez um sinal e o acompanhamos para fora da cozinha em direção ao primeiro andar. Ele parou diante da porta trancada da biblioteca.

— Enquanto você estiver aqui, garota, vai pagar pelo seu sustento — rosnou meu mestre. — Aí dentro há livros insubstituíveis. Você nunca terá permissão para entrar, mas lhe darei um livro de cada vez e você poderá copiá-lo. Entendido?

Alice assentiu.

— A sua segunda tarefa será repetir para o meu rapaz tudo que Lizzie Ossuda lhe ensinou. E quero dizer absolutamente tudo. Ele anotará o que você disser. Muita coisa será tolice, é claro, mas não fará diferença porque, ainda assim, você estará contribuindo para a nossa biblioteca de conhecimentos. Aceita fazer isso?

Mais uma vez Alice assentiu, sua expressão muito séria.

— Certo; então, estamos combinados — disse o Caça-feitiço. — Você dormirá no quarto em cima do de Tom, no último andar da casa. E, agora, pense bem no que estou dizendo. Aquele ogro na cozinha sabe o que você é e aquilo em que quase se transformou. Portanto, não saia minimamente da linha porque ele estará vigiando tudo que você fizer. E nada lhe daria mais prazer do que...

Meu mestre deu um forte e longo suspiro.

— É melhor nem pensar. Portanto, não lhe dê oportunidade. Fará o que estou lhe pedindo, garota? Posso confiar em você?

Alice assentiu e sua boca se abriu em um largo sorriso.

No jantar, o Caça-feitiço esteve anormalmente quieto. Lembrava a calma que precede a tempestade. Ninguém falou muito, mas o olhar de Alice percorreu todos os cantos e voltaram a se fixar no enorme fogo de toras de madeira que inundava o aposento de calor.

Por fim, o Caça-feitiço afastou o prato e suspirou.

— Muito bem, garota — disse ele —, já para a cama. Preciso conversar umas coisas com o rapaz.

Quando Alice saiu, meu mestre empurrou a cadeira para trás e foi até a lareira. Abaixou-se e aqueceu as mãos nas chamas antes de se virar para mim.

— Muito bem, rapaz — rosnou ele —, desembuche. Onde descobriu a respeito de Meg?

— Li em um dos seus diários — respondi envergonhado, baixando a cabeça.

— Foi o que pensei. Não o avisei sobre isso? Você me desobedeceu outra vez! Há coisas na minha biblioteca que não são para você ler agora — disse com severidade. — Coisas que você ainda não está preparado para ler. Eu é que julgarei o que pode ler. Entendeu?

— Sim, senhor — respondi, chamando-o assim pela primeira vez em meses. — Mas, de qualquer jeito, eu teria descoberto a existência de Meg. Padre Cairns a mencionou e me falou de Emily Burns também, que o senhor tirou do seu irmão e dividiu sua família!

— Não posso esconder muita coisa de você, não é mesmo, rapaz?

Encolhi os ombros, sentindo alívio por ter desabafado tudo.

— Muito bem — disse ele, voltando à mesa da cozinha —, já vivi muito e não me orgulho de tudo que fiz, mas há sempre mais de um lado em toda história. Nenhum de nós é perfeito, rapaz, e um dia você descobrirá tudo que precisa saber e então poderá decidir o que pensa de mim. Não vale a pena ficar revolvendo o passado agora, mas, quanto a Meg, você a conhecerá quando formos para Anglezarke. Será mais cedo do que imagina porque, dependendo do tempo, estaremos viajando para a minha casa de inverno dentro de mais ou menos um mês. Que mais o padre Cairns teve a dizer?

— Ele disse que o senhor tinha vendido a alma ao diabo...

O Caça-feitiço riu.

— Que sabem os padres? Não, rapaz, minha alma ainda me pertence. Lutei durante longos anos para conservá-la e, contrariando todas as probabilidades, ela continua sendo minha. Quanto ao diabo, bem, eu costumava pensar que era mais provável que o mal estivesse dentro de cada um de nós, como um graveto à espera da faísca que irá acendê-lo. Mas, recentemente, comecei a me perguntar se não existirá alguma coisa por trás de tudo que enfrentamos, alguma coisa escondida nas profundezas das trevas. Alguma coisa que se torna mais forte à medida que as trevas se fortalecem. Alguma coisa a que um padre chamaria de diabo...

O Caça-feitiço me encarou com intensidade, seus olhos verdes penetrando os meus.

— E se o tal do diabo existir, rapaz? O que faremos com ele?

Pensei alguns momentos antes de responder.

— Teríamos que abrir uma cova realmente grande — respondi. — Uma cova maior do que qualquer outra jamais aberta por um caça-feitiço. Precisaríamos, então, de sacos e mais sacos de sal e ferro, além de uma pedra realmente descomunal.

O Caça-feitiço sorriu.

— Teríamos que fazer isso, sim, rapaz, e haveria trabalho para a metade dos pedreiros, montadores e ajudantes do Condado! Enfim, agora vá se deitar. Voltaremos às aulas amanhã; portanto, vai precisar de uma boa noite de sono.

Quando abri a porta do meu quarto, Alice surgiu das sombras na escada.

— Eu realmente gosto daqui, Tom — disse ela me dando um grande sorriso. — Uma casa confortável e aquecida. Um bom lugar para se morar agora que o inverno está chegando.

Retribuí seu sorriso. Poderia ter lhe contado que logo partiríamos para Anglezarke, para a casa de inverno do Caça-feitiço, mas ela estava feliz e não quis estragar sua primeira noite.

— Um dia esta casa vai ser nossa, Tom. Você não sente isso? — perguntou-me.

Encolhi os ombros.

— Ninguém sabe o que vai acontecer ainda — respondi, empurrando a lembrança da carta de minha mãe para o fundo da mente.

— O Velho Gregory lhe disse isso, foi? Pois tem muita coisa que ele não sabe. Você será um caça-feitiço melhor do que ele jamais foi. É a coisa mais certa que sei!

Alice se virou e subiu as escadas gingando os quadris. De repente, olhou para trás.

— Desesperado para chupar o meu sangue o Flagelo estava — comentou. — Por isso, fiz o trato antes que ele bebesse. Eu só queria acertar tudo outra vez, por isso pedi que você e o Velho Gregory pudessem partir livremente. O Flagelo concordou. Trato é trato, por isso ele não pôde machucar você nem matar o Velho Gregory. Você matou o Flagelo, mas eu tornei isso possível. Foi por isso que, no fim, ele me atacou. Não podia tocar em você. Mas não conte ao Velho Gregory. Ele não compreenderia.

Alice me deixou parado na escada e o que tinha feito foi se esclarecendo aos poucos em minha mente. De certa forma, fora um sacrifício pessoal. Ele a teria matado do mesmo modo que matara Naze. Mas ela salvara a mim e ao Caça-feitiço também. Salvara nossas vidas. E eu jamais me esqueceria disso.

Aturdido com o que ouvira, entrei no meu quarto e fechei a porta. Levei muito tempo para adormecer.

Mais uma vez fiz a maior parte deste relato de memória, usando apenas o meu caderno de anotações quando necessário.

Alice se comportou bem e o Caça-feitiço ficou realmente satisfeito com o trabalho que fez. Ela escreve com muita rapidez e sua caligrafia é clara e limpa. Tem cumprido também o que prometeu e me ensina as coisas que aprendeu com Lizzie Ossuda para eu poder registrá-las.

Naturalmente, embora Alice ainda não saiba, ela não vai morar muito tempo conosco. O Caça-feitiço me disse que irá me distrair demais e não conseguirei me concentrar nos estudos. Ele não está nada feliz com a presença de uma garota de sapatos de bico fino morando em sua casa, particularmente uma que esteve tão próxima das trevas.

Estamos quase no fim de outubro agora e, em breve, viajaremos para a casa de inverno do Caça-feitiço na charneca de Anglezarke. Perto de lá, há um sítio de um pessoal em que o meu mestre confia. Ele acha que eles aceitarão Alice em sua casa. É claro que ele me fez prometer não contar nada a ela por enquanto. Enfim, ficarei triste quando a vir partir.

E, naturalmente, conhecerei Meg, a feiticeira lâmia. Talvez eu conheça as outras mulheres do Caça-feitiço também. Blackrod fica perto da charneca e dizem que Emily Burns ainda mora lá. Tenho a impressão de que há muito mais coisas no passado do Caça-feitiço que ainda não sei.

Eu preferia ficar em Chipenden, mas ele é o caça-feitiço e eu sou apenas o aprendiz. E já compreendi que há sempre uma boa razão para tudo que ele faz.

Thomas J. Ward

Como ler os sinais do Caça-feitiço

Impresso no Brasil pelo
Sistema Cameron da Divisão Gráfica da
DISTRIBUIDORA RECORD DE SERVIÇOS DE IMPRENSA S.A.
Rua Argentina 171 – Rio de Janeiro, RJ – 20921-380 – Tel.: 2585-2000